KNAUR

Über die Autorin:
Cath Weeks schreibt seit ihrer Kindheit. Ein Ansporn ist ihr ein britischer Schreibwettbewerb gewesen, den sie im Alter von neunzehn Jahren gewann. Sie lebt mit ihrem Mann und zwei Söhnen in Bath, England.

Cath Weeks

UNTER FREUNDINNEN

Thriller

Aus dem Englischen von
Nicole Lischewski

KNAUR

Die englische Originalausgabe erschien 2019 unter dem Titel
»Friends Don't Lie« bei Piatkus/Little Brown, London.

Besuchen Sie uns im Internet:
www.knaur.de

Aus Verantwortung für die Umwelt hat sich die Verlagsgruppe Droemer Knaur zu einer nachhaltigen Buchproduktion verpflichtet. Der bewusste Umgang mit unseren Ressourcen, der Schutz unseres Klimas und der Natur gehören zu unseren obersten Unternehmenszielen. Gemeinsam mit unseren Partnern und Lieferanten setzen wir uns für eine klimaneutrale Buchproduktion ein, die den Erwerb von Klimazertifikaten zur Kompensation des CO_2-Ausstoßes einschließt. Weitere Informationen finden Sie unter: www.klimaneutralerverlag.de

FSC
www.fsc.org
MIX
Papier aus verantwortungsvollen Quellen
FSC® C083411

Deutsche Erstausgabe November 2021
Knaur Taschenbuch
Ein Imprint der Verlagsgruppe
Droemer Knaur GmbH & Co. KG, München

Redaktion: Dr. Gisela Menza
Covergestaltung: Sabine Schröder
Coverabbildung: Richard Nixon / Plainpicture.com, NSA Digital Archive / iStock Images
Satz: Daniela Schulz, Gilching
Druck und Bindung: CPI books GmbH, Leck
ISBN 978-3-426-52646-0

2 4 5 3 1

Für Wilfie und Alex, mit Liebe

»Welch Zauber ihren Trübsinn lindern,
Welch List die Schuld nur von ihr waschen kann?«

Oliver Goldsmith 1728–1774

PROLOG

Manchmal, wenn das Licht aus einem gewissen Winkel einfiel, konnte sie im langen Gras ein Kind sitzen sehen.

Das Kind, ganz in Gelb gekleidet, trug einen Sonnenhut auf den pfirsichblonden Locken. Das Mädchen war so klein – oder der Rasen so lange nicht mehr gemäht –, dass es kaum über die Grashalme hinausragte. Neben ihm schwebte schläfrig eine Biene über einem Topf Lavendel, der für diesen Sommer fast verblüht war.

Der Luft haftete eine Dichte an, eine Stille. Von oben krächzte eine Krähe; hinten waberte eine Luftspiegelung über dem heißen Straßenasphalt. Die Telegrafendrähte summten.

Alles vibrierte, sammelte sich einen Moment lang schwer wie ein Tropfen, der am Wasserhahn hängt und zittert, bevor er fällt.

Innerhalb eines Sekundenbruchteils hatte es sich verändert. Die Stille wurde unerträglich.

Dann ein sonderbares Geräusch – ein entsetzliches Geräusch.

Und danach nichts mehr. Das Kind war fort, im Gras nicht mehr zu sehen.

Manchmal, wenn das Licht aus einem gewissen Winkel einfiel, konnte sie das alles sehen.

Zu anderen Zeiten konnte sie gar nichts sehen. An solchen Tagen war es, als wäre nichts davon je passiert.

ANGELA GOULD

Einwohnerin von Milford, Dorset

Samstag, 14. April 2018

Angela hatte schon immer eine von den Silkies sein wollen. Hätte sie eine Bucket List geschrieben – hätte es so was damals schon gegeben –, wäre *ein Silkie sein* noch vor dem Kinderkriegen oder Heiraten an erster Stelle gekommen. Und damit war sie nicht die Einzige gewesen.

Inzwischen kannte jeder in der Stadt die Silkies, selbst die, die zu alt oder zu jung waren, um mit ihnen zur Schule gegangen zu sein. Sie waren überall, ihnen gehörten ortsansässige Geschäfte, sie setzten sich ehrenamtlich ein, waren Musterbürger.

Aber trotz ihres sehnlichen Wunsches hatte Angela nie mit dazugehört. Nur die ursprünglichen Mitglieder zählten zu den Silkies. Sie waren unzugänglich, und daran würde sich nie etwas ändern.

Und so gab sie sich mit dem Heiraten und Kinderkriegen zufrieden und beobachtete das Treiben der Silkies vom Schutz ihrer Esszimmergardinen aus.

Wären die Silkies nicht so unwiderstehlich sympathisch gewesen, hätte sie das vielleicht verbittert. Dann hätte sie sie vielleicht gehasst. Nie war ihr in all den Jahren, die sie schon in Milford lebte, auch nur ein einziger Mensch begegnet, der über die Silkies etwas Schlechtes sagte.

Irgendwann würde sie ihren Mut zusammennehmen und an Melissas Tür klopfen. Seit über zehn Jahren wohnten sie sich gegenüber und hatten trotzdem kaum mehr als Hallo gesagt. Einen der Silkies zu fassen zu bekommen war, als versuchte man, ein fallendes Blatt zu fangen. Irgendwie fand sie nie den richtigen Zeitpunkt, es zu wagen, und so zogen die Tage unverändert dahin.

1

Samstag, 14. April 2018

Melissa sah gerade aus dem Fenster, als Lee sich von hinten an sie anschlich.

»Um wie viel Uhr kommt Jenny?«, fragte er.

»Gleich«, gab sie zurück.

»Sie verspätet sich garantiert«, sagte er und küsste ihren Nacken. »Mindestens um eine Stunde. Das reicht, um nach oben zu gehen …«

Sie drehte sich zu ihm um und stupste ihn an den Bauch. »Denkst du eigentlich an gar nichts anderes?«

»Nein«, antwortete Lee mit einem Lächeln. »Die Kinder sind unterwegs, außer dir und mir ist niemand im Haus …« Er wackelte mit den Hüften. Sein Lächeln wurde breiter.

Sie ließ ihren Blick über seinen schlanken Körper schweifen. Er hatte die enge Jeans an, die ihn schlaksig wirken ließ. So, wie er mit seinen wackelnden Hüften dastand, sah er wieder aus wie mit sechzehn, als versuchte er, sie im Bungalow ihrer Mutter nach hinten ins Zimmer zu manövrieren und zu Bon-Jovi-Musik mit ihr zu knutschen.

Seine Haare standen empor. Sie streckte die Hand aus, um sie zu glätten, und gab ihm einen Kuss auf die Wange – die Art von Abschiedskuss, wie sie ihn den Kindern vor der Schule gab.

»Na, das ist wohl ein Nein. Aber falls du's dir anders überlegst …« Er gab ihr einen Klaps auf den Hintern und wandte sich ab. Unter seinem Fuß schepperte ein Buntstift quer über den Boden. »Kinder«, sagte er seufzend.

»Sie hat gesagt, dass sie's wegräumt, wenn sie nach Hause kommt.«

»Sehr wahrscheinlich.«

Polly, ihre Jüngste, war neun und hatte eine Leidenschaft für Malbücher. Im gesamten Haus ließ sie kleine Buntstiftaltäre auf dem Boden liegen, die an die Überreste von Lagerfeuern erinnerten, die sie am Strand zwischen den Dünen fanden.

»Hole ich sie vom Reiten ab?«, fragte Lee.

»Nein, das machen wir nachher auf dem Rückweg.«

»Und was ist mit Streberina?«

»Du solltest echt aufhören, sie so zu nennen.«

»Sie weiß doch, dass ich nur Witze mache.«

»Trotzdem …« Ihr mittleres Kind, die vierzehn Jahre alte Nina, wurde von ihren Klassenkameraden Streberina genannt. Sie wollte Ärztin werden und strengte sich in der Schule mächtig an, was alle mit Staunen beobachteten.

»Sie kommt vom Netball erst zum Essen zurück«, antwortete Melissa.

Sie drehte sich wieder zum Fenster um und hielt nach Jennys Auto Ausschau. Im Garten entdeckte sie nichts, was sich bewegte – keinen Ast, keinen Vogel, keinen Grashalm. Für den April war es sehr heiß; eine unerwartete Hitzewelle, die der Vorhersage nach noch mehrere Wochen andauern sollte.

»Was habt ihr Ladys denn überhaupt geplant?«, fragte Lee.

»Nichts Besonderes. Jenny will einen Strandspaziergang machen. Und auf dem Weg holen wir Rachel ab. Ihr fällt die Decke auf den Kopf – irgendwas von wegen Al und was für ein Idiot er ist.«

Lee grinste. »Sie sagt doch immer, dass Al ein Idiot ist.«

»Ach, meinst du?«

Und zwar deswegen, weil Al ein Idiot ist. Aber sie sprach den Gedanken nicht aus.

»Also, stellt keinen Unsinn an«, sagte Lee, nahm seinen Papierkram von der Küchenanrichte und klemmte sich den Stapel unter den Arm. »Bis später dann.«

»Viel Spaß«, wünschte sie ihm und schaute ihm hinterher, wie er den Raum verließ. Sein Gang war so leicht und locker, als stünde er unter weniger Zwängen als andere Menschen. Er schien auch nicht sonderlich zu altern.

Die ewige Jugend – die Illusion davon aufrechtzuerhalten – war sicherlich einer der Vorteile davon, seine Jugendliebe zu heiraten. Die damit verbundenen Erinnerungen sollte man nicht unterschätzen. Die meisten Menschen hielten jung zu heiraten für ein garantiertes Fiasko, aber für sie und Lee hatte es gut funktioniert. Jetzt, da sie beide zweiundvierzig waren und zweiundzwanzig Jahre davon verheiratet, sah Lee für sie immer noch genauso aus und fühlte sich genauso an wie beim ersten Kuss. Da hatte er nach Johannisbeerkaugummi geschmeckt. Selbst heute noch musste sie seufzen, wenn sie Ribena einschenkte.

Eine Art von Behaglichkeit lag darin – viel Behaglichkeit.

Sie warf einen Blick auf ihre Armbanduhr und schnalzte mit der Zunge. Nie kam Jenny pünktlich; es war ihr unmöglich. Dafür, dass sie ein so schönes Äußeres hatte, herrschte in ihr ein chronisches Chaos. Im Gegenteil zu Melissa, die die Kunst, den Haushalt und das Geschäft mit vorgetäuschter Entspannung zu führen, schon früh zu beherrschen gelernt hatte.

Wie durch ein Wunder führte auch Jenny in ihrer chaotischen Welt irgendwie ihren Haushalt, die Familie und ihr Geschäft. Es war eine zugegebenermaßen schillernd hübsche Welt; niemand wurde verletzt, und alle wirkten glücklich, also gab es vielleicht nichts, worum man sich Sorgen machen musste.

Für Melissa war die Versuchung, sich einzumischen, trotzdem zu groß. Sie versuchte Jenny ständig – ganz vorsichtig und unauffällig – zu helfen, effizienter zu werden. Seit dem vierten

Lebensjahr waren sie beste Freundinnen, und damals hatte sie ihr in der Sandkiste die beste Art gezeigt, ein Schloss zu bauen: Es kam darauf an, dass man den Sand gut festklopfte.

Jetzt im Erwachsenenalter gab sie Jenny bei passenden Gelegenheiten Tipps.

Es gibt da diese neue Handy-App, die deine ganzen To-do-Listen zusammenführt.

Meinst du nicht, ein Aktenschrank wäre praktisch?

Warum bewahrst du im Friseursalon dein Kleingeld nicht in der Kasse auf statt in dieser Strumpfhose hinten in der Schublade?

Melissa lächelte. Die Strumpfhose als Bankkonto zu benutzen war typisch Jenny.

Sie ging vom Fenster weg, setzte sich aufs Sofa und nahm gerade ihr Handy in die Hand, als es piepte. Es war eine SMS von ihrer anderen Freundin, Rachel.

Angeblich ist drei eine verhängnisvolle Zahl für Freundschaften, aber Melissa sah das anders. Sie, Jenny und Rachel waren schon seit Jahren eng miteinander befreundet. Sie waren sich ähnlich genug, um miteinander auszukommen, brachten dazu aber ihre individuellen Eigenschaften mit ein. War es nicht egal, wie viele Menschen einer Gruppe angehörten, solange man niemandem auf die Hühneraugen trat? Es wurde nur dann unangenehm, wenn zwei im gleichen Kleid auf derselben Party erschienen.

Rachel war die Cleverste aus ihrer Clique, und zwar inklusive der drei Ehemänner. Mit ihren kurzen Haaren und der John-Lennon-Brille äußerte sie sich immer ganz bewusst, hielt an jedem einzelnen Wort noch in dem Moment fest, in dem es ihren Mund verließ. Vor Kurzem waren zwei unübersehbare steile Falten zwischen ihren Augen entstanden, anscheinend über Nacht.

Melissa fielen solche Dinge auf. Als inoffizielle Anführerin ihrer Clique war das ihre Pflicht.

Ich muss den Ausflug kurz halten. Tut mir leid. Al stellt sich an. Rach xox

Die arme Rachel. Auf ihren Schultern ruhte viel, nicht buchstäblich, aber sie musste ständig für ihren irgendetwas brauchenden Mann da sein sowie für ihre beiden momentan – *momentan* – noch etwas weniger Aufmerksamkeit fordernden Söhne.

Melissa legte ihr Handy weg, starrte ins Leere und fragte sich, ob hinter Rachels aktuellen Sorgen mehr als der übliche Ärger mit Al steckte.

Sie würde sie nachher beiseitenehmen und fragen, ob alles in Ordnung sei, ob sie irgendwie helfen könne. Je ernster das Problem, desto unwahrscheinlicher, dass Rachel etwas sagen würde. Es war schon immer schwierig, etwas aus ihr herauszubekommen, wie Melissa bereits in der Grundschule erkannt hatte. Damals war Rachel dafür bekannt gewesen, sogar Papier zu essen, wenn darauf ein Geheimnis stand.

Vielleicht würde ein Glas Wein im Sonnenschein auf dem Heimweg helfen.

Gareth hatte gerade Max beim Rugby abgeliefert und ging zurück zu seinem Auto, als sein Handy klingelte. Normalerweise blieb er da, um seinen sechzehnjährigen Sohn spielen zu sehen. Er mochte es, sich mit den anderen Vätern zu unterhalten, mit denen er lachte und murrte und am frostigen Rand des Spielfelds mit den Füßen aufstampfte, um sich warm zu halten.

Heute bestand keine Erfrierungsgefahr. Es herrschte brutale Hitze, weshalb er wieder fuhr. Heißes Wetter überraschte ihn immer, besonders im April. Er hatte weder Sonnenmilch noch einen Hut dabei. Außer einem muffigen Umkleideraum gab es im Milford Rugby Club keinen Unterstand. Fünf Minuten am Rand des Spielfelds, und er würde röter als ein gerupftes Huhn sein.

Zu schade, das Match zu verpassen. Aber vielleicht konnte er schnell heimfahren, sich schnappen, was er brauchte, und wieder herkommen. Er zog das Handy aus seiner Tasche.

»Hallo.« Es war Jenny. »Wo sind meine Autoschlüssel?«

»Woher soll ich das wissen, Schatz?«

»Na, du hast sie doch zuletzt gehabt.«

»Hab ich das?«, sagte er, blieb neben seinem Wagen stehen und lehnte sich mit dem Rücken dagegen. Schon nach diesen paar Schritten war der Rücken seines Hemds feucht. Er sah Max zu, wie er aufs Spielfeld rannte, ein schlanker Teenager, der aussah, als müssten seine Gegner ihn in Grund und Boden stampfen. Aber er würde sie alle mit seiner drahtigen Stärke und Schnelligkeit überraschen.

Gareth, der in Wales geboren und in seiner Kindheit nach Dorset verpflanzt worden war, war stolz darauf, Waliser zu sein, und stolz auf seinen Sohn, das Rugby-Ass. Zweifellos hätte Max lieber wie alle seine Freunde Fußball gespielt, aber Gareth hatte ihm keine Ruhe gelassen. Und, na bitte – jetzt war er Mannschaftskapitän.

Gareth war froh, dass er diese unbezahlbaren Erlebnisse mit seinem Sohn teilen konnte. Wenn das mit seiner Tochter Olivia, Max' Zwillingsschwester, doch nur ebenso wäre.

Die arme Olivia war genauso dünn wie Max, wenn nicht noch dünner. Sie war ständig dabei, Karotten zu essen – Karottensaft, Karottensticks – und Internetvideos zu schauen, wie man sich Augenbrauen aufmalt.

War das normal für eine Sechzehnjährige?

Ja, versicherte Jenny ihm immer. Völlig normal.

Die Karotten und Augenbrauenanleitungen waren nur zwei der vielen Dinge, die er an Olivia nicht verstand. In letzter Zeit hatte sich zwischen ihnen eine Kluft aufgetan, die anscheinend keiner von ihnen überspringen konnte. Zum Glück war Jenny für sie da und überbrückte den Abstand.

Das geht vorbei, sagte sie ihm ständig.

Manchmal, in letzter Zeit immer öfter, tat ihm diese Kluft, die sich mitten in seiner Familie aufgetan hatte, richtig in der Seele weh. Bis vor zwei Jahren war Olivia sein kleiner Engel gewesen. Jetzt starrte sie ihn an wie einen missgestalteten Gartenzwerg.

»Du hast doch mein Auto umgeparkt«, sagte Jenny.

Er konzentrierte sich wieder auf sein Handy. »Ach ja, stimmt«, erwiderte er.

»Und wo hast du die Schlüssel hingetan?«

Jennys Wagen erschien vor seinem inneren Auge. Sie hatte sich gerade erst einen kleinen senfgelben Honda für Erledigungen in der Stadt gekauft und im Hinblick darauf, dass die Zwillinge nächstes Jahr Fahrstunden nehmen würden. Innen war das Auto hellbraun wie ein Keks. Wenn man darin saß, besonders bei diesem Wetter, kam man sich vor wie in einem warmen Apfelkuchen.

»Ich hab sie wieder hingehängt«, sagte Gareth.

»Da hängen sie aber nicht. Ich bin spät dran, Mel abzuholen …« Sie stockte. »Oh …« Ein Klimpern. »Ich hab sie die ganze Zeit in meiner Hosentasche.«

Er lachte. Jenny war ein Albtraum – ständig verlor sie Dinge und verspätete sich. Wie sie es schaffte, ihren Friseursalon zu führen, war ihm ein Rätsel. Haarschnitte für Kinder waren ihre Spezialität; noch nie hatte eine Stadt so modisch frisierte Kinder gehabt.

In diesem Moment schrien die Zuschauer begeistert auf. Max klemmte sich den Football unter den Arm und rannte über das Spielfeld.

»Lauf, Junge!«, brüllte Gareth.

»Was ist los?«, fragte Jenny.

»Mist. Ihm wäre fast ein Try gelungen«, erklärte Gareth.

»Ich wünschte, ich wäre mit dabei«, meinte Jenny. »Ist er …?«

»Jen«, sagte er.

»Ja?«

»Fahr los.«

»Ach ja. Okay. Bin schon unterwegs.«

Als er das Gespräch wegklickte, fühlte er sich irgendwie verstimmt. Schlechte Laune rumorte in seinem Magen. Jetzt hatte er keine Lust mehr, sich wegen Sonnencreme auf den Weg nach Hause zu machen. Er würde bleiben und sich das Spiel vom Auto aus ansehen.

Als ihm die Hitze aus dem Wagen entgegenschlug, verzog er das Gesicht. Er öffnete beide Türen weit. Dem Thermometer am Armaturenbrett zufolge waren es achtundzwanzig Grad.

Plötzlicher Lärm ließ ihn aufschauen. Die Menge jubelte wieder. Max sprintete auf die Linie zu.

»Mach sie alle!«, schrie Gareth und sprang aus dem Auto.

Max war ein Try gelungen. Er sah zu seinem Vater hinüber, Sonnenlicht in seinen blonden Haaren, die Wangen rot vor Anstrengung.

Gareth schrie und winkte und pfiff, außer sich vor Freude. In diesem Moment fuhr neben ihm ein Wagen vor, und ein Mann und seine Tochter stiegen aus.

»Das da ist mein Sohn. Hat gepunktet, gerade eben. Absolut fan-tas-tisch!« Manchmal brach sein Waliser Akzent durch. Dies war ein solcher Moment.

Der Vater lächelte höflich, bevor er mit seiner Tochter am Arm zum Spielfeld ging.

Mit seiner Tochter am Arm!

Wie alt mochte sie sein – fünfzehn, sechzehn? Sie sah ungefähr so alt aus wie Olivia.

Schwerfällig setzte Gareth sich zurück ins Auto und sah seinem Sohn zu. Aber immer wieder glitt sein Blick zu dem Vater mit der Tochter hinüber.

Er musste etwas tun, um den Abstand zwischen sich und Olivia zu verringern. Aber er hatte keine Ahnung, wo er damit anfangen sollte.

Jenny würde es wissen. Er würde noch mal mit ihr darüber reden, ihr klarmachen, wie sehr ihm das zusetzte. Jenny würde wissen, was zu tun war.

2

Das kannst du mir nicht einfach aufhalsen, Al. Das ist nicht fair.«

»Nicht fair?«, sagte Al, öffnete den Schrank und fuhr mit der Hand über die aufgehängten Hemden – Hemden, die sie jeden Sonntagabend bügelte.

Wann hatte er sich das letzte Mal bei ihr dafür bedankt? Wann hatte er sich bei ihr *jemals* für die vielen Dinge bedankt, die sie hinter den Kulissen erledigte, damit der Haushalt wie am Schnürchen lief?

»Ich muss arbeiten, Rachel.« Er wählte ein rosa Hemd aus, zog es an und beobachtete sich dabei im Spiegel. »Mit fair hat das nichts zu tun. Glaubst du etwa, ich habe Lust, an einem Tag wie diesem nach Portbridge zu fahren und in einer stickigen Konferenz zu sitzen? Natürlich hab ich keine Lust dazu. Aber ich habe keine andere Wahl. Ich bin der Hauptgeschäftsführer. Und einer muss ja die Hypothek bezahlen.«

Rachel verdrehte die Augen. Dass sie auch arbeitete, schien ihm nicht aufzufallen. Gut, sie verdiente nicht annähernd so viel wie er, aber trotzdem. Sie setzte sich aufs Bett und verschränkte die Arme vor der Brust. »Ich habe mich so darauf gefreut, was mit den Mädels zu machen.«

»Kannst du ja auch noch«, sagte er, mit seinen Manschettenknöpfen beschäftigt. »Außerdem siehst du Melissa sowieso jeden Tag im Jachthafen. Das reicht doch?«

»Nein«, gab Rachel zurück. »Das ist Arbeit.«

»Schau, alles, worum ich dich bitte, ist, dass du Ned zum Fußball bringst. Danach kannst du an den Strand fahren.«

»Gut«, sagte sie, doch sie fühlte sich alles andere als gut.

Al rückte seine Krawatte zurecht und ging dann mit ausgestreckten Händen ans Fußende des Bettes, um sie hochzuziehen. »Na komm«, sagte er. »Ist doch nicht so schlimm, oder?«

Wie konnte sie ihm erklären, dass es ihr in einem Haus voller Männer äußerst wichtig war, ihre Freundinnen zu sehen – und ein eigenes Leben zu haben?

Sie liebte ihre beiden Söhne von ganzem Herzen, und sie liebte ihn, aber sie genoss es, Zeit mit ihren Freundinnen zu verbringen, mit denen sie sich über Dinge unterhalten konnte, die sie verstanden. Manchmal versuchte sie, mit Al zu reden. Aber er hörte nur zu Anfang zu, bekam dann glasige Augen und hielt schließlich nach Anzeichen Ausschau, dass sie gleich fertig war, damit er einen angemessenen abschließenden Kommentar abgeben konnte.

Bei lebensbejahenden Gesprächen konnte man sich nicht auf einen Mann verlassen – zumindest nicht auf ihren.

Er strich ihr die Haare hinter die Ohren und küsste sie auf die Lippen. Ein leichter Hauch seines Aftershaves erreichte sie, sie erwiderte seinen Kuss und verfluchte sich, während ihre Brille beschlug.

Wenn er nur nicht so gut aussehen würde, wäre alles anders. Wie oft war ihr dieser Gedanke in den zwanzig Jahren ihrer Ehe schon gekommen?

»Du musst ja nicht noch weiter dableiben, wenn du Ned hingebracht hast«, sagte er.

Das hatte sie auch nicht vor.

»Und Joel kommt wann vom Hockey zurück?«, fragte er.

Sie zuckte mit den Schultern. Seit Joel siebzehn geworden war und den Führerschein hatte, kam und ging er oft, wie es ihm passte – in gewissen Grenzen natürlich. Um einen Studienplatz ergattern zu können, würde er viel Zeit mit seinen Büchern verbringen müssen. Das konnte sie ihm nicht oft genug sagen. Aber samstagnachmittags konnte er tun, was er wollte.

Ned dagegen war erst zwölf. Rachel hatte es nicht eilig, ihn in seiner Entwicklung voranzutreiben. Er schlief immer noch mit seinem Teddybären und nannte sie Mummy, und sie freute sich jedes einzelne Mal darüber.

»Ich nehme an, dass Ned vom Fußball auch wieder abgeholt werden muss?«, rief sie Al hinterher, der die Treppe hinunterlief.

»Äh, ja …«, sagte er. »Wenn du das tun könntest.« Neben der Haustür blieb er stehen und suchte im Schuhregal nach seinen Lederhalbschuhen.

»Also wenn ich endlich am Strand angekommen bin, habe ich gerade eine Stunde Zeit mit den Mädels?«

Er lächelte verlegen. »Ich mache es wieder gut.« Er küsste sie erneut, diesmal länger.

Sie entzog sich ihm. »Dann geh schon.«

Er ging leicht in die Knie, um ihr in die Augen sehen zu können. »Alles in Ordnung zwischen uns beiden?«

Er wirkte unschlüssig, verunsichert. Einen Moment lang freute sie sich darüber, seinem Gesicht dieses Gefühl anzusehen. Er brauchte sie immer noch, wollte sie noch.

Sie hätte seine Frage anders beantworten können. Es war nicht alles in Ordnung zwischen ihnen, aber das konnte sie ihm nicht sagen, zumindest noch nicht. Sie brauchte Zeit zum Nachdenken. Das war ihr Problem: Immer dachte sie nach. Manchmal war sie von ihren Gedanken wie gelähmt, ganz steif, wenn es um die Dinge ging, die sie schweigend ertrug.

»Ja«, antwortete sie. »Und jetzt geh.«

»Bis später, Süße«, sagte er. »Ich lieb dich.« Und dann war er weg.

Rachel seufzte. Sie ging ins Wohnzimmer, wo Ned auf dem Sofa lag und seinen *Beano*-Comic las. »Zeit, dich zum Fußball fertig zu machen«, sagte sie und stupste seine Beine an, damit er sich in Bewegung setzte.

»Muss ich?«, fragte er.

»Ja. Lauf nach oben und zieh dich um. Und beeil dich.«

Langsamer hätte er das Zimmer nicht verlassen können.

Sie hob sein Comicheft vom Fußboden auf. Dann sammelte sie eine Socke und ein Wasserglas sowie zwei voll geschnäuzte Taschentücher auf, die sie mit spitzen Fingern aufhob.

Manchmal hatte sie das Gefühl, dass sie ständig hinter ihren Männern herräumte. War das mit Töchtern auch so? In gewissen Grenzen kam es bestimmt allen Müttern so vor, egal, wer mit im Haus wohnte.

Es sei denn, man war wie Jenny, die nie aufzuräumen schien, die sich nie daran zu stören schien.

Beim Gedanken an Jenny drehte sich ihr der Magen um.

Sie hatte heute unbedingt mit ihr reden wollen. Es wäre die ideale Gelegenheit gewesen. Sobald sie am Strand waren, würde Melissa wie üblich runter zum Wasser laufen. Rachel und Jenny schlenderten immer eingehakt hinterher und unterhielten sich, während sie ihrer Freundin beim Schwimmen im Meer zusahen.

Jetzt würde nicht genügend Zeit für eine Unterhaltung bleiben, nicht so, wie sie es sich vorgestellt hatte. Es war nichts, womit sie einfach so herausplatzen konnte. Es kam auf den richtigen Zeitpunkt an.

Sie würde das noch mal überdenken müssen.

»Komm schon, Ned«, rief sie die Treppe hoch. »Wir müssen jetzt wirklich los.«

Nach der Zeit am Strand war es in Jennys Honda heiß auf dem Rückweg in die Stadt. Als sie über die Landstraße fuhren, ließ Melissa das Fenster herunter und wedelte mit ihrem Arm im Fahrtwind. Es herrschte nicht viel Verkehr, überraschend angesichts des sonnigen Wetters. Aber die Hitze war so drückend, dass fast zwingend schlechtes Wetter folgen musste. Ein Geruch von brennendem Gummi hing in der Luft, von schmelzendem Asphalt, Staub und vertrocknetem Gras.

Melissa hatte das Gefühl, dass im Auto eine etwas seltsame Stimmung herrschte – spröde und leicht angespannt. Vielleicht lag es am Wetter, das ja selbst so launisch war.

Jenny saß neben ihr und fuhr. Sie trug Sandalen mit dicken, hohen Korksohlen, eine übergroße Sonnenbrille und hatte ihre Haare zu einem Dutt geschlungen. Mit ihren eins fünfundfünfzig wirkte sie hinter dem Lenkrad winzig. Autofahrer hinter ihnen mussten denken, dass der Wagen selbstfahrend war.

Rachel saß mit gespitzten Lippen bewegungslos auf dem Rücksitz. Sie sah heute sehr müde aus, blass in ihren kurzen Ärmeln und den Shorts.

»Tja, und unsere beiden sind also heute shoppen gegangen«, sagte Melissa.

»In dieser Hitze«, meinte Jenny. »Wahnsinn.«

»Ich muss zugeben, das wäre heute auch nicht meine erste Wahl gewesen.«

»Wie lange sind die beiden jetzt zusammen?«, fragte Rachel und beugte sich vor.

Melissa drehte sich zur Seite, um ihr zu antworten. »Ungefähr ein Jahr?«

»Bist du sicher? Nicht schon länger?« Rachel schob ihre Brille weiter die Nase hoch. Die beiden Sorgenfalten zwischen ihren Augen sahen tiefer aus denn je. Irgendetwas beunruhigte sie eindeutig, aber anscheinend kam ein Glas Wein auf dem Heimweg nicht infrage – es gab an diesem Tag zu viel zu tun.

»Seit einem Jahr und fünf Monaten sind sie zusammen«, erklärte Jenny, zog die Schultern in Richtung Lenkrad hoch und senkte sie wieder.

»So lange schon?«, sagte Melissa. »Wie die Zeit vergeht …«

»Wie geht's Frank jetzt die Woche vor den Prüfungen?«

Melissas ältestes Kind und einziger Sohn Frank war siebzehn und im Begriff, seine Leistungskurse in den Sand zu setzen – im Gegensatz zu Rachels ältestem Sohn Joel. Der war auf dem besten Weg, an einer der angesehensten Universitäten zu studieren, und das war, laut Al, großartig.

»Sagen wir es so«, gab Melissa zurück. »Er sucht gerade mit Olivia bei Topshop Leggings aus. Das ist seine Priorität. Ist nicht bös gemeint.« Sie tätschelte Jennys Knie.

»Schon gut.«

Frank war der Freund von Jennys Tochter. Mit ihren sechzehn Jahren hatte Olivia noch ein Jahr, bis sie sich für die Prüfungen hinter ihre Bücher klemmen musste – und sie würde sich dahinterklemmen. Das hatte Jenny von Anfang an klargestellt.

Deshalb nahm auch niemand die Beziehung der beiden ernst oder erwartete, dass sie von Dauer sein würde. Unter sich sagten sie immer, dass sie hofften, dass ihre Kinder sich im Guten trennen würden, wenn es so weit war; mit so wenig Drama wie möglich.

»Frank hat einfach kein Interesse an Lernen und Prüfungen«, erklärte Melissa. »Er will nur so bald wie irgend möglich mit im Jachthafen arbeiten. Er will genauso sein wie Lee.«

»Oh«, machte Jenny. »Das ist doch prima, Mel. Du hast Glück, dass er weiß, was er werden will. Und er wird gut sein. Wenigstens musst du dir keine Gedanken machen, wer das Familiengeschäft übernehmen soll. Für manche Leute ist das ein echtes Problem.«

»Hm.« Melissa sah aus dem Fenster. Der Wind peitschte ihr die Haare ums Gesicht. Sie sprachen oft darüber, und das Thema ließ in ihr stets dasselbe Gefühl von Unruhe zurück, obwohl sie wusste, dass es nicht wirklich ein Problem war.

Lee zumindest war von Franks Vorsatz begeistert. Die Bootswerft, Silks Marina, gehörte der Familie schon seit mehreren Generationen. Hätten sie nicht Frank, würde er den Gedanken hassen, sich im Alter davon trennen zu müssen. Lee und die Marina waren über die Jahre hinweg zu einer Einheit verschmolzen. Er war ein kompetenter Schreiner, der nach Meeresluft, Leim, Farbe und Öl roch – auf eine angenehme Weise. Und mit Frank würde es genauso sein.

Der Jachthafen war für ihre Familie unbestreitbar von Vorteil. Melissa arbeitete selbst dort, organisierte Veranstaltungen. Zu Anfang ihrer Ehe hatte sie das Büro geführt, doch vor fünf Jahren hatte sie den Umbau eines der Bootsschuppen zu einer Veranstaltungshalle betreut, für die sie jetzt zuständig war. Das war der Zeitpunkt, an dem Rachel das Büro übernommen hatte.

Melissa hatte schon immer gewusst, dass sie mal einen Mann heiraten würde, der mit Wasser zu tun hatte. Ihrer Familie gehörte die drei Meilen vom Hafen entfernte Sea Kayaking Academy. Im Kajak durch die Wellen zu paddeln war ihre Kindheit gewesen. Es war nur eine Frage der Zeit gewesen, bis sie der Küstenlinie gefolgt war, um sich mit Lee zusammenzutun.

Wie konnte sie von Frank etwas anderes erwarten? Sie wollte einfach nicht, dass er verletzt wurde, wenn alle anderen, inklusive Olivia, davonzogen.

»Tja, da wären wir also, Ladys«, sagte Jenny und hielt vor Rachels Haus an.

»Danke fürs Mitnehmen«, sagte Rachel. »Tut mir leid, dass es nicht so war wie geplant.«

Von den beiden mit Löwen gekrönten Torpfeilern überragt, winkte Rachel ihnen vom Gehweg aus zu. Dann hängte sie sich ihren Lederrucksack über die Schulter und ging die Einfahrt hinauf.

»Moment …«, sagte Melissa zu Jenny, löste ihren Anschnallgurt und sprang aus dem Wagen. »Rachel, warte!«, rief sie.

Rachel blieb stehen und drehte sich überrascht um.

Melissa steckte ihre Daumen in die Hosentaschen ihrer Shorts. »Ist alles in Ordnung?«

Rachel lächelte, aber das Lächeln verflüchtigte sich schnell. »Ja, wieso?«

»Du wirkst so bedrückt.«

»Mit mir ist alles in Ordnung. Diese Hitze macht mich fertig.«

Melissa nickte. »Na, du weißt ja, wo du mich finden kannst …« Es brachte nichts, sie unter Druck zu setzen. Vielleicht war es tatsächlich nur die Hitze. Sie wollte wieder gehen, aber Rachel stand immer noch da.

Noch nie hatte sie Rachel unentschlossen erlebt. Es war beunruhigend, so als würden sie einander auf einer Schlittschuhbahn ins Wanken bringen. Jennys Honda lief noch. Aus den Autolautsprechern kam »Take My Breath Away«.

»Kann ich dich später anrufen? Ich würde dich gern was fragen.«

»Klar«, sagte Melissa. »Ich bin den ganzen Abend zu Hause.«

»Danke.«

Sie gaben sich ein Abschiedsküsschen, trennten sich, und Melissa spürte eine Welle der Zufriedenheit in sich aufwallen, dass sie an ihre Freundin herangekommen war. Gleichzeitig war sie aber auch neugierig darauf, um was für ein Problem es sich wohl handeln mochte.

»Was war das denn?«, fragte Jenny, als Melissa wieder ins Auto stieg.

»Nichts weiter. Ich wollte fragen, ob alles okay ist. Sie kam mir so still vor.«

»Sie ist immer ziemlich still.«

»Stimmt.«

Dabei beließen sie es. Jenny tendierte dazu, alles für bare Münze zu nehmen. Ihre silbernen Armreifen klimperten, als sie mit den Schultern zuckte. Dann drückte sie ihre übertrieben dicke Korksohle aufs Gaspedal, und sie fuhren in den Sonnenschein hinein nach Hause.

3

Um acht Uhr abends klingelte das Festnetztelefon, gerade als Melissa Polly die Zähne putzte.

»Mel!«, rief Lee die Treppe hoch. »Telefon!«

»Putz alleine weiter, Pols«, sagte Melissa und verließ das Badezimmer. »Aber vorsichtig.«

Eilig lief sie nach unten. Sie nahm das schnurlose Telefon mit in den Abstellraum und drückte die Tür hinter sich zu.

Wie erwartet war es Rachel.

»Sehr lange kann ich nicht sprechen«, sagte Rachel. »Al ist zu Hause.«

Bedeutete das, dass es um ihn ging? Interessiert drückte Melissa die Hörmuschel fester an ihr Ohr. »Wie kann ich helfen?«

Rachel blieb einen Moment lang stumm. »Ich wollte fragen, ob wir Kajak fahren gehen können?«

»Unten bei Mum?«

»Ja.«

»Ja, natürlich. Aber warum ist das so ein …« *Ereignis* hatte sie sagen wollen, aber Rachel schnitt ihr das Wort ab.

»Muss ich die Boote reservieren?«

»Ja. Sprich mit Mum oder David. An welchen Tag hast du denn gedacht?«

»Nächsten Samstag.«

Melissa war verwirrt. Kajak zu fahren war nichts Besonderes. Sie machten es immer mal wieder zu sechst, und das schon, seit sie Teenager waren. Da der Kajakverleih ihrer Mutter so nahe an der Stadt lag, war es ein Leichtes, ab und zu mit den Kajaks rauszufahren, noch dazu umsonst.

»Würde es dir was ausmachen, nicht mitzukommen?«, fragte Rachel.

Überrascht neigte Melissa den Kopf zur Seite. »Was?«

»Vielleicht könntest du diesmal mit Lee zu Hause bleiben. Wir wollen nur zu viert raus – ich, Al, Jenny und Gareth. Ist das okay?«

Melissa wusste nicht, was sie darauf antworten sollte, wusste nicht, ob sie das in Ordnung fand oder nicht. Es stand nirgendwo geschrieben, dass sie ihre Freunde bei allen Aktivitäten begleiten musste. Und trotzdem – es war der Kajakverleih ihrer Mutter, und Melissa war von ihnen mit Abstand die beste Paddlerin und bisher jedes Mal mitgekommen.

Allerdings war Al geübt genug, um die Führung eines einfachen Ausflugs übernehmen zu können.

»Ich habe meine Gründe«, sagte Rachel.

»Die da wären?«

Rachel stockte. »Ich will mit Jenny reden. Wir können am Strand spazieren gehen und uns eine Weile von den Männern abseilen.«

»Und wieso kann ich nicht mitkommen?«

Wieder schwieg Rachel einen Moment lang. Sie sprach auf ihre langsame, wohlüberlegte Art, aber in ihrem Ton lag noch etwas anderes, das normalerweise nicht darin mitschwang, etwas, das Melissa nicht ganz erfassen konnte.

»Weil ich nicht will, dass es so offensichtlich wirkt. Wenn du mit dabei wärst, würden die Männer sich wundern, wieso du nicht mit uns mitgehst. Und ich brauche Zeit mit ihr allein.«

»Warum?«

»Bitte, Mel«, sagte Rachel, »zwing mich nicht, es zu erklären. Noch nicht.«

Melissa runzelte die Stirn. Ihr gefiel nicht, wie das klang. »Wirst du es mir irgendwann sagen?«

»Ja.«

»Schwörst du das?«

»Ich schwöre es«, sagte Rachel.

Melissa konnte sich nicht vorstellen, worüber Rachel sich mit Jenny unter strengster Verschwiegenheit unterhalten musste. Seit wann hatten sie Geheimnisse voreinander? So lief das nicht zwischen ihnen.

»Warum denn Kajak fahren?«, fragte sie. »Warum macht ihr nicht einen Stadtbummel oder trinkt irgendwo einen Kaffee?«

»Weil es nicht so einfach ist. Ich brauche was, das wir alle gern zusammen machen – etwas, das Spaß bringt und … ein Gemeinschaftsgefühl vermittelt. Etwas, wo sie nicht einfach aufstehen und weggehen kann.«

»Ich verstehe.« Sie verstand nicht. Nichts davon war verständlich.

»Bitte, hab Geduld mit mir«, sagte Rachel leise. Ihre Stimme schwankte.

Was blieb Melissa anderes übrig? »Okay, aber gib mir einen Hinweis, worum es geht. Ich meine, ist es was Ernstes? Bist du todkrank? Ist …«

»Niemand ist todkrank«, sagte Rachel. »Da ist nur was, das wir … ausbügeln müssen.«

»Wie Wäsche bügeln?«

»So ungefähr.« Rachel lachte nervös. »Es ist nichts, weswegen du dir Sorgen machen musst. Ich schwöre es. Lass uns bitte kein großes Trara darum machen.«

Das hatte Melissa auch nicht vor. Sie wusste ja nicht einmal, was es war, worum sie ein großes Trara hätte machen können.

»Wenn du erfährst, worum es geht, wirst du es verstehen.«

»Na, dann kann ich's kaum erwarten«, sagte Melissa trocken. »Viel Spaß. Schickt mir eine Postkarte.«

»Ach, sei doch nicht so, Mel. Es hat nichts mit dir zu tun. Es ist nur etwas, um das ich mich kümmern muss, und dann wird wieder alles gut sein.«

»Prima.« Gereizt zog Melissa die Nase hoch. Hinter der Tür rannte Polly im Flur hin und her – dem Lärm nach zu urteilen spielte sie mit Nina. Polly schüttete sich aus vor Lachen, so wie Kinder es oft tun.

Würde das alles auf lange Sicht überhaupt von Belang sein, fragte Melissa sich. Es war ja nur ein Kajakausflug.

»Sieh nur zu«, sagte sie, »dass Al alles genau plant, wie ich es sonst immer tue.«

»Mache ich. Danke. Ich weiß das wirklich zu schätzen.«

»Dann tschüss jetzt«, sagte sie, drückte das Gespräch weg und lehnte sich gegen die Waschmaschine. Obwohl sie Rachel blind vertraute, hatte das Gespräch sie aus dem inneren Gleichgewicht gebracht. Sie hatte kein automatisches Anrecht auf Jennys Freundschaft oder die der anderen Silkies, aber sie war daran gewöhnt, im Mittelpunkt der Gruppe zu stehen, dort, wo alle Fäden zusammenliefen. Ausgeschlossen zu werden gefiel ihr ganz und gar nicht. Hoffentlich würde diese Kränkung kein Dauerzustand sein.

Im Moment konnte sie nichts dagegen tun. Sich darüber zu ärgern half nicht. Sie verdrängte die Angelegenheit und öffnete die Tür zu ihrer lauten Familie.

Lee hatte sich zu den Mädchen gesellt und rannte irgendetwas von Ninjas schreiend herum. Frank saß auf der Treppe, schüttelte über seinen Vater und seine Schwestern den Kopf und machte mit Daumen und Zeigefinger das Loser-Zeichen. Er war viel zu alt und cool, um mitzuspielen.

Dies waren Melissas Lieblingsmomente – ihre ganze Familie an einem Ort versammelt zu sehen, wo sie auf einem einzigen Foto abzulichten war.

Und dann stürzte Lee an ihr vorbei, und sie verlor das Gleichgewicht und fiel zu Boden, und alle lachten und kamen, um ihr hochzuhelfen – sogar Frank.

Rachel legte auf und sah sich um, sah auf die Spinnweben, die das Garagentor einrahmten, und den dichten klebrigen Staub auf den Marmeladegläsern und Farbdosen in den Regalen – Regale, die ein bisschen wackelig waren, weil Al nicht der beste Heimwerker war, aber zu viel Stolz besaß, es zuzugeben. Ihr Haus war voller wackeliger Möbel und Einrichtungsgegenstände, die Al zusammengebaut hatte, nur dass sie hinterher durch die Zimmer gehen und heimlich alle Schrauben anziehen musste. Falls das eine Metapher für irgendetwas war, wusste sie nicht, wofür.

Sie sah auf das Telefon in ihren Händen und fragte sich, was Mel wohl von ihrem Gespräch hielt. Obwohl sie eine feste Dreierfreundschaft hatten, standen Melissa und Jenny sich schon immer näher als sie einer der beiden.

Es war keine offensichtliche Dynamik, und sie störte sich nicht daran. Sie akzeptierte, dass Mel und Jenny sich so nahe wie Schwestern waren, und genoss die Freundschaft, die sie mit beiden teilte.

So war es zumindest bis vor Kurzem gewesen. Aber jetzt stand alles auf dem Kopf, und sie musste die Dinge wieder richten und ins Lot bringen.

Und dabei würde sie aus der Reihe tanzen müssen. Es stand ihr nicht zu, geheime Unterhaltungen mit Jenny zu führen, aus denen Melissa ausgeschlossen war. Dessen war sie sich nur allzu bewusst. Melissa würde das kein bisschen gefallen, aber sie war eine gute Seele und wollte stets das Richtige tun. Melissa würde sich in Geduld üben und warten, das wusste Rachel.

Sie war Melissa schon immer mit einer gewissen Ehrfurcht begegnet und hatte zu ihr aufgeschaut, obwohl sie gleich groß und gleich alt waren. Melissa war nicht auffallend hübsch, nicht wie Jenny. In der Schule war sie wegen ihres überragenden Selbstbewusstseins äußerst beliebt gewesen. Sie schien sich damals nie so zu benehmen, als würden ihr die Blicke folgen, und doch hatten alle sie ständig beobachtet.

Jetzt, da sie erwachsen und Mütter waren, stellte Melissas Selbstbewusstsein ein noch größeres Wunder dar. Sie trug zu ihren grünen Augen und verwuschelten Haaren kaum Make-up, nur einen Tupfer Lippenbalsam. Während die anderen Antifaltencremes kauften und im Spiegel verdrossen ihre Fältchen und vergrößerten Poren betrachteten – zumindest tat Rachel das –, schaffte Melissa es irgendwie immer noch, mit dem natürlichen Look zu überzeugen.

»Ach, hier bist du.« Die Seitentür der Garage war aufgegangen. Von Licht umrahmt, stand Al vor ihr. »Was machst du denn hier draußen?«

Sie stand auf und steckte ihr Handy in die Tasche. »Ich suche die Badezimmerfarbe.«

»Die was?«

»Die Farbe. Ich will das Badezimmer neu streichen.«

»An einem Samstagabend?«, fragte er. »Ich dachte, wir wollten Ned früh ins Bett schicken und einen Film gucken?«

»Ich hab nur … ach, egal. Ich lasse es bleiben.«

»Gut«, sagte er und streckte ihr seine Hand hin.

Sie folgte ihm ins Haus, konnte sich an diesem Abend aber nicht ruhig vor den Fernseher setzen. Ihre Gedanken wanderten zum nächsten Samstag, wenn sie tun würde, was getan werden musste.

Al nippte an seinem Wein und drückte ab und zu ihr Knie, um sich zu vergewissern, dass ihr der Film genauso gut gefiel wie ihm, und sie nickte und lächelte beruhigend. Warum sollte es anders sein?

4

Samstag, 21. April 2018

Sie trafen sich alle auf dem Parkplatz der Sea Kayaking Academy. Al war wie ein Verrückter gefahren, weil er unbedingt als Erster ankommen wollte. Er hatte die Verantwortung für den Ausflug übernommen und ihn genauestens geplant, wie man es bei Kajakausflügen, egal wie kurz, machen musste – das hatte er Rachel mehrmals gesagt.

Es war ein herrlicher Tag. Die Hitzewelle lief noch immer Amok. Im Eingangsbereich des Kajakverleihs war es heiß; Fliegen summten gegen die Fensterscheiben. Rachel läutete die Tischglocke, und Melissas Bruder kam sofort aus dem hinteren Büro.

»Guten Morgen«, sagte er förmlich.

»Hallo, David«, erwiderte Rachel. »Wir sind gekommen, um mit den Kajaks rauszufahren.«

Er starrte sie verständnislos an. Seine Wangen wurden rot.

»Gibt es ein Problem?«, fragte Al. Rachel warf ihm einen Blick zu und hoffte, dass er sich nicht aufspielen würde. Er hatte ein Polohemd an, den Kragen zum Schutz vor der Sonne hochgestellt, und einen Streifen Sunblocker auf der Nase, als wäre er ein Rettungsschwimmer.

»Ist deine Mum da?«, fragte Rachel.

David schüttelte den Kopf. »Wir haben heute keine Kunden gebucht. Ich erledige nur die ad-mini-stra-tive Arbeit.« Er runzelte die Stirn, konzentriert darauf, das Wort korrekt auszusprechen.

Obwohl Melissa immer betonte, dass ihr jüngerer Bruder niemandem leidtun musste, spürte Rachel, wie ihr Herz vor lauter Mitleid mit ihm schwer wurde. Melissa sagte stets, dass er bloß ein wenig länger brauchte, um sich zu sortieren.

»Wir könnten auch einfach nur ein Picknick machen?«, schlug Rachel vor und drehte sich zu Jenny und Gareth um, die sich diplomatisch bei den Prospektständern herumdrückten.

Jenny, die eine Kühltasche in den Armen trug, meinte: »Von mir aus.«

Aber Gareth stöhnte. »Ich hatte mich aufs Paddeln gefreut«, sagte er. »Am Strand zu sitzen wird affenheiß sein.«

»Du hast doch sicher nichts dagegen, wenn wir die Boote nehmen, David?«, fragte Al. »Du hattest sie reserviert, oder, Rachel?« Er drehte sich zu ihr um.

»Ja«, antwortete Rachel. »Ich hatte mit David gesprochen.«

Das ließen sie alle sacken und kamen zu demselben Schluss: David hatte die Buchung vergeigt.

»Also, ich bin dafür, dass wir uns die Kajaks nehmen, und fertig«, sagte Al.

»Ähm …«, machte David.

»Gut, damit ist die Sache beschlossen«, erklärte Gareth und klatschte in die Hände. »Kommt, auf geht's.«

David schien die Situation nicht zu gefallen, aber ihm fehlten sowohl das Vokabular als auch der Mut, um zu widersprechen. Gehorsam verließ er das Gebäude und führte sie den Pfad zu den Bootsschuppen hinunter.

Rachel hielt sich hinter den anderen und rückte am Griff ihrer Kühltasche, der sich in ihren Arm grub. Sie rieb sich die rote Hautstelle und beobachtete David, wie er die vier Kajaks eins nach dem anderen herauszog, auf seiner Schulter aus dem Schuppen trug und aufs Gras legte.

»Ab hier können wir übernehmen«, meinte Al und gab David einen Klaps auf den Rücken. »Danke, Mann. Du bist mega.«

Rachel verzog das Gesicht. Fehlte nur noch, dass Al ihm lässig die Gettofaust gab.

David wandte sich zum Gehen.

»Danke«, sagte Rachel mit einem Lächeln.

Er lächelte höflich zurück, aber Rachel sah das Widerstreben in seinem Gesicht. Er tat nur selten etwas ohne die Genehmigung seiner Mutter. Kajaks ohne eine vorliegende Reservierung herauszugeben musste in seinen Augen einem Verbrechen gleichkommen.

David kehrte ins Büro zurück, und sie setzten sich den sandigen Bretterweg entlang in Bewegung, jeder ein Kajak hinter sich herziehend. Jenny sah hübsch aus, geradezu kokett in ihren Glitzer-Flip-Flops und dem kurzen Strandanzug mit Hawaiimuster. Aber Rachel beneidete sie nicht um diesen Look; sie war lieber praktisch und trug meerwasserdichte Gummischuhe und Kleidung mit UV-Filter.

»Was haben eure Jungs denn heute vor, Rach?«, fragte Gareth.

»Joel lernt«, antwortete sie. »Und Ned ist auf einem Geburtstag mit Pyjamaparty.«

»Schön … Olivia ist bei dieser Hitze mit Frank ins Kino gegangen, kannst du dir das vorstellen?«, sagte er.

Rachel lachte. »Ach, ich weiß noch, wie das war – sechzehn Jahre alt zu sein und alle Zeit der Welt zu haben, damals, als man Sonnenschein noch vergeuden konnte.«

»Max vergeudet ihn auch in rauen Mengen«, gab Gareth zurück. »Sitzt den ganzen Tag bei seinem Kumpel im Haus und spielt Videospiele. Wir hätten sie alle mitschleifen sollen, damit sie an die frische Luft kommen.« Er wandte sich an Jenny. »Hätte mir vielleicht geholfen, ein besseres Verhältnis zu Olivia aufzubauen. Ist dir der Gedanke mal gekommen?«

»Nein, nicht wirklich«, erwiderte Jenny. »Ich kann mir nicht vorstellen, dass sie in ein Kajak steigt.«

»Warum nicht?«, fragte er.

»Weil sie sechzehn ist?«

»Ja, gut«, sagte er.

»Wovon redet ihr?«, hakte Al nach. »Wie man die Familienbande stärkt? Da kann ich Paintball empfehlen.«

Jenny lachte spöttisch. »Vielleicht mit deinen zwei Jungs, Al. Aber mit Livvie? Im Ernst?«

»Klingt, als würdest du mit ihr einen Einkaufsbummel machen müssen, Gareth«, sagte Al. »Oder in so einen Nagelladen gehen.«

»Das nennt sich nicht Laden, du Schaf«, meinte Jenny, »sondern Salon oder Studio. Oder heutzutage sagt man auch Nagelbar. Du musst dich auf dem neuesten Stand halten.«

»Oh, das bin ich total«, entgegnete Al, zog seine Shorts ein Stück runter und versuchte, den Gangsterwalk zu markieren.

»Hör auf, Al«, sagte Rachel. »Das ist peinlich.«

Jenny lachte. Ihre weißen Zähne glänzten im Sonnenlicht.

»Ja, du bist peinlich«, erklärte Gareth und stieß Al mit seinem Kajak an, sodass er vom Bretterweg auf den Sand stolperte, wo er hin und her wankte, bis er sein Gleichgewicht wiederhatte.

»Heiliger Himmel«, sagte Al halb im Scherz, halb verärgert. »Wir haben einen Zeitplan. Wir können hier nicht rumtrödeln.«

»Du warst doch der, der läuft, als hätte er die Hose voll«, erwiderte Gareth.

Mehr Gelächter von Jenny. Einer der Gründe, aus denen sie Gareth geheiratet hatte, war, dass er sie zum Lachen brachte. Das sagte sie oft.

»Im Ernst«, meinte Al, »wir müssen die Zeit im Auge behalten.«

»Jawohl, Sir«, sagte Gareth und salutierte.

Rachel schloss zu Jenny auf. Ihre Kajaks stießen gegeneinander. »Hast du Lust, gleich nach dem Lunch ein bisschen spazieren zu gehen, bevor wir aufs Wasser gehen?«, fragte sie.

»Was, ein Spaziergang? Den werdet ihr hinterher machen müssen«, erklärte Al. »Vorher ist keine Zeit.«

»Oh«, sagte Rachel.

Das war schade, aber nicht das Ende der Welt. Solange sie reden konnten, bevor der Tag zu Ende war, würde der Ausflug nicht umsonst gewesen sein.

»Zu schade, dass Mel Migräne hat«, meinte Jenny. »Hoffentlich kümmert Lee sich um sie.«

»Natürlich tut er das«, meinte Gareth. »Armer Kerl. Er macht alles, was sie ihm sagt.«

»Das stimmt nicht«, widersprach Jenny. »Mel kommandiert niemanden herum.«

Jetzt lachte Gareth. »Mel kommandiert niemanden herum? Ha! Und jetzt erzähl uns den nächsten Witz!«

Rachel wurde still. Ihr war unwohl dabei, über Melissa und die Lüge zu reden, die sie ihren Freunden erzählt hatten. Melissa hatte den Ausflug mit einer Migräne als Ausrede in letzter Minute abgesagt. Rachel war berührt und dankbar; sie würde sich bei ihr revanchieren, sobald sie konnte. Sie hoffte nur, dass es all diese Anstrengungen wert war.

Melissa versuchte unter einem Baum Schutz zu suchen, aber es war nur ein mickriger Strauch, der kaum Schatten spendete. Sie lehnte sich an Lee, welkte neben ihm dahin und fragte sich, wie die Mädchen es schafften, in der Mittagssonne Netball zu spielen.

»Ist es gleich zu Ende?«, fragte Polly und zog an Melissas Arm. »Ich braaaate.«

»Nicht mehr lange, Püppi«, antwortete Melissa. »Höchstens zehn Minuten.«

»Das sind Ewigkeiten«, sagte Polly und zuckte dramatisch mit den Armen und Beinen. »Bis dahin bin ich *tot*.«

»Halte durch, Pols«, sagte Lee. »Versuch, nicht zu sterben. Das wäre schlecht für die Teammoral.«

Normalerweise war Polly um diese Zeit beim Reiten, aber wegen der Hitze und des Risikos, dass die jüngeren Kinder einen Hitzschlag bekommen konnten, war es abgesagt worden. Vierzehnjährige waren von solchen Schutzmaßnahmen anscheinend ausgenommen. Die Mädchen auf dem Netball-Platz sahen alle hochrot und verschwitzt aus, inklusive Nina. Ein Mädchen hörte immer wieder auf zu spielen, um nach seinem Inhalator zu greifen. Auf dem Getränketisch, den Melissa schon vor dem Spiel aufgestellt hatte, sanken die Orangenstücke in sich zusammen. Die Tabletts glitzerten hart im Sonnenlicht, die Wassergläser wurden warm.

»Los, Milford!«, rief Melissa, als Ninas Team auf das Netz zulief. Sie waren schnell, diese Mädchen, und groß – so groß. »Ihr packt das. Wirf! *Ja!*« Sie sprang klatschend auf und ab. »Wieder ein Treffer! Unsere Mädels gewinnen!«

Nachdem der Schlusspfiff erklang und nachdem sie eine erschöpfte Nina vom Platz geleitet hatten, begann Melissa, den Getränketisch abzubauen.

»Danke, Mel«, rief eine der anderen Mütter, die ihre Tochter zum Auto brachte, ihr im Vorübergehen zu. »Du bist die Beste.«

»Hast du dich je gefragt«, sagte Lee und senkte die Stimme, bis die Familie außer Hörweite war, »warum du das immer machst und sonst niemand?«

Melissa zuckte mit den Schultern und stellte einen Karton mit benutzten Gläsern nach hinten in den Kofferraum. »Weil ich mich engagiere. Ich helfe gerne. Das mache ich einfach.«

»Schon, aber wieso helfen die andern nicht auch ab und zu? Unser Auto stinkt nach Orangen.«

»Das ist der Preis dafür, ein guter Mensch zu sein«, sagte sie.

»Stinkige Orangen?«, fragte Polly.

»Ja.«

»Also ich finde, das ist ein toller Geruch, Mummy. So als hättest du dein eigenes Parfum.«

Nina lag leblos auf der Rückbank des Autos, das Gesicht unter einem Handtuch versteckt.

»Hast du gut gemacht, Nina«, sagte Lee. »Du warst super. Die beste Seitenstürmerin im gesamten Team, meiner Meinung nach.«

»Ich war die einzige Seitenstürmerin im Team«, entgegnete Nina trocken.

Als sie losfuhren, warf Melissa einen Blick in Richtung Hope Cove aufs Meer und fragte sich, was die anderen gerade machten. Sie schätzte, dass sie wohl jetzt ihr Picknick auspackten.

Lee las ihre Gedanken. »Alles gut?«, fragte er leise, damit die Mädchen es nicht hörten. Die beiden unterhielten sich schon auf dem Rücksitz, oder zumindest redete Polly. Nina hörte unter dem Handtuch kommentarlos zu.

»Inwiefern?«, sagte Melissa.

»Ach komm.« Lächelnd sah Lee zu ihr hinüber. »Es muss dich umbringen. Die Silkies fahren Kajak, ohne dass du mit dabei bist?«

»Was ist daran so schlimm?«, gab sie zurück. »Es ist ihr gutes Recht. Mir macht das nichts aus.« Sie beugte sich vor, stellte das Radio an und klopfte mit der Hand den Takt des Liedes dazu.

Er sagte nichts mehr, griff nur nach ihrer Hand und hielt sie.

Sie entzog sie ihm nicht, mochte es, sie dort liegen zu haben – schon immer.

Der Ausflug zu der kleinen Insel South Rocks war genau so, wie Al versprochen hatte – leicht, idyllisch.

»Hast du Spaß, Süße?«, fragte er Rachel über seine Schulter hinweg.

So nannte er sie immer. Irgendwann würde sie ihn bitten müssen, das zu unterlassen. Es klang jedes Mal ironisch. Sie war viel – mitfühlend, umgänglich, anmutig sogar –, aber nicht süß.

»Ja, danke«, sagte sie.

»Alle Mann okay?«, rief er.

»Super-duper okay«, war Gareths Antwort.

Bei South Rocks ließen sie sich treiben. Rachel sah zu den langen Gräsern hinauf, die oben auf den Felsen wuchsen wie ein Haarbüschel auf einem kahlen Kopf.

»Und jetzt?«, fragte sie. »Drehen wir um?«

»Ja«, antwortete Al, wischte sich den Schweiß von der Stirn und tauchte seine Hand ins Meer.

»Na ja …«, sagte Jenny. »Ich habe eine Überraschung.«

»Eine Überraschung? Was, hier?«, fragte Gareth und sah sich um, als würde er erwarten, im Wasser eine dreistöckige Torte zu entdecken.

»Können wir schnell hinter die Insel paddeln?«, sagte Jenny.

Al zuckte mit den Schultern. »Könnten wir.«

»Mir ist beides recht«, meinte Rachel.

»Dann paddelt ihr nur«, sagte Gareth. »Ich warte hier und hole euch auf dem Rückweg ein.«

»Nein, das wirst du nicht tun«, erklärte Al. »Entweder wir paddeln alle zusammen oder keiner.«

»Ach bitte, Schatz«, sagte Jenny. »Vertrau mir. Es wird ein toller Spaß.«

»Also gut«, entgegnete Gareth.

Al schirmte seine Augen mit der Hand ab und sah zum Himmel hinauf. Der Sunblocker auf seiner Nase war am Schmelzen und Verschmieren.

»Was ist?«, fragte Rachel.

»Ich sehe mir nur die graue Wolke da an.«

»Ist die ein Problem?«

»Na ja, sie könnte bedeuten, dass das Wetter umschlägt.«

»Macht sie dir Sorgen, Junge?«, fragte Gareth.

Al betrachtete immer noch den Himmel. »Geht schon noch. Aber wenn wir die Insel umrunden wollen, sollten wir loslegen.

Bis die Wolken hier sind, wird's noch eine Weile dauern – falls sie überhaupt in unsere Richtung ziehen.«

»Na, dann los«, sagte Rachel.

Und sie setzten sich wieder in Bewegung, paddelten vor der Insel entlang, der Uferlinie in sicherer Distanz zu den Felsen folgend.

Erst als sie um die Ecke paddelten, die Insel zu ihrer Rechten liegen ließen und aufs Meer hinausfuhren, kam der Wind auf. Zuerst war er sanft. Rachel spürte, wie er ihre Haare in die Höhe wehte und ihr die Haut kühlte. Al war neben ihr; hinter ihnen plauderten Jenny und Gareth und lachten über irgendetwas.

Von der Seite klatschte eine Welle gegen Rachels Kajak. Eisiges Wasser spritzte ihr auf die Beine. »Oh! Ich bin klitschnass!«

»Mach dir keine Sorgen«, sagte Al. »Es wird ein bisschen nass werden.«

»Ich bin auch durchweicht«, rief Jenny. »Mein Kajak ist voll mit Wasser. Als ob ich in der Badewanne säße.«

»Na, du wolltest das doch machen«, rief Al zurück. »Willst du umdrehen?«

»Nein«, sagte Jenny. »Paddel weiter.«

Sie erreichten das Ende der Insel und umrundeten die Ecke, um an der Hinterseite entlangzupaddeln.

Und dort erwischte sie der Wind.

Er wehte stark, attackierte sie direkt von vorne. Rachel schnappte nach Luft. Ihre Haare peitschten ihr ins Gesicht. Einen Augenblick lang hatte sie das Gefühl, nicht voranzukommen, als würde der Wind sie zurückblasen. »Was zum Teufel …?«

»Hier entlang wird's schlimmer sein«, sagte Al. »Wenn wir um die nächste Ecke kommen, geht's wieder. Siehst du dann schon.«

»Was sagst du?«, schrie Gareth.

»Paddel weiter!«

Rachel fixierte ihren Blick auf das Ende der Insel, das ungefähr zweihundert Meter weit entfernt war, und paddelte, so sehr sie konnte. Es war aufregend, ihre ganze Kraft einzusetzen, um voranzukommen, während der Wind sich gegen sie stemmte.

Eine große Welle schlug gegen den Bug ihres Kajaks und spritzte ihr ins Gesicht. Als sie nach oben sah, bemerkte sie den dunklen Himmel, in dem sich die Wolken sammelten. »Guck mal nach oben, Al!«, rief sie.

»Was?«

»Schau dir den Himmel an. Das ist ein Sturm. Wir sind in einem Sturm! Wir hätten hier nicht herkommen sollen!«

»Guck da nicht hin. Konzentrier dich aufs Paddeln. Wir müssen es nur um die Ecke schaffen.«

»Alles okay bei euch?«, rief sie über ihre Schulter.

»Hä?«, machte Gareth.

»Alles okay bei dir?«

»So ziemlich!«

»Jenny?«, fragte sie. »Und du?« Wieder schlug ihr vorne eine große Welle gegen das Boot und spritzte sie nass.

»Wir sind gleich da«, rief Al von vorne.

»Jenny?«, fragte sie wieder. Sie zitterte. »Alles okay?«

Gareth rief ebenfalls nach ihr. »Alles in Ordnung, Jen?«

Rachel versuchte, einen Blick nach hinten zu werfen, konnte es aber nicht, ohne etwas zur Seite zu lenken. Große Tropfen Regen oder Meerwasser – sie konnte nicht sagen, was – klatschten ihr ins Gesicht. Überall war Wasser – kalte Wellen, graue Gischt, schwere nasse Wolken über ihnen. Jetzt machte es ihr keinen Spaß mehr. Sie bekam Angst. »Jenny?«, rief sie.

Es dauerte eine Weile, bis sie sie antworten hörten. Sie klang weiter weg.

»Wir müssen warten, Al«, sagte Rachel. »Jenny kommt nicht mit.«

Al hörte auf zu paddeln. Rachel tat es ihm nach.

»Mach weiter, Jen«, rief Al mit einem Blick über die Schulter. Sein Kajak wippte kippelig auf und ab. »Komm zu uns.«

Jetzt, wo sie zu paddeln aufgehört hatten, blies der Wind sie rückwärts. Jenny kam näher. Sie war nicht so weit zurückgefallen, wie Rachel befürchtet hatte.

»Da bin ich«, meldete sich Jenny. »Aber meine Arme werden müde.«

»Paddel weiter«, sagte Al. »Wir sind fast da, guck.«

Sie waren nur ein paar Meter von der Ecke entfernt. Sie senkten die Köpfe und kämpften sich weiter.

»Da sind wir!«, schrie Al triumphierend.

Von der begeisterten Aufregung in seiner Stimme wurde Rachel leicht ums Herz. Einer nach dem anderen umrundeten sie die Ecke der Insel und befanden sich jetzt wieder auf dem Weg zum Strand. Der bloße Anblick von Sand – von Festland, Zuhause – gab ihr Kraft.

Aber zu ihrem Bestürzen hatten sie den Wind ganz und gar nicht hinter sich gelassen. Er wehte jetzt von links, und nun sogar stärker. Er drückte sie näher an South Rocks heran.

Al ließ sich zu ihr zurückfallen.

»Ich dachte, du hättest gesagt …«, begann sie.

»Mach einen kräftigen Paddelschlag rechts«, sagte er, »dann einen leichten links und dann immer weiter so.«

»Was ist?«, fragte Gareth.

»Starker Paddelschlag rechts, leichter Paddelschlag links«, rief Al.

Rachel versuchte, den Anweisungen zu folgen, aber ihr schwanden langsam die Kräfte. Wie stand es um Jenny?

»Jen?«, schrie sie.

»Sie ist bei mir«, gab Gareth zurück.

»Ich versuche, zu ihnen zurückzupaddeln«, sagte Al. »Dann kann ich sie von hinten im Auge behalten.«

Ihm musste, noch während er es sagte, bewusst geworden sein, dass das unmöglich war. Die Strömung zog sie aufs Meer hinaus.

Und unter ihnen waren Felsen. Rachels Paddel war gerade gegen einen gestoßen.

»Ich dachte, es ist Flut«, sagte sie.

»Ist es auch«, entgegnete Al. »Jedenfalls dachte ich …«

Eine Windböe schüttelte sie und trieb Al nach links auf das offene Meer zu.

»Al!«, schrie Rachel, gerade als eine Welle sich in einer Wand aus Gischt vor ihr aufbäumte und ihr Kajak mit Wasser füllte.

Hinter ihr schrie Gareth irgendetwas, aber sie konnte nicht zurückschauen, konnte ihn nicht verstehen. Sie wurden zu nah an die Felsen herangetrieben. Sehr viel länger konnte sie nicht weiterpaddeln – sie würde mit Sicherheit kentern.

Wieder schlug eine Welle über ihr zusammen. Sie schluckte Wasser und hatte das Gefühl zu ersticken. Ihre Haare wickelten sich um ihren Hals, ihre Finger und Zehen waren taub.

Einen Moment lang wurde alles ganz still – ihre Ohren waren voller Wasser.

Ein mächtiger Windstoß kam, ein Anschwellen der Wogen, und plötzlich sauste sie nur so dahin. »Al!«, schrie sie, als sie nach vorn, von den anderen fortgetrieben wurde.

Starr vor Angst schloss sie die Augen und schrie.

Und dann wurde alles ganz langsam. Orientierungslos sah sie sich um. Dort auf South Rocks war das Grasbüschel, das ihr vorhin aufgefallen war. Sie befand sich wieder vor der Insel. Irgendwie hatte sie es hierhin geschafft.

Der Wind fing an, sie wieder nach vorne zu schieben. Sie erhaschte einen Blick auf Al, der vielleicht zwölf Meter von ihr entfernt war. Sein Rücken war ihr zugewandt. »Jenny?«, schrie sie. »Gareth?«

Gareth antwortete. Es klang, als wäre er hinter ihr.

»Jenny?«, schrie sie erneut. Keine Antwort. Sie paddelte, so stark sie konnte, versuchte, ihr Kajak weit genug zu drehen, dass sie zurückschauen konnte.

Und dann entdeckte sie sie. Jenny hatte es nicht wie die anderen aufs offene Wasser geschafft. Sie hatte es nicht um die Ecke der Insel geschafft, sondern wurde nach hinten gezogen, in die Richtung, aus der sie gekommen waren.

»Al!«, brüllte Rachel. »Tu etwas!«

Er war jetzt weiter entfernt von ihr und kämpfte darum, nicht zu kentern.

»Gareth!«, schrie sie.

Gareth gab irgendetwas Unverständliches von sich. Der Wind heulte Rachel in den Ohren und peitschte ihr die Haare ins Gesicht.

Panik überfiel sie. »Jenny! Jenny!« Sie versuchte, sich ganz umzudrehen, aber der Wind war zu stark. Je mehr sie versuchte zu wenden, desto mehr kippte ihr Kajak unkontrolliert zur Seite. »Jenny!«, schrie sie.

Einen Moment lang befand sie sich ihrer Freundin gegenüber. Jenny rief hysterisch um Hilfe.

Rachel paddelte verzweifelt. Gareth und Al konnte sie nicht mehr sehen oder hören. Kurz flaute der Wind ab, lange genug, dass Jennys Flehen sie erreichte. »Rachel! Hilfe! Hilfe!«

Und dann bäumte sich eine riesige Welle auf, die Jenny verschluckte.

Rachel schrie auf. Ihr Mund füllte sich mit Wasser. Als ihre Augen wieder klar wurden, sah sie gerade noch, wie ihre Freundin an den Felsen kenterte und um die Ecke herum gezogen wurde, aufs Meer hinaus und außer Sichtweite.

5

Na, mach schon«, sagte Lee, nahm ein Stück Pizza und biss zu. »Ruf sie an. Ich weiß, dass du innerlich vergehst.«

»Mit vollem Mund spricht man nicht«, sagte Melissa.

»Wen willst du anrufen, Mummy?«, fragte Polly und zog an einem Mozzarellafaden auf ihrer Pizza, um zu sehen, wie lang er sich strecken ließ. Eine beachtliche Distanz, stellte sich heraus.

»Lass das, Polly«, sagte Melissa. »Und hör nicht auf Daddy. Er redet Unsinn.«

»Ihre Freundinnen«, erklärte Frank, ebenfalls mit vollem Mund. »Die, die sie besessen kontrollieren muss.«

Melissa lächelte. Frank wusste, wie er sie reizen konnte. »Ja, genau, besessen … so bin ich.«

»Zu schade, dass *du* von nichts außer Olivia besessen bist«, sagte Nina. »Sonst könntest du echt was aus deinem Leben machen.«

»Ach, sei ruhig, Streberina«, sagte Frank.

Melissa sah Lee mit hochgezogener Augenbraue an. »Siehst du? Dein Sohn macht dir alles nach. In jeder Hinsicht.«

Nina ließ ihr Stück Pizza auf den Teller fallen. »Was willst du damit sagen? Nennt Dad mich auch Streberina?«

»Natürlich nicht«, erklärte Lee.

»Natürlich doch«, sagte Frank. »Alle nennen dich Streberina.«

Nina dachte kurz darüber nach, zuckte dann mit den Schultern und nahm wieder ihre Pizza in die Hand. »Für dich immer noch Dr. Streberina.«

Melissa lachte. Sie war stolz auf ihre Tochter. Diese Art von

Einstellung würde Nina brauchen, um das Medizinstudium zu bewältigen – wenn das denn ihr Ziel bleiben sollte.

»Mach mal bitte lauter«, sagte Polly. Sie zeigte auf das Radio. »Ich liebe diesen Treck.«

»Track meinst du wohl«, sagte Frank.

»Na und, ich sage halt Treck.«

»Es heißt Track, Polly«, meinte Nina. »Es hat nichts mit Trecking wie Wandern zu tun, sondern mit Track auf einem Album.«

»Wen interessiert's?«, sagte Frank. »Ihr seid alle auf dem falschen Treck, mMn.«

»Was ist mMn?«, fragte Polly.

»Handysprache für ›meiner Meinung nach‹«, antwortete Nina und warf ihre Haare nach hinten. »Frank kann sich nur in Abkürzungen äußern. Längere Worte überfordern ihn.«

»Halt die Klappe, du Nerd.«

Ninas Wangen röteten sich. Ab und zu traf jemand ins Ziel und tat ihr weh. »Mum?«, sagte sie.

»Hör auf damit, Frank. Sei nett zu deiner Schwester.«

Nachdem alle die Waffen streckten, herrschte mehrere Minuten lang Frieden. Melissa sah zu ihrem Handy hinüber, das auf der Anrichte lag, und fragte sich, wann ein guter Zeitpunkt war, um Rachel anzurufen. Es war gerade kurz nach achtzehn Uhr. Sie wollte nicht den Eindruck erwecken, dass sie nach dem Rechten schaute. Sie wollte nur wissen, wie der Ausflug gewesen war, und hoffte, dass Rachel jetzt in der Lage sein würde, ihr zu erzählen, um was für ein Geheimnis es ging. Sie war brav gewesen und hatte getan, worum Rachel sie gebeten hatte, und sich die ganze Woche lang in Geduld geübt. Aber es gab Grenzen dafür, wie viel Spannung ein Mensch ertragen konnte.

Das ging ihr gerade durch den Kopf, als im Flur der Festnetzapparat klingelte. »Entschuldigt«, sagte sie, sprang auf und verließ den Tisch.

In der Hoffnung, dass es Rachel war, nahm sie ab. Doch sie hörte eine Stimme, die sie nicht erkannte. Mehrere Sekunden lang ergab das Gespräch überhaupt keinen Sinn.

Sie fühlte sich in Situationen der letzten Jahre zurückversetzt, wenn jemand von der Schule anrief, um ihr irgendetwas Banales über ein abzugebendes Formular oder einen zu organisierenden Gebäckverkauf mitzuteilen, während ihr erster Gedanke war, dass den Kindern etwas zugestoßen war.

Jetzt erging es ihr genauso, obwohl sie wusste, dass ihre Kinder alle gesund und munter in zwei Meter Entfernung Pizza aßen.

»… Entschuldigung … rufe für Rachel Beckinsale an …«

»Wie bitte?« Melissa stand stocksteif da. Es war düster im Flur. Durch den Milchglaseinsatz in der Haustür kroch der Abend herein. »Von wo rufen Sie noch mal an?«

»Vom Krankenhaus in Portbridge. Rachel hat gehofft, dass Sie ihre Sachen aus der Hope Cove abholen können. Wenn es Ihnen lieber ist, kann das auch die Polizei erledigen, aber sie hat Ihren Namen genannt.«

»Was? Warum? Was ist denn passiert?«

»Ich befürchte, am Telefon darf ich keine Einzelheiten herausgeben.«

»Aber warum ist sie denn da?«, fragte Melissa. »Sind die anderen bei ihr?«

»Wie gesagt, darüber darf ich keine Auskunft geben. Wäre es Ihnen lieber, wenn ich es die Polizei erledigen lasse?«

»Nein, schon gut. Ich mache das.«

»Danke.«

Sie wollte gerade fragen, wo genau im Krankenhaus sie hingehen sollte, als sie merkte, dass die Frau bereits aufgelegt hatte.

»Worum ging's?«, fragte Lee, der kauend im Türrahmen erschienen war.

»Rachel ist im Krankenhaus. Ich muss zum Strand fahren und ihre Tasche holen.«

»Du musst was?«, fragte Lee und rieb sich die Krümel von den Händen.

»Ich weiß nicht, was los ist. Die Frau wollte mir keine Auskunft geben.« Sie sah sich um, warf einen Blick auf ihre Jeansjacke an der Garderobe und ihre Schuhe im Regal.

»Ich fahr dich – wir können alle mitkommen.«

»Nein, du bleibst bei den Kindern.« Sie schnappte sich ihre Schlüssel. »Ich weiß nicht, wie lange ich gebraucht werde. Ich ruf dich an, sobald ich dort bin.«

»Ich werde versuchen, die anderen anzurufen«, sagte Lee.

»Okay«, meinte sie. »Schick mir eine SMS, wenn du irgendwas erfährst.« Sie steckte den Kopf in die Küche und rief ihren Kindern zu: »Bin gleich wieder da. Ich muss nur was für Tante Rachel erledigen.«

An der Haustür blieb sie stehen, um Luft zu holen. In Gedanken ging sie die kürzeste Strecke vom Strand zum Krankenhaus durch.

Lee begleitete sie zum Auto. »Bleib nicht länger als nötig am Strand. Wenn du nicht finden kannst, was du suchst, fahr einfach. Es wird gleich dunkel.«

Als sie den Motor anließ und den Rückwärtsgang einlegte, machte er mit dem Daumen und dem kleinen Finger das Telefonzeichen. »Ruf mich an!«

Unten in der Bucht herrschte eine gespenstische Atmosphäre, oder vielleicht bildete sie sich das auch nur ein. Die Weißdornbäume am Rande des Strands sahen griesgrämig aus, krumme Silhouetten vor dem Himmel. Sie blühten noch nicht, und die Knospen der Bäume schimmerten in der Dämmerung wie das Weiße von auf sie gerichteten Augen.

Melissa löste den Knoten ihrer um die Taille geschlungenen Jacke und zog sie sich über, während sie den Bretterweg hinunterging. Hinter ihr lag der Kajakverleih ihrer Mutter im Dunkeln. Manchmal lösten eine Katze oder ein plötzlicher Windstoß die Bewegungsmelder aus, aber an diesem Abend war alles ruhig.

Auf halber Strecke zum Strand hinunter entdeckte sie die Kühltaschen und Rucksäcke auf der Picknickdecke. Eilig hastete sie darauf zu, kniete sich hin und fasste in Als Tasche nach seinem zusammengerollten Handtuch. Es war noch trocken. Im Handtuch fand sie sein Handy. Sie ging die anderen Taschen durch; alle Handys waren da und alle Handtücher trocken.

Sie hatten die Boote ausgeliehen und waren noch nicht zurückgekehrt. Nicht weit entfernt befand sich der Steg, von dem aus sie losgepaddelt sein mussten. Die Wellen klatschten lässig gegen den hölzernen Anleger, ohne ihr etwas zu verraten.

Sie sammelte die Taschen ein und trug sie zum Strand zurück. Ihr Picknick hatten sie anscheinend gegessen. Die Kühltaschen waren leicht, und Bierdosen klapperten darin.

Sie wollte gerade zurück auf den Bretterweg gehen, als ihr etwas auffiel – drei Spuren im Sand, die vom Ufer zu den Weißdornbäumen führten. Mit rasendem Herzen starrte sie auf die drei Kajaks, die im Dunkeln unter den Bäumen lagen.

Sie ließ die Taschen fallen und ging näher heran. Selbst im schwindenden Licht konnte sie sehen, dass zwei der Kajaks blassblau waren – Als und Gareths Boote. Das andere war rot, nach so vielen Jahren des Gebrauchs dermaßen ausgebleicht, dass es wie die Spitze von weiß gelutschtem Wassereis aussah.

Sie nahmen immer dieselben Kajaks, die, in die sie damals als Teenager ihre Initialen eingeritzt hatten. Das war ihr Ritual, eine Art Tradition.

Sie ging in die Hocke und spähte auf die Seite des roten Boots. RBA – Rachels alte Initialen, ihr Mädchenname.

Jennys Kajak fehlte.

Mit einem Plumps ließ sie sich in den Sand fallen und sah sich sprachlos um. Was war nur passiert?

Sie konnte hier nicht herumsitzen. Sie musste los. Sie ging zurück zu den Taschen, hob sie auf und ging zum Kajakverleih hoch.

Während sie sich mahnte, ruhig zu bleiben, die Taschen in den Kofferraum lud und beherrscht vom Parkplatz auf die Landstraße und in Richtung Portbridge fuhr, vertiefte sich die Dunkelheit.

6

Gareth schlug die Augen auf. Irgendetwas über ihm war sehr hell. Die Sonne? Aber warm fühlte es sich hier drinnen nicht an. Er zitterte. Seine Zähne klapperten unaufhörlich.

Was zum …

Er versuchte, sich zu bewegen, aber ein stechender Schmerz in seinem Kopf überzeugte ihn, es bleiben zu lassen. Sein rechtes Knie pochte, als hätte jemand mit einem Holzhammer draufgeschlagen. Schließlich setzte er sich doch ein wenig auf, um sich umzusehen, und entdeckte, dass er an einem Tropf hing. Dann sah er die Krankenschwester am Fußende seines Bettes, die auf einem Klemmbrett schrieb.

»Ach, schön«, sagte sie, »Sie sind wach.« Sie kam um das Bett herum an seine Seite und öffnete den knisternden Klettverschluss eines Blutdruckmessgeräts, das sie ihm um den Arm legte. Dann pumpte sie die Manschette auf und wartete. Schließlich lockerte sich die Manschette, und die Krankenschwester atmete aus. »Perfekt. Sie sind auf dem Weg der Besserung. Das sehen wir gerne.« Sie schrieb wieder etwas auf ihrem Klemmbrett. »Möchten Sie eine Tasse Tee?« Sie hängte die Tabelle ans Fußende seines Bettes.

Er starrte sie verwirrt an, konnte sich nicht an Einzelheiten wie seinen Namen erinnern und was er hier machte. Es schien ein unpassender Zeitpunkt zum Teetrinken zu sein.

»Ich würde ein heißes Getränk empfehlen«, sagte sie, »wenn Sie trinken können. Ihre Körpertemperatur sollte ein bisschen steigen. Aber das Schlimmste haben Sie auf jeden Fall überstanden.« Sie lächelte.

Halt suchend musterte er das Identifizierungsarmband an seinem Handgelenk: DAVIES 18.07.1975.

Er kämpfte sich weiter in eine aufrechte Sitzposition und schob dabei die Decken weg, die bis unter sein Kinn gesteckt schwer auf seinem Körper lagen.

»Was ist denn passiert?«, krächzte er. Er erkannte seine Stimme kaum wieder.

Die Krankenschwester setzte sich auf die Armlehne des Stuhls neben seinem Bett. »Erinnern Sie sich nicht?«

»Ich …« Er versuchte nachzudenken. Jeder Teil seines Körpers schien zu schmerzen, hauptsächlich aber sein Knie und sein Kopf.

»Sie hatten einen Unfall«, sagte sie. »Man hat Sie heute mit Prellungen und einer mittelschweren Unterkühlung eingeliefert.«

»Wie spät ist es jetzt?«, fragte er und starrte sein bloßes Handgelenk an. Seine Armbanduhr war weg. Jetzt, da er darüber nachdachte, fiel ihm auf, dass er anscheinend gar nichts bei sich hatte. Auf dem Nachttisch neben ihm lag nichts. Alles, was er hatte, war sein umnebeltes Gehirn. War das hier eine Unterart der Hölle?

»Achtzehn Uhr«, antwortete die Schwester.

Wesentlich später, als er erwartet hatte.

»Warum erinnere ich mich an nichts?«, fragte er.

»Das werden Sie schon noch. Je mehr Ihr Körper sich erwärmt, desto besser wird sich wieder alles regulieren, und Sie werden nicht mehr so verwirrt sein. Das verspreche ich Ihnen.«

In diesem Moment zuckte etwas über ihr Gesicht – ein plötzlicher Zweifel oder Beunruhigung. Selbst in seinem gegenwärtigen Zustand sah er es, konnte aber nicht erkennen, was es war, und wollte auch nicht fragen. Er spürte, dass es etwas Persönliches war, das mit ihm zu tun hatte. Unter der Oberfläche lauerte ein ernstes Problem, das sich erst noch zeigen würde.

»Wie wäre es mit Tee?«, fragte sie erneut.

Er nickte resigniert. »Wo bin ich?«

»Im Portbridge General Hospital«, antwortete sie. »In der Notaufnahme. Ruhen Sie sich nur aus, ich bin gleich wieder da.«

Er schaute ihr hinterher, wie sie auf quietschenden Gummisohlen das Zimmer verließ.

Als er sich im Raum umsah, entdeckte er, dass ein Vorhang ihn von einem anderen Patienten trennte – möglicherweise von Dutzenden. Allerdings konnte er nichts hören.

»Hallo?«, rief er. »Ist noch jemand hier?«

Er wollte, dass seine Freunde, seine Familie, die Menschen, die er liebte, hier waren. Er konnte sie sich alle so klar und eindeutig vorstellen, als stünden sie aufgereiht vor ihm wie in einer seltsamen Krankenhausversion der Fernsehserie *This is Your Life*.

Doch dann spürte er es wieder, das Gefühl von etwas Dunklem, Verstörendem, das außer Sichtweite versteckt war. Er zwang sich, gerade zu sitzen, versuchte, sich auf das zu konzentrieren, wovor sein Verstand flüchtete.

Er konnte das gefährlich kochende Meer sehen, konnte Al Anweisungen brüllen und Jenny hinter sich rufen hören, dass sie nicht mehr konnte. Er schmeckte Salz, fühlte es in seiner Nase und Kehle prickeln, als er Wasser schluckte.

Eine Welle nach der anderen rollte heran, versetzte sie in Angst. Er zumindest hatte Angst. Al anscheinend nicht, jedenfalls ließ er sich nichts anmerken. Er brüllte ihnen Anweisungen zu wie auf einem seiner Pfadfinderausflüge. Al war schon seit Jahren kein Pfadfinderführer mehr, aber manche der Ortsansässigen begrüßten ihn immer noch mit dem traditionellen Namen der Pfadfinderführer: Akela.

Aber selbst Akela schwanden die Kräfte.

Gareth öffnete die Augen und rieb sich das Gesicht. Er konnte diesen Gedanken nicht mit geschlossenen Augen nachhängen. Sie waren zu grauenhaft.

Er sah zum Fenster. Er konnte Jenny nach ihm schreien hören. Er versuchte, sich umzudrehen, um sie zu sehen, aber es war unmöglich, ohne gegen die Felsen geworfen zu werden. Vor ihm schlug Rachel, deren Kajak wild hin und her schlingerte, auf das Wasser ein. Al war aus seinem Blickfeld verschwunden.

Rachel brüllte. Was sie sagte, konnte er nicht verstehen; der Lärm des Windes war zu laut. Jetzt schrie Jenny, schrie um Hilfe.

Als er zur Seite kippte, durchstachen scharfe Schmerzen die Seite seines Kopfes, und irgendetwas schmetterte gegen sein Knie.

Er merkte, dass er aufgehört hatte zu zittern.

Alles war still.

Er konnte die Schritte der Krankenschwester den Korridor entlangquietschen hören. Sie kehrte mit einem Teetablett ins Zimmer zurück.

»Ich habe Ihnen ein paar Kekse mitgebracht«, sagte sie. »Ein bisschen Zucker, um Sie aufzupeppen.« Sie sah Gareth an, als sie das Tablett abstellte. »Ist Ihnen nicht gut?«

»Schwester«, sagte er, »wo ist meine Frau?«

Rachel griff nach Als Hand. Er lag beunruhigend reglos da. Sie beobachtete die Anzeige auf dem Monitor, ohne zu verstehen, was die Zahlen bedeuteten – ohne verstehen zu müssen, solange nur Als Herz noch schlug und seine Lungen arbeiteten.

Er war stark unterkühlt. Man hatte ihn in einiger Entfernung von seinem Kajak im Wasser treibend gefunden und mit dem Hubschrauber zum Krankenhaus geflogen. Und jetzt stand er unter ständiger Beobachtung. Wenn es ihm nicht bald besser ging, würden sie ihm Blut abzapfen, es erwärmen und zurück in seinen Körper leiten. Sie betete darum, dass es nicht so weit kommen würde.

Im Moment wärmten sie ihn mit intravenös verabreichter Flüssigkeit, Heizdecken und warmem Sauerstoff auf, den er durch eine

Maske inhalierte. Die Ärzte waren in den letzten Minuten mehrmals da gewesen – gekommen und gegangen, sich mit leisen Stimmen beratschlagend.

Jetzt waren sie wieder hier, versammelten sich am Fuß von Als Bett, um seine Tabelle zu lesen.

Voller Angst betrachtete sie das graue Gesicht ihres Mannes. Warum war er so lange im Wasser geblieben?

Weil er nicht fähig gewesen war, sich geschlagen zu geben, selbst nicht mit dem Meer als Gegner. Das Letzte, was sie von ihm gesehen hatte, war, wie er versuchte umzukehren und Jenny zu retten. Und dann war er aus ihrem Sichtfeld geschwemmt worden.

Sie blinzelte die Tränen weg. Und ja, sie fühlte sich schuldig, weil sie mit einer leichten Unterkühlung davongekommen war. Sie war nicht so lange im Wasser geblieben wie Al. Die Küstenwache hatte sie in der nächsten Bucht aufgesammelt, in der sie es nach dem Kentern geschafft hatte, ans Ufer zu schwimmen.

Was mit Jenny und Gareth passiert war, wusste sie nicht und hatte noch nicht den Mut, nach ihnen zu fragen. Im Moment war es schwer genug, die Sorgen um Al zu ertragen.

Sie hoffte, dass mit ihren Kindern alles in Ordnung war. Zum Glück war Ned auf der Pyjamaparty – im Zuhause seines Freundes in Sicherheit. Und Joel, na ja, der war siebzehn. Er war ganz ins Lernen für die Schule und in seine eigenen Bedürfnisse vertieft. Er würde die Stille im Haus genießen und erst viel später merken, dass irgendetwas nicht stimmte.

Tränen sammelten sich erneut in ihren Augen, als sie Als Hand drückte. Ihre Haut fühlte sich gestrafft an, steif wie Pergament. Sie konnte sich nicht vorstellen, was so schrecklich falsch gelaufen war.

War Jenny nichts passiert? Was, wenn doch?

Rachel stöhnte auf und drückte wieder Als Hand. Hätte sie doch nur den Ausflug nicht vorgeschlagen. Hätte sie doch nur Melissa nicht gebeten, zu Hause zu bleiben.

Beim unerwarteten Geräusch einer Frauenstimme zuckte sie zusammen. Es war eine der Ärztinnen, die der Krankenschwester zurief, erneut Als Temperatur zu messen.

»Er ist stark und durchtrainiert«, sagte die Ärztin. Sie lächelte Rachel beruhigend zu. »Er hat beste Chancen, sich wieder ganz zu erholen.«

Rachel nickte stumm. Sie stellte fest, dass sie sich in dieser ungewohnten Umgebung noch weniger äußerte als sonst. Aber ihre Gedanken rasten, als wollte ihr Verstand das kompensieren. Sie fragte sich, ob vielleicht auch das Gegenteil zutraf – ob redselige Menschen eine ruhige Gedankenwelt besaßen.

Sie warteten, während die Krankenschwester Als Temperatur maß.

»Sie sind Jenny, nehme ich an?«, fragte die Ärztin und musterte Rachel neugierig.

»Nein, ich bin seine Frau Rachel.«

»Oh, Verzeihung. Ich wusste nicht …«

»Wir sind mit Jenny befreundet«, sagte Rachel. »Al war so lange im Wasser, weil er versuchte, ihr zu helfen.«

»Ach so. Ja, das ergibt Sinn. Er hat ihren Namen gerufen, als er eingeliefert wurde.«

Rachel versuchte, nicht darauf zu reagieren. Mit brennenden Wangen starrte sie auf ihre Füße. Glücklicherweise hatte sich die Aufmerksamkeit der Ärztin inzwischen auf etwas anderes gerichtet. Das Thermometer war ablesebereit.

Die Ärzte drängten sich wieder murmelnd zusammen. Dann wandten sie sich zu ihr um. »Gute Neuigkeiten. Es geht ihm immer besser. Wir kommen gleich wieder.«

Rachel nickte ein Dankeschön.

Nachdem sie gegangen waren, sah sie an sich selbst hinunter. Sie saß mit einem Patientennachthemd und Krankenhaushosen bekleidet auf dem Stuhl neben Als Bett. Jetzt, da Al nicht mehr in

Gefahr schwebte, war der perfekte Zeitpunkt, um die Kraft für die Frage nach Jenny und Gareth aufzubieten. Aber sie hatte keinerlei Energie mehr. Daher blieb sie, wo sie war, und beobachtete Als zuckende Pulsschlagkurve auf dem Monitor, während seine Sauerstoffmaske bei jedem Atemzug flüsterte.

ANGELA GOULD
Einwohnerin von Milford, Dorset

Angela wusste, dass etwas los war, als sie Melissa aus dem Haus rennen sah, kurz nachdem der Pizzalieferant da gewesen war. Angela steckte ihre Nase ungern in die Angelegenheiten anderer Menschen, aber sie wohnte in einer ruhigen Straße, in der sich jeden Tag alles mehr oder weniger im gleichen Rhythmus abspielte. Wenn etwas anders war, fiel das meistens auf.

Sie hatte in der Küche an ihrer Spüle gestanden und den Abwasch gemacht, als sie das *Popp-Popp-Popp-Popp* des Motorrollers die Straße herunterkommen hörte und Lee Silk an der Haustür sah, wie er den Stapel Pizzakartons entgegennahm.

Aber dann war Melissa kurz danach besorgt dreinschauend mit dem Auto weggefahren.

Jetzt erinnerte Angela sich plötzlich wieder an etwas von vor einigen Stunden. Sie hatte beim Supermarkt gerade ihre Einkäufe in ihren Kofferraum gestellt, als die Luft sich mit dem Lärm eines vorüberfliegenden Hubschraubers füllte. Die Sonne schien ihr in die Augen, aber die rot-weiße Farbe des Rettungshelikopters der Küstenwache hatte sie erkennen können.

Sie zog ihre Abwaschhandschuhe aus, holte ihr Telefon und rief Nessa an.

Nessas Mann gehörte dem Rettungsteam der Küstenwache an. Falls irgendetwas passiert war, würde sie es mit Sicherheit wissen.

7

Melissa betrat das Portbridge General Hospital durch die Haupteingangstür und sah sich suchend nach irgendeinem Hinweis um, wohin sie sich wenden sollte. Das Atrium war riesig. Die Wände waren mit Unterwasserbildern bemalt, und die Decke, unter der sich geräuschlos Ventilatoren drehten, war schwindelerregend hoch.

Ein Arzt im Kittel kam auf sie zu. »Entschuldigen Sie«, sagte Melissa. »Gibt es hier irgendwo eine Rezeption?«

Er deutete über seine Schulter. »Da hinten auf der linken Seite.«

»Danke.«

Am Empfangsschalter informierte eine Dame sie, ohne mit dem Tippen aufzuhören, dass Rachel Beckinsale auf Station E liege, einer Abteilung für leichte Verletzungen. »Gehen Sie wieder durch die große Tür hinaus, dann nach links, danach wieder links, dann nach rechts, und dann sind Sie da.«

Den Weg dorthin hätte Melissa beim besten Willen nicht finden können. »Und Jennifer Davies?«

»Einen Moment bitte … Ich befürchte, es ist niemand mit diesem Namen eingeliefert worden.«

Das war doch gut. War es gut?

»Und Gareth Davies?«

Die Dame an der Rezeption hörte zu tippen auf und musterte Melissa und die Taschen, die ihr über die Schultern hingen, bevor sie sich wieder ihrer Tastatur widmete. »Er liegt auf der Intensivstation.«

»Auf der Intensivstation …«, sagte Melissa. »O Gott.« Dorthin würde sie zuerst gehen. »Wie komme ich dahin, bitte?«

»Weiter den Korridor entlang, dann nach rechts, und dort ist ein Schild. Aber Sie beeilen sich besser. Die Besuchszeit endet um zwanzig Uhr.«

Melissa war bereits in Bewegung, die Trageriemen der Taschen entschlossen ihre Schultern hochschiebend, als sie die Handys in den Handtüchern gedämpft klingeln hörte – seltsam vibrierende Klänge, als hielte sie jemand unter Wasser. Das Geräusch war quälend, beunruhigend.

Die Intensivstation war tatsächlich ausgeschildert, aber nur, weil es wie eine Wanderung bis in die nächste Stadt war. Dort angekommen, schmerzten ihre Schultern, und ihr Rücken war feucht von Schweiß. Die Krankenschwestern verwiesen sie auf einen dem Empfang gegenüberliegenden Raum und erklärten ihr, dass sie nur für kurze Zeit hineingehen dürfe.

Sie klopfte an die Tür und wünschte sich im nächsten Moment, nicht geklopft zu haben, denn niemand schenkte ihr Beachtung.

Wie betäubt saß Gareth kreidebleich im Bett. Eine Krankenschwester redete beruhigend auf ihn ein und drückte ihm die Hand.

Melissa blieb stehen, stellte die Taschen an die Wand und nahm das Bild vor ihr in sich auf.

Nichts daran beruhigte sie. Vielmehr beschlich sie ein schreckliches Gefühl. Sie wandte ihren Blick nicht von Gareth ab.

Sieh hoch, Gareth. Bemerk mich doch.

Aber die Krankenschwester half ihm, sich hinzulegen. Er schloss die Augen und lag still da.

Die Schwester drehte sich um und bemerkte sie. »Hallo«, sagte sie, während sie näher kam und Melissa musterte. »Kann ich Ihnen helfen?«

»Ich wollte nur wissen, wie es Gareth geht. Ich bin eine Freundin.« Sie deutete auf die Taschen zu ihren Füßen. »Ich habe seine Sachen gebracht. Wie geht es ihm denn?«

»Es steht nicht schlecht um ihn. Er braucht nur Ruhe. Ich habe ihm ein leichtes Schlafmittel gegeben.«

»Oh. Ist …? Ähm, können Sie mir sagen, was passiert ist? Seine Frau Jenny ist meine beste Freundin. Ich möchte nur wissen, wo sie ist – wo Jenny ist …« Vom Gesichtsausdruck der Pflegerin verunsichert, brach sie ab.

Die Krankenschwester berührte Melissa leicht am Ellbogen. »Vielleicht könnten wir draußen darüber reden …«

Im Korridor ließ sich kaum Privatsphäre finden, aber es ging vermutlich nur darum, sich nicht neben Gareth zu unterhalten, vermutete Melissa. Die Schwester führte sie zu einer Reihe an der Wand befestigter oranger Stühle, jeder mit einem gepolsterten Kissen wie die Teile einer Raupe. »Setzen Sie sich doch.«

Die Kissen zischten, als sie sich darauf niederließen. Melissa hatte das Gefühl, in einem Strudel zu versinken, als würde die Luft nur so aus ihr hinausströmen.

»Es tut mir sehr leid, Ihnen mitteilen zu müssen, dass Ihre Freundin Jenny nicht überlebt hat.« Die Krankenschwester sprach hastig. Ihre ansonsten junge und glatte Stirn war leicht gerunzelt. »Die genaueren Einzelheiten weiß ich leider nicht.«

Melissas Mund war so trocken, dass das Sprechen schwierig war. Sie öffnete ihn und machte ihn wieder zu. Sie konnte an nichts anderes denken als an Jenny als Kind, wie sie mit auf und nieder fliegenden krausen Haaren auf einem Hüpfball herumhopste, eine große Kaugummiblase vor dem Mund.

»Was?«, sagte sie.

Die Schwester legte ihre Hand auf Melissas. »Sie werden das nicht so schnell verarbeiten können – nicht hier. Und ich habe nicht genügend Informationen. Möchten Sie, dass ich jemanden anrufe, der Sie abholen kann?«

Melissa schüttelte den Kopf.

»Ein Glas Wasser vielleicht?«

Sie gab keine Antwort. Die Krankenschwester stand auf. Melissa blickte hinab auf ihre Hände, die fleckig und gesprenkelt wie Spam geworden waren. In der Schule hatten sie einen Lehrer gehabt, der wegen seiner rosa Glatze Spam genannt wurde. Jenny hatte das immer witzig gefunden.

Die Schwester kam zurück und reichte Melissa einen Plastikbecher Wasser, der sich in ihren Händen kalt anfühlte. Langsam nippte sie daran und dachte an Jennys Zwillinge Max und Olivia, daran, wo sie wohl gerade waren und was sie wohl taten.

»Wissen ihre Kinder Bescheid?«, fragte sie.

»Da bin ich mir nicht sicher. Aber inzwischen werden sich die Polizei und das Jugendamt eingeschaltet haben.« Die Krankenschwester warf einen Blick auf die an ihre Brust gepinnte Uhr. »Ich fürchte, ich muss wieder an die Arbeit. Aber fragen Sie bitte am Schalter, falls Sie irgendetwas brauchen, ja?« Und damit verschwand sie den Korridor hinunter.

Melissa starrte das Gemälde an der gegenüberliegenden Wand an – ein sinnloses Chaos aus Spiralen und Streifen.

Ihr Handy läutete. Sie zog es aus der Jackentasche und sah, dass es ihre Mutter war.

»Melissa? Die Polizei hat gesagt, dass es beim Kajakverleih einen schweren Unfall gegeben hat. Ich habe eben mit Lee telefoniert, und er sagte, dass du im Krankenhaus bei Rachel bist. Was ist denn los?«

Sie schüttelte zur Antwort nur den Kopf.

»Melissa?«

Ihre Kehle schwoll zu. Sie senkte den Kopf, drückte die Finger auf ihre Augenwinkel und wippte mit den Fersen.

»Wo bist du denn jetzt?«, fragte ihre Mutter.

Sie schluckte und begann zu weinen. »Ich bin noch im Krankenhaus.«

»Hast du irgendetwas gehört? Wie geht es Rachel?«

»Es … es ist Jenny …«, sagte Melissa. »Ich weiß nicht, was passiert ist. Mir hat niemand was gesagt. Aber Jenny hat nicht überlebt. Mehr weiß ich nicht.« Sie versuchte, ihr Schluchzen zu unterdrücken, um die Krankenschwestern am Stationsempfang nicht zu stören oder die Patienten in den Zimmern. Dies war der schlimmste Ort, um zu weinen, der schlimmste Ort, um allein zu sein.

»Was …? Jenny?«, stammelte ihre Mutter. »O mein Gott, nein. Melis…«

»Ich kann hier nicht reden. Hier sind überall Leute.«

»Dann müssen wir dich nach Hause holen. Möchtest du, dass ich komme und dich hole?«

»Ich bin mit dem Auto hier. Ich kann selbst fahren.«

»Bist du sicher?«

»Ja«, sagte sie und wischte ihre Tränen weg.

»Dann warte nicht noch länger. Fahr heim zu Lee und den Kindern, bevor es dunkel wird. Fährst du jetzt los?«

Sie nickte.

»Melissa?«

»Ja, Mum, ich fahr jetzt los.«

»Gut. Ich rufe dich gleich morgen früh an. Und … Melissa?«

»Ja?«

»Es tut mir ja so leid wegen Jenny.«

Und damit endete das Gespräch.

Sie starrte auf ihre Füße, auf ihre weißen Espadrilles, in denen sie die warme Jahreszeit verbrachte. Die Strohsohlen waren sandverkrustet. Als sie sie gegeneinanderrieb, hinterließ sie auf dem Fußboden eine kleine Sandspur wie aus einer Pfeffermühle.

Und Al? Wo war er?

Sie ging zum Stationsschalter. »Liegt Alistair Beckinsale auf dieser Station?«, fragte sie.

»Ja. Er ist in Zimmer 3. Aber Sie haben nicht viel Zeit. Die Besuchszeit ist gleich um.«

Sie war den Korridor bereits ein Stück weit hinuntergegangen, als sie sich an die Taschen erinnerte. Und so ging sie zurück zu Gareths Zimmer und stellte seinen Rucksack vorsichtig in das Schränkchen neben seinem Bett. Er schlief tief, mit gequält zusammengezogenem Gesicht. Die Medikamente konnten ihn nicht von diesem Gesichtsausdruck erlösen; vielleicht würde es niemals etwas geben, das das konnte.

Sie hätte ihm gerne einen Kuss auf die Wange gegeben, traute sich aber nicht zu, das so federleicht tun zu können, wie es hier vonnöten war. Daher zog sie sich zurück und machte sich auf die Suche nach Zimmer 3.

Rachel saß auf einem Stuhl neben Als Bett. Sie sah in sich zusammengefallen aus. Ihre Haut hatte den grünlichen Farbton ihres Krankenhaushemds angenommen.

Melissa ließ die Taschen fallen und stürzte auf sie zu. »O Gott«, sagte sie, hockte sich vor sie und legte ihr eine Hand aufs Knie. »Ist dir etwas passiert?«

»Ich glaube nicht«, sagte Rachel. »Ich beobachte ihn die ganze Zeit.« Sie sahen beide zu Al hinüber.

»Wie geht es ihm?«, fragte Melissa.

»Nicht gut«, antwortete Rachel. »Er war zu lange im Wasser. Er ist unterkühlt, aber sie sagen, dass er auf dem Weg der Besserung ist.«

»Und du? Haben sie dich gründlich untersucht?«

»Ja. Mir fehlt nichts.«

Melissa ging zurück zu den Taschen. »Ich habe eure Sachen gebracht. Möchtest du den überziehen?«, fragte sie und holte einen Pullover aus Rachels Tasche.

»Ja.« Rachel stand auf und zog sich schwerfällig den Pulli über.

Melissa wartete, während sie sich fragte, wie viel Rachel wusste. Es war unmöglich, das mit einem Blick zu sagen. Ohne ihre Brille sah sie so anders aus. Ihre Augen wirkten eingesunken und klein. Das Salzwasser hatte ihrer Gesichtshaut ein trockenes Aussehen verliehen. Ihre Augenlider waren wie Krepppapier.

Und dann begann Rachel zu sprechen, und Melissa erkannte, dass ihr die Aufgabe zufiel, die Nachricht zu überbringen.

»Wo ist Jenny?«, fragte sie.

»Komm, lass uns hinsetzen«, sagte Melissa.

»Ich will nicht sitzen. Sag mir, wo sie ist.«

»Ich … ich weiß nicht, wie ich …«

Rachel starrte sie angsterfüllt an.

»Sie hat es nicht geschafft«, sagte Melissa. Ihre Augen füllten sich mit Tränen.

Rachel drehte Melissa den Rücken zu und schüttelte den Kopf.

»Sag was«, bat Melissa. »Bitte. Sag mir, was heute passiert ist.«

Rachels nächste Worte verwirrten sie.

»Als er herkam, hat er nach ihr gerufen.«

»Wer?«, fragte Melissa. »Was meinst du?«

Ein lautes Klopfen an der Tür ließ sie beide zusammenzucken. Sie drehten sich um und sahen zwei uniformierte Polizisten.

»Entschuldigen Sie, dass wir so hereinplatzen«, sagte einer von ihnen. »Aber könnten wir bitte mit Ihnen sprechen?«

8

Rachel sackte auf ihrem Stuhl in sich zusammen, senkte den Kopf und versuchte auszublenden, was hier gerade geschah. Sie konnte Melissa leise reden hören.

»Was brauchen Sie denn von ihr?«, waren Melissas Worte.

Einer der Polizisten wollte darauf nicht eingehen und sprach in Megafonstärke weiter. »Wir suchen nach Informationen zum Tod von Jennifer Davies. Das da ist Rachel Beckinsale, soweit ich verstehe?«

»Ja.«

»Und Sie sind eine Verwandte?«

»Eine enge Freundin.«

Die Stimmen kamen näher. Rachel behielt ihren Kopf gesenkt. Sie spürte, wie sich eine Hand auf ihre Schulter legte. Melissa hatte sich hinter sie gestellt.

Die laute Stimme sprach und erschreckte sie, denn sie kam genau über ihr. »Mrs. Beckinsale, können Sie bestätigen, dass Sie heute an dem Kajakausflug teilgenommen haben, der zum Tod von Jennifer Davies geführt hat?«

Dem Tod von Jennifer Davies. Sie wünschte, sie würden das nicht andauernd sagen.

»Miss-iss Beck-in-sale«, wiederholte der Beamte.

»Ist schon gut«, sagte Melissa und drückte ihr die Schulter.

Rachel spürte, wie ihr die Tränen kamen. »Ja«, war alles, was sie sagte.

»Können Sie uns erzählen, was passiert ist?«

»Ich …«, begann sie.

»Muss sie das jetzt machen?«, fragte Melissa. »Sie steht unter Schock.«

»Ich befürchte, ja. Wir verstehen allerdings, wie schwierig das ist. Lassen Sie sich nur Zeit.«

Alle warteten darauf, dass sie etwas sagte. Sie konnte sich nicht mehr an die Frage erinnern.

»Mrs. Beckinsale, wie lange waren Sie denn im Wasser?«

Sie starrte zu dem Polizisten hoch. Eine Träne kitzelte sie an der Nase. Die harte Stimme passte nicht zu seinem Gesicht, das schwammig aussah. »Ich weiß nicht«, antwortete sie.

»Um wie viel Uhr sind Sie aufs Wasser gegangen?«

»Um zwei?«, sagte sie unsicher.

»Ich habe gestern Abend mit Alistair telefoniert«, erklärte Melissa. »Er sagte, dass sie mit der Flut loswollten. Wenn Sie sich die Gezeitentabelle angucken, lässt sich die Zeit leicht ausrechnen.«

»Ja«, sagte sie und wischte eine neue Träne weg. »Es war Flut.«

Der kleinere Polizist mit dem schwammigen Gesicht zog einen Notizblock aus der Jacke und schlug ihn auf. »Die Küstenwache wurde um kurz nach drei benachrichtigt, was bedeutet, dass Sie vermutlich seit über einer Stunde auf dem Wasser gewesen waren – allerdings die meiste Zeit davon in Ihren Kajaks, schön trocken. Stimmt das?«

»Ja«, antwortete Rachel. »Es war schön, bis wir zu South Rocks kamen.«

»Aha … Und was passierte dann?«

Rachel starrte vor sich ins Leere, sich an die spiegelglatte Wasseroberfläche erinnernd, daran, wie wunderschön und einladend es zuerst ausgesehen hatte. »Ein Sturm kam aus dem Nirgendwo.«

»Warum sind Sie nicht umgekehrt?«, fragte der andere Polizist.

Sie dachte darüber nach, erinnerte sich an den aufregenden Spaß, gegen den Wind und die Wellen zu kämpfen. »Weil es Spaß machte.«

»Und was änderte sich daran?«

Sie warf ihm einen finsteren Blick zu. »Das Wetter.«

Der kleinere Polizist übernahm wieder das Wort. »Können Sie uns erzählen, was geschah, als der Sturm Sie erreichte?«

»Wir sind hinter der Rückseite der Insel in Schwierigkeiten geraten«, berichtete sie. Sie hörte deutlich Melissas plötzliches Einatmen.

»Was?«, fragte Melissa und starrte zu ihr hinunter. »Ihr seid auf die Rückseite von South Rocks gepaddelt?«

Rachel zögerte mit dem Weitersprechen. Es fühlte sich wie eine Fangfrage an. Sie sah zu Al hinüber und wünschte, er könnte ihr helfen.

»Mrs. Beckinsale«, sagte der Polizist, »bitte beantworten Sie die Frage.«

»Ja«, sagte sie, »sind wir.«

Während sie sprach, spürte sie, wie ihre Freundin sich von ihr entfernte – ihre Schulter losließ, von ihrer Seite wich.

Beschämt sah Rachel zu Boden. Ihr Blick folgte den Striemen der Reinigungsmittel, die im grellen Licht der Leuchtröhren sichtbar waren.

»Warum habt ihr das gemacht?«, fragte Melissa.

Rachel konnte nicht antworten, konnte sich nicht erinnern, warum sie um die Insel herumgepaddelt waren, wo ihr Plan doch gewesen war, einfach hin und wieder zurück zu paddeln.

»Ich verstehe nicht ganz«, sagte der große Polizist, dessen Blick auf Melissa gerichtet war. »Warum hätten sie das nicht tun sollen?«

»Weil es gefährlich ist«, erwiderte Melissa. »Jenny war, was das Paddeln betrifft, nicht sicher genug, um bei einem aufziehenden Sturm hinten um die Insel herumzupaddeln.«

»Hast du das Al gestern Abend gesagt?«, fragte Rachel sie. »Wusste er das?«

Melissa runzelte die Stirn und öffnete den Mund, um zu antworten. »Ich …«

»Ich will damit nicht sagen, dass du das hättest erwähnen sollen«, meinte Rachel. »Ich will nur …«

»Es stand gar nicht zur Debatte«, erklärte Melissa. »Er sagte, dass er nur hin und wieder zurück paddeln wollte. Es weiß doch jeder, dass man von einer einmal geplanten Route nicht abweicht.«

Ein schreckliches Schweigen entstand.

Der kleinere Polizist wandte sich an Melissa. »Entschuldigen Sie, aber wer sind Sie noch mal? Sind Sie so was wie eine Paddelexpertin?«

»Nicht direkt«, sagte Melissa. »Meiner Mutter gehört der Kajakverleih, der, von dem sie losgefahren sind.«

»Dann kennen Sie sich also etwas aus?«

»Ja, ich kann ziemlich gut Kajak fahren. Und ich bin eine ausgebildete Rettungsschwimmerin. Aber mehr auch nicht.«

»Das klingt für mich, als würden Sie sich auskennen. Warum haben Sie Ihre Freunde heute nicht begleitet?«

In diesem Augenblick fühlte es sich an, als hätte jemand den Hauptstecker herausgezogen, als würde alles verrinnen und versagen – die Maschinen, die Al am Leben hielten, die Luft, die sie atmeten.

»Ich hatte Migräne.«

Rachel konnte nicht glauben, dass Melissa das gerade gesagt hatte. Gab es denn noch einen Grund, diesen Vorwand aufrechtzuerhalten?

Sie konnte nicht schnell genug denken, konnte nicht entscheiden, was das Beste war. Vielleicht war Melissa zu demselben Schluss gekommen und hatte für sie auf Zeit gespielt.

Als die Polizisten ihre Notizen durchgingen und sich miteinander berieten, sah sie zu Melissa hinüber. Ihre Wangen wurden rot vor Dankbarkeit.

Melissa hatte noch nie gut lügen können. Ihre einzige Hoffnung war, schnell zu sprechen und dann einfach weiterzumachen.

Es war vermutlich dumm gewesen zu sagen, dass sie Migräne gehabt hatte, aber bis Rachel anderes verlauten ließ, war es ihr als das Beste erschienen, sich an das zu halten, was sie allen erzählt hatten.

Der kleinere Polizist klappte seinen Notizblock zu. »Ich denke, das ist erst mal alles«, sagte er. »Ich bedanke mich, dass Sie sich Zeit für uns genommen haben. Falls wir noch irgendetwas brauchen, werden wir uns melden.«

Melissa sah den Männern hinterher, als sie das Zimmer verließen. Sie wollte nicht, dass sie gingen und alle Informationen mit sich nahmen. Spontan lief sie ihnen nach. »Entschuldigung!«, rief sie.

Die Männer blieben neben dem Stationsschalter stehen. Gareths nette Krankenschwester saß dahinter, den Kopf über Papiere gebeugt.

Melissa sprach leise. »Ich wollte wissen, ob Sie mir sagen können, wo Jenny ist?«

Der große Polizist sah sie aus schmalen Augen an. Seine Neugierde war geweckt. »In der Leichenhalle des Krankenhauses, soviel ich weiß. Warum fragen Sie?«

»Ich wollte nur wissen, ob es irgendetwas gibt, das ich tun kann … um zu helfen?«

Der Polizist schüttelte den Kopf. »Nicht dass ich im Moment wüsste.«

»Sie …« Ein Bett mit einem Patienten wurde auf sie zugeschoben. Melissa wich aus und stieß gegen die Wand. »Ihre Eltern leben nicht mehr, und sie hatte keine Geschwister. Ihr Mann hat ein Schlafmittel bekommen … deshalb …« Sie zuckte mit den Schultern. »Wenn Sie jemanden brauchen – ich bin da.«

»Das ist gut zu wissen. Danke.« Der Polizist lächelte mitfühlend.

»Wissen Sie, wo ihre Kinder sind?«, fragte sie.

»Nein, aber einer unserer Kollegen ganz bestimmt. Sie werden in sicheren Händen sein.«

Sie berührte ihre gewebten Armbänder. »Können Sie mir sagen, was passiert ist?«

»Noch nicht, befürchte ich. Wir müssen zuerst noch die Entscheidung des Gerichtsmediziners abwarten, ob es eine Obduktion geben wird.«

»Oh. Aber warum würden sie denn eine machen wollen?«, fragte sie.

»Das ist das übliche Verfahren. Selbst bei Unfällen müssen wir feststellen, was genau sich zugetragen hat.«

Sie nickte. Zwar hatte sie noch andere Fragen, wusste aber im Moment nicht, welche das waren.

»Wir machen uns jetzt besser auf den Weg. Passen Sie auf sich auf. Wir werden uns wieder sprechen.« Und damit machten die Polizisten sich auf den Weg durch den Korridor zur Doppeltür, wo sie darauf warteten, dass das Piepsen des Türöffners erklang.

Melissa blieb noch kurz am Stationsschalter stehen und starrte die Krankenschwester an, bevor sie langsam zurück ins Zimmer ging.

Rachel kümmerte sich gerade um Al, zupfte seine Bettdecke zurecht und stopfte sie um seinen Körper herum fest. »Was hattest du denn noch mit ihnen reden wollen?«, fragte Rachel.

»Bloß, wo Jenny ist. Sie sagten, dass sie in der Leichenhalle liegt. Sie werden sie vielleicht obduzieren.«

Rachel hielt inne und sah Melissa erschrocken an. »Ich kann einfach nicht glauben, dass das hier alles wirklich passiert.«

Melissa ging zu ihr und bemühte sich um einen vertraulichen Ton. Sie hoffte, dass Rachel bereit war, ebenso vertraulich zu antworten. »Erzähl mir, was sich heute da draußen zugetragen hat, Rach«, sagte sie. »Was ist denn schiefgelaufen?«

Enttäuscht merkte sie, dass Rachel unerreichbar wirkte, wie hinter einer Mauer.

»Ich weiß es nicht«, sagte sie.

»Aber warum wolltest du nicht, dass ich mitkomme? Wann wirst du mir das erzählen?«

»Ich …«

»Bitte, Rach.« Sie versuchte, Rachel in die Augen zu sehen, aber diese wich ihrem Blick aus, sah weg, sah überall hin, nur nicht zu Melissa. »Warum tust du so geheimnisvoll? So bist du doch gar nicht.«

»Weil ich noch nie in dieser Situation gewesen bin.«

»Na, dann erzähl es mir. Lass mich helfen.«

In diesem Moment erschien Gareths Krankenschwester. »Ach, da sind Sie ja wieder«, sagte sie und lächelte Melissa freundlich an. »Ich befürchte, die Besuchszeit ist schon lange um, Ladys.«

»Kann ich die Nacht hierbleiben?«, fragte Rachel. »Ich bin seine Frau.«

»Nun, da hinten an der Wand ist ein Klappbett. Wenn Sie unbedingt wollen.«

»Ich will«, sagte Rachel.

Die Schwester sah Melissa an.

»Schon gut«, meinte Melissa, »ich gehe.«

Melissa hob die Taschen auf, stellte sie an Als Bett, und ihr wurde bewusst, dass jetzt nur noch eine übrig war – Jennys.

»Danke, dass du gekommen bist«, sagte Rachel.

Mit der Krankenschwester im Zimmer waren sie höflich zueinander und steif.

»Das war ja das Mindeste, was ich tun konnte«, entgegnete Melissa. »Wo sind die Jungs?«

»Ned übernachtet bei einem Freund, und Joel ist zu Hause. Ich rufe sie gleich an. Danke, dass du mir mein Handy gebracht hast.«

»Ist schon okay.« Melissa hatte das Gefühl, dass es andere Dinge gab, mit denen sie sich befassen sollten, aber ihr dröhnte der Kopf, und sie war nicht in der Lage, nachzudenken.

»Glaubst du, dass die Zwillinge damit klarkommen werden?«, fragte Rachel.

»Ich weiß nicht. Ich werde jetzt gleich mal nach ihnen gucken.«

»Sie werden froh sein, dich zu sehen.«

Small Talk. Worüber sollte man auch sonst reden, wenn es so viel gab, was nicht gesagt werden konnte – nicht mit der Krankenschwester im Zimmer, die mit Als Tropf beschäftigt war und Werte in seine Tabellen eintrug?

»Viel Glück«, sagte Melissa und beließ es dabei.

Obwohl sie wusste, dass zu Hause ihr Mann und ihre Kinder auf sie warteten, fühlte sie sich einsamer denn je, als sie mit der Tasche ihrer verstorbenen Freundin in den Armen den Korridor entlangging. Sie kamen ihr so weit weg vor. Das Einzige, was sie fühlen konnte, war die unerträgliche Trauer über ihren Verlust.

Keiner konnte nachvollziehen, wie nahe ihr Jennys Tod ging. Sie klammerte sich an die Strandtasche, in der einige der letzten Dinge lagen, die ihre Freundin noch gesehen oder berührt hatte. Wenn man sie ließ, würde sie diese Tasche für immer behalten – unter ihrem Bett, vor allen Augen versteckt.

Draußen war es dunkel geworden. Sie konnte sich nicht daran erinnern, wo sie das Auto geparkt hatte. Benommen sah sie sich um. Und dann fiel es ihr ein. Es stand in Abschnitt J. J für Jenny.

Auf dem Weg zum Auto rief sie Lee an. Auf ihrem Handy waren drei verpasste Anrufe von ihm sowie eine Nachricht von einer unbekannten Nummer.

Sie hörte sich die Nachricht an. Es war das Jugendamt. Man hatte dem Amt die nötigen Informationen gegeben, um sie für diese Nacht als Betreuungsperson von Olivia und Maximilian Davies zu autorisieren, vorausgesetzt, dass keine polizeilichen Einträge vorlagen. Es handelte sich um eine vorübergehende Maßnahme, bis die Großeltern aus Wales eintreffen würden. Melissa sollte bitte zurückrufen, um alles Nötige zu arrangieren.

Sie wollte zuerst mit Lee sprechen und rief daher zu Hause an.

»Ich bin's«, sagte sie.

»Mel …«

Sie schloss die Augen. Sosehr sie seine Stimme hatte hören wollen, so wenig ertrug sie jetzt ein zärtliches Wort von ihm.

»Bitte«, erwiderte sie, »sag nichts. Ich packe das nicht.«

Er zögerte. »Wie geht es dir?«

»Ich …« Ehrlich konnte sie darauf nicht antworten, nicht, ohne ihn zu beunruhigen. »Ich mache mich gerade auf den Weg nach Hause.«

»Kannst du fahren?«

»Ja«, sagte sie. »Alles okay.«

»Du musst das nicht alleine machen.«

Sie biss sich auf die Lippe. »Ich weiß. Aber ich will einfach nur schnell nach Hause kommen.«

»Dann lass uns jetzt auflegen«, sagte er. »Konzentrier dich nur aufs Fahren. Hetz dich nicht. Wir sind alle hier und warten auf dich.«

Sie klickte das Gespräch weg und drückte ihre Hände an ihr Gesicht, um ihre Wangen zu kühlen. Ihr war heiß und kalt, und sie fühlte sich wie betäubt.

Auf der Fahrt nach Milford weinte sie. Die Straßenlaternen verschwammen. Neben ihr stand die Strandtasche. Sie hatte ihre Hand daraufgelegt und spürte, wie weich der Pulli war, der oben aus der Tasche quoll.

Als sie zu Hause in die Einfahrt einbog, standen Lee, Frank, Nina und Polly auf der Eingangstreppe.

Mit schweren Beinen stieg sie aus dem Auto. Sie trug die Strandtasche zum Haus und stellte sie auf die Treppe. »Du solltest im Bett sein, Pols«, sagte sie. Es klang schärfer, als sie es gewollt hatte.

Pollys Unterlippe zitterte. Sie hatte ein Nachthemd aus Polyester an, das statisch knisterte, als sie nach der Hand ihres Vaters griff. »Ich konnte nicht schlafen, Mummy. Ich war zu traurig wegen Tante Jenny.«

Melissa sah auf den Pulli ihrer Freundin in der Strandtasche und fing an zu weinen. Nina begann ebenfalls zu weinen, ihr Gesicht in den Händen verbergend. Frank hustete verlegen. Polly wippte von einem Fuß auf den anderen. Lee legte die Arme um Melissa und zog sie an sich heran, strich ihr die Haare aus den Tränen, führte sie ins Haus und schloss die Tür vor allem, was der Tag mit sich gebracht hatte.

Warme Füße – das war das Einzige, was sie noch denken konnte.

9

Sonntag, 22. April 2018

Gareth hörte seine Eltern reden, bevor er sie sah. Er hockte auf der Bettkante, die Hände um die Knie geklammert, und versuchte, seinen Mund zu einem Begrüßungslächeln zu verziehen. Aber es flackerte wie ein Wackelkontakt.

Und dann waren sie da, sie klein und er groß, den ganzen Weg aus Pembrokeshire angereist, standen in der Tür und sahen ihn mit so viel Mitgefühl an, dass ihm kalt vor Angst wurde. Es war wahr, dies passierte tatsächlich.

»O Gareth«, sagte seine Mutter und fing zu weinen an, als sie ihn umarmte. »Mein armer, armer Junge.«

Sein Vater war gute zehn Zentimeter größer als Gareth, selbst noch mit achtzig. Gareth konnte sich nicht erinnern, jemals in seinem Leben nicht zu diesem walisischen Riesen von einem Mann aufgesehen zu haben.

»Mein Sohn«, sagte sein Vater, schloss ihn in die Arme und schlug ihm auf den Rücken. »Es tut mir so schrecklich leid. Jenny war … Ach, du weißt, was sie für uns war.«

Eine Tochter, sie war wie eine Tochter gewesen.

Dann sah Gareth sich suchend nach seinen eigenen Kindern um. Hinter seinen Eltern entdeckte er die zwei wie in sich zusammengefallene Teenager, die in der Tür standen und bereits von Trauer gezeichnet waren.

Max trug ein Sweatshirt mit hochgezogener Kapuze und vermied Blickkontakt. Olivia dagegen sah ihn direkt an. Ihre Haare waren ungekämmt, kohlschwarze Ringe lagen unter ihren Augen, und sie suchte nach etwas Gutem, versuchte, inmitten dieser furchtbaren Verzweiflung irgendeine Art von Hoffnung zu finden. Das wusste er, weil Jenny genau dasselbe getan hätte.

»Livvie, Max«, brachte Gareth heraus und breitete die Arme aus.

Olivia kam zu ihm, presste ihren Kopf an seine Brust und weinte. Max zögerte. Dann zuckte sein Gesicht, er verlor die Fassung und stolperte zu ihnen hinüber.

Einen Moment lang blieben sie so stehen, sich umarmend.

Max löste sich als Erster und sah zu Gareth hoch. »Dad, wie ist das passiert? Ich kapier das nicht. Ihr wart doch bloß paddeln. Es war ein sonniger Tag. Wie …«

»Schon gut, Max«, sagte Gareths Vater, ging zu ihm und legte seinem Enkel die Hand auf die Schulter. »Wir alle wollen Antworten haben. Ich bin fest entschlossen herauszufinden, was geschehen ist.«

»Was meinst du damit?«, fragte Gareth. Er wischte sich das Gesicht mit dem frisch gebügelten Taschentuch ab, das seine Mutter ihm diskret zugesteckt hatte. Sie war wunderbar in Krisensituationen, eine Zauberer-Assistentin in Tragödien.

»Genau das, was ich gesagt habe«, erklärte sein Vater. »Ich werde dafür sorgen, dass wir sämtliche Fakten bekommen.«

»Fakten?«, wiederholte Gareth. »Sie ist ertrunken, Dad. Es war ein Unfall. Der Sturm hat uns erwischt. Das Einzige, was ich nicht weiß, ist, wie es so schnell so schlimm wurde. Einen Moment lang war es noch schön und im nächsten …« Er brach ab, schnäuzte sich und stampfte mit den Füßen auf, um nicht wieder vom Weinen geschüttelt zu werden.

Olivia durchquerte das Zimmer, setzte sich zu ihrer Großmutter aufs Bett, und sie hielten sich bei den Händen.

»Ich sehe das wie Grandpa«, sagte Olivia. »Wir müssen herausfinden, was genau passiert ist. Onkel Al hatte doch die Verantwortung, oder? Dann hat er ja offensichtlich irgendwie Mist gebaut.«

Gareth ging zur Tür und machte sie zu. »Olivia, sei still. So was kannst du nicht sagen. Al ist hier Patient.«

»Immerhin lebt er noch«, murmelte Max.

Unruhig sah Gareth seinen Sohn und dann seinen Vater an, der mit hinter dem Rücken verschränkten Händen dastand – eine Pose, die ausdrückte, dass er alle Zeit der Welt hatte, darauf zu warten, dass Gareth seinen Willen akzeptierte.

»Hat die Polizei schon mit dir gesprochen?«, fragte sein Vater.

»Ja, sie waren schon da.«

»Und was haben sie gesagt?«

Gareth setzte sich wieder auf die Bettkante und rieb sich das Gesicht. Das Schlafmittel, das die Krankenschwester ihm am Abend zuvor gegeben hatte, fühlte sich heute stark nach einem Kater an. Sein Knie und der Kopf taten immer noch weh, aber es ging ihm gut genug, dass er entlassen werden konnte. Er wartete darauf, dass die dafür benötigten Papiere unterschrieben wurden.

»Ich … äh … na, nicht viel. Eine Beamtin zur Unterstützung bei Trauerfällen oder so was war mit dabei. Sie wollte wissen, ob ich es verkraften würde, die Leiche zu identifizieren.«

Stille.

Gareth hielt sich den Kopf. Wie konnte sein Kopf sich so schwer anfühlen? Er kam ihm unglaublich lose vor, wie eine Bowlingkugel, die auf einem Blumenstängel balanciert.

»Das kann ich machen«, sagte sein Vater.

»Nein, Dad, ist schon okay. Ich brauche nur einen Tag oder zwei.«

Sein Vater schürzte die Lippen. »Warum willst du dir das antun, wenn ich es für dich machen kann?«

»Das finde ich auch«, sagte seine Mutter. »Lass uns etwas tun, damit es für dich ein bisschen leichter wird. Deswegen sind wir doch hier.«

Er würde sich nicht wehren, dafür war er einfach nicht in der Verfassung.

»Hast du schon eine Aussage gemacht?«, fragte sein Vater.

»Hast du, Dad?«, sagte Max, nahm seine Kapuze ab und starrte ihn an.

»So was in der Art. Ich war noch im Bett und bekam kaum die Augen auf.«

»Werden sie eine Obduktion machen?«, fragte sein Vater.

»Eine Obduktion?« Max sah schockiert aus. Olivia gab ein leises Röcheln von sich, und ihre Großmutter legte den Arm um sie.

Gareth nickte. »Ja, ich glaube, das werden sie.«

»Und dir ist das recht?«, fragte sein Vater.

»Natürlich nicht. Aber ich habe die Einverständniserklärung unterschrieben. Mir blieb keine große Wahl.«

Olivia stöhnte und begann wieder zu weinen.

»Schön ist das nicht«, sagte sein Vater. »Aber es wird wohl notwendig sein, sonst würden sie es nicht tun.« Und dann rieb er sich kräftig die Hände, was einen Themenwechsel ankündigte. »Vielleicht sollten wir sehen, ob wir irgendwo eine Tasse Tee bekommen können?«

Gareth stand auf. Seine Knie knirschten. »Ja, gönnt euch eine Pause, bevor ihr wieder fahrt.«

»Wieder fahren? Wohin?«, fragte sein Vater.

»Na, nach Hause, natürlich.«

»Nach Hause?«, wiederholte seine Mutter. »Wir sind gekommen, um zu bleiben, mein Sohn, so lange, wie du uns brauchst. Das fändest du doch gut, oder?«, fragte sie Olivia.

»Ja«, antwortete Olivia und versuchte zu lächeln. Eine Träne rann ihr über die Wange.

»Ist schon gut, mein Schatz. Wir stehen das durch«, sagte Gareths Mutter und strich Olivia über die Haare. »Wir sind alle füreinander da. Dafür ist Familie da.«

Eine Pause entstand, während sie alle diese Worte sacken ließen. Und dann fing Max an zu weinen, und sie scharten sich um ihn, sagten ihm, dass alles wieder gut werden würde, dass es zuerst ein bisschen schlimmer und dann viel besser werden würde.

Während Gareths Familie sich auf die Suche nach Tee machte, wartete er alleine in seinem Zimmer. Er wollte aufbruchsbereit sein, wenn die Krankenschwester kam und ihm sagte, dass er gehen konnte. Die Art, wie das Krankenhaus geführt wurde, erinnerte ihn an die Kirchenuhr einer Kathedrale aus seiner Kindheit in Wales. Wenn die Glocken läuteten, waren kleine Trompeten blasende Männer auf Pferden herausgekommen. Die Kinder, die einen Moment zu spät kamen, mussten eine ganze Stunde lang warten, bis die kleinen Männer wieder erschienen.

Erinnerungsbruchstücke. Sie kamen ihm bereits den ganzen Morgen. Gegen Ende der Nacht hatte er von seiner verstorbenen Großmutter geträumt, bis vor Kurzem die einzige Person, um die er je getrauert hatte. Im Gegensatz zu seinem jetzigen Verlust fühlten sich die Gedanken an sie sicher an.

Wie konnte er damit umgehen, dass er Jenny verloren hatte?

Er wusste es nicht.

Er dachte an das, was sein Vater gesagt hatte – dass sie sich alle Fakten geben lassen wollten. Die Polizei hatte erklärt, dass jeder plötzliche Todesfall untersucht werden musste, besonders wenn die Person gesund gewesen war. Aber Gareth wusste bereits, dass das Einzige, was dort draußen in den Wellen falsch gelaufen war, das Wetter gewesen war.

Nach Al hatte er schon gefragt. Da er aus der Intensivstation verlegt worden war und sich somit nicht mehr auf derselben Station mit ihm befand, hatte seine Krankenschwester nicht gewusst, wo Al lag. Sie hatte ihm versprochen, sich zu erkundigen, aber bisher nichts erwähnt.

Noch mal hatte er nicht gefragt. Er würde warten, bis er zu Hause war. Dann würde er in der Lage sein, sich vernünftig und zusammenhängend mit allem auseinanderzusetzen.

Jetzt, da er alleine war, erlaubte er sich wieder zu weinen.

Als er sich in seiner Trauer verlor, konnte er Jenny vor sich sehen, wie sie ihm aus ihrem roten Kajak zulächelte. *Ach bitte, Schatz ... Vertrau mir ... Es wird ein toller Spaß.*

Er hörte auf zu weinen. In plötzlicher Erkenntnis schlug er sich vor die Stirn.

Jenny hatte vorgeschlagen, die Insel zu umrunden. Irgendwie war ihm das in dem ganzen Wirrwarr entfallen.

Er nahm sein Handy, ging ans Fenster und wählte Melissas Nummer. Nach mehrmaligem Klingeln antwortete sie. Ihre Stimme klang kleinlaut, bedrückt.

»Ich bin's«, sagte er.

Sofort brachten sie beide kein Wort mehr heraus, ließen ihr beidseitiges Nach-Luft-Ringen für sich sprechen und es all die Dinge sagen, die keiner von ihnen bereit oder in der Lage war anzusprechen.

»Danke, dass die Zwillinge letzte Nacht bei euch bleiben konnten«, sagte er.

»Nichts zu danken.«

Während sie weinte, entstand eine Pause. Er horchte und zwang sich, nicht wieder die Fassung zu verlieren. Wenn er ständig weinte, würde er unfähig sein, einen klaren Gedanken zu fassen.

»Mel«, sagte er, »weißt du, dass wir hinten um die Insel herumgepaddelt sind?«

»Ja, Rachel hat's mir gesagt.«

»Es war Jens Idee.«

»Jennys?«

»Ja. Sie sagte, sie hätte eine Überraschung für uns. Weißt du, was sie gemeint hat?«

»Nein, ich hab keine Ahnung.«

»Ich auch nicht. Mir will einfach kein Grund einfallen, warum sie dort entlangpaddeln wollte.«

»Es ist gefährlich«, erklärte Melissa. »Wobei es das bei Sturm ja überall ist. Aber gerade die Strecke dort kann heikel sein. Wenn ich mit gewesen wäre, hätte ich euch da nicht langgeführt.« Daraufhin wurde es ganz still in der Leitung.

»Mel?«

»Ich bin noch dran.«

»Danke für deine Hilfe. Du bist schon immer für uns da gewesen.« Seine Stimme zitterte.

»Und das werde ich auch weiterhin sein«, erwiderte Melissa. »Das hier ändert nichts daran.«

Er spürte, wie sich sein Adamsapfel zusammenzog, und starrte aus dem Fenster auf eine Mutter und ein Kind, die sich Hand in Hand rasch vom Krankenhaus entfernten. Das Kind hüpfte neben ihr her.

Die Menschen nahmen Glücksmomente als gegeben hin, den ganzen Tag lang, jeden Tag.

»Hast du das der Polizei gesagt?«, fragte Melissa.

»Nein. Ich war zu fertig, als sie hier waren.«

»Ja, aber vielleicht solltest du's ihnen sagen.«

»Werde ich.«

»Was machst du jetzt?«, fragte sie.

»Nach Hause fahren, hoffentlich. Mum und Dad sind hier. Die Kinder … Ach, du weißt ja, wie sie sind. Sie sind sechzehn. Es wird hart für sie werden.«

»Aber du bist nicht allein, Gareth. Du hast uns. Wir sind die Silkies.« Sie lachte – so ein blöder Spitzname –, obwohl sie weinte. »Wir halten zusammen.«

»Ja.«

»Ich ruf dich nachher an.«

»Okay, Mel.«

Sie beendeten das Gespräch gerade, als hinter ihm Schritte laut wurden. Es war die Krankenschwester. Sie lächelte ihn an. »Jetzt steht Ihnen frei zu gehen«, sagte sie.

Er fühlte sich nicht frei.

Er nahm seine Tasche und ging seine Familie suchen.

10

Am Nachmittag gegen drei setzte Melissa sich mit einer Tasse Tee aufs Sofa. Sie hatte gerade die Sachen vom Mittagessen weggeräumt. Jetzt musste sie noch die Betten beziehen und Abendessen für sieben Leute organisieren.

Rachels Söhne blieben über Nacht – erstaunlicherweise sogar Joel, obwohl er ein so eigenständiger junger Mann war. Es war, als wollten alle dicht beisammenbleiben. So war das schon immer. Jeder ging bei jedem ein und aus, alle sprangen ein, wenn sie gebraucht wurden.

Joel und Ned waren gerade mit Nina im Garten im Baumhaus und hörten Musik. Ab und zu vernahm Melissa von draußen das leise Dröhnen eines Basses. Wäre da nicht Polly gewesen, die neben ihren Füßen auf dem Fußboden malte, hätte sie sich ein Nickerchen gegönnt.

Letzte Nacht hatte sie nicht geschlafen. Sie waren alle zu erschüttert gewesen, und so hatten sie wie auf einem bizarren, düsteren Campingausflug in Schlafsäcken herumgesessen, nur drinnen statt draußen.

Frank hatte sich unentwegt um Olivia gekümmert, immer wieder gefragt, ob sie irgendetwas brauche. Überfordert, wie er war, konnte er seiner Freundin nur ständig süßen Tee anbieten. Er musste heute völlig erschöpft sein, und doch war er eben mit Lee in den Jachthafen gefahren, um sich mit ihm um einen schwierigen Kunden zu kümmern, der auf sofortigen Reparaturen an seinem Boot bestand.

Melissa nippte an ihrem Tee und versuchte zu begreifen, was sich in den letzten vierundzwanzig Stunden ereignet hatte. Jedes

Mal, wenn sie an den Unfall dachte, drehte sich ihr der Magen um. Sie schaffte es nicht, sich vorzustellen, wie Jenny gelitten haben musste. Wieder und wieder dachte sie denselben Gedanken – dass es überhaupt nicht hätte passieren sollen, dass irgendetwas daran unstimmig war.

Allerdings war alles noch zu ungewiss, um Raum für Logik zu lassen. Sie würden warten müssen, bis sich alles beruhigt hatte und einen Sinn ergab.

Sie dachte an das, was Gareth am Morgen am Telefon gesagt hatte, über Jennys Überraschung auf der Rückseite der Insel.

Was für eine Überraschung?

Besorgt stellte sie ihren Tee hin und griff nach ihrem Handy. Heute würde die Zeit nicht reichen, um Rachel im Krankenhaus zu besuchen, da sie sich hier um alle kümmern musste. Sie würde sie stattdessen anrufen.

»Kannst du das hören?«, fragte Polly.

»Was denn?«

»Hör doch, Mummy.«

Dem Geräusch von über den Kies knirschenden Reifen folgte das Zuschlagen von Autotüren. Melissa wollte gerade aus dem Fenster sehen, als es an der Tür klingelte.

Polly sprang auf. »Ich mach auf«, sagte sie und verschwand aus dem Zimmer.

Melissa folgte ihr in den Flur. Zwei Männer standen vor der Tür, einer mit einem Gesicht voller Sommersprossen, der andere älter, mit großen braunen Augen.

»Melissa Silk?«, fragte der Ältere und hielt ihr kurz seine Dienstmarke hin.

»Ja?«

»Es tut mir leid, Sie an einem Sonntag zu stören. Ich bin Detective Sergeant Lloyd, und dies ist Detective Constable Wilson. Könnten wir bitte mit Ihnen sprechen?«

»Natürlich«, antwortete Melissa. Sie trat beiseite. »Kommen Sie herein.«

»Ich zeig Ihnen, wo es langgeht«, sagte Polly, die gerne Gastgeberin spielte, und flitzte vor den Männern her.

Sie gingen ins Wohnzimmer, wo die Brise von der offenen Terrassentür den Saum der Vorhänge anhob. Es war ein warmer Tag, die Hitzewelle hatte noch nicht nachgelassen. Beiden Männern glänzte die Stirn; in ihren Anzügen und Krawatten wirkten sie zu warm angezogen.

»Könnten wir uns unter vier Augen unterhalten?«, fragte der Sergeant mit einem Blick auf Polly.

»Aber natürlich«, antwortete Melissa. Sie setzte einen Fuß auf die Terrasse und rief in den Garten hinaus: »Nina?« Alle warteten, und ein höfliches Schweigen breitete sich aus.

»Soll ich meine Stifte wegräumen?«, fragte Polly.

»Nein, lass nur, Püppi«, sagte Melissa.

Nina kam durch die Tür. Als sie die fremden Männer sah, wurde sie rot. Sie trug seit Kurzem eine Zahnspange und gewöhnte sich immer noch daran. An der Spange saugend sah sie mit hochgezogenen Augenbrauen zu Melissa hin und wartete auf eine Erklärung.

»Diese Männer sind von der Polizei, Nina. Sie wollen bloß kurz über gestern reden. Kannst du dich bitte für fünf Minuten um Polly kümmern?«

Nina warf den Männern einen Blick zu und streckte dann ihrer kleinen Schwester die Hand hin. »Na komm, Pols.« Und damit schlenderten die Mädchen in den Garten hinaus, nachdem sie die Terrassentür hinter sich geschlossen hatten.

Melissa wandte sich an die Kriminalbeamten. »Bitte nehmen Sie doch Platz.« Sie zeigte aufs Sofa.

»Danke. Wir werden Sie nicht lange aufhalten«, sagte der Sergeant und setzte sich. »Wir untersuchen den Unfall in der Hope

Cove. Uns wurde gesagt, dass Jennifer Davies eine enge Freundin von Ihnen war?«

»Ja.« Melissa setzte sich ihnen gegenüber in den Sessel und sah peinlich berührt an sich hinunter. Sie trug ein altes weißes Babydoll-Kleid, das Erstbeste, was ihr am Morgen in die Finger gekommen war.

»Es wird eine Obduktion geben«, sagte der Sergeant. »Allerdings wird bei Ertrinken fast immer Tod durch Unfall festgestellt.«

Tod durch Unfall. Das klang so gepflegt im Vergleich zu dem grausigen Schicksal, das Jenny erlitten hatte. »Und was bedeutet das genau?«, fragte sie.

»Einfach gesagt, dass die Verstorbene freiwillig ein Risiko eingegangen ist, indem sie eine Aktivität mit ihr bekannten Gefahren ausgeübt hat.«

Dem musste Melissa zustimmen. Kajak fahren war immer mit einer gewissen Gefahr verbunden, weshalb sie Al gesagt hatte, alles doppelt und dreifach zu überprüfen.

»Wir würden gerne wissen, ob Sie uns irgendetwas dazu sagen können – irgendetwas, das gestern seltsam oder anders war?« Der Sergeant sah sie mit seinen ausdrucksvollen braunen Augen an.

»Ich …«, begann Melissa.

Meinten sie die Tatsache, dass Rachel sie gebeten hatte, nicht mitzukommen, oder die Tatsache, dass sie vor dem Ausflug befremdlich geheimnisvoll getan hatte?

»Mrs. Silk«, sagte der Constable, »können Sie sich irgendeinen Grund vorstellen, aus dem jemand Jennifer Leid zufügen wollte?«

»Ihr Leid zufügen?«, fragte Melissa überrascht. »Warum sagen Sie so etwas?«

Keiner der beiden Männer reagierte auf ihre Frage. Sie warteten einfach, dass sie die von ihnen gestellte beantwortete.

»Nein«, sagte Melissa. »Sie war beliebt. Alle mochten sie.«

Der Sergeant nickte. »Darunter auch Sie.«

»Sehr«, sagte sie. Tränen stiegen ihr in die Augen. »Verzeihen Sie ... ich habe nicht geschlafen ...«

»Nein, bitte. Nehmen Sie sich Zeit. Wir wissen, wie qualvoll das sein muss.«

»Schon gut«, sagte sie. »Machen Sie weiter.«

»Soviel wir wissen, gehören Sie einem engen Freundeskreis an, der schon lange besteht. Die Ortsansässigen nennen Sie die Silkies. Ist das korrekt?«

»Ja.«

»Und Sie verstehen sich alle miteinander?«

»O ja.« Die Musik draußen im Baumhaus wurde plötzlich aufgedreht und wurde dann abrupt wieder leiser. Sie lächelte die beiden Männer entschuldigend an.

»Was sind Ihre Gedanken zu dieser sogenannten Überraschung, die Jennifer während des Kajakausflugs geplant hatte?«

»Ich weiß nicht, was ich davon halten soll«, gab Melissa zurück. »Es will mir nicht so recht einen Sinn ergeben.«

Er sah sie aufmerksam an und beugte sich auf dem Sofa vor. Sie wusste, was jetzt kam, und spürte, wie ihr die Härchen auf den Armen zu Berge standen.

»Darf ich fragen, warum Sie nicht mitgegangen sind? Wir haben gehört, dass Sie gut Kajak fahren können und dass der Verleih Ihrer Mutter gehört.«

»Ich hatte Migräne«, sagte sie. Sie bohrte einen Finger durch ein Stickereiloch ihres Kleides und vermied es, sie anzusehen. Es war eine alberne Lüge. Sie waren keine Dummköpfe.

»Und doch riefen Sie Alistair Beckinsale am Freitagabend an, um ihm Ratschläge für den Ausflug zu geben – was nahelegt, dass Sie vielleicht gar nicht vorhatten mitzukommen?«

Melissa wurde rot. »Die Migräne fing Freitagabend an. Manchmal kann ich auch am nächsten Tag noch nicht aus dem Bett, besonders bei dieser Hitze.«

»Schlimm, so was«, sagte der Sergeant und lehnte sich zurück. »Was für Ratschläge haben Sie Alistair denn gegeben?«

»Das Übliche. Er sollte auf das Wetter achten und die Route für den Ausflug planen und sich daran halten.«

»Aber das tat er nicht, oder? Denn sie sind ja hinten um die Insel herumgepaddelt.«

Mit der geschlossenen Terrassentür fühlte es sich im Wohnzimmer schrecklich heiß an. Sie schlang ihre Haare zu einem Dutt zusammen und betastete ihn, um sich zu versichern, dass er hielt.

»So, wie es aussieht, hat Ihr Bruder David vergessen, Ihre Freunde in das Buchungssystem des Kajakverleihs einzugeben«, sagte der Sergeant. »Klingt das glaubhaft?«

»Ja, befürchte ich. Er hat Lernschwierigkeiten.«

»Und lässt Ihre Mutter ihn dort oft alleine das Büro führen?«

»Er hat das Büro nicht geführt. Es waren keine Kunden da. Es ist noch keine Hochsaison. Er macht manchmal ein bisschen Büroarbeit, um sich zu beschäftigen.«

»Aber lässt sich das verantworten? Wenn er vergisst, Kunden zu buchen, könnte doch jederzeit jemand auftauchen?«

»Schon, aber dann würde man ihnen kein Boot geben«, sagte sie. »Ohne eine vorliegende Buchung lässt er die Kajaks nicht aufs Wasser.«

»Und doch, in diesem Fall …«

Sie starrte ihn an, vor Müdigkeit wie benebelt. Sie konnte sich nicht erklären, worauf er hinauswollte.

»Hören Sie, ich weiß nur, dass David in der Lage ist, seine Arbeit zu verrichten. Aber Al kann Menschen gut überreden. Ich nehme an, dass David sich unter Druck gesetzt fühlte. Es sind meine Freunde. Er wollte sich vermutlich nicht mit ihnen streiten.«

Der Sergeant nickte. »Ihre Mutter hat so ziemlich dasselbe gesagt.«

»Sie haben mit ihr gesprochen?«

»Ja. Sie hat uns gestern Abend den Kajakverleih gezeigt.«

»Oh.« Sie fühlte sich unbehaglich bei der Vorstellung, wie ihre Mutter sie im Dunkeln hinunter an den Strand geführt hatte, wo das Meer heimtückisch hin und her schwappte. Sie hoffte, dass David sich nicht die Schuld gab. Er hatte einen starken Gerechtigkeitssinn und empfand Schuld in durchbohrender Stärke.

»Sie sagte, dass Ihre Freunde immer unbedingt dieselben Kajaks ausleihen wollten«, erklärte der Constable.

»Ja«, sagte Melissa. »Sie sind mit Initialen versehen.«

»Dann haben sie wohl dieses Mal auch wieder ihre üblichen Boote genommen?«

»Das ist so gut wie sicher, ja.« In diesem Moment fiel ihr etwas ein. »Ist Jennys Kajak gefunden worden?«

»Ja«, antwortete der Sergeant.

»Kann ich … Können Sie mir sagen, wo es war?« Sie biss sich auf die Lippe, wartete auf die Antwort und hoffte, dass sie sie ertragen konnte.

»Sowohl das Kajak als auch Jennifer wurden weiter draußen auf dem Meer geborgen. Soviel ich weiß, hat es eine ganze Weile gedauert, bis das Rettungsteam sie finden konnte.«

Melissa schloss einen Moment lang die Augen und faltete ihre Hände auf dem Schoß.

»Es tut mir leid. Wir sind auch fast fertig.«

»Wenn wir Sie nur noch eins fragen könnten«, sagte der Constable. »Ich kenne mich mit Kajaks nicht groß aus, aber anscheinend gibt es unten im Boden Stöpsel, die man herauszieht, um Wasser rauszulassen?«

»Ja«, sagte Melissa nickend.

»Als die Küstenwache Jennifers Kajak fand, fiel ihnen auf, dass beide Stöpsel herausgezogen waren.«

Sie sah den Constable fragend an, denn sie begriff nicht, was er damit meinte. Sie wünschte, er könnte sich klarer ausdrücken.

»Keins der anderen Kajaks hatte herausgezogene Stöpsel«, sagte er. »Nur ihres.«

Beide Männer beobachteten sie genau.

»Das hat nicht so viel zu bedeuten, wie Sie vielleicht glauben«, sagte sie. »Die Leute ziehen die Stöpsel andauernd raus. Das wird Ihnen jeder Kajakfahrer sagen.«

»Ja. Wir haben schon mit einigen Experten gesprochen.«

»Dann wissen Sie ja, dass das stimmt.«

»Aber es muss sich doch mit Sicherheit negativ auf ihre Fähigkeit, das Boot unter Kontrolle zu behalten, ausgewirkt haben? Sie wird doch schneller als die anderen gesunken sein?«

»Nicht unbedingt«, entgegnete Melissa. »Manche Leute lassen die Stöpsel immer offen, um das Wasser wieder rauszulassen.«

»Aber es dringt doch auch Wasser dadurch ein?«

»Ja.«

»Und wie fahren Sie lieber Kajak, mit geschlossenen oder offenen Stöpseln?«

Sie zögerte, nicht weil sie die Antwort darauf nicht wusste, sondern weil sie sich unsicher war, was sie sagen sollte und warum.

»Ich habe sie lieber zu«, sagte sie.

Daraufhin erhob sich der Sergeant. »Nun, ich denke, das ist erst mal alles, Mrs. Silk. Es tut mir leid, dass ich Ihnen unangenehme Fragen stellen musste. Sie haben uns sehr geholfen.«

Sie brachte die Männer zur Tür, verabschiedete sich und machte die Tür hinter ihnen zu. Dann lehnte sie sich mit dem Rücken dagegen und ging das gerade beendete Gespräch noch einmal durch.

Sie hatte die Fragen so gut beantwortet, wie sie konnte, um bei der Untersuchung zu helfen, und dabei immer noch Rachel beschützt – zumindest hoffte sie das.

Aber was war das mit den Stöpseln?

Sie ging ins Wohnzimmer zurück, nahm ihr Handy und schickte eine SMS.

Rachel, wir müssen reden. Ruf mich an, sobald du kannst.
Mel xxx

NESSA MERRY
Einwohnerin von Milford, Dorset

Nessa stellte ihr Bügeleisen auf dem Bügelbrett ab, um ans Telefon zu gehen.

»Hallo?«

»Nessa, ich bin's noch mal.«

Es war Angela Gould. Sie klang aufgeregt.

»Was ist denn los?«, fragte Nessa und sah zu ihrem gerade in die Küche gekommenen Sohn hinüber, der sich mit schlaksigen Armen nach einem Regal reckte.

»Du wirst es nicht glauben.«

»Was?«, sagte Nessa und steckte sich einen Finger ins Ohr, um den Lärm von zuknallenden Schranktüren und klapperndem Besteck zu dämpfen. Niemand konnte so sehr Besitz von einer Küche ergreifen wie ein Junge im Teenageralter.

»Bei Melissa ist gerade die Polizei weggefahren«, berichtete Angela.

»Die Polizei?«

Ihr Sohn hörte mit dem Geklapper auf und sah interessiert zu ihr herüber. Sie scheuchte ihn weg, aus der Küche hinaus.

»Ja. Ich bin mir sicher, dass es Polizisten waren. Zwei gepflegte Männer in Anzügen mit Dienstmarken. Glaubst du, das waren Kriminalbeamte?«

»Hört sich so an«, meinte Nessa. »Muss wohl wegen gestern sein.«

»Ach, es ist einfach schrecklich. Ich muss ständig an die arme Jenny denken. Es ist so was von tragisch. Ich kann's gar nicht richtig glauben. Du etwa?«

»Nein«, sagte Nessa, »aber das kommt daher, dass wir noch nichts wissen. Je mehr Informationen darüber ans Licht kommen, was passiert ist, desto leichter wird's werden, es zu verarbeiten.«

»Also, falls ich irgendwas höre, werde ich's dich auf jeden Fall wissen lassen.«

»Ich dich auch«, versprach Nessa. »Tja, also dann, ich mache hier jetzt mal weiter … Gehst du morgen trotzdem zum Zumba?«

»Ja, hatte ich vor. Es wird eine gute Ablenkung von dem Ganzen sein.«

»Dann sehen wir uns da«, sagte Nessa und legte auf. Sie nahm ihr Bügeleisen und fuhr damit gedankenverloren über einen Blusenärmel.

Ihrem Mann zufolge, der dem Rettungsteam angehört hatte, das Rachel Beckinsale ins Krankenhaus gebracht hatte, waren die Silks überhaupt nicht in der Nähe des Kajakunglücks gewesen.

Warum stellten ihnen dann Kriminalbeamte Fragen?

11

Montag, 23. April 2018

Die Schule hatte nichts dagegen, dass Joel und Ned zu Hause blieben. Die Schulsekretärin Gilly Green, die mehr für die Verbreitung von Tratsch als für administrative Fähigkeiten bekannt war, versicherte Rachel am Telefon, dass die Jungs sich so viel Zeit nehmen konnten, wie sie brauchten.

Rachel legte schnell auf, bevor sie ausgefragt werden konnte. Sie hatte keine Zweifel daran, dass alle eine Weile höflich Abstand halten und dann mit ihrer eigenen Meinung hausieren gehen würden. Die Tatsache, dass Al den Ausflug organisiert und die Situation irgendwie falsch eingeschätzt hatte, würde unvermeidlich zum Diskussionsthema werden. Sie war entschlossen, ihn vor gedankenlosen Kommentaren zu beschützen.

Sie fühlte sich vollkommen leer, geradezu ausgetrocknet, aber ihr kamen immer noch Tränen. Im Krankenhaus hatte sie fast die ganze Nacht neben Als Bett geweint und war beim Aufwachen sofort wieder in Tränen ausgebrochen – so heftig, dass ihre Augen geschwollen waren und wehtaten.

Sie konnte nicht anders, als sich für das, was geschehen war, verantwortlich zu fühlen. Sie hatten den Ausflug auf ihren Antrieb hin unternommen. Wären sie wie von Melissa vorgeschlagen spazieren oder auf einen Kaffee gegangen, würde Jenny noch leben.

Obwohl Ned neben ihr auf dem Sofa saß, fing sie wieder an zu weinen. Die Jungs waren eben erst zu Fuß von Melissa zurückgekommen. Joel war sofort zum Lernen nach oben gelaufen, aber

Ned war im Wohnzimmer geblieben. Sein Blick wanderte zwischen seinen Eltern hin und her.

Seit Al vor einer halben Stunde vom Krankenhaus nach Hause gekommen war, saß er reglos im Sessel.

»Hast du gesehen, wie es passiert ist, Mummy?«, fragte Ned. Seine Augen waren rot von Müdigkeit, seine Haare verwuschelt.

Sie durfte vor ihm nicht so weiterweinen. Es war ihm gegenüber nicht fair; er war erst zwölf.

»Nicht wirklich«, sagte sie. »Es ging so schnell.«

»Wird Daddy auch sterben?«

»Was? Nein, Ned. Ihm geht's immer besser. Stimmt's, Daddy?«

Al sah sie nicht an und bewegte sich nicht.

»Möchtest du was spielen, Ned?«, fragte sie.

»Fortnite?«, fragte er. Seine Augen wurden heller.

»Ich hatte mehr an Cluedo oder Scrabble gedacht.«

»Oh.« Enttäuscht ließ er die Schultern sinken.

»Dann such dir was anderes aus. Geh und guck mal im Schrank mit den Brettspielen.«

Seufzend stand er auf und verließ das Wohnzimmer. Rachel musterte Al besorgt. Neben ihr auf dem Tisch leuchtete ihr Handy auf und piepte, als eine SMS eintraf.

Wie geht's Al? Seid ihr schon zu Hause? Wir müssen reden.
Mel xxx

Ihr Magen zog sich zusammen. Am Vorabend hatte Melissa mehrere SMS geschickt, auf die Rachel nur vage geantwortet hatte. Sie wusste, dass sie sich mit ihr zusammensetzen und in Ruhe reden musste. Nur wollte sie den Moment, in dem Melissa erkannte, dass es ihre Schuld war, möglichst lange hinauszögern.

Wieder kamen ihr die Tränen. Verdammt, hör auf zu heulen!

Sie nahm ihr Handy und antwortete Melissa.

Sind grad heimgekommen. Ich verspreche, wir reden, sobald ich kann. Rach xox

Es klingelte an der Tür, und ihr fiel das Handy aus der Hand. Sie warf Al einen fragenden Blick zu, ob er jemanden ins Haus lassen wollte oder nicht, aber er schien nichts gehört zu haben. Eine Sekunde lang war sie versucht, nicht aufzumachen, doch dann wurde ihr bewusst, dass ihre Autos in der Einfahrt standen. Es war offensichtlich, dass sie zu Hause waren.

Erneut wurde geklingelt.

»Machst du auf, Mum?«, rief Joel von oben.

»Ja«, rief sie zurück, schon auf dem Weg in den Flur. Vor dem Spiegel blieb sie kurz stehen, um zu sehen, wie sie aussah – scheußlich.

Als sie öffnete, standen zwei Männer in Anzügen vor der Tür. Ihr erster widersinniger Gedanke war, dass sie gekommen waren, um sie wegen fahrlässiger Tötung zu verhaften.

»Mrs. Beckinsale?«, fragte einer der Männer und lächelte flüchtig. »Kein Grund, so eine besorgte Miene zu machen. Wir sind gekommen, um uns kurz mit Ihnen zu unterhalten, wenn wir dürfen. Ich bin Detective Sergeant Lloyd, und dies ist Detective Constable Wilson.«

»Hallo«, sagte sie. »Treten Sie ein.« Und noch während ihre Gedanken sich überschlugen, öffnete sie die Tür etwas weiter.

Warum waren sie gekommen? Was wollten sie?

Sie führte die Männer ins Wohnzimmer und bedeutete ihnen, auf dem Sofa Platz zu nehmen, während sie sich hinter Als Sessel stellte.

»Es tut uns leid, hier einzufallen, kaum dass Sie nach Hause gekommen sind«, sagte der Sergeant. »Aber wenn Sie nichts dagegen haben, würden wir gern ein paar Fragen stellen?«

Jetzt bewegte auch Al sich, wurde wieder lebendig. »Fragen Sie nur«, entgegnete er.

Rachel war sich nicht sicher, ob sie ihn seit dem Unfall überhaupt schon hatte sprechen hören. Seine Stimme klang genau wie immer. Aber warum auch nicht? Nicht alles war am Samstag dort draußen anders geworden. Allerdings fiel ihr im Moment auch nichts ein, was weiterhin normal sein würde. Alles um sie herum schien trübe zu sein, verändert wie eine Pfütze, auf der ein Benzinschleier liegt.

»Soviel wir wissen, hatten Sie den Ausflug organisiert, Mr. Beckinsale. Können Sie uns sagen, was zu dieser Planung gehörte?«

»Ich bin sorgfältig vorgegangen«, erwiderte Al.

»Wenn Sie das bitte genauer erläutern könnten?«

»Ich habe die Wettervorhersage geprüft und die Gezeitentabelle – alles, was man tun soll.«

»Und am Abend vor dem Ausflug haben Sie Ratschläge von Melissa Silk bekommen?«

»Ja.«

»Sie scheint sich auszukennen«, sagte der Sergeant.

Eine Pause entstand. Rachel beobachtete, wie eine Fliege durchs offene Fenster hereinkam und direkt zur Decke hochflog, immer wieder dagegenstieß und dann anfing, im Zimmer wilde Kreise zu ziehen.

»Darf ich Sie fragen, was Sie beruflich machen, Mr. Beckinsale?«

»Ich bin der Geschäftsführer von EMS, einer Versicherungsgesellschaft.«

Der Sergeant nickte und zog die Mundwinkel nach unten, als wäre er beeindruckt.

»Ich bin wirklich qualifiziert, einen Kajakausflug zu organisieren«, sprach Al weiter. »Ich war auch …«

Nein, sag's nicht, Al.

»… jahrelang Führer der Pfadfinder.«

Rachel schloss kurz die Augen.

»Ich war der Akela.«

»Akela?«, hakte der Sergeant nach.

»So nennt man hier traditionell einen Pfadfinderführer.«

»Ach so, ich verstehe.«

Rachel starrte auf den Teppich. Er war so intelligent, ihr Mann, ehrgeizig in seinem Job, energisch. Aber im Umgang mit anderen Menschen schien er nie einschätzen zu können, wie viel er sagen sollte. Er war äußerst erfolgreich, beeindruckte und machte dann alles zunichte, indem er zu viel sagte. Er war wie ein Kind, das beim Malen immer mehr Farbe, immer mehr Glitzerstaub aufträgt, um gelobt zu werden.

»Und doch ist ein Mensch ums Leben gekommen«, sagte der Sergeant. »Und wir müssen herausfinden, warum. Ich glaube, am meisten fällt auf, wie ungemein schlecht das Wetter war.«

In diesem Moment strahlte die Sonne durchs Fenster und brachte die blonden Haare ihres Mannes herrlich zum Leuchten.

Jemand hatte ihr einmal gesagt – eine Mutter in der Schule war es gewesen –, dass Al wie ein Holländer aussehe. Sie hatte sich nicht vorstellen können, was das heißen sollte, denn sie kannte keine Holländer, mit denen sie ihn vergleichen konnte. Aber sie hatte angenommen, es bedeutete, dass er ein markantes Gesicht hatte – blaue Augen, eine klar definierte, gerade Nase, dichte blonde Haare. Er sah jedenfalls auffallend gut aus, und er gehörte ihr. Und in diesem Augenblick hätte sie ihm das am liebsten gesagt. Stattdessen sah sie auf seinen Hinterkopf und versuchte ihn telepathisch dazu zu bewegen, sich nicht die Schuld zu geben.

»Ich habe alles getan, was ich konnte«, sagte er.

Rachel zog ein zerknülltes Taschentuch aus ihrer Tasche und drückte es sich an die Nase.

»Daran zweifelt auch niemand. Aber wir brauchen ein paar Details. Könnten Sie uns sagen, wann Sie zum letzten Mal auf die Wettervorhersage gesehen haben?«

»Gleich Samstagmorgen als Erstes«, gab Al zurück. »Und beim Kajakverleih haben wir noch mal nachgeguckt, und es sah gut aus.«

»Allerdings war die Webseite im Verleih anscheinend vierundzwanzig Stunden lang nicht mehr aufgefrischt worden. David Reeve hatte keine Ahnung, dass ein Sturm kurz bevorstand.«

»Die Ausdrucke an der Wand sahen gut aus.«

»Die Ausdrucke waren vom Vortag. Und außerdem hätten sie Ihnen auch nicht genügend Informationen für einen Sicherheitscheck vermittelt. Es ist anscheinend eher eine symbolische Geste für Touristen.«

»Und worauf wollen Sie damit hinaus?«, fragte Al gereizt.

Rachel stellte sich dichter hinter ihn und legte ihm ihre Hand auf die Schulter. »Schon gut, Al«, sagte sie. Sie sah die Kriminalbeamten vorwurfsvoll an. »Es geht ihm nicht gut.«

»Dessen sind wir uns bewusst, und wir versuchen, dies so schmerzlos wie möglich zu machen«, sagte der Sergeant. »Wir sind auch gleich fertig.«

»Ein anderer Faktor, der zu dem Unfall beigetragen hat, waren die Gezeiten«, erklärte der Constable. »Ihre Frau sagte uns, dass Sie während der Flut losgepaddelt sind. Das war wann?«

»Um vierzehn Uhr«, antwortete Al.

»Das hätte keinerlei Probleme verursachen sollen«, sagte der Constable. »Aber Gareth Davies zufolge fühlte es sich nicht mehr problemlos an, als Sie hinter der Insel waren, sondern so, als müssten Sie gegen eine starke Strömung ankämpfen. Würden Sie dem zustimmen?«

Rachel sah auf Al hinunter, auf seine Haare, die immer noch leuchteten.

»Mr. Beckinsale?«

»Ja«, sagte Al.

»Ich habe mit der örtlichen Küstenwache gesprochen«, fuhr der Constable fort, »und anscheinend herrschte um dreizehn Uhr Flut.«

»Nein, das stimmt nicht«, entgegnete Al und schüttelte den Kopf.

Der Sergeant betrachtete Al gedankenvoll. »Nun gut, lassen wir das erst mal beiseite«, sagte er. Er warf seinem Kollegen einen Blick zu. »Wir müssen weiter. Aber falls Ihnen noch irgendetwas einfällt, lassen Sie es uns bitte wissen.«

Rachel begleitete die Männer zur Tür. Als sie die Haustür öffnete, wandte sich der Sergeant noch mal an sie. »Sie haben wohl nicht zufällig die Gezeitentabelle Ihres Mannes griffbereit?«

»Vielleicht«, sagte sie. »Ich schau mal nach.«

Sie ging in den Abstellraum und griff in die Tasche von Als Rucksack, wo er seine Landkarten und Handbücher aufbewahrte. Tatsächlich steckte auch die Gezeitentabelle darin. Sie ging zu den Kriminalbeamten zurück, reichte dem Sergeant das Heftchen, und er blätterte es durch.

»Hab ich mir gedacht«, sagte er. Dann zog er sie nach draußen vor die Tür und sprach leise mit ihr. »Die hier ist nicht der Sommerzeit angepasst. Anscheinend bevorzugen Segler das, deshalb werden manche Versionen, ohne den Zeitunterschied zu berücksichtigen, gedruckt.« Er schwenkte das Heftchen in der Luft. »Kann ich das behalten?«

»Nehmen Sie's mit. Aber ich verstehe nicht, was das zur Sache tut?«

Er sah sie mitleidig an. Seine braunen Augen wurden weicher. »Sie waren eine Stunde zu spät dran.«

»Oh.« Sie schob ihre Brille hoch und versuchte, diese Information zu verarbeiten. »Also … sind wir …?«

Sein Kollege mischte sich ein. Jünger, wie er war, sprach er offen, ohne augenscheinliches Mitgefühl. »Durch die verlorene Stunde und die Extrazeit, die Sie brauchten, um die Insel zu umrunden, kamen Sie zwei Stunden nach dem Höchststand der Flut an der gefährlichen Stelle an. Der Küstenwache zufolge ist die Strömung dort um diese Zeit am stärksten. Schlimmer hätte es nicht sein können.«

Rachel starrte auf das Heftchen in den Händen des Sergeant. »Ach herrje«, sagte sie. Dann sah sie zum Haus zurück. »Das darf er nicht erfahren. Das würde ihn umbringen.«

»Wir versuchen unser Bestes. Aber es handelt sich um eine polizeiliche Untersuchung, und diese Dinge werden meist bekannt.«

Ihr Mund zitterte. »Er wird sich das nie verzeihen.«

»Ich bezweifle, dass irgendjemand so grausam sein kann, ihm die Schuld zu geben«, meinte der Sergeant. »Sein Fehler war nur eins von mehreren Missgeschicken.«

»Oh?«, sagte sie, sich hoffnungsvoll an seine Worte klammernd. »Was ist denn sonst noch …?«

»Nun«, er klopfte sich mit dem Heftchen auf die Handfläche, »David Reeve vergaß, die Reservierung einzutippen; im Verleih war die Webseite mit der Wettervorhersage nicht aufgefrischt worden; Jennifer wollte die gefährliche Strecke entlangpaddeln, wofür anscheinend niemand eine Erklärung hat.«

»Vergiss nicht die Stöpsel«, fügte der Constable hinzu.

»Was für Stöpsel?«, fragte Rachel.

»Die Wasserablaufstöpsel in Jennifers Kajak waren herausgezogen. Nirgendwo sonst. Nur bei ihrem Boot.«

Sie sahen sie beide an und beobachteten ihre Reaktion.

Rachel rief sich die Minuten, kurz bevor sie Jenny zum letzten Mal gesehen hatte, zurück ins Gedächtnis. »Sie sagte, dass sie sich fühlte, als würde sie in der Badewanne sitzen«, erinnerte sie sich.

»Ja, so wäre das wohl gewesen, mit offenen Löchern unten im Boot.«

»Aber wieso waren ihre Stöpsel rausgezogen? Das verstehe ich nicht.«

»Sie nicht und wir auch nicht«, sagte der Sergeant. »Um ehrlich zu sein, ist es ein Wunder, dass es unter den gegebenen Umständen überhaupt jemand von Ihnen zurück ans Ufer geschafft hat.« Er wandte sich ab und zog seine Anzugjacke aus. »Also dann, passen Sie auf sich auf, Mrs. Beckinsale. Und versuchen Sie, Ihren Mann damit zu beruhigen, dass hier nicht nur eine einzige schiefgelaufene Sache ausschlaggebend war.«

Sie kehrte ins Haus zurück. Ned kam mit einem schwankenden Turm von Brettspielen in den Armen die Treppe herunter.

»Monopoly?«, fragte er.

Das war das Letzte, worauf sie jetzt Lust hatte. »Okay, Ned. Bau es im Spielzimmer auf. Ich komme sofort.«

Sie wollte in die Küche gehen, um sich eine Tasse Tee zu machen, überlegte es sich aber anders und beschloss, zuerst nach Al zu sehen.

Lautlos betrat sie das Wohnzimmer. Al stand mit dem Rücken zu ihr da und schaute aus dem Fenster. Er sagte irgendetwas ganz leise. Mit zur Seite geneigtem Kopf blieb sie stehen. Dann hörte sie es.

»Jenny. Oh, Jen.«

12

Sie beschlossen, die Marina aus Respekt zu schließen. Nur Lee ging an diesem Tag zur Arbeit, um hinter den Kulissen mit den dringendsten Bootsreparaturen weiterzumachen.

Damit niemand kam und sie störte, druckte Melissa ein Schild für die Bürotür aus. *Wegen Trauerfall bis auf Weiteres geschlossen.* Sie wollte auch ein Schild an der Tür von Mon Petit Hair, Jennys Friseursalon, anbringen.

»Möchtest du, dass ich die für dich aufhänge«, fragte Lee, während er sich den Fahrradhelm aufsetzte, »und dir den Weg spare?«

»Nein, passt schon«, antwortete sie. »Es gibt mir was zu tun.«

Lee schwang sich aufs Fahrrad. »Aber sieh zu, dass du dich danach ausruhst. Du hast das ganze Wochenende ein volles Haus gehabt und dir noch keine Pause gegönnt.«

»Ich muss aber los und mich mit Rachel treffen und gucken, wie es Gareth geht.«

»Sind sie denn schon so weit, dass sie Besuch empfangen können?«

Sie runzelte die Stirn. »Ich bin ja nun nicht irgendein Besuch.«

»Nein, aber überleg doch, was sie gerade durchmachen. Lass sie sich bei dir melden, wenn ihnen danach ist.«

»Und was, wenn sie glauben, dass sie mir egal sind?«

»Mel, das würden sie niemals denken.«

Polly, die im Auto auf dem Rücksitz saß, schlug gegen das Fenster und zeigte dann auf ihre Disney-Prinzessin-Uhr. »Äh, hallo?«, rief sie.

Nina kurbelte das andere Fenster herunter. »Komm schon, Mum. Wir kommen zu spät.«

»Halt die Klappe, Streberina«, sagte Frank auf dem Beifahrersitz.

»Selber Klappe, Pupsgesicht.«

»Entzückend, was«, sagte Melissa und gab Lee einen Abschiedskuss. »Ich fahr besser los. Wir sehen uns später.«

Als sie rückwärts aus der Einfahrt fuhr, stieß sie fast mit ihrer Nachbarin Angela Gould zusammen, die sich gleichzeitig auf den Weg machte, um ihre Kinder zur Schule zu bringen.

Melissa wartete, um zu sehen, wer wem Vorfahrt gewähren würde, obwohl sie wusste, dass Angela sie ihr lassen würde. Seit ihrer Kindheit kannte sie Angela nur oberflächlich, doch soweit sie sie beurteilen konnte, machte Angela es anderen Menschen am liebsten recht.

Und tatsächlich lächelte Angela und winkte ihr zu, weiter zurückzusetzen. Bevor Melissa weiterfuhr, bedankte sie sich winkend.

Bis zum Gymnasium waren es zwei Meilen. So still, wie die Kinder waren, fühlte es sich an diesem Morgen weiter an. Da es immer noch warm war, trug Polly ihr Sommerkleid, und Nina und Frank hatten ihre Pullis ausgezogen.

»Hast du heute von Olivia gehört?«, fragte sie Frank und warf ihm einen Seitenblick zu.

»Nein«, antwortete er. »Hätte ich das sollen?«

Er klang defensiv. Er war müde; sie waren alle müde.

»Ich hab mich nur gefragt, wie es ihr geht. Das ist viel, womit sie jetzt klarkommen muss.«

»Ja«, sagte er ausdruckslos.

Sie bog in die Parkbucht gegenüber der Schule ein und ließ ihr Fenster herunter, um sich Abschiedsküsschen geben zu lassen.

Nina war die Erste, die ihr den Gefallen tat. Sie steckte den Kopf durchs Fenster. »Tschüss, Mum«, sagte sie und schwang sich ihren mit Büchern vollgeladenen Rucksack über die Schulter. »Dir wird's schon gut gehen, ja?«

Melissa versuchte, beruhigend zu lächeln. »Mach dir um mich keine Gedanken. Geh nur und hab einen tollen Tag.«

Es klang unnatürlich, aber etwas Besseres brachte sie nicht zustande.

Als Nächster steckte Frank den Kopf herein, zögernd und zurückscheuend, seit seine Mutter nicht mehr die einzige Empfängerin seiner Zuneigung war. »Bis dann, Ma.«

»Du weißt, wie ich *Ma* hasse.«

Er grinste nach hinten über seine Schulter. »Tut mir leid, Ma.«

Seufzend sah sie ihren beiden Teenagern hinterher, wie sie durch die Schulpforten gingen und versuchten, so viel Abstand wie möglich zueinander zu wahren. Dann drehte sie sich zu Polly um und klopfte auf den leeren Sitz neben sich. »Willst du nach vorne kommen, Polly Pops?«

»Ja«, sagte Polly. Ihr Rock schob sich hoch, als sie nach vorne kletterte.

Sie fuhren wieder zurück nach Hause, stellten das Auto ab und gingen dann zu Fuß zur Grundschule – Melissas Lieblingsabschnitt des Tages: ein friedlicher zehnminütiger Naturspaziergang mit ihrem kleinen Mädchen.

An diesem Morgen gingen sie schweigend. Polly schien das nicht zu stören. Sie hüpfte den Weg entlang und blieb stehen, um Spinnennetze anzustoßen und Schneckenhäuser aufzuheben. Die Morgensonne hatte schon Kraft, aber Melissa konnte sich nicht darüber freuen. Sie fragte sich, ob das Leben sich jetzt immer so anfühlen würde, so wie aufgerissene Haut. Sie hatte den Drang zu versuchen, die Dinge wieder ins Lot zu bringen, aber es gab ja nichts, was wieder ins Lot gebracht werden konnte. Jenny war unwiderruflich aus dem Leben gerissen worden.

Am Schultor blieb sie stehen und sah bestürzt auf das Gedränge von Eltern auf dem Spielplatz. Jede einzelne Person bedeutete für sie einen potenziellen Auslöser von Gefühlsausbrüchen.

Es tut mir ja so leid. Die arme, arme Jenny. So eine tolle Frau. Wie kommen Sie denn zurecht?

Gesichter begannen sich in ihre Richtung zu drehen – besorgte Gesichter voller Mitleid. Milford war ein kleiner Ort, in dem sich nicht viel veränderte, und die meisten Einwohner waren miteinander aufgewachsen und sahen nun wiederum ihre Kinder zusammen aufwachsen. Die Neuigkeiten mussten die Stadt in ihren Grundfesten erschüttert haben, mussten alle schockiert haben.

»Ist schon gut, Mummy«, sagte Polly und zog an ihrer Hand. »Du kannst mit reinkommen. Alle wissen, was mit Tante Jenny ist. Und wenn nicht, dann sag ich's ihnen, und dann verstehen sie, warum du trauerig bist.«

Polly nannte es immer *trauerig*, ein Relikt aus ihrer Kleinkindzeit, das sie beizubehalten entschieden hatte.

»Hm, ich glaube aber, dass ich jetzt lieber gehe, wenn du nichts dagegen hast?«

»Ja, alles gut«, erwiderte Polly und stellte sich auf die Zehenspitzen, um ihr einen Abschiedskuss zu geben. Eltern und Kinder strömten an ihnen vorbei durch die Pforten und machten einen Bogen um sie. »Pass auf dich auf, Mummy. Ich will nicht, dass du stirbst.«

»Was?« Sie zog Polly beiseite, weg aus dem stärksten Gedränge, und ging in die Hocke, um mit ihr zu reden. »Hör mal, was Tante Jenny zugestoßen ist, war ein ganz seltenes Unglück. So was passiert nicht jeden Tag. Verstehst du das?«

»Dann wird dir das nicht passieren?«, fragte Polly.

»Nein«, sagte Melissa.

»Versprichst du das?«

»Versprochen.« Sie stupste ihre Tochter an die Nase und stand auf. »Und jetzt lauf und spiel mit deinen Freunden, und versuch, das alles zu vergessen.«

Sie gaben sich noch einen Kuss, und dann rannte Polly mit wippenden Rattenschwänzen auf den Spielplatz.

»Es tut mir ja so leid«, erklärte eine Stimme dicht neben Melissa.

Es war Nessa Merry, die im Elternbeirat stets das Sagen hatte. Durch Polly abgelenkt, hatte Melissa nicht gemerkt, dass die Frau sich näherte, bis es zu spät war.

»Sie müssen am Boden zerstört sein. Was für ein schreckliches Ereignis. So schwer, damit fertigzuwerden.«

»Ja«, entgegnete Melissa. Kaum eine passende Antwort, aber was sonst konnte sie schon sagen? Sie machte einen Schritt vom Schulgelände weg, um anzudeuten, dass sie gehen wollte.

»Wie geht es denn Gareth, dem Armen?«

»Ich … ich glaube, er hält sich tapfer.«

Andere Eltern sahen interessiert zu ihnen herüber. Wenn Nessa Merry mit Melissa Silk redete, konnten sie ihr doch sicher auch ihr tiefstes Beileid aussprechen?

Ihr schien, dass sich ihr mehr Menschen näherten. Sie würde hier gefangen sein, überflutet von Beileidsbekundungen. Sie warf einen Blick auf die Uhr. »Tut mir leid, ich muss los.«

»Natürlich.« Nessa berührte Melissas Arm. »Es muss so viel zu erledigen geben, so viel zu verarbeiten. Sagen Sie Bescheid, falls …«

»Mach ich«, sagte Melissa und wandte sich ab.

Es war ein bisschen abrupt, aber die einzige Möglichkeit, sich zu befreien.

Daheim angekommen, kam ihr das Haus unerträglich still vor. Sie hatte gehofft, dass zumindest eins ihrer Kinder zu Hause bleiben wollte, aber sie waren erpicht darauf gewesen, wieder, so gut sie konnten, ins normale Leben zurückzukehren. Nichts war normaler für sie als die Schule.

Sie konnte nicht hierbleiben und bedrückt herumschleichen. Also zog sie sich um, streifte sich ein Sommerkleid über, band ihre Haare mit einer Schmetterlingsspange zusammen, schnappte sich ihre Handtasche und ging wieder.

Sie brauchte fünf Minuten, um quer durch Milford zur verschlafenen Ostseite des Orts zu fahren, die man nur frequentierte, wenn man dort lebte oder jemanden besuchte, der dort wohnte.

Sie bog auf eine Einfahrt voller Schlaglöcher ein, die Gefahr lief, von dem ausladenden Pflaumenbaum daneben überwuchert zu werden, brachte das Auto zum Stehen und stieg aus. Über ihr krächzte eine Elster.

Sie sog die Luft ein. Es roch vertraut nach einem Hauch von Benzin und Meersalz. Das moderne Leben hatte diesen Teil der Stadt unberührt gelassen. Die Bungalows hatten rau verputzte Wände und rostige Tore aus verschnörkeltem Schmiedeeisen, hinter denen an ausgefransten Seilen Reifen an Apfelbäumen hingen.

Sie ging den Weg zur Veranda hoch, klopfte und wartete.

Ihre Mutter kam an die Tür, korallenroten Lippenstift auf dem Mund, das Hemdkleid an der Taille mit einem Schlangenhautgürtel zusammengezurrt. Sie hatte schwarze Locken, die von grauen Strähnen durchzogen waren, und dunkle Augen, die in ihrem Gesicht wie nasse Blaubeeren strahlten.

Melissa hatte immer gefunden, dass sie nicht unterschiedlicher hätten aussehen können.

»Gehst du irgendwohin?«, fragte Melissa.

»Nur einkaufen«, sagte ihre Mutter. »Aber das kann warten. Komm rein …« Sie hielt ihr die Tür auf. »Weißt du, du musst nicht klopfen.«

Stimmt, das musste sie nicht, schließlich hatte sie hier früher gewohnt. Aber trotzdem tat sie es jedes Mal.

»Ich setze Wasser auf. Möchtest du einen Tee?«, rief ihre Mutter auf dem Weg durch den Flur in die Küche. Melissa folgte ihr bis zum Wohnzimmer. Die Tür stand offen. Sie konnte den Haarschopf ihres Bruders über die Sofalehne herausragen sehen.

»Ja, gerne«, rief sie zurück.

Sie setzte sich neben David, der sich einen seiner Lieblingsdokumentarfilme über das Meer ansah. »Wie geht's?«, fragte sie.

»Sehr gut, danke«, antwortete er.

Auf seiner Wange klebte ein Milchtropfen. Sie wischte ihn weg. Er bemerkte die Berührung nicht.

Sie verschränkte die Arme und ließ ihren Blick durchs Zimmer schweifen. Es war schade, dass sie jedes Mal beim Betreten des Bungalows eine Traurigkeit fühlte, als würde es sich um eine Kellerwohnung handeln, in die man hinabstieg und jegliche Freude mit seinen Schuhen an der Tür abstellte.

Ihre Eltern hatten sich getrennt, als sie erst sieben Jahre alt gewesen war. Vielleicht war das der Beginn der Traurigkeit gewesen, die hier ihre Zelte aufgeschlagen hatte. An David lag es jedenfalls nicht. Regelmäßig füllte er das Haus mit schallendem Gelächter, wenn auch nur beim Fernsehgucken. Ihr Vater war bald, nachdem er ausgezogen war, gestorben – an einem Herzinfarkt. Das hätte eine schmerzliche Nachricht sein sollen, aber soweit Melissa sich erinnerte, hatte sie es nicht so empfunden. Denn selbst als ihr Vater noch hier wohnte, hatte sie ihn kaum gekannt.

»Bitte schön«, sagte ihre Mutter, die ins Wohnzimmer kam, reichte ihr eine Tasse Tee und setzte sich. »Wie fühlst du dich?«

Melissa zuckte mit den Schultern. »Schrecklich.«

»Das tut mir leid. Eine furchtbare Sache, vor allem, weil es so unvermutet kam«, sagte ihre Mutter und verschränkte die Füße. »Sind die Kinder in der Schule?«

»Ja, sie wollten hingehen.«

In diesem Moment schrie David vor Lachen auf, warf seinen Kopf nach hinten und klatschte in die Hände. Es war seine Lieblingsszene, der immense Fischschwarm, der im Meer nach oben schwamm und höher und höher aufstieg.

»Ich habe den Verleih jetzt erst mal geschlossen«, sagte ihre Mutter. »Alles ist mit Bändern abgesperrt.«

»Was, so wie am Schauplatz eines Verbrechens?«

»So ähnlich«, meinte ihre Mutter. »Jedenfalls sind die Kajaks hinter der Absperrung. Die Leute können da nicht einfach rumlaufen. Selbst bei Unfällen muss alles genau nachvollzogen werden können.«

David lachte wieder laut.

»Ich muss gestehen, ich habe das Gefühl«, sagte ihre Mutter, »dass es meine Schuld ist. Wäre ich da gewesen, wäre nichts davon passiert. Die arme Jenny. Wenn man daran denkt, wie oft sie als Kind hier gespielt hat …«

»Mum, so darfst du nicht denken. Du wusstest doch nichts davon. Und außerdem, wenn jemand Schuld hat, weil er nicht da war, dann bin ich das.«

Ihre Mutter sah sie stirnrunzelnd an. »Melissa, du kannst dir nicht die Schuld geben. Es hat so vieles dazu beigetragen, dass es passiert ist. Es war alles ein Desaster.«

Daraufhin wurde es bis auf die beruhigende Stimme des Dokumentarfilmerzählers und die klimpernde Musik, die ein auf und ab treibendes Seepferdchen begleitete, still.

Melissa sah sich im Zimmer um. Ihr Blick blieb an einem silber gerahmten Foto auf dem Kaminsims hängen. Manchmal konnte sie den Anblick ertragen, manchmal nicht. Heute allerdings wollte sie es sich genauer ansehen.

Sie stellte ihre Tasse hin, ging zum Kamin und nahm das Bild in die Hand. Sie spürte, wie ihre Mutter hinter ihr stocksteif dasaß und sie beobachtete. Wenn es hier im Bungalow Verhaltensregeln gab, dann brach sie die jetzt definitiv.

Sie berührte das Glas und wischte eine feine Staubschicht weg, um das Kind dahinter zu betrachten – ein kleines Mädchen, das mit einer Kette aus Gänseblümchen auf dem Kopf im Gras saß und so vom Licht verblichen war, dass ein Teil der Gesichtszüge verschwunden war.

Sie stellte das Bild wieder zurück und ging ans Fenster, das zum Garten hinausging. Eine rote Katze suchte sich ihren Weg über den Rasen. Ihr Schwanz ragte aus dem Gras wie ein Schnorchel aus dem Wasser.

Mit einem tiefen Luftholen erlaubte sie sich, auf den Fleck nahe der Lorbeerhecke zu schauen. Fast konnte sie ein gelbes Kleid und pfirsichblonde Locken sehen.

Und dann klatschte David in die Hände und verscheuchte ihre Gedanken.

»Ich sollte mich wieder auf den Weg machen«, sagte sie und drehte sich zu ihrer Mutter um. »Ich hab noch viel zu erledigen, und du musst einkaufen gehen. Danke für den Tee.«

»Gerne. Jederzeit, Melissa. Du weißt, wo du uns findest.«

So formell, so korrekt. Und so abhängig davon, dass Melissa die Initiative ergriff.

Du weißt auch, wo du mich findest, Mum, wollte sie immer sagen. Aber was würde das nützen? Ihre Mutter war zweiundsechzig Jahre alt und musste sich um den Kajakverleih und David kümmern. Sie war schon lange zu dem Schluss gekommen, dass Melissa selbstgenügsam war und auf sich selber aufpassen konnte. Ob das stimmte oder nicht, tat nichts zur Sache. Ihre Mutter hatte in ihrem Alter genug um sich, um das sie sich kümmern musste.

»Hab dich lieb, David«, sagte Melissa und beugte sich vor, um ihrem Bruder einen Kuss auf die Stirn zu geben.

»Ich hab dich lieb, Melissa«, antwortete er.

Sie ging durch den Flur zur Haustür und machte halt, um sich wieder ihre Espadrilles anzuziehen.

»Es war schön, dich zu sehen«, sagte ihre Mutter. »Sei nicht so hart zu dir selbst. Du wirst sehen, mit der Zeit geht es wieder besser.«

Melissa saß auf dem Boden und behielt den Kopf gesenkt.

Du hast keine Ahnung, wie ich mich fühle, dachte sie, nicht, was Jenny angeht, und auch sonst nicht. Hast du nie gehabt. Ich bin hergekommen, weil ich dachte, du könntest mir vielleicht nur ein einziges Mal helfen, dass ich mich besser fühle, aber ich bin wieder mal enttäuscht worden.

»Bis bald, Mum«, sagte sie.

Und sie ging und stieg in ihr Auto und setzte sich an der Hauptstraße, wo sie weinen konnte, sofort die Sonnenbrille auf.

Sie war noch nicht weit gefahren, als sie merkte, dass sie nicht mehr weinen wollte. Sie hatte die Nase voll vom Weinen. Jenny hätte es gehasst, wie alle schluchzend und verzweifelt herumsaßen.

Stattdessen begann sie Wut zu verspüren. Was die Quelle dieser Wut war, wusste sie nicht, aber sie war trotzdem bereit, sich darauf einzulassen. Wut war besser als Trauer, so viel war sicher. Wut fühlte sich produktiver an.

Auf dem Weg durch die Stadt bog sie in eine gepflegte Allee mit großen roten Klinkerhäusern ein und fuhr dann zwischen zwei von Löwen gekrönten Torpfeilern hindurch. Hinter Als BMW hielt sie an.

13

Rachel öffnete die Haustür in der Erwartung, wieder die beiden Kriminalbeamten zu sehen, die sie gerade verabschiedet hatte. Stattdessen stand Melissa vor ihr.

Sie dachte, sie hätte deutlich gemacht, dass sie zu einem Gespräch noch nicht bereit war. »Hallo, Mel«, sagte sie und sah ihre Freundin argwöhnisch an.

Melissa wirkte gereizt. Den Mund angespannt verzogen, klimperte sie mit ihren Autoschlüsseln.

»Möchtest du reinkommen?«, fragte Rachel und hoffte das Gegenteil.

»Danke«, sagte Melissa und trat ins Haus. »Wie geht's Al?«

»Er steht am Rande der Verzweiflung«, antwortete sie leise. »Eben waren zwei Kriminalbeamte da. Ich glaube nicht, dass das geholfen hat ... Lass uns hier reingehen«, sagte sie und führte sie in die Küche.

»Was wollten sie denn?«, fragte Melissa. Sie trug ein weißes Sommerkleid mit angeschnittenen Ärmeln, das ihre Arme mädchenhaft dünn und ihr Gesicht farblos wirken ließ.

»Sie überprüfen nur die Details.«

»Die Details?«, sagte Melissa. »Das ist ja nett umschrieben.«

»Was meinst du damit?«, fragte Rachel.

Melissa warf ihre Autoschlüssel auf die Arbeitsplatte. »Was hat denn die Kriminalpolizei damit zu tun, Rachel? Hast du dir darüber schon mal Gedanken gemacht?«

»Ich ... noch nicht. Ich ...«

In diesem Moment klopfte es an der Küchentür, und Ned drückte sich verstohlen herein. Rachel war von Melissas Worten wie vom Donner gerührt und beachtete ihn zuerst nicht.

»Hallo, Ned«, sagte Melissa, die sich schnell besann und ihn anlächelte.

»Hi, Tante Mel«, gab er zurück. Dann sah er seine Mutter an. »Wann spielen wir denn nun Monopoly?«

»Gleich«, erwiderte Rachel.

»Das Spiel ist aufgebaut.«

»Dann geh schon mal und such dir deine Spielfigur aus«, sagte sie leicht gereizt.

»Hab ich schon.«

»Tut mir leid, Ned. Ich werde deine Mum nicht lange aufhalten«, erklärte Melissa. »Nur fünf Minuten, okay?«

Er nickte ernst und zog sich dann zurück. Die Tür machte er hinter sich zu.

Melissa wartete einen Moment, bevor sie sich wieder an Rachel wandte. »Sag mir einfach, warum du nicht wolltest, dass ich mitkomme, und dann lasse ich dich in Ruhe.«

»Nicht jetzt. Du siehst ja, dass ich alle Hände voll zu tun habe.«

Melissa breitete die Arme aus. »Ich sehe hier sonst niemanden. Also, sprich.«

»Das ist nicht so einfach«, sagte Rachel.

»Warum nicht? Warum kannst du es mir nicht erzählen?«

»Weil ich's nicht kann. Ich brauche mehr Zeit.«

»Zeit hab ich dir schon gegeben. Ich bin mehr als geduldig gewesen. Aber du kannst mich nicht immer wieder auf später vertrösten. Das ist nicht fair. Ich fange schon an, mir das Schlimmste vorzustellen.«

»Was soll das denn heißen?«

Melissa zog einen Hocker unter der Arbeitsplatte hervor und setzte sich. »Es soll gar nichts heißen«, sagte sie. »Ich habe nur Mühe zu verstehen, was passiert ist. Ich meine, erst tust du so geheimnisvoll, und dann ist plötzlich Jenny tot. Was würdest du denn denken, wenn du an meiner Stelle wärst?«

Rachel schnappte nach Luft. Die Worte ihrer Freundin taten weh. Dies war der Augenblick, den sie versucht hatte hinauszuschieben, den Moment der Schuldzuweisung. Das Hinauszögern machte ihn nicht erträglicher.

»Sag es mir.« Melissas Augen durchbohrten sie, grüne Augen wie die ihres Bruders.

Rachel sah wieder den armen David am Samstag im Kajakverleih vor sich, wie er ihnen hinterhersah, als sie gegen seinen Willen mit den Kajaks davonmarschierten. Was er zu dem Zeitpunkt auch gedacht haben mochte – sie wünschte, sie wären wieder umgekehrt.

»Je länger das so geht«, sagte Melissa, »desto mehr gebe ich mir die Schuld.«

»Dir?« Rachel starrte sie überrascht an. »Du warst ja nicht mal mit dabei! Wie kannst ...«

»Eben! *Wäre* ich dabei gewesen, wäre mir aufgefallen, dass ein Sturm aufzieht. Und ich wäre mit euch definitiv nicht hinten um die Insel rumgepaddelt.«

»O Mel, es hat doch nichts mit dir zu tun.« Sie legte ihre Hand auf Melissas, die sich überraschend kalt anfühlte. »Wir geben uns selbst die Schuld. Aber es war ein tragischer Unfall. Die Kriminalbeamten wurden bestimmt eingeschaltet, weil es sich um ungewöhnliche Umstände handelt. Wir ...«

»Sag's mir einfach!«, fuhr Melissa sie hitzig an und zog ihre Hand weg.

Die Tür ging auf, und Al trat ein. »Was sollst du ihr sagen?«, fragte er.

Melissa sprang von ihrem Hocker. Ihre Espadrilles klatschten auf das Linoleum. Ihr Kleid war zerknittert, ihre Haare hatten sich aus dem Dutt zu einer lockigen Mähne gelöst. Am liebsten hätte Rachel an ihrer Freundin alles wieder zurechtgezupft – das Kleid glatt gestrichen und die Frisur gerichtet – und ihr die Hand auf den Arm gelegt, um sie daran zu hindern, das zu sagen, was sie gleich von sich geben würde.

»Warum sie nicht wollte, dass ich auf den Ausflug mitkam«, sagte Melissa.

»Den Kajakausflug?«, fragte Al.

»Ja, den Kajakausflug«, wiederholte Melissa ungeduldig. »Worüber würden wir uns wohl sonst unterhalten? Wusstest du, dass ich nicht Migräne hatte? Dass das eine Lüge war?«

»Eine Lüge?«, fragte Al. Er kratzte sich am Kopf.

»Mach dir keine Gedanken«, sagte Rachel. »Ich kann das …«

»Erklären?«, hakte Melissa nach. »Bitte tu das. Ich nehme an, Al würde es auch gern hören.«

»Ich weiß nicht, ob ich ganz verstehe, was …«, begann er.

»Weil es Unsinn ist«, erklärte Rachel.

Das zu sagen war dumm. Genau deshalb hatte sie diese Unterhaltung nicht führen wollen, bis sie ausreichend Zeit gehabt hatte, ihre Gedanken zu ordnen.

Mit errötenden Wangen starrte Melissa sie an. »Unsinn? Alles, was ich wollte, war eine Erklärung. Ich dachte, dass ich die verdient habe, aber offenbar lag ich da falsch.« Sie schnappte sich ihre Schlüssel von der Arbeitsplatte. »Das hier ist reine Zeitverschwendung. Ich finde schon zur Tür.« Und damit stürmte sie aus der Küche. Wie ein höflicher Butler wich Al ihr pflichtbewusst aus.

Rachel lief ihr hinterher. »Mel, jetzt geh doch nicht. Du verstehst nicht.«

Melissa öffnete die Haustür. »Weil du mir nichts erzählen willst«, sagte sie.

Rachel huschte an ihrer Freundin vorbei und stellte sich ihr in den Weg. »Halt, warte.« Sie schob ihre Brille hoch und versuchte, die richtigen Worte zu finden. Aber Melissa ging weiter. »Lauf nicht weg, nicht auf diese Art. Komm wieder rein.«

»Es bringt doch nichts«, entgegnete Melissa und machte die Autotür auf. »Du regst mich nur noch mehr auf.«

»Aber nicht mit Absicht, das weißt du doch.«

»Weiß ich das?« Melissa ließ den Motor an und das Fenster herunter. »Ich weiß überhaupt nichts mehr.« Sie stieß den Schalthebel in den Rückwärtsgang und legte ihren rechten Arm um die Beifahrersitzlehne, um nach hinten zu sehen.

»Bitte, Mel«, sagte Rachel. Sie lief neben dem Wagen her, der rückwärts ihre Einfahrt hinunterfuhr. »Wir sind doch Freunde.«

»Nein, sind wir nicht. Freunde lügen sich nicht an.«

»Ich lüge nicht. Ich bin …«

Melissa trat auf die Bremse. »Du bist was?«, fragte sie. »Was bist du?« Ihre Augen weiteten sich.

Rachel versuchte, schneller zu denken. Ihr Herz raste, aber sie konnte mit Melissa nicht mithalten – hatte es noch nie gekonnt. Sie brachte keine Antwort zustande.

Melissa setzte den Wagen wieder in Bewegung, und dann war sie verschwunden.

Rachel stand wie vor den Kopf geschlagen in der Einfahrt. Was hatte sich hier gerade ereignet?

Sie hätte ihr alles erklären sollen, aber wie konnte sie das, während Al so hilflos danebenstand und Ned wartete, dass sie Monopoly spielten?

In diesem Moment nahm sie aus dem Augenwinkel eine Bewegung wahr und merkte, dass ihre neugierige Nachbarin Nessa Merry gegenüber in ihrem Vorgarten stand und so tat, als würde sie das Messingtor polieren.

Rachel machte auf dem Absatz kehrt und ging zurück ins Haus. Ned wartete am Fuß der Treppe auf sie. »Ich hab für dich gewürfelt, Mummy. Du hattest eine Eins.« Natürlich.

Al drückte sich im Türrahmen der Küche herum. Er wirkte, als hätte er sich irgendwo verlaufen.

»Was war das denn, Mum?«, fragte Joel, der mit einem Stapel Papiere für die Schule die Treppe herunterkam.

»Nichts«, antwortete sie. »Melissa ist bloß völlig durcheinander.«

»Wegen Jenny?«

»Ja, wegen Jenny!«, schnappte sie, zwängte sich an Al vorbei in die Küche und schlug die Tür so laut hinter sich zu, wie sie konnte.

»Was zum Teufel …?«, hörte sie Joel sagen.

Oh!

Sie stampfte mit dem Fuß auf. Sie waren alle so nutzlos, erwarteten, dass sie immer alles machte. Tja, aber sie konnte nicht alles machen, wie sie gerade bewiesen hatte. Manchmal war sie genauso nutzlos wie sie.

Rachel starrte auf einen Teller voller Krümel, den Joel auf der Arbeitsplatte hatte stehen lassen, damit sie ihn in den Geschirrspüler räumen konnte. Sie nahm den Teller und schmiss ihn auf den Boden. Er schlug mit einem befriedigenden Knall auf und zerbrach. Die Krümel sprangen davon.

Dann verließ sie die Küche, sich wieder an Al vorbeidrückend. »*Ihr* werdet das aufräumen müssen!«, sagte sie und rannte mit dem festen Vorsatz, die Tür noch fester zuzuschlagen, nach oben in ihr Schlafzimmer. Aber als sie dort ankam, weinte sie – voller Scham, dass sie sich an ihren Jungs ausgelassen hatte, und Reue, dass sie den Teller zerschmettert hatte, der zu ihrem Lieblingsgeschirr gehörte.

So etwas geschah, wenn sie nicht genügend Zeit zum Nachdenken hatte, sagte sie sich.

NESSA MERRY
Einwohnerin von Milford, Dorset

»Sie war auf dem Spielplatz nicht direkt unfreundlich zu mir«, erzählte Nessa Angela nach ihrer Zumba-Stunde. »Nur kurz angebunden. Wobei sie das ja schon immer ein bisschen war, findest du nicht? Ein bisschen arrogant?«

»Vielleicht. Aber überleg doch, was sie gerade durchmacht, die Arme.«

»Hm«, brummte Nessa skeptisch. Angela war ihrer Meinung nach immer viel zu nachsichtig, zu sehr bereit, in jedem das Gute zu sehen. Sie hob ihre Sporttasche auf und schlang sie sich über die Schulter. »Na, jedenfalls hab ich sie dann kurz danach bei Rachel gesehen, wo sie sich mit ihr in der Wolle hatte.«

»In der Wolle hatte?«, fragte Angela. »Inwiefern?«

»Na, nicht buchstäblich«, meinte sie trocken. »Sie haben sich gestritten. Rachel rannte hinter Melissas Auto her und bettelte sie an, nicht wegzufahren. Es war richtig pathetisch.«

»Ach herrje«, rief Angela aus. »Worum es da wohl ging.«

Sie machten sich auf den Weg aus dem Fitnessstudio und lächelten der Trainerin zum Abschied zu.

»Wer weiß?«, sagte Nessa. »Vielleicht frage ich mal Gilly, die Schulsekretärin. Sie scheint immer zu wissen, was los ist.«

»Gute Idee«, meinte Angela.

Sie gingen durch den Korridor des Fitnesscenters, Nessa ganz gedankenversunken.

Sie hatte die Silkies schon immer bewundert, besonders Melissa. Während ihrer Arbeit für King's, der Anwaltskanzlei der Stadt, hatte sie im Laufe der Jahre brisante Dinge gelesen, von denen sie keiner Seele erzählt hatte. Wenn sie andere Menschen betreffend vielleicht eine etwas lockere Zunge hatte – was Melissa anging, hatte sie sich an die Schweigepflicht gehalten.

Und das war nun der Dank dafür – eine Abfuhr an der Schulpforte.

Aber in diesem Fall hatte Angela recht. Melissa trauerte. Nessa würde sich in Nachsicht üben.

Und was die brisanten Dinge anging, war sie sicher, dass die ganz von selbst ans Licht kommen würden. Aus ihrer Erfahrung bei King's wusste sie, dass nach einem Todesfall alle Akten geöffnet und sämtliche Schubladen aufgezogen wurden, aus denen zerfledderte Motten schwirrten wie ins Tageslicht entlassene vergilbte Geheimnisse.

14

Das Haus existierte jetzt schon achtundvierzig Stunden lang ohne Jenny. Gareth kam es vor, als sänke es mit porös gewordenen Wänden in sich zusammen, die sich in einem plötzlichen Platzregen vom Fundament lösen und wie ein gigantischer Badeschwamm davontreiben würden.

Ohne sie fühlte sich alles entwurzelt an. Für jemanden so Zerstreutes hatte Jenny ihnen eine enorme Menge Stabilität verliehen. Im Gegensatz zu den meisten normalen Menschen hatte sie keinen Kalender oder Tagesplaner benutzt, sondern ihrem Gedächtnis und ihrer Spontanität vertraut, und irgendwie hatte das zufällig funktioniert. In den Neunzigerjahren hatte er ihr einmal einen großen Karteikasten gekauft, aber sie hatte ihn nur als Türstopper verwendet.

Jetzt musste er irgendwie schnell einen Weg finden, das Haus wieder am Boden zu verankern, bevor alles davontrieb. Soviel er wusste, hatten Kinder heutzutage einen komplizierten Terminplan. Er würde es niemals schaffen, wie Jenny ständig zu improvisieren.

Sie hatte auch den kniffeligen Zugang zum verschlossenen Wesen ihrer Tochter gekannt. Ohne den würde er auf gut Glück versuchen müssen, zu ihr vorzudringen, blinde Versuche unternehmen, bis er den richtigen Weg fand.

Es machte ihn unerträglich traurig, dass er in der Hoffnung, ihre Tochter besser zu verstehen, noch vor Kurzem mit Jenny über Olivia hatte reden wollen.

In seiner Trauer stemmte er die Hand Halt suchend gegen die Wand und hoffte, dass sie hielt.

Es hatte keinen Zweck, sich in Gewissensbissen und Was-wäre-wenn zu verlieren. Er würde es auf irgendeine Art und Weise durch die nächsten Monate schaffen und den Zwillingen ein Vorbild sein müssen. Sie würden sich den gesamten Rest ihres Lebens daran erinnern, wie er diesen Verlust jetzt bewältigte.

Vielleicht waren das weitschweifende Gedanken, zu zukunftsorientiert und abwägend, um einen spürbaren Nutzen zu haben. Aber nichtsdestotrotz ging ihm das durch den Kopf, als er vor dem Zimmer seiner Tochter stand und den Mut zum Hineingehen sammelte.

Seit vier Minuten stand er hier jetzt schon.

Er räusperte sich, klopfte leise an und trat einen Schritt näher, um die Reaktion zu hören.

Herein? Hatte sie gerade »Herein« gesagt?

Es hätte auch »Geh weg« sein können.

Er zögerte, entschloss sich dann für den Weg nach vorn und drehte den Knauf, aber die Tür war abgeschlossen. Wessen Idee war es gewesen, ein Schloss anzubringen? Ach ja, seine, nachdem er einmal in ihr Zimmer gekommen war, als sie sich gerade umzog.

»Liv?«, rief er und klopfte erneut.

Im Zimmer rumorte es, Geräusche von Vorhängen, die aufgezogen wurden, ein Rascheln von Bettzeug, leise Schritte zur Tür. Und dann stand Olivia vor ihm, mit bleichem Gesicht und strähnigen Haaren.

»Was ist?«, fragtc sic.

»Kann ich kurz reinkommen?«

Sie machte ihm Platz und zog die Ärmel ihres Pullis über ihre Hände. Dann stieg sie wortlos auf ihr Bett und setzte sich im Schneidersitz hin, während ihre Augen ins Nichts starrten.

»Wie kommst du klar?«, fragte er und nahm einen Stapel Kleider vom Sessel, um sich hinsetzen zu können.

Sie hob eine Schulter.

»Ich weiß, dass das echt hart ist, Olivia. Für mich ist es auch hart. Ich scheue mich nicht davor, zuzugeben, dass es einem Angst macht.« Er sah sie an und versuchte, ihre Reaktion einzuschätzen. Wollte sie das hören? Half es? »Ich hab keine Ahnung, was ich ohne eure Mum machen soll. Sie war …« Seine Stimme brach. Er stampfte mit den Füßen auf. Er war sich ziemlich sicher, dass ihr ein Gefühlsausbruch nicht helfen würde. »Also, sagen wir einfach, sie hat mir die Welt bedeutet.«

Er schniefte und hob einen Spielzeugpinguin auf, der auf dem Boden lag. Früher hatte Olivia Stofftiere geliebt, hatte Dutzende mit im Bett gehabt. Als er sich in ihrem Zimmer umsah, entdeckte er, dass die Stofftiere noch da waren, oben auf ihrem Schrank. Dem Pinguin war irgendwie gestattet worden, einen Platz auf dem Fußboden zu besetzen, in der Mitte des Geschehens.

Wenn der Pinguin das durfte, gab es vielleicht auch für ihn Hoffnung.

Er stellte den Pinguin neben seinen Sessel und tätschelte ihm den Kopf. »Ich wollte wissen, ob du mir vielleicht helfen kannst, Livvie?«, fragte er.

Wieder das Zucken mit der einen Schulter.

»Ich hab gedacht, wir könnten uns zusammensetzen – du, ich und Max – und uns eine Art Tagesablauf überlegen. Ihr seid in der Schule so weit, dass die Prüfungen …«

»Nächstes Jahr«, sagte sie und schaute ihn an.

Bingo, die Prüfungen waren ihr wichtig, sogar jetzt schon, vielleicht jetzt umso mehr.

»Also, lass uns versuchen zu überlegen, wie wir das am besten hinkriegen. Vielleicht brauchen wir ein Whiteboard oder so was. Ich weiß ja, in wie vielen Vereinen ihr seid und wie viele Termine ihr habt. Ich will nicht, dass sich daran was ändert. Es sollte sich nicht ändern müssen.«

Sie nickte.

»Gut. Also …« Er rieb sich die Hände. »Wollen wir uns nach dem Mittagessen zusammensetzen?«

»Okay.«

Er stand auf. »Danke, Liv.«

Sie sah weg, starrte ins Leere.

»Und wenn du dir was von der Seele reden musst, dann komm jederzeit zu mir. Ich bin für dich da. Ich weiß, es ist nicht dasselbe wie mit deiner Mum …« Wieder brach seine Stimme.

Hör jetzt einfach auf zu reden.

Er lächelte und verließ dann mit einem Blick auf den Pinguin das Zimmer.

Viel Glück, Kumpel.

Unten in der Küche schälte seine Mutter Kartoffeln. Obwohl niemand Hunger hatte, beharrte sie darauf, jeden Tag zwei warme Mahlzeiten zu kochen.

»Wie geht's ihr?«, fragte sie und spähte ihn über den Rand ihrer Brille an.

»Sie ist sehr traurig.«

»Mein armer kleiner Schatz.«

»Ich weiß nicht, was ich ihr sagen soll.«

»Sei einfach für sie da. Du machst es wahrscheinlich besser, als du denkst.«

»Wo ist Dad?«, fragte er.

»Er ist kurz nach Portbridge zur Polizei gefahren.«

»Oh? Und warum?«

Sie schälte weiter Kartoffeln. »Das ist seine Art zu helfen. Er will fragen, was die Polizei jetzt macht, ob es irgendwas gibt, das er tun kann. Weißt du«, sie senkte die Stimme, »manchmal muss man lange warten, bis … die Leiche freigegeben wird. Das möchte er vermeiden.«

»Ach so.« Gareth spürte, wie er in sich zusammensank, fühlte beim Gedanken an Jennifers toten Körper in der Leichenhalle die Energie in den Wänden um sich herum zusammensacken. Er war froh, dass sein Vater bereit war, ihn vor einigen der grausameren klinischen Details abzuschirmen.

»Ja!«, schrie Max in diesem Moment. Er saß nebenan im Esszimmer mit Kopfhörern und geschäftig auf sein Handy gepressten Daumen auf einem Sitzsack.

Gareth begab sich zu ihm hinüber und ging in die Hocke – eine gefühlt endlos weite Strecke –, um sich auf die Kante des Sitzsacks zu setzen. Max nahm seine Kopfhörer ab und legte das Handy weg. In dieser Beziehung war er vorbildlich; er wusste, wann man aufhörte, wann man einem Erwachsenen Aufmerksamkeit schenkte. Gareth hatte das immer als selbstverständlich angesehen. Jetzt war es, als hätte der Junge dafür einen Nobelpreis verdient.

»Alles okay?«, fragte Gareth. Max nickte. »Was spielst du denn da?«

»Clash Royale.«

»Ist das gut?«

»Geht so. Ist halt 'n Zeitvertreib.«

Eine Pause entstand. Gareth legte seinem Sohn die Hand aufs Knie. »Ich weiß, dass eure Mum immer die war, die über alles geredet hat, dass ihr mit allem zu ihr gegangen seid. Aber ich will, dass du weißt, dass ich für dich da bin. Ich werde wirklich mein Bestes geben, um zu tun, was sie getan hätte.«

Max' Augen wurden feucht. Er blinzelte rasch. »Okay, Dad«, sagte er und zuckte mit der Nase.

»Gibt's irgendwas, über das du jetzt reden möchtest?«

»Nein.« Max schüttelte den Kopf.

»Also, wirklich jederzeit … Und ich dachte, dass du vielleicht, falls du Lust hast, am Samstag zum Rugby gehen kannst? Falls dir das noch zu früh ist, sag's einfach. Aber es könnte helfen. Die Entscheidung liegt bei dir.«

»Vielleicht. Ich guck mal, wonach mir ist.«

»Du bist ein prima Junge.« Gareth stöhnte, als er sich wieder hochkämpfte. »Ich hab dich lieb«, sagte er, als er stand.

Max schniefte und zuckte wieder mit der Nase. »Hab dich auch lieb, Dad.« Dann setzte er sich die Kopfhörer auf und nahm sein Handy.

In diesem Augenblick hörte Gareth draußen ein Auto vorfahren und sah aus dem Fenster. Ein silberner Audi Allroad kam ihre Einfahrt hoch.

»Ist das Melissa?«, fragte seine Mutter.

»Sieht so aus«, sagte er. »Ich geh schon.«

Er hatte Melissa seit dem Unfall nicht mehr gesehen. An der Haustür zögerten sie beide und umarmten sich dann. Vielleicht befanden sie sich beide in derselben Phase des Trauerprozesses, waren beide in der Schwebe, im Nichts zwischen den Tränen, denn keiner von beiden weinte. Stattdessen sahen sie sich traurig und ungläubig an.

»Ich kann es einfach nicht wahrhaben«, sagte Melissa. Sie spielte mit ihrer Sonnenbrille und verlagerte ihr Gewicht von einem Fuß auf den anderen.

»Ich auch nicht.« Er steckte die Hände in die Taschen. Aus der Küche kam der Geruch von bratenden Zwiebeln herüber. Das erinnerte ihn an Gastfreundschaft und gute Manieren. »Möchtest du reinkommen?«

»Nein, wenn du nichts dagegen hast … Ich wollte nur sehen, wie's dir geht.« Sie schob sich die Sonnenbrille die Stirn hoch in die Haare und spielte dann mit ihren Autoschlüsseln. »Ich komme später in der Woche noch mal vorbei und besuch die Zwillinge. Ich will nicht, dass sie glauben, ich denke nicht an sie, denn das tue ich. Es ist bloß …«

»Schon gut, Mel. Ihnen ist zurzeit sowieso nicht nach Besuch zumute.«

»Kann ich mir vorstellen. Wie kommen sie damit klar?«

»Nicht so gut. Ich merke langsam, was Jen alles getan hat, wie viel sie ihnen bedeutet hat. Wie kann ich diese große Lücke jemals füllen?«

»Kannst du nicht. Ich meine, mit der Zeit schon, aber noch nicht. Und du darfst es auch gar nicht erst versuchen. Wenn es Lücken gibt, dann musst du das sagen. Dafür bin ich da.«

»Danke. Du warst immer gut zu Jenny und mir, zu uns allen.« Er schluckte, starrte nach oben und beobachtete eine vorbeisegelnde Wolke.

»Da bin ich mir nicht mehr so sicher«, sagte sie und stieß mit den Schuhen in den Kies.

»Wobei bist du dir nicht sicher?«

»Was Freunde angeht. Ich dachte, ich weiß, wer die sind und was das bedeutet, aber jetzt bin ich mir nicht mehr sicher.«

»Oh?« Er merkte, dass er rot wurde. »Du meinst Jenny?«

»Nein«, erwiderte sie hastig. »Absolut nicht. Ich meinte …« Ihre Stimme versagte. »Hör nicht weiter auf mich. Es ergibt keinen Sinn, was ich sage.« Sie lächelte kurz. »Ich habe nicht geschlafen und du bestimmt auch nicht. Wir taumeln alle wie betäubt durch die Gegend, rennen gegen die Wand wie in einer von diesen aufblasbaren Hüpfburgen.«

Er lächelte ebenfalls, doch es fühlte sich angestrengt an.

»Du könntest es, was die Zwillinge betrifft, vielleicht mit einem Trauerberater versuchen?«, schlug sie vor.

»So was gibt's?«

»Ja. Man kann nie wissen, vielleicht würde das helfen. Ist nur so ein Gedanke.«

»Ich werd's im Kopf behalten.«

»Gut.« Sie reckte sich, um ihn flüchtig auf die Wange zu küssen.

»Ich ruf dich morgen an. Aber falls ich vorher irgendwas für dich tun kann, melde dich einfach.«

»Mach ich«, sagte er.

Er sah ihr hinterher, wie sie ins Auto stieg. Irgendetwas stimmte bei ihr nicht.

Aber darum konnte er sich nicht auch noch Gedanken machen. Er hatte schon genug damit zu tun, das Haus nicht einstürzen zu lassen. Komisch, dass sie von einer Hüpfburg gesprochen hatte. Besser hätte er es auch nicht ausdrücken können. Auf dem Weg durch den Flur in die Küche wunderte er sich, dass der Fußboden unter seinem Gewicht nicht ein wenig nachgab.

15

Wo bist du?«, fragte Rachel leise in ihr Handy. Sie stand hinten im Garten unter der Silberbirke. In den Flip-Flops fühlten sich ihre Füße auf dem Rasen kühl an. Ein Flugzeug überquerte den Himmel, ein herrliches weißes Wölkchen mit strahlenden Flügeln.

»In der Marina«, antwortete Melissa.

Sie konnte Al in der Küche herumgehen sehen, wo er sich nach dem Mittagessen einen Kaffee machte. »Ich dachte, der Hafen ist geschlossen.«

»Ist er auch.«

»Oh … Wobei, das ist perfekt. Ich kann in zehn Minuten da sein.«

»Wozu?«

»Damit wir in Ruhe reden können.«

»Lee ist hier.«

Rachel ließ sich das durch den Kopf gehen. »Das macht nichts.«

»Aber ich dachte, es ist streng geheim.«

Rachel fasste sich an die Schläfen, atmete durch und versuchte, sich nicht aufzuregen. Sie waren nicht in der Grundschule, es ging hier nicht um eine Wette. »Es ist nicht streng geheim, Melissa. Es ist … heikel. Früher oder später wird es Lee zu Ohren kommen. Also warum nicht jetzt.« Sie sah, wie Al die Küche verließ und aus ihrem Sichtfeld verschwand. Sie würde ihm sagen, dass sie zum Supermarkt fuhr. »Ich bin gleich da«, erklärte sie.

Melissa hatte das Gespräch schon beendet. Rachel sah an sich hinunter. Sie trug zerknitterte Leinenshorts und ein schmuddeliges T-Shirt, aber das musste reichen.

Im Haus schnappte sie sich ihre Schlüssel und rief: »Bin in fünf Minuten wieder da. Ich geh nur kurz einkaufen.«

Niemand antwortete. Sie machte die Tür hinter sich zu und lief zum Auto.

Unten im Jachthafen war es kälter. Rachel wünschte, sie hätte ihre Strickjacke mitgenommen. Sie warf einen Blick auf Melissas Audi, der quer vor dem Bürocontainer stand. Und sie konnte drinnen das Radio spielen hören. Die beiden würden noch nicht gemerkt haben, dass sie hier war. Eine Minute konnte sie sich noch gönnen, um ihre Gedanken zu ordnen.

Sie ging in Richtung Wasser und stützte sich mit den Händen auf einen der Holzstumpen, die eine Art Zaun zwischen dem Parkplatz und dem Wasser bildeten. Die Aussicht von hier aus hatte sie schon immer geliebt. Der Jachthafen lag still und abgeschieden in der geschützten Flussmündung; das offene Meer war drei Meilen weit entfernt in der Nähe von Hope Cove.

Sie steckte die Autoschlüssel in die Tasche und betrachtete vier Jachten, die links von ihr vertäut lagen. Ihre Masten spiegelten sich unter ihnen und wirkten seltsam lang. Ein vertrauter Geruch hing in der Luft – Leim, Diesel, Farbe. Es war der Geruch, mit dem jeder ihrer Arbeitstage angefangen und geendet hatte, aber heute fühlte er sich abgestanden an, zu erdrückend an diesem so ruhigen, warmen Nachmittag.

Rechts von ihr war die Veranstaltungshalle, die Melissa hatte bauen wollen und jetzt managte. Und das lag ihr; sie war ein Naturtalent im Networken und Organisieren. In der Marina wurden Hochzeitsempfänge und Geburtstagsfeiern veranstaltet – alles, wonach die Gemeinde begehrte. Rachel war für das Büro zuständig, sorgte dafür, dass Lee genügend Material für die Reparaturen hatte, schrieb die Rechnungen, legte die Papiere ab – alles, was gemacht werden musste.

Es hatte gut funktioniert. Melissa und Lee waren die gerechtesten Arbeitgeber, die sie je gehabt hatte. Die enge Freundschaft mit ihnen stand dabei nie im Weg. Sie verstanden sich alle gut miteinander, und das Arbeitsumfeld war alles andere als nervenaufreibend.

Nur fühlte sie sich ihnen gegenüber manchmal wie ertappt, und dann zog sich ihre Brust zusammen.

Das geschah meist, wenn sie nicht wussten, dass sie sie beobachtete – wenn Lee Melissa auf die Nasenspitze küsste, weil sie ihm einen Keks brachte, oder wenn Melissa ihm durch die Haare wuschelte oder wenn sie sich ansahen, weil im Radio ein bestimmtes Lied gespielt wurde.

So ging es nicht ständig zu. Im Gegenteil, diese Intimitäten waren selten. Und trotzdem machten sie ihr zu schaffen, und sie wusste nicht einmal, warum.

Sie seufzte, wandte sich vom Wasser ab und stieg die knarrenden Treppenstufen zum Bürocontainer hoch. Als sie die Tür öffnete, sah sie Melissa und Lee nebeneinandersitzen und mit zwei Gabeln einen Salat aus derselben Schüssel essen. Es war einer dieser Augenblicke, die sie sonst aus dem Konzept brachten, aber die beiden sahen ziemlich ernst aus.

»Rach«, sagte Lee, »komm rein. Entschuldige, wir essen nur kurz was.«

Melissa streckte langsam den Arm aus, um das Radio abzustellen.

Rachel setzte sich auf ihren Stammplatz hinter dem Schreibtisch. »Das von vorhin tut mir leid«, erklärte sie.

Melissa schraubte eine kleine Wasserflasche auf und trank.

»Es war falsch von mir gewesen, so geheimnisvoll zu tun, aber ich wusste nicht, was ich sonst machen sollte.«

»Warum sprichst du nicht einfach aus, was du uns sagen wolltest?«, fragte Melissa.

»Okay …« Rachel starrte auf ihre zerknitterten Shorts hinunter, auf ihre geäderten Beine.

Und in diesem Moment wurde ihr bewusst, dass diese Vertraulichkeiten zwischen ihren Freunden sie aus dem Konzept brachten, weil sie stets die Zuschauerin war. Selbst bei ihr zu Hause richtete sie sich immer nach Al und den Jungs; alles drehte sich um deren Bedürfnisse und Wünsche.

Wann war sie zu einer Zeugin ihres eigenen Lebens geworden?

Selbst das, was sie ihnen gleich erzählen würde, war ein beobachteter Moment, etwas, das sie gesehen hatte, das nicht für ihre Augen bestimmt gewesen war.

Sie zupfte am Saum ihrer Shorts. »Ich hab … Jenny … und … Al … gesehen, wie …«

Melissa sah sie ausdruckslos an. »Wie was?«

»Ach, es ist so schwierig.« Sie schaute sich nach irgendetwas um, das ihr helfen konnte, sich nicht so bloßgestellt und verletzlich zu fühlen, aber es gab nichts. Melissa und Lee starrten sie wartend an. Sie atmete tief ein. »Wie sie sich küssten«, sagte sie. »Sie haben sich geküsst.«

»Was meinst du damit?«, fragte Melissa. »Wann?«

»Bei dem Grillabend vor ein paar Wochen.«

»Zu Jennys Geburtstag?«, fragte Melissa.

Rachel nickte.

Melissa warf Lee einen Blick zu und sah dann wieder Rachel an. »Erzähl mir, was passiert ist.«

»Im Grunde nichts. Innerhalb von einer Sekunde war es schon vorbei. Jenny war hinten im Garten und hat Al gezeigt, wo der neue Pavillon hin soll. Ich wollte erst nicht mitgehen, aber dann hab ich's mir anders überlegt und bin ihnen gefolgt.«

»Und?«, fragte Melissa.

»Sie sind im Dunkeln gestolpert und aneinandergestoßen, haben gelacht, sich geküsst und sich dann wieder voneinander getrennt.«

»Meine Herren«, sagte Lee und stieß einen leisen Pfiff aus.

»Ich kapier das nicht«, meinte Melissa. »Hatten sie irgendwie eine Affäre, oder was?«

»Nein, das nicht. Es war nur ein Witz. Alle waren betrunken.«

Melissa starrte sie an. »Ein Witz?«

Lee räusperte sich. »Rach, sie sind früher als Teenager mal miteinander gegangen. Glaubst du, dass sie sich haben mitreißen lassen und sich nicht richtig bewusst waren, was sie taten, weil sie zu viel getrunken hatten?«

»Ja, genau das dachte ich. Denke ich auch immer noch. Und ich bin mir sicher, wenn ich Al fragen würde, dann …«

»Moment mal«, unterbrach Melissa sie und stand auf. »*Wenn* du ihn fragen würdest? Willst du damit sagen, dass du nicht mit ihm darüber geredet hast?«

Rachel spürte, wie sie rot wurde. »Nein, hab ich nicht, weil ich weiß, wie er reagieren würde – oder überreagieren. Er hätte mich um Vergebung angefleht und dann darauf bestanden, Jenny aus dem Weg zu gehen.«

»Und dein Plan war dann also …?«, fragte Melissa.

»Zuerst mit ihr zu sprechen. Deswegen wollte ich den Kajakausflug machen, damit wir darüber reden konnten, bevor wir mit den Booten rausfuhren. Ich wollte nicht, dass sie sich mir gegenüber komisch verhält und mir ausweicht. Ich wollte sie nicht verlieren.«

»Und doch hast du das«, erklärte Melissa.

Stille breitete sich im Büro aus.

»Es tut mir leid«, sagte Rachel. »Wenn du mich für das, was passiert ist, verantwortlich hältst, dann akzeptiere ich den Anteil, den ich daran gehabt habe. Ich hätte nicht …«

»Rachel«, Lee hob die Hand, »das sagt doch niemand. Oder, Mel?«

Melissa hatte ihnen den Rücken zugedreht. Sie stand am Fenster und sah auf die Flussmündung hinaus. Die Frage beantwortete sie nicht.

Rachel schob ihren Stuhl zurück. »Die Jungs werden sich fragen, wo ich bin.« Sie nahm ihre Schlüssel aus der Tasche, versuchte, unerschüttert zu klingen und zu handeln, obwohl sie in Wirklichkeit Mühe hatte zu stehen. »Ich mach mich besser auf den Weg.« Sie ging zur Tür.

»Moment«, sagte Melissa, »warte.«

Rachel drehte sich zu ihnen um. Jetzt kam es – die Entschuldigung, die Tränen, die Umarmung.

»Wann wirst du es Al sagen?«, fragte Melissa.

»Ich …«

Melissa kam auf sie zu und blieb die Hände in die Hüften gestemmt vor ihr stehen. »Jetzt sag mir bitte, dass du ihm das erzählen wirst.«

»Mel«, schaltete Lee sich ein, ging zu seiner Frau und berührte sie am Arm. »Vielleicht sollten wir …«

Melissa schüttelte seine Hand ab. »Und was ist mit Gareth?«, fragte sie.

»Er braucht das nicht zu wissen«, antwortete Rachel. »Wozu denn? Es würde ihm nur wehtun.«

»Finde ich auch«, sagte Lee.

Melissa rümpfte die Nase. »Natürlich sollte er das wissen! Er hat die Wahrheit verdient. Ich meine, wenn du gleich zu Anfang das Richtige getan hättest, Rachel, und es allen erzählt und ans Licht gebracht hättest, dann …« Sie zögerte.

»Dann was?«, fragte Rachel. »Dann wäre Jenny noch am Leben?«

Melissa sah weg.

»Das meint sie doch nicht, oder, Liebling?«, sagte Lee sanft. »Kommt schon, hören wir auf damit, bevor jemand was sagt, das wir nachher bereuen. Niemand hat Schuld an dem, was passiert ist.«

Rachel musterte Melissa. »Für dich ist es einfach. Du weißt immer, was du tun und sagen musst. Aber anderen Menschen fällt das nicht so leicht.«

»Das ist doch Unsinn«, entgegnete Melissa. »Du bist die, die Köpfchen hat. Bist du schon immer gewesen.«

»Kann sein«, gab sie zurück. »Wenn das heißen soll, dass ich überlege, bevor ich etwas sage, und dass ich die Dinge abwäge, dann ja. Aber ich handle nicht immer schnell. Nicht im Entferntesten so schnell wie du. Vielleicht hättest du es alles ans Licht gebracht, wie du es ausdrückst. Aber ich hab's nicht getan. Und ich nehme an, dass ich damit nun wohl leben muss.«

Sie zog die Bürotür auf und hastete auf wackeligen Beinen die Treppe hinunter. Sie war so aufgebracht, dass ihr die Ohren klingelten.

»Rach«, rief Lee ihr hinterher. »Komm schon, lass uns nicht streiten. Lass uns …«

»Lass sie in Ruhe«, sagte Melissa. »Wenn sie fahren will, dann lass sie fahren.«

Rachel stieg in ihren Wagen. Mit zitternden Fingern bemühte sie sich, den Schlüssel in den Anlasser zu stecken. Ihre Füße lagen wie Pudding auf den Pedalen.

Als sie aus dem Hafen fuhr, hörte sie immer noch die Worte ihrer Freundin – so kalt und abweisend. *Lass sie fahren.*

Zu Hause ging sie direkt in die Küche, um mit einer Tasse Tee oben im Schlafzimmer Trost zu suchen, aber Al kam herein und blieb um sich schauend stehen.

»Wo ist denn alles?«, fragte er.

»Was alles?«

»Na, der Einkauf. Ich wollte dir helfen, die Sachen wegzustellen.«

»Es gibt keinen Einkauf«, fuhr sie ihn an.

»Was?«, fragte er. »Aber warum bist du …?«

»Ich war los, deine Schlamperei wieder in Ordnung zu bringen«, sagte sie. »Das mache ich ja immer. Ich bringe deine Schlampereien in Ordnung. Ich renne im Haus hinter dir her, hebe die Sachen auf und rücke im Regal alles wieder zurecht.«

»Hä?« Er wankte unsicher hin und her, sah immer noch blass und kränklich aus. »Hat das was mit dem Unfall zu tun? Weil ich …«

»Nein!«, schrie sie. »Es geht nicht um den Unfall!« Sie senkte ihre Stimme, damit die Jungs sie nicht hörten. »Es geht um dich und Jenny. Es geht darum, dass du sie geküsst hast. Ich hab es gesehen, Al.« Sie stampfte mit dem Fuß auf. »Ich hab euch gesehen!«

Als Gesicht verlor plötzlich alle Farbe – das bisschen, das sich noch in seiner Haut befand. Halt suchend klammerte er sich an die Arbeitsplatte. »Warum hast du nicht schon vorher was gesagt?«, fragte er.

Sie starrte ihn wütend und frustriert an. »Du findest, es geht hier darum, was *ich* getan oder unterlassen habe?«

Als er nicht antwortete, drehte sie ihm den Rücken zu und machte sich eine Tasse Tee, die sie mit nach oben nahm. Al sah ihr nur hinterher, als sie ging.

16

Ich begreife nicht, warum sie mir das nicht erzählt hat«, sagte Melissa. Sie und Lee saßen am Esstisch und tranken Tee. Ihnen gegenüber in der Küche machte Frank sich ein Brot. Er hatte Kopfhörer auf und sang leise mit. Die Mädchen sahen im Wohnzimmer fern. Melissa konnte das eingespielte Gelächter einer Sitcom hören.

»Wer? Rachel?«, fragte Lee und schlürfte seinen Tee.

»Nein, Jenny. Ich dachte, dass wir uns immer alles erzählt haben. Warum sollte sie mir davon nichts gesagt haben?«

Er zuckte mit den Schultern. »Weil sie zu viel getrunken hatte und es ihr peinlich war? Sie wollte es vermutlich vergessen. Es klingt wie ein dummer Ausrutscher.«

»Hm«, machte sie.

»Was? Findest du nicht?«

»Ich weiß nicht. Mich verwirrt das. Und es macht mich sauer. Sie hätte mir das sagen sollen. Jetzt werde ich mich bis in alle Ewigkeit fragen, ob es einen Teil von ihr gab, den ich gar nicht kannte.«

»Aha«, sagte Lee und griff nach ihrer Hand, »deshalb warst du Rachel gegenüber so hart.«

»Ich war nicht hart.«

»Ein bisschen schon. Aber sie wird drüber hinwegkommen. Du kannst sie morgen früh anrufen und es ihr erklären.«

»Nein, das mache ich nicht. Ich hab nichts Falsches getan.«

»Okay, dann lass es bleiben.« Er tätschelte ihre Hand und schob seinen Stuhl zurück.

»Wo gehst du hin?«

Er wusch seine Tasse in der Spüle ab und antwortete ihr über seine Schulter hinweg: »Polly ins Bett bringen. Sie wird schachmatt sein.«

Melissa sah auf ihre Uhr – schon halb neun. Der Abend war im Nu verflogen. »Ich bin in einer Minute oben«, rief sie Lee hinterher, als er das Zimmer verließ.

Niedergeschlagen trank sie ihren Tee aus. Das Gespräch mit Rachel hatte nichts geklärt, wie sie gehofft hatte, sondern alles nur noch schlimmer gemacht. Und jetzt war das nagende Gefühl, dass irgendetwas nicht stimmte, unbestreitbar stark.

Sie ging durch die Küche zu Frank hinüber und bedeutete ihm, die Kopfhörer abzunehmen. »Geht es dir so weit ganz gut?«, fragte sie.

»Ja.«

»Hast du heute mit Olivia gesprochen?«

Er konzentrierte sich darauf, akkurat sein Brot durchzuschneiden. Aus den Kopfhörern um seinen Hals drang ein *Tsk-Tsk-Tsk*. »Sie nimmt nicht ab.«

»Ich hab heute Morgen Gareth gesehen, und er sagte, dass es ihr nicht gut geht.«

Frank hörte mit dem Brotschneiden auf. »Meinst du?«, fragte er sarkastisch mit leiser Wut im Ton.

Betroffen schaute sie zu ihm hoch. »Hab ich was falsch gemacht?«

Als Siebzehnjähriger konnte Frank abrupt sein, kurz angebunden, aber im Allgemeinen war er nett zu ihr – und wurde es immer mehr, je weiter er die Pubertät hinter sich zurückließ. Aber irgendetwas machte ihm offenbar zu schaffen. Seine Kiefer mahlten, und seine Wangen wurden rot. War er wütend auf sie?

»Was ist denn los?«, fragte sie.

»Nichts«, antwortete er. »Wenn du dich zur Abwechslung mal raushalten und um deinen eigenen Kram kümmern könntest …«

Sie starrte ihn an. »Was? Inwiefern hab ich …?«

»Vergiss es«, sagte er, schob das Schneidebrett weg, setzte seine Kopfhörer auf und verließ die Küche.

»Was ist mit deinem Brot?«, rief sie ihm hinterher.

Melissa saß gerade an ihrem Frisiertisch und bürstete sich die Haare, als es klopfte und Frank hereinkam. Es war spät; die Mädchen schliefen, und Lee sah unten bis in die frühen Morgenstunden fern, wie er es jeden Abend tat.

Sie musterte Frank im Spiegel. Offenbar hatte er sein Brot doch noch geholt. Er kaute, und ein Krümel klebte ihm am Kinn. Dieser Krümel erinnerte sie daran, dass er jung war, verletzlich. Ihre Stimmung wurde sanfter. Sie gingen aufeinander zu, bis sich ihre in Hausschuhen steckenden Zehen berührten.

»Entschuldige, Mum«, begann er. »Ich weiß nicht, warum ich das gesagt hab.«

»Schon gut«, gab sie zurück und streckte die Hand zu seinem Gesicht hoch, um den Krümel wegzuwischen. »Wir sagen alle Dinge, die wir nicht so meinen. Keiner von uns kann klar denken.«

»Ich finde, du musst dich nicht raushalten … nicht zu sehr.« Er lächelte.

»Danke. Und, ist in der Schule alles okay?«

»Ja, alles in Ordnung.«

»Schön. Und das vorhin … war wegen Olivia? Und Tante Jenny?«

Er nickte.

»Und sonst liegt nichts im Argen?«, fragte sie. Sie griff nach seiner Hand.

»Nein.«

»Du würdest es mir sagen, wenn was ist?«

»Ja.« Er lief hochrot an und wich hastig ihrem Blick aus.

Was bedeutete das? Vielleicht war er nur frustriert, dass er seine Freundin nicht erreichen und ihr somit nicht helfen konnte.

»Sie kommt zurück zu dir. Sie braucht nur Zeit. Aber dann besinnt sie sich wieder. Ich weiß es.«

»Ja«, sagte Frank. »Dann gute Nacht.«

»Schlaf gut.« Er wollte gehen. »Frank?«, rief sie ihm hinterher. Langsam drehte er sich um. Im Schummerlicht sahen die Ringe unter seinen Augen noch dunkler aus. »Ich liebe dich. Ich bin immer für dich da. Vergiss das nicht.«

»Okay, Mum. Ich lieb dich auch.«

Normalerweise schlief sie immer schon, wenn Lee schließlich zu Bett ging. Aber als er in dieser Nacht ins Schlafzimmer geschlichen kam, sagte sie ihm, dass er sich keine Mühe machen müsse, leise zu sein, da sie noch wach sei.

»Alles in Ordnung?«, fragte er, stieg ins Bett und kuschelte sich an ihren Rücken. Er küsste ihren Nacken so sanft, dass sie erschauderte.

Sie drehte sich um, damit sie ihn ansehen konnte. Seine Gesichtszüge waren nur ein Umriss im Dunkeln. »Ich weiß nicht, was ich ohne dich täte«, sagte sie.

»Na, das hört man aber gerne.« Er beugte sich vor, um ihre Lippen zu küssen. Dann lehnte er sich zurück und stützte sich auf die Ellbogen. »Warum diese Gedanken?«

»All das Gerede über Jenny und Al. Ich meine, ist es in Ordnung, so was zu tun? Ich wäre am Boden zerstört, wenn du das gewesen wärst – wenn du Jenny geküsst hättest.«

»Was du nicht weißt, macht dich nicht heiß«, sagte er.

Sie gab ihm einen leichten Klaps auf den Arm. »Nein, ernsthaft, ich wäre völlig außer mir.«

»Tja, du hast aber Glück, dass das nie passieren wird, denn ich hab hier alles, was ich brauche.« Er kam näher, um sie wieder zu küssen.

Sie erwiderte seinen Kuss, spürte dann aber, wie sie sich verkrampfte. Sie setzte sich im Bett auf und zog die Knie an die Brust.

»Glaubst du, dass es was zu bedeuten hat?«, fragte sie.

»Was, Jenny und Al?«

»Ja. Mir will nicht aus dem Kopf gehen, dass es wichtig sein könnte. Ich meine, sie war gesund und springlebendig, und im nächsten Moment …«

»Worauf willst du hinaus?«

»Ich glaube, dass Gareth das wissen sollte.«

Er schüttelte den Kopf. »Finde ich nicht. Da muss ich Rachel beistimmen. Ich kann nicht sehen, wozu das gut sein sollte. Es würde den armen Kerl nur fertigmachen.«

»Aber er verdient, die Wahrheit zu wissen.«

»Welche Wahrheit? Nach dem, was wir wissen, hätte es eine richtige Affäre sein können oder gar nichts weiter. Weshalb wir es vergessen sollten.«

»Und was ist mit der Polizei?«

»Was soll mit der sein?«

»Sollte die's nicht wissen? Sie gehen überall herum und stellen Fragen. Was, wenn sie denken, dass es kein Unfall war? Warum sonst hätten sie denn Kriminalbeamte eingeschaltet?«

»O nein, das wirst du nicht tun«, sagte Lee und rollte sich zur Seite, um die Nachttischlampe anzuknipsen. Er kniete sich in seinen Boxershorts aufs Bett und verschränkte die Arme. »Wir sagen es ihnen nicht, Mel. Ich meine das ernst. Wir könnten alles bloß noch zehnmal schlimmer machen.«

»Aber irgendwas daran fühlt sich komisch an. Hat es schon gleich von Anfang an.«

»Der Grund ist, weil du trauerst und nach jemandem suchst, dem du die Schuld geben kannst. Die Polizei macht lediglich ihre Arbeit. Und dazu gehört, Fragen zu stellen.«

»Na also, dann brauchen sie ja alle Fakten. Ich hab sie mit der Migräne angelogen, und ich muss erklären, warum.«

»Wieso musst du das?«

»Weil sie mich gefragt haben, ob ich irgendjemanden kenne, der Jenny schaden wollte, und ich Nein gesagt habe. Aber jetzt stimmt das nicht mehr. Denn jemand hat ein Motiv gehabt.«

»Ein was? Wegen einem betrunkenen Kuss?«

Sie kniete sich hin und klammerte sich Hilfe suchend an seinen Unterarm. »Was, wenn es das nicht war? Du hast ja selbst gesagt, dass sie eine Affäre gehabt haben könnten.«

Er sah sie überrascht an. »Das war ein Witz, Mel.«

»Aber was, wenn es so war? Sie waren schließlich mal ein Paar.«

»Ja, vor Jahren. Und ungefähr fünf Minuten lang, wenn ich mich recht entsinne.«

»Nein, vier Monate lang.«

»Und?«, fragte Lee. »Ich denke, wir hätten gemerkt, wenn sie ineinander verliebt gewesen wären. Wir haben genügend Zeit miteinander verbracht.«

Sie lehnte sich wieder zurück gegen das Kopfbrett. »Du glaubst also wirklich, dass da nichts war?«

Er legte ihr seine Hand aufs Knie. »Ich glaube, dass Jennys Tod dich völlig aus der Bahn geworfen hat. Ich versteh das, wirklich. Aber geh nicht zur Polizei. Denk doch an die Zwillinge und an Rachels Jungs. Stell dir vor, wie die sich fühlen würden. Und Gareth … Lass es uns vergessen, ja, bevor wir alle verrückt werden?« Und damit machte er die Lampe aus, und sie legten sich nieder, um zu schlafen.

Innerhalb kürzester Zeit schnarchte er. Melissa lag da, lauschte dem rhythmischen Geräusch und dachte an Jenny.

Sie konnte sich an den Grillabend zu Jennys Geburtstag sehr genau erinnern. Sie hatten die Kinder drinnen Twister spielen lassen und sich draußen auf der Terrasse zusammengesetzt, um Jennys selbst gebrauten Gin aus Schlehen zu probieren, bevor sie den Pinot Noir aufmachten. Der Gin war dickflüssig und zäh gewesen und hatte an Hustensirup erinnert. Es war ein kalter Abend gewesen. Gareth hatte im Feuerring ein Lagerfeuer gemacht, und sie hatten hinten im Garten alle zusammengedrängt in die Flammen geschaut, während in den Büschen die Solarlichter blinkten. Sie konnte sich nicht daran erinnern, dass Jenny oder Al sich seltsam benommen hatten, nicht mal Rachel. Es hatte sich alles beruhigend normal angefühlt, typisch Silkie eben.

Irgendwann kurz nach zwei, Lee brummelte neben ihr im Traum, schlief Melissa ein – den Kopf mit Schlehen, Küssen und Flammen gefüllt und im Herzen des Feuers ein gelbes Kleid, das höher und höher in den Nachthimmel wirbelte.

Sie setzte sich im Bett auf und zerrte die Bettdecke mit sich. Lee murrte und versuchte, die Decke zurückzuziehen.

Sie fasste sich ins Gesicht. Ihre Wangen und ihre Stirn waren schweißnass. Sie kniete sich hin und zog ihr feuchtes Nachthemd von der Haut weg.

Was hatte sie aufgeweckt?

Sie horchte, aber im Haus war alles still. Sie tastete nach ihrem Wecker und drückte einen Knopf, um das Ziffernblatt sehen zu können. Es war vier Uhr dreißig morgens.

Lee fasste nach der Nachttischlampe. »Was ist los?«, fragte er verschlafen.

»Ich weiß nicht. Irgendwas hat mich aufgeweckt.«

»Du hast gerufen«, sagte er. »Ich glaub, du hattest einen Albtraum.«

»Oh.« Sie schauderte.

Er fasste nach ihrem Rücken. »Du bist pitschnass.«

Sie stieg aus dem Bett und ging zur Kommode, um einen frischen Pyjama herauszunehmen. Während sie sich umzog, saß Lee im Bett und beobachtete sie.

»Was?«, fragte sie.

»Nichts.«

Sie kehrte ins Bett zurück. »Du kannst die Lampe ausmachen«, sagte sie und legte sich hin.

Er bewegte sich nicht, sondern saß da und sah sie an. »Mel, du hast im Schlaf einen Namen gerufen.«

»Hm?«, machte sie. »Welchen?«

Er zögerte. »Hannah.«

Sie rollte sich von ihm weg. »Bitte mach das Licht aus.«

»Falls du reden willst …«

»Will ich nicht.«

»Okay. Aber wenn du …«

»Werde ich nicht«, sagte sie. »Lass uns einfach versuchen, noch ein wenig zu schlafen.«

Er seufzte, knipste die Lampe aus, schüttelte sein Kissen auf und war dann still. Draußen hatte gerade der Vogelchor der Morgendämmerung zu singen begonnen. Sie fand sich damit ab, wach zu bleiben und mit weit offenen Augen dazuliegen.

17

Mittwoch, 25. April 2018

Gareth war so benebelt, dass er das Klingeln des Telefons nicht erkannte. Er war sich eines irritierenden Klingelns irgendwo im Haus bewusst, wollte aber nur, dass es aufhörte. Neben ihm, auf dem Tisch, auf dem sein Ellbogen lag, stand eine halb leere Whiskyflasche, deren Drehverschluss verwegen schief auf dem Flaschenhals saß.

An den gestrigen Abend konnte er sich nur verschwommen erinnern. Er wusste noch, dass er sich vor dem Schlafengehen ein Glas eingeschenkt hatte, aber mehr nicht. Offenbar war er in seinem Sessel eingeschlafen und hatte jetzt einen entsprechend verspannten Nacken.

Das Lederpolster quietschte, als er sich im Sessel anders hinsetzte und seinen Blick durchs Arbeitszimmer schweifen ließ. Sie nannten es Arbeitszimmer, aber es war nicht wirklich eins. Es gab hier weder Enzyklopädien noch Akten, nur ein mit Autogrammen versehenes Iron-Maiden-Poster an der Wand und in den Regalen stapelweise mit Eselsohren versehene Ausgaben der Zeitschrift *Focus*.

Jenny hatte es immer seine Männerhöhle genannt. Gestern Abend war sie ihm wie der passende Ort zum Sich-Verkriechen und Trübsalblasen vorgekommen.

Es klopfte an der Tür, und sein Vater erschien, der ihn stirnrunzelnd ansah. »Hast du getrunken?«

»Noch nicht. Aber ich hab grad gedacht, ich sollte.«

Sein Vater schüttelte den Kopf. »Komm schon, mein Sohn. Ich

weiß, dass es eine sehr schwierige Zeit ist, aber auf die Art geht's nicht weiter.«

»Es war nur ein Ausrutscher, Dad, damit ich was von dem Druck loswerde. Wenn ich das nicht ab und zu mal mache, platze ich noch. Verstehst du das?«

Er erwartete, dass sein konservativer, altmodischer Vater ihn verurteilen und die Flasche konfiszieren würde, aber zu Gareths Überraschung nickte er. »Ja, ich kann das verstehen. Aber mach daraus wenn möglich keine Gewohnheit.«

»Okay, Dad.«

Sein Vater schraubte den Verschluss auf die Whiskyflasche und schob sie beiseite, um sich auf die Tischkante zu setzen. »Ich hab dir was mitzuteilen.«

Gareth drehte sich der Magen um. »Mir gefällt nicht, wie das klingt.«

»Das am Telefon eben war der Verbindungssprecher der Gerichtsmedizin. Die ersten Ergebnisse sind da. Ich bin froh, dass es nicht länger gedauert hat. Du sollst zurückrufen, sobald du kannst.«

»Der Verbindungssprecher der Gerichtsmedizin?«, fragte Gareth. »Es geht also um die …?«

»Resultate der Obduktion. Ich kann zurückrufen, wenn du willst?«

»Nein, ist schon gut. Ich muss das tun.«

»Braver Junge«, sagte sein Vater und stand auf. »Mach dich vielleicht ein bisschen frisch, bevor du das in Angriff nimmst. Kurz unter die Dusche zu springen würde vielleicht helfen.«

Gareth sah an seiner unordentlichen Kleidung hinunter und fuhr sich durch die Haare. »Ja, mach ich. Danke, Dad.«

Zusammen verließen sie das Zimmer. Sein Vater ging zu Gareths Mutter in die Küche, die dem Geruch nach zu urteilen etwas zu essen briet.

»Ist gleich fertig«, rief seine Mutter. »Geh nicht zu weit weg.«

Zu weit weg. Als ob er das könnte. Als ob ihn seine Beine irgendwo anders hin als im Haus nach oben und unten tragen könnten, rein und raus aus den Zimmern wie Max' alte elektrische Eisenbahn. Als die Zwillinge noch klein gewesen waren, hatten sie manchmal einen entgleisten Zug gefunden, der sich mit summendem Motor und in die Luft stechendem Hinterteil an einem Stuhlbein festgefahren hatte. Er fühlte sich wie so ein Zug – automatische Bewegungen, kaum noch Kraft und an der Blockade festsitzend, die der Tod seiner Frau war.

Müde machte er den Schrank auf, um sich ein Handtuch herauszuholen. Auf der anderen Seite des Flurs dröhnte Olivias Musik durch die Tür ihres Zimmers. Einerseits war er dankbar, dass sie sich besser fühlte – laute Musik war besser als Schweigen. Aber andererseits waren ihre Großeltern zu Besuch und keine Fans von Hip-Hop vor dem Frühstück.

Er würde mit ihr reden müssen. Er klopfte und rief Olivia zu, die Musik leiser zu drehen. Keine Reaktion. Er klopfte erneut, lauter. Noch immer nichts. Vorsichtig probierte er den Türknauf. Abgeschlossen war nicht; über Nacht sperrte sie sich Jennys Regeln entsprechend nicht ein.

Es war schummerig im Zimmer, die Vorhänge nur einen Spalt weit geöffnet.

»Liv, kannst du das ein bisschen leiser machen?«

Sie saß mit irgendetwas beschäftigt auf dem Bett. Er schaute genauer hin, um zu sehen, was sie machte. Und dann bemerkte sie ihn in der Tür und kreischte auf, warf etwas quer durchs Zimmer und tauchte unter die Bettdecke.

Er machte das Licht an und spähte mit zusammengekniffenen Augen um sich. Bei dem Musikgedröhne war es unmöglich, einen klaren Gedanken zu fassen. Er ging zum Lautsprecher und drückte den Knopf. Stille herrschte im Zimmer. Olivias Handy lag mit leuchtendem Display auf dem Bett. Er starrte darauf und auf den Umriss seiner Tochter unter der Bettdecke.

»Was machst du denn da?«

Dann erinnerte er sich, dass sie einen Gegenstand weggeworfen hatte. Er sah sich danach um, entdeckte ihn unter ihrem Schreibtisch, bückte sich und hob ihn auf. Es war ein Zirkel.

»Olivia«, sagte er und legte den Zirkel auf ihren Schreibtisch, »was ist los?«

Sie reagierte nicht.

Hinter ihm klopfte es an der Tür. »Ist alles in Ordnung?«, fragte seine Mutter, die den Kopf ins Zimmer steckte.

»Alles okay«, antwortete er.

»Aber ich hab doch Geschrei gehört …«

»Das war nichts weiter, Mum. Ich hab Olivia nur zugerufen, dass sie die Musik leiser drehen soll.«

»Also, dann macht nicht zu lange. Der Speck ist fertig.« Und damit zog sie sich zurück.

Er schloss die Tür und ging zu Olivias Bett.

»Livvie«, sagte er und rüttelte an dem Haufen Bettzeug, »rede mit mir.« Nichts.

Er nahm ihr Handy, dessen Display immer noch erleuchtet war, und las den letzten Text:

Auch #ritzen

Und den davor:

#selbstverletzen ist geblockt. Versuch #selbstverrrletzen

»Was zum …? Olivia, wenn du mir nicht sofort antwortest, wende ich mich damit an die Zuständigen.«

Welche Zuständigen? Die Schule? Die Polizei? Er hatte keine

Ahnung. Aber es funktionierte. Sie rührte sich und steckte ihren Kopf aus den Bettdecken.

Sie schien wie gelähmt, ihre Augen weit aufgerissen und starr. »Dad, sei nicht sauer. Bitte sag nichts …«

»Was hast du gerade gemacht, als ich reinkam? Was hast du mit dem Zirkel gemacht?«

Sie sah weg.

»Ich meine es ernst, Olivia. Wenn du es mir nicht sagst, werde ich …« Seine Worte verloren sich. Er konnte nicht weiterreden, war sprachlos. Langsam zog sie ihren Arm unter dem Bettzeug hervor und streckte ihn aus, damit er ihn sehen konnte. Ein langer Streifen Blut war auf ihrem Unterarm geronnen.

»O Liv!« Er starrte in das traurige, verängstigte Gesicht seiner Tochter. »Warum?«

Sie steckte ihren Arm wieder unter die Decke.

Schwer ließ er sich auf dem Bett nieder. Das war zu viel. In seinem Kopf drehte sich alles.

»Ist das wegen Mum?«, fragte er leise.

»Weiß nicht«, sagte sie.

»Aber das ist neu? Ich meine, hat Mum das gewusst?«

»Nein.«

Na, das war immerhin etwas, oder? Er war sich nicht sicher.

Er dachte an das neue Whiteboard, das sie unten auf ihren Entschluss hin, gut organisiert sein zu wollen, aufgehängt hatten, und an den großen Tagesplaner, den die Zwillinge ausgesucht hatten. Ihm war vorübergehend leichter ums Herz geworden, erleichtert von der Vorstellung, dass die Schwierigkeiten des Elterndaseins zur Hälfte daraus bestanden, alles zu koordinieren.

Das hier war die andere Hälfte, der hässliche, chaotische Teil, den die Glückwunschkarten nicht erwähnten.

»Von wem war die SMS?«

»Von Annabelle«, antwortete sie.

»Annabelle Rogers, dieses nette Mädchen, mit dem du bei den Pfadfindern warst?«

»Ja.«

»Und was soll das, dass sie dir so was schickt? Wissen ihre Eltern das?« Er nahm sich das Handy, aber das Display war dunkel, und er kannte die PIN nicht. Olivia schnappte es ihm aus der Hand und versteckte es unter der Decke.

»Es ist nichts weiter.«

»Hashtag selbstverletzen? Das klingt mir nicht nach nichts.«

»Lass es einfach, Dad.«

»Lass es? Wie kann ich das, wenn du dir selbst wehtust? Wie soll ich denn nachts schlafen, wenn ich weiß, was du vielleicht gerade machst?« Er sah ihre weiche Haut, ihr ungeschminktes Gesicht – so viel hübscher als mit Make-up. Es war noch nicht lange her, dass sie ein Baby gewesen war und mit ihren pummeligen Beinchen und Ärmchen und den flaumigen Haaren in seinen Armen gelegen hatte. Wie waren sie so schnell zu diesen hier geworden?

Dann fiel ihm ein, dass Melissa Trauerbegleiter erwähnt hatte. Zu der Zeit hatte er nicht gedacht, dass es so weit kommen würde. Jetzt allerdings sahen die Dinge ganz anders aus.

»Kann ich noch mal deinen Arm sehen?«, bat er.

Sie schüttelte den Kopf.

»Aber den muss sich jemand angucken.«

»Ist nicht weiter schlimm«, sagte sie. »Viele machen das.«

Er starrte sie an. »Wer zum Beispiel? Diese verdammte Annabelle Rogers?«

Sie zuckte mit den Schultern. »Und andere auch.«

»Welche anderen? Deine Freunde?«

Wieder das Schulterzucken.

»Also, so was Dämliches hab ich noch nie im Leben gehört. Weißt du denn nicht, wie gefährlich das ist? Du könntest zum Beispiel eine Arterie treffen. Oder du könntest was benutzen, das dreckig ist, und dir eine Blutvergiftung zuziehen. Verdammt noch mal, Olivia. Ich dachte, du wolltest auf die Uni.«

»Will ich ja auch«, sagte sie.

»Na, das ist aber nicht die Art, um hinzukommen, oder? Was würde deine Mum dazu sagen? Sie wäre völlig mit den Nerven fertig.«

Olivia sah zu Boden und fing an zu weinen. »Du sagst das doch niemandem, ja?«, fragte sie. »Bitte, Dad. Erzähl das nicht Grandma oder Grandpa.«

Das Letzte, was er wollte, war, Olivia aufzuregen.

»Komm schon, Liv, jetzt wein doch nicht.« Er zog sie in seine Arme. Sie kippte nach vorn, ein Bündel Bettzeug, und er hielt sie, während sie weinte. »Ist schon gut. Schhhh. Wir kriegen das wieder hin. Wir überlegen uns was. Ich hab eine Idee, die funktionieren könnte.«

Sie entzog sich ihm mit stotterndem Atem und roter Nase. »Was für eine Idee?«

»Einen Deal.«

»Was für einen Deal?«, fragte sie und wischte sich das Gesicht ab. Ihre Augen wurden misstrauisch klein.

»Ich werde niemandem davon erzählen – ich werde nicht an Annabelle Rogers' Tür hämmern und auch nicht in die Schule stürmen –, wenn du für mich zwei Dinge tust.«

»Sag's«, erwiderte sie. Sie hatte einen Schluckauf.

»Erstens: Du wirst jetzt sofort deinen Arm verarzten. Schmier etwas Heilsalbe drauf und kleb ein Pflaster drüber. Und versprich mir, dass du so was nie wieder tun wirst.«

Sie nickte. »Versprochen.« Sie wartete, ihn mit hochgezogenen Augenbrauen ansehend. »Ja, und gehst du nun, damit ich mich anziehen kann?«

»Aber ich hab dir noch nicht das Zweite gesagt.«

»Doch, hast du. Heilsalbe. Tu's nie wieder.«

»Das gehörte alles mit zum Ersten.«

»Oh.«

»Das Zweite ist, dass du zu einem Trauerbegleiter gehen wirst.«

Sie starrte ihn an, als hätte er sich soeben in einen Minotaurus verwandelt. »Einem was?«

»Tut mir leid, Liv, das sind die Bedingungen. Wenn dir das nicht gefällt, dann geh ich jetzt und rede mit Groß…«

»Na gut!«, sagte sie.

»Also haben wir einen Deal?«

»Wenn du meinst.«

»Gut.« Er stand auf, zog sein Hemd zurecht und erinnerte sich, dass er noch die Obduktionsleute anrufen sowie den gebratenen Frühstücksspeck seiner Mutter verzehren musste.

Als er das Zimmer verließ, warf er einen Blick zurück auf seine Tochter. Sie sah schlecht aus, aber besser als in dem Moment, in dem er hereingekommen war.

Das musste ein Trost sein – musste es.

Er saß gerade auf den Verandastufen und kratzte den Matsch von seinen Gummistiefeln, um mit seiner Familie einen Spaziergang zu machen, als Melissas Audi die Einfahrt hochgefahren kam.

Er blieb sitzen und genoss die Sonne, die ihm ins Gesicht schien. Es war früher Nachmittag, und langsam merkte er, dass er die ganze Nacht mit einer größeren als empfehlenswerten Menge Whisky im Magen im Sessel geschlafen hatte. Gähnend beobachtete er, wie Melissa aus ihrem Wagen stieg und auf ihn zutrat.

Wortlos kam sie zu ihm auf die Treppenstufe, nahm sich den anderen Gummistiefel und tat es ihm nach. Mit einem Stock stach sie Lehm von der Sohle los und schnippte ihn in die nahe gelegenen Büsche.

»Wie geht es dir?«, fragte sie schließlich.

»Ist mir schon mal besser gegangen«, antwortete er. »Wir haben heute das Ergebnis von der Obduktion bekommen.«

Sie hörten beide auf, die Stiefel zu bearbeiten.

»Oh?«

»An der Todesursache gab es keinen Zweifel. Es war Ertrinken.«

»Es tut mir so leid«, sagte sie.

»Mir auch.«

Sie fingen wieder an, die Gummistiefel zu säubern.

»Hast du noch mehr Schuhe, die geputzt werden müssen?«, fragte sie.

»Du kannst dich gerne ausleben«, sagte er und zeigte auf das Schuhregal auf der Veranda. »Olivias sehen ziemlich verdreckt aus.«

Melissa holte sich die glitzernden Stiefel, setzte sich wieder neben ihn und gab ihm einen der Stiefel.

»Es wird eine gerichtliche Untersuchung eingeleitet«, berichtete er.

Sie warf ihm einen Seitenblick zu. »Tatsächlich?«

»Ich war auch überrascht, aber es steckt nichts Beunruhigendes dahinter. Das wird gemacht, weil die Todesursache weder eine Krankheit noch hohes Alter war. Es soll uns die genauen Fakten liefern, damit wir in Ruhe damit abschließen können.«

»Oh. Und wann wird das sein?«

»In drei Monaten wird's eine Anhörung geben, und die letzte Anhörung findet dann ungefähr drei Monate danach statt. Wenn alles gut geht, sollte es noch vor Ende des Jahres erledigt sein, sagen sie.«

»Und was ist mit der Beerdigung?«

Er seufzte. »Keine Ahnung. Dad hat sich sehr ins Zeug gelegt. Er hat die ganze Zeit mit ihnen telefoniert und darum gebeten, dass sie … die Leiche … freigeben, aber wir können nichts tun, bis der Gerichtsmediziner grünes Licht gibt.«

»Und hat die Polizei noch damit zu tun?«

»Soviel ich weiß, ja. Sie waren gestern hier und haben wieder Fragen gestellt.«

»Was für Fragen?«

Er sah zu ihr hinüber. »Sie sind nur noch mal die ganzen Einzelheiten durchgegangen – irgendwas von wegen Als Gezeitentabelle, die falsch war, und ob mir daran oder an ihm zu der Zeit irgendwas Seltsames aufgefallen war. Also wenn ich ehrlich bin, will ich einfach nur, dass das alles vorbei ist. Ich kann echt nicht sehen, was Als Gezeitentabelle damit zu tun hat.«

Melissa antwortete nicht darauf. Sie stellte den Stiefel beiseite, stemmte den Ellbogen auf ihr Knie und stützte ihr Kinn auf die Faust.

»Alles in Ordnung mit dir?«, fragte er.

Jetzt fiel ihm auf, wie blass sie war, geradezu wie eine verwässerte Version ihrer selbst. Sie wirkte gebrechlich, fast gespenstisch. Er wollte sie darauf ansprechen, hatte jedoch Angst vor ihrer möglichen Antwort. Und so schwieg er dazu und ließ all die Zweifel und Sorgen zwischen ihnen in der Luft hängen.

»Was du da gerade von wegen genauen Fakten sagtest …«, begann sie nach einer Weile. »Bei einer gerichtlichen Untersuchung werden doch alle möglichen Dinge rauskommen, oder?«

»Nehme ich an. Was für Dinge denn?«

»Gareth«, sagte sie und sah ihn bedrückt an, »du und ich, wir kennen uns schon so lange … Wenn es da irgendwas über Jenny gibt … würdest du das wissen wollen?«

»Irgendwas … was?«, fragte er.

Sie zögerte. »Etwas Schlechtes.«

»Oh, da bin ich mir nicht sicher, Mel.« Er fuhr sich übers Gesicht. »Ach, verdammt noch mal. Na los, spuck's aus.«

»Also, ich habe Lee und Rachel versprochen, dass ich's dir nicht sagen würde«, erklärte sie. »Aber besser, du erfährst es von mir.«

Er starrte auf den Lehm an Max' Gummistiefeln. Die hatten sie noch nicht abgekratzt, fuhr ihm durch den Kopf. Die wären als Nächstes dran.

»Jenny hat Al auf ihrer Geburtstagsfeier geküsst. Rachel hat sie gesehen. Es war wohl anscheinend ein betrunkener Ausrutscher …« Sie stieß ihn in die Rippen. »Gareth?«

Er starrte auf den Pflasterstein unter seinen Füßen.

Jenny und Al?

Hatten sich geküsst?

Seine Ohren fingen an zu glühen, als würde er sie gegen die Heizung drücken. Sein Kopf dröhnte. Er machte den Mund auf, um etwas zu sagen – aber was? Was konnte er sagen? Als er die Augen schloss, sah er die rote Blutspur auf Olivias Arm.

Jenny und Al?

Hinter ihnen quietschte es. Die Haustür wurde weiter geöffnet. Er spürte ein vernichtendes Gefühl in der Brust, als ihm klar wurde, dass sie die ganze Zeit einen Spalt weit offen gestanden hatte.

Sein Vater war die ganze Zeit im Flur gewesen, hatte dort auf dem Stuhl gesessen und sich die Wanderschuhe zugeschnürt.

»Was haben Sie gehofft, damit zu erreichen?«, fragte sein Vater. Er stand in kakifarbenem Hut und Weste da, und seine Stimme war für sie beide ein Schock.

Melissa sprang auf. »Mr. Davies, ich hatte keine Ahnung, dass Sie …«

»Jenny war eine wunderbare, liebevoll Frau – mir und meiner Frau wie eine Tochter. Ich glaube dieses Lügenmärchen nicht. Niemals hätte sie einen Menschen betrogen.«

Gareth sah Melissa an. Sie war völlig außer Fassung. Hatte er sie jemals so gesehen? Normalerweise war sie so selbstsicher, doch jetzt öffnete und schloss sie wortlos den Mund, und ihre Hände flatterten nervös.

»Ich weiß, dass sie wunderbar war. Sie war meine beste Freundin. Ich hab nicht gesagt, dass sie ihn betrogen hat. Es hatte nichts bedeutet. Es …«

»Und warum tanzen Sie dann hier mit dieser Geschichte an? Leidet Gareth nicht schon genug? Was soll das, ihm hier zu einer solchen Zeit gemeinen Tratsch zu erzählen?«

»Gemein?« Sie sah schockiert aus und begann lautlos zu weinen. »Ich wollte ihm nicht wehtun. Ich wollte helfen. Ich wusste nicht, was ich sonst machen sollte.«

Ihre Verzweiflung, ihr kleinlauter Anblick gab Gareth den Anstoß zum Handeln. Er stand auf und legte seinen Arm um sie. »Nicht weinen, Mel«, sagte er. »Es war mutig, das zu tun. Niemand außer dir hätte das getan.« Er warf seinem Vater einen warnenden Blick zu, um ihm zu bedeuten, nicht zu hart mit ihr umzuspringen. »Es ist für uns alle eine schwere Zeit.«

Sein Vater sah gleichermaßen reuevoll und aufgebracht aus. »Es tut mir leid, wenn ich etwas Unpassendes gesagt habe.«

Melissa entzog sich Gareths Arm und zupfte ihre Jeansjacke zurecht. »Ich bin diejenige, der es leidtut. Ich hätte nicht kommen sollen. Entschuldige, Gareth. Wir sehen uns.« Und sie marschierte die Einfahrt hinunter.

»Mel!«, rief Gareth ihr hinterher.

Sie antwortete nicht, sondern stieg ohne einen Blick zurück in ihr Auto. Er fühlte sich schrecklich.

Jenny und Al.

Rote Blutspur.

Jetzt würde sein Haus garantiert einstürzen.

Die Reifen drehten auf dem Kies durch, so eilig hatte Melissa es, von ihnen wegzukommen.

»Das wird nicht das Letzte sein, was wir darüber gehört haben«, sagte Gareth zu seinem Vater, während sie auf die Staubwolke starrten, die Melissas Wagen wie einen Minitornado zurückgelassen hatte. »Ich kann es schon spüren.« Und er nahm sich Max' Gummistiefel und begann, sie mit zitternden Händen für den Spaziergang zu säubern.

GILLY GREEN

Schulsekretärin, Milford Senior School, Dorset

Gilly brachte gerade die Anwesenheitsliste auf den aktuellen Stand, als sie hochschaute und Nessa Merry vor sich stehen sah.

»Hier ist die Einverständniserklärung für die Theatergruppe«, sagte Nessa und legte Gilly ein Formular auf die Ablage.

Theater, allerdings! Das passte.

»Danke«, sagte Gilly kühl. Nessa hätte das Formular ihrer Tochter mitgeben können. Es gab keinen Grund, persönlich im Schulsekretariat aufzutauchen.

Nessa blieb hoffnungsvoll stehen. »Ich habe die Silkies nirgendwo gesehen. Sind sie in der Schule?«, fragte sie neugierig.

Gilly starrte weiterhin auf den Computerbildschirm. Nessa liebte Tratsch – wer tat das nicht in Milford? –, aber sie wusste nicht, wann man aufhörte. Es war doch selbstverständlich, dass Gilly keine Auskunft über die Anwesenheit von Schülern geben konnte, wenn sie ihren Arbeitsplatz behalten wollte.

Ironischerweise arbeitete Nessa für King's, die örtliche Anwaltskanzlei, und wusste daher oft als Erste, wer eine Scheidung eingereicht hatte – die Mütter der Schulkinder wussten es als Nächste. Es war wirklich unglaublich, mit was sie durchkam.

Zu Gillys Glück klingelte das Telefon. Sie hauchte Nessa ein lautloses »Entschuldigung« zu, woraufhin sie widerstrebend den Rückzug antrat.

Es war Rachel Beckinsale, die anrief. Gott sei Dank, dass Nessa gegangen war.

»Ich fürchte, wir können heute Abend nicht zur Preisverleihung kommen«, erklärte Rachel.

»Oh«, sagte Gilly, »das ist aber schade. Ist alles in Ordnung?« Kaum dass sie es gesagt hatte, verzog sie das Gesicht. Natürlich war nichts in Ordnung. Die ganze Stadt wusste, dass Rachel und

Melissa sich gestritten hatten, mitten auf der Straße vor Rachels Haus. Soviel sie wusste, war es zwischen den Silkies bis jetzt noch nie zu einem großen Streit gekommen. Sie waren wie diese kleinen Kletten, die in den Hecken wuchsen, von Wohlwollen und Kameraderie zusammengeschweißt.

Erst jetzt merkte Gilly, dass Rachel schon aufgelegt hatte. Wie unhöflich!

Das war typisch Silkies. Die glaubten, sie konnten tun, was sie wollten – auch Menschen umbringen.

Das war das neueste Gerücht – dass Jenny Davies' Tod jetzt als Mord untersucht wurde.

Schaudernd machte Gilly sich wieder ans Tippen.

Überall war die Polizei und stellte Fragen, und nicht nur örtliche Polizisten, sondern Männer in Anzügen mit grimmigen Gesichtern, die ihre Zeit nicht an einen einfachen Kajakunfall verschwenden würden.

Die ganze Stadt war am Flüstern, spekulierte über die Silkies. Vielleicht hatten sie es verdient. Manche Einwohner, darunter auch Gilly, hatten schon öfter vermutet, dass die so perfekten Freundschaften lediglich eine kunstvolle Show waren, damit alle anderen sich ausgeschlossen vorkamen.

18

Melissa weinte zu sehr, um sicher Auto fahren zu können. Sie fuhr hundert Meter weit und bog dann auf einen schmalen Weg ab, der zu einem abgelegenen Hof führte. Sie hielt an, stellte den Motor ab und nahm ein Päckchen Taschentücher aus dem Handschuhfach.

Sie hatte nicht vorgehabt, es Gareth zu sagen. Es war ihr nur in dem Moment wie das Richtige erschienen, weil es eine gerichtliche Untersuchung geben würde. Besser, dass er die Wahrheit von ihr gehört hatte und nicht von irgendeinem Fremden in einem Gerichtssaal.

Sie zerknüllte das Taschentuch in ihrer Hand und lauschte dem Ticken ihres Wagens, als das Metall auskühlte. Ihr war warm. Sie ließ das Fenster herunter und schloss die Augen. Die Sonnenstrahlen lagen bernsteinfarben auf ihren Lidern.

Armer Gareth. Sie hätte alles gegeben, um seine Qualen nicht noch verschlimmert zu haben. Den Gesichtsausdruck seines so beschützenden Vaters würde sie nie mehr vergessen können.

Sie schlug die Augen auf, holte tief Luft und betrachtete die vor ihr liegende Aussicht. Der Weg, auf dem sie parkte, wurde links von einer Schlehenhecke gesäumt. Um diese Jahreszeit waren die Sträucher mit weißen Blüten gespickt; von Weitem musste es aussehen, als wären die Hecken voller Schnee. Rechts von ihr gab es weder eine Hecke noch einen Stacheldrahtzaun, was ungewöhnlich war. Stattdessen begann das Feld direkt am Weg und erstreckte sich bis zum Meer hinunter.

An diesem Nachmittag glitzerte das Meer türkis, aber der Anblick nahm Melissa nicht gefangen. Gleich um die Ecke lag Hope

Cove. Sie konnte sich nicht dazu überwinden, in die Richtung zu sehen.

Schließlich zog sie eine Visitenkarte aus der Tasche, nahm ihr Handy und wählte.

Detective Sergeant Lloyd antwortete, redete aber gleichzeitig noch mit jemand anderem. Sie wartete, bis sie seine ganze Aufmerksamkeit hatte.

»Hier ist Melissa Silk«, sagte sie.

»Hallo, Melissa. Was kann ich für Sie tun?«

»Ich möchte Ihnen etwas sagen. Ob es irgendwas zur Sache tut, weiß ich nicht. Aber wenn ich es Ihnen nicht sage, wird es niemand tun.«

»Sprechen Sie weiter.«

»Rachel hatte mich gebeten, auf den Kajakausflug nicht mitzukommen.«

»Dann hatten Sie also keine Migräne?«

Sie verzog das Gesicht. »Nein.«

Er wartete. »Ist das alles?«

»Nein. Rachel hat den Ausflug organisiert, weil sie gesehen hatte, wie Jenny Al küsste. Sie wollte mit ihr darüber reden. Alle glauben, dass es nur ein betrunkener Ausrutscher war, mehr nicht.«

»Und Sie?«

»Ich weiß es nicht. Ich wollte Sie nur darüber in Kenntnis setzen.«

»Wir werden es überprüfen«, sagte der Sergeant. »Danke.«

Dann ein Klicken, als aufgelegt wurde.

Das war's also. Das war erledigt.

Sie warf einen Blick auf die Uhr am Armaturenbrett. Zeit, Polly von der Schule abzuholen.

Sie ließ das Fenster während der Fahrt offen, genoss die Brise und fragte sich, was es sonst noch an ihrer Freundin gab, von dem sie nichts gewusst hatte. Jenny war ihr immer geradezu durchsichtig durchschaubar, ganz einfach gestrickt vorgekommen. Nichts war außer Sichtweite versteckt gewesen.

Mr. Davies Senior hatte recht gehabt, was seine Schwiegertochter anging, in die er so vernarrt gewesen war. Jenny war wunderbar und liebevoll gewesen. Als Jenny Gareth heiratete, hatte er sie sofort unter seine Fittiche genommen und ihre schrecklichen biologischen Eltern ersetzt. Das war eigentlich alles von Jennys Familie, woran Melissa sich erinnern konnte – wie schrecklich sie waren, wie reich, und an das einschüchternd hohe Tor vor ihrem Grundstück. Ihr Geld hatte sich mehr um Jenny gekümmert als sie sich selbst. Ihre ständige Abwesenheit war der Grund dafür gewesen, warum Jenny den Großteil ihrer Kindheit und Jugend bei Melissa verbracht hatte.

Und trotzdem hatte Jenny nie ein Wort gegen sie gesagt.

Melissa hatte das an ihrer Freundin immer bewundert und war trotzdem außerstande gewesen, es ihr nachzutun. Ihre eigene Mutter hatte stets das Ideal der perfekten Matriarchin angestrebt, von dem sie jedoch meilenweit entfernt blieb, so emotional verschlossen, wie sie war.

Bei der Grundschule angekommen, parkte sie und ging durchs Schultor. Die üblichen Elterngruppen standen herum, aber Melissa begrüßte niemanden mit mehr als einem angespannten Lächeln.

Zum Glück war Polly unter den ersten Kindern. Die Haarbänder ihrer Rattenschwänze flatterten lose, als sie auf Melissa zurannte.

»Hallo, Polly Pops«, sagte Melissa und nahm sie in den Arm.

Hand in Hand gingen sie zum Auto. Polly war guter Laune und plapperte lebhaft drauflos.

»Hattest du einen schönen Tag?«, fragte Melissa, als sie losfuhren.

»Ja«, sagte Polly. »Wusstest du, dass Karotten auch lila sein können?«

Melissa lächelte. »Ja, das wusste ich.«

»Und dass Sprossen, also so Keimlinge, auch rot sein können?«

»Nein, das wusste ich nicht.«

»Tja, können sie aber. Und, Mummy?«

»Ja?«

»Sophias Mum denkt, du stehst unter Strom.« Melissa verging das Lächeln. »Was heißt das, Mummy?«

»Das … äh … es heißt …«

Beim Gymnasium herrschte mehr Verkehr als sonst, da ein Reisebus voller Schüler soeben von einer Klassenfahrt zurückgekehrt war.

Melissa gab Polly ihr Handy. »Kannst du die beiden anrufen und ihnen sagen, dass wir hinten in der Industriezone parken?« Sie fuhr an der Schule vorbei.

»Sie gehen nicht ran«, sagte Polly, als Melissa auf das Industriegelände einbog.

»Versuch's noch mal, bitte.« Sie hielt den Wagen an. »Und, hast du jetzt Glück?« Der Himmel war ganz dunkel geworden. Eine dichte graue Wolke war herangezogen. Die Hitzewelle war anscheinend vorbei.

»Nein«, antwortete Polly.

»Okay.« Melissa löste ihren Anschnallgurt. »Dann werde ich rübergehen müssen. Kommst du mit, oder bleibst du hier?«

»Ich bleib hier. Es regnet.«

In der Tat. Und Melissa hatte keine Jacke dabei. Fantastisch.

»Ich bin in zwei Minuten wieder da.«

Als sie auf der Straße losging, fing es an, nadelspitze Regentropfen zu hageln. Die Hecken schüttelten und wanden sich im Wind. Sie kam nur langsam voran. Immer wieder fuhren Autos vorbei, und sie musste ihnen aufs Gras ausweichen. Dabei wurde sie bis auf die Haut nass.

Sich ihres durchweichten Äußeren peinlich bewusst, ging sie nicht ganz bis zum Schultor hin. Durch das Gewimmel von Eltern und Schülern und Autos hindurch erspähte sie Frank und Nina, die mit ihren Blazern über den Köpfen den Hauptweg der Schule herunterrannten.

Sie versuchte gerade, unter einer Reihe marshmallowweiß blühender Bäume Schutz zu suchen, als neben ihr ein Auto hielt. Es wurde schnell und hektisch gewendet. Als sie sich umdrehte, sah sie, dass Rachel am Steuer saß.

Rachel erkannte sie im selben Moment. Ihre Blicke trafen sich, und Melissa merkte, dass sie nicht mehr wusste, wie sie ihrer Freundin begegnen sollte. Aber ignorieren konnte sie sie nicht. Sie brauchten einander, jetzt mehr als je zuvor.

Sie machte einen Schritt auf den Wagen zu, klopfte ans Fenster, damit Rachel es hinunterließ, und lächelte sie unsicher an. »Hallo«, sagte sie.

»Hallo«, gab Rachel zurück.

Sie sah an Rachel vorbei zu Al hinüber. »Schön zu sehen, dass du nicht mehr bettlägerig bist und rausgehst«, sagte sie. »Geht's dir inzwischen besser?«

Seine Antwort bestand aus einem Nicken. Er sah alles andere als gut aus, ausgemergelt, und seine blonden Haare waren von plötzlichem Grau durchsetzt. Als sie einen Blick über die Schulter warf, entdeckte sie, dass Frank und Nina herübergekommen waren und unter den blühenden Bäumen auf sie warteten.

»Es tut mir leid«, erklärte sie und beugte sich diskret ins Auto, »aber ich hab's Gareth gesagt. Und ich hab's der Polizei gesagt. Ich habe es für das Richtige gehalten.«

Rachel starrte sie mit offenem Mund an. »Was?«

»Wir dürfen keine Informationen verschweigen. Es wird eine gerichtliche Untersuchung geben.«

»O Mann, Melissa«, stieß Rachel aus. Ihre Brillengläser beschlugen. Sie nahm die Brille ab und rieb sie an ihrer Bluse. Nachdem sie sie wieder aufgesetzt hatte, starrte sie Melissa wütend an. »Was ist bloß mit dir los? Wie soll das denn irgendjemandem helfen?«

»Jenny hilft es«, antwortete Melissa. »Und das ist im Moment alles, was mir wichtig ist.«

»Mehr als deine Freunde, die noch leben? Hast du mal einen Augenblick lang nachgedacht, was für Auswirkungen das auf uns haben könnte? Und was ist mit den Kindern?«

Rachel senkte ihre Stimme und sah sich um für den Fall, dass jemand zuhörte. Al zumindest nicht – oder jedenfalls sah es nicht danach aus. Er saß regungslos da und schien kaum zu atmen.

»Und genau deshalb«, sagte Rachel und zeigte auf Melissa, »hat Jenny es dir nicht erzählt.«

»Was meinst du damit?«

»Du bist impulsiv«, sagte Rachel, »hitzköpfig, mischst dich wie besessen ein. Aber diesmal hast du es zu weit getrieben. Wenn das für dich schlimme Auswirkungen nach sich zieht, hast du niemandem als dir selbst die Schuld dafür zu geben! Und sag dann bloß nicht, ich hätte dich nicht gewarnt!«

Beschämt starrte Melissa Rachel an. Das Getriebe knirschte, als Rachel den Rückwärtsgang einlegte und zurücksetzte.

Melissa merkte, dass der Regen aufgehört hatte. Die Sonne war herausgekommen und brachte die Pfützen zum Leuchten. Es schien sehr still zu sein. Sie sah sich um. Frank und Nina beobachteten sie peinlich berührt.

Und neben ihnen standen Nessa Merry und Gilly Green, die alles mit kaum verborgener Neugierde verfolgten.

Sie streckte die Hand nach Nina aus. Von Frank gefolgt kam ihre Tochter zu ihr herüber, und mit so viel Würde wie möglich führte sie ihre Kinder weg.

»Was zum …«, begann Frank.

»Geh einfach weiter«, sagte Melissa.

19

Rachel wartete, bis die Jungs oben mit ihren Hausaufgaben beschäftigt waren. Al saß am Küchentresen und rührte länger als nötig den Zucker in seiner Tasse herum.

Sie legte ihre Hand auf seine, um die Bewegung zu unterbinden. »Ich muss es wissen«, sagte sie. »War das ein alberner Kuss oder nicht – ein Ausrutscher, der nichts bedeutet hat?«

Er rührte weiter. Sie schnappte sich den Löffel und warf ihn quer durch die Küche. Al sah sie empört an. »Was machst du da?«

»Die Wahrheit herausfinden«, sagte sie. »Damit ich nicht wie ein Idiot dastehe.«

»Du kennst die Wahrheit. Dass du überhaupt fragst, lässt mich wiederum fragen, wie viel Vertrauen du zu mir und unserer Ehe hast.«

»Wie viel Vertrauen *ich* habe?«

»Sprich leise«, mahnte er sie. »Wir wollen nicht, dass die Jungs das hören. Es ist für Joel bei all dem, was vor sich geht, schon schwer genug zu büffeln.«

Verärgert starrte sie ihn an. Er hatte keine Ahnung – war seit Samstag wie gelähmt und verschwendete keinen Gedanken daran, wie schwierig es für sie war, mit ihrer Trauer fertigzuwerden, ohne darin zu ertrinken. Joel und Ned waren heute wieder zur Schule gegangen, und es hieß, die Rugbyuniformen zu waschen, Pausenbrote zu machen und die Kinder herumzufahren. Und jetzt hielt er ihr einen Vortrag über das Wohl der Kinder? Er hatte die Jungs die ganze Woche lang kaum angesehen.

»Das ist alles nur Melissas Werk«, sagte Al. »Wenn das Weib nicht ständig diesen Drang hätte, im Mittelpunkt aller Aufmerksamkeit zu stehen und alles zu kontrollieren, wäre nichts davon geschehen.«

»Aber es ist geschehen«, sagte sie. »Und jetzt müssen wir uns damit auseinandersetzen. Du hast nichts zu verbergen, und das kannst du der Polizei sagen, wenn sie herkommt.«

»Warum sollte sie das tun?«, fragte Al.

»Weil du die Frau deines Freundes geküsst hast und sie jetzt tot ist! Kapierst du denn nicht, wie das aussieht?«

»Mir ist egal, wie es aussieht. Wir werden einfach die Wahrheit sagen.«

»Und die ist …?«

»Verdammt noch mal, Rachel«, sagte er und schob seinen Hocker nach hinten, um aufzustehen. »Wenn du mich das noch ein einziges Mal fragst …«

»Was dann?«

Er schüttelte den Kopf. »Ich muss hier nicht herumstehen und mir das anhören. Morgen gehe ich wieder in die Arbeit, dann habe ich Ruhe.«

»Das kannst du nicht«, entgegnete sie. »Du bist noch nicht wieder auf dem Damm.«

»Du wirst es ja sehen«, sagte er und verließ die Küche.

In dem Augenblick versuchte sie, ihn zu hassen, konnte es aber nicht. Und das, erkannte sie, war schon von Anfang an das Problem gewesen. Selbst als sie mit der Möglichkeit konfrontiert worden war, dass er sie vielleicht betrogen hatte, war ihr erster Instinkt gewesen, die Situation wieder hinzubiegen – mit Kehrblech und Besen hinter ihm herzurennen und seinen Dreck zu beseitigen.

Sie hatte ihn schon immer mehr geliebt als er sie. Das hatte sie nicht sonderlich gestört, selbst wenn es stimmte, dass er weiterhin für Jenny schwärmte, mit der er in der elften Klasse zusammen gewesen war. Letztendlich hatte er sich für Rachel entschieden, sie geheiratet, und sie war so in ihn verliebt gewesen – war es immer noch –, dass sie jede Art von Ehe akzeptiert hätte, egal, wie sehr es sie eventuell kränkte. Liebe hatte nichts mit einem Machtgleichgewicht zu tun. Jeder wusste, dass nichts daran auch nur im Entferntesten mit Gleichgewicht zu tun hatte.

Sie hob den Löffel vom Fußboden auf und steckte ihn in den Geschirrspüler. Nachdem sie die Maschine angestellt hatte, stand sie mit dem Rücken zum Geschirrspüler da und lauschte dem Rauschen und Sprudeln des Wassers.

Der Kuss hatte sie gar nicht so verstört, bei Weitem nicht so sehr, wie die Leute vielleicht glauben würden, insbesondere Melissa. Melissa war der äußere Schein wichtig, dass es wirkte, als hätte sie alles unter Kontrolle, und dass alle zu ihr aufsahen. Aber Rachel war immer damit zufrieden gewesen, sich in Als Schatten zu halten und zu wissen, dass die Leute sich fragten, wie sie ihn ergattert hatte, egal, wo sie hingingen.

Die Wahrheit war, dass Al keine hübsche Jenny zur Frau haben wollte, sondern eine Mutter, eine Pragmatikerin. Durch Rachel hatte er Stabilität und sie einen Mann mit Ego und persönlichen Unsicherheiten gewonnen, der ihr ein paar Nummern zu groß war.

Für Al war es schön und gut zu sagen, dass er wieder arbeiten gehen würde – aber was war mit ihr? Hatte sie ihren Job in der Marina überhaupt noch? Würde der Umgang mit den Silks jetzt nicht steif und unangenehm sein?

Alles zerbrach, entzog sich ihrer Kontrolle.

Aber in einer Beziehung hatte Al recht gehabt, dies war Melissas Werk. Sie war noch zu erschüttert gewesen und hatte es nicht bis zum Ende durchgedacht. Melissa und die anderen hatten Rachel all die Jahre damit geneckt, so logisch und langsam veranlagt zu sein, hatten sie nach *Scooby-Doo* »Velma« genannt. Es stimmte, ihr ganzes Leben lang hatte Rachel nie etwas Unüberlegtes getan.

Wenn man unüberlegt handelte, unterliefen einem Fehler und Fehleinschätzungen.

Und jetzt hatte Melissa sie gebeten, im Interesse ihrer verstorbenen Freundin keine Informationen zurückzuhalten. Es war eine einfache Bitte, eine ehrenwerte sogar, und möglicherweise das Dümmste, was sie je getan hatte.

Es war dunkel, als die Kriminalbeamten kamen. Rachel saß auf dem Sofa und versuchte, einer Fernsehsendung über Hausrenovierungen zu folgen, die ohne Ton lief, da Joel in der Wohnzimmerecke an seinem iPad lernte. Sie warf einen Blick auf Al, der in Vorbereitung auf seine Rückkehr zur Arbeit in Papiere vertieft war. Ned spielte auf seinem Handy Fortnite, hatte Kopfhörer auf und gab Worte von sich wie: »Über dir steht eine Truhe. Jetzt zur goldenen SCAR. Los, flott, flott, der Sturm kommt.«

Sie hatte keine Ahnung, wovon er redete.

An solchen Abenden hatte sie sonst Melissa oder Jenny angerufen, um über die wichtigen Dinge des Lebens zu reden wie neue Sommersandalen oder Lidschatten, der ihre Augenlider nicht zerknittert wirken ließ. Aber es gab niemanden, den sie anrufen konnte. Ihre Clique hatte über die Jahre hinweg so eng zusammengehalten, so in sich selbst geruht, dass sie niemand anderen gebraucht hatten.

War ihr Freundeskreis den Einheimischen und Zugezogenen exklusiv und elitär vorgekommen? Vielleicht. Allerdings hatte sie von keinen neu zugezogenen Menschen gehört. Milford war die Art von Stadt, die man nur verließ – und das ohne Rückfahrtkarte.

Warum war sie denn ihr ganzes Leben lang hiergeblieben und hatte keine anderen Freundschaften geschlossen, sondern sich mit den Silkies unter Melissas dubioser Leitung abgefunden? Sie hatte dermaßen unter ihrem Einfluss gestanden, dass sie ihr bis an den Rand einer Klippe und hinab in die Tiefe gefolgt wäre.

Genau das tat sie jetzt: Sie war Melissa an den Rand des Abgrunds gefolgt, und jetzt fiel sie und zerrte ihr gesamtes Leben, ihr Haus und alles darin, die Pfannen und Töpfe und das Bügelbrett, mit sich mit wie eine Figur in einem Kinderreim oder in einer Moralgeschichte. Irgendwann in der Zukunft würden die Kinder es singen.

Es klingelte an der Tür. Sie sahen sich alle an bis auf Ned, der aufsprang und ins Mikrofon seiner Kopfhörer schrie: »Bring ihn um. *Bring ihn um!*«

Rachel durchquerte den Flur und ignorierte den Klumpen Angst, der sich in ihrem Magen sammelte.

Ist schon gut. Alles ist gut.

Als sie die Tür öffnete, standen die beiden Kriminalbeamten vor ihr, die Augen schützend vor dem Regenschauer zusammengekniffen, der ihnen auf die Jacken trommelte.

»Detective Sergeant Lloyd, wie Sie vielleicht noch wissen«, sagte der ältere Mann. »Und dies ist Detective Constable Wilson. Es tut mir leid, Sie abends zu stören, aber könnten wir mit Ihnen sprechen?«

»Kommen Sie herein«, sagte sie und machte ihnen Platz.

»Ist Ihr Mann zu Hause?«

Eine Sekunde lang setzte ihr Herz aus. »Ja. Wenn es Ihnen nichts ausmacht, könnten wir vielleicht in die Küche gehen, damit wir uns nicht vor den Jungs unterhalten.«

»Eigentlich«, erklärte der Sergeant und blieb vor der Wohnzimmertür stehen, »möchten wir Ihren Mann alleine sprechen.«

Al kam aus dem Wohnzimmer und machte hinter sich die Tür zu. »Von mir aus«, sagte er und führte die Männer nach hinten ins Haus in sein Arbeitszimmer.

»Tee oder Kaffee?«, rief Rachel ihnen hinterher.

»Nein, danke«, antwortete der Constable, bevor er im Arbeitszimmer verschwand.

Rachel ging ins Wohnzimmer, um nach den Jungs zu sehen, die keinerlei Anzeichen erkennen ließen, die Anwesenheit der Polizei bemerkt zu haben. »Kann ich euch irgendwas zu trinken bringen?«

Joel schüttelte den Kopf. Ned hatte sie anscheinend nicht gehört.

Sie ging in die Küche, machte sich einen Tee und setzte sich erschöpft an den Tresen. Seit dem Unfall hatte sie sich kein Selbstmitleid erlaubt, doch jetzt tat sie es. Sie fühlte sich unbeschreiblich traurig, aller Hoffnung beraubt.

Wen konnte sie anrufen, um tröstende Worte zu hören? Bei wem konnte sie weinen? Definitiv nicht bei Al, dem Empathie nicht lag. Außerdem war ihre Ehe nicht darauf aufgebaut. Ihre Abmachung war, dass sie sich um ihn kümmerte und nicht andersherum. So brutal es auch klang, von ihm konnte sie keine gefühlvolle Unterstützung erwarten. Vielleicht war der Kuss mit Jenny deshalb nicht so vernichtend gewesen. Ihre Selbstachtung hatte noch nie in seinen Händen gelegen.

Wenn sie ihr Seelenheil außer sich selbst jemandem anvertrauen konnte, dann ihren beiden besten Freundinnen. Falls sie sich dessen in den letzten Jahren nicht bewusst gewesen war, dann war es ihr in der Nacht, in der sie den Kuss gesehen hatte, auf jeden Fall klar geworden.

Sie spürte den Verrat stärker in Bezug auf Jenny als auf Al. Ihm hatte sie nicht einmal gesagt, was sie gesehen hatte. Stattdessen hatte sie versucht, sich zuerst an Jenny zu wenden.

Sie trank einen Schluck Tee, und als ihr die Tränen kamen, schloss sie die Augen. Ohne die Silkies hatte sie niemanden. Ihre Eltern lebten zwanzig Meilen weit entfernt. Nahe gefühlt hatte sie sich ihnen noch nie. Sie mochte ihre Brüder, doch die waren der Stadt schon vor Jahren entflohen. Sie hatte Joel und Ned, aber die führten ihr eigenes Leben. Ihre Probleme konnte sie ihnen nicht aufladen.

Und wer blieb dann noch übrig?

Bei dieser Überlegung fiel ihr auf, dass außer Gareth keiner der Silkies aus Familien mit engem Zusammenhalt kam. Und selbst Gareths Eltern waren im Rentenalter zurück nach Wales gezogen, was ja ihr gutes Recht war. Keiner von ihnen hatte Eltern, die sich um ihre Enkelkinder kümmerten und sie manchmal zur Schule fuhren. Und davon gab es in Milford viele. Rachel hatte sie oft genug mit neidischem Blick gemustert: Kinder, die von Grandma und Grandpa von der Schule abgeholt wurden.

Vielleicht hatten andere die ganze Zeit lang eifersüchtig zu ihnen herübergeschaut und sie um ihre enge, unzerbrechliche Freundschaft beneidet.

Ob nun gewollt oder nicht, sie hatten einander einen Familienersatz gefunden. Doch jetzt merkten sie, dass Familienbande unersetzlich waren. Nichts verband die Silkies; nicht jetzt, da eine von ihnen tot war.

Rachel wischte sich die Augen. Sie konnte Stimmen im Flur hören. Die Männer kamen zurück. Sie sammelte ihre Kraft für den Moment, in dem die Küchentür aufgehen würde, aber die blieb geschlossen. Hastig lief sie in den Flur und holte die Kriminalbeamten ein, als Al gerade die Haustür öffnen wollte.

»Müssen Sie denn nicht mit mir sprechen?«, fragte sie.

»Im Augenblick nicht«, gab der Sergeant zurück.

»Oh«, sagte sie, »könnte ich dann mit Ihnen … unter vier Augen reden?«

»Natürlich«, antwortete der Sergeant.

Al wirkte beunruhigt. »Willst du nicht, dass ich mit dabei bin?«

»Nein. Setz du dich zu den Jungs«, sagte sie. Dann wandte sie sich an die Beamten. »Lassen Sie uns hier reingehen.« Und sie führte sie in die Küche und machte hinter ihnen die Tür zu.

Ihr Herz raste so sehr, dass sie gerne ein paar Sekunden gehabt hätte, um ihre Gedanken zu ordnen. Aber der Sergeant hatte es eilig.

»Worum geht's?«, fragte er müde mit dem Gesichtsausdruck eines Mannes, der einen langen Arbeitstag beenden wollte.

»Ich muss Ihnen ein paar Informationen geben.«

»Also dann?«, sagte der Constable und steckte die Hand in die Jacke, um seinen Notizblock herauszuziehen.

»Ich …« Sie betrachtete den Block, die über dem Papier gezückte Hand, die ernsten Gesichter der Kriminalbeamten. »Es geht um Melissa … Sie scheint unbedingt Schuld zuweisen zu wollen und hat diesen Kuss zwischen Al und Jenny so betont. Und ich wollte jetzt wissen, ob Sie … ob Sie das nicht infrage stellen?«

Die Männer sahen sie ausdruckslos an.

»Sie fragen sich offenbar, ob Jennys Tod vielleicht kein Unfall war. Sonst wären Sie jetzt nicht hier.«

Der Sergeant gönnte ihr ein leichtes Nicken.

»Von daher …«, begann sie.

»Mrs. Beckinsale, was versuchen Sie damit zu sagen?«, fragte der Constable.

Stille breitete sich aus. Die Welt draußen war schwarz, spiegelte den Inhalt ihrer Küche wider. Aus dem Wohnzimmer hörte sie Stimmen – Ned rief Befehle in sein Mikrofon.

»Mrs. Beckinsale?«

Sie musste ihre Jungs beschützen, alle drei. Sie wünschte sich nichts sehnlicher, als dass Joel in seinen Leistungskursen gut abschnitt und dieser Stadt entkam. So konnte es nicht weitergehen mit ständigen Polizeibesuchen, Befragungen von Al, die sie alle aus dem Gleichgewicht brachten. Die Jungs würden es merken, besonders, je länger das so weiterging.

Und wer konnte sagen, wohin das noch führen würde? Wenn die Polizei tatsächlich alle Möglichkeiten in Betracht zog, konnte das zu einer wirklich unschönen Situation werden.

Sie sah die Kriminalbeamten entschlossen an. »Melissa hat vor fünf Jahren am Jachthafen eine Veranstaltungshalle bauen lassen.«

Die Männer nickten.

»Die hat über eine halbe Million Pfund gekostet.«

»Okay …«, sagte der Sergeant und wartete, dass sie weitersprach.

Sie starrte erneut auf die schwarze Welt hinter dem Fenster. In diesem Moment sah sie Jenny nach ihr um Hilfe rufen, bevor sie hinter die Insel gezogen wurde.

Sie sah die Männer wieder an. »Fragen Sie sie, woher sie das Geld dafür bekommen hat.«

20

Donnerstag, 26. April 2018

An diesem Morgen machte Melissa in der Frühe bei Mon Petit Hair halt, um zu sehen, wie sie dort zurechtkamen. Jennys Angestellte Sue saß bereits an der Arbeitsplatte und bereitete ihre Folien vor. Als die Türglocke bimmelte, lächelte sie Melissa argwöhnisch an.

Der Argwohn beruhte auf Gegenseitigkeit. Sue war eng mit Gilly Green befreundet, der Klatschbase aus dem Schulsekretariat, die gerade am Tag zuvor Melissas Auseinandersetzung mit Rachel beobachtet hatte. Trotzdem verhielt Melissa sich in dieser Art von Situationen ungezwungen. Sie lebte lange genug in Milford, um zu wissen, dass die meisten Menschen annehmen würden, alles sei in Ordnung, solange man sich ganz entspannt gab.

Sie blieb auf dem Fußabtreter stehen und sah sich überrascht um. »Ach du meine Güte!«

»Ist das nicht überwältigend?«, fragte Sue. Überall – auf den Fensterbänken, Frisiertischen, dem Fußboden und dem Tresen – standen Blumen: Tulpen, Hasenglöckchen, Flieder, Schneeglöckchen, Krokusse. Der Duft war betörend.

Melissa machte einen Schritt auf die Schneeglöckchen zu und berührte die Blüten – Jennys Lieblingsblume. Wie es sie gefreut hätte, ihren Salon zu ihren Ehren voller Blüten zu sehen.

»Ich wusste nicht, wohin damit«, sagte Sue. »Ich versuche andauernd Gareth anzurufen, aber er geht nicht ran. Ich nehme an, er wird wohl keine geschäftlichen Dinge bereden wollen, aber die

Leute fragen mich ständig, wohin sie Blumen schicken können. Ich weiß nie, was ich sagen soll, weil es ja noch keine Beerdigung gibt, also nicht, bis die gerichtliche Untersuchung …«

»Sie wissen davon?«, fragte Melissa.

Sue wurde rot. »Ich dachte, das weiß jeder. Gillys Mann arbeitet in Portbridge für die Polizei …«

Aha.

»Na, jedenfalls«, sprach Sue weiter, »schien es keinen Ort zu geben, wo Blumen hingeschickt werden können. In die Bucht konnten wir sie nicht legen, weil die komplett abgesperrt ist. Dann hab ich schließlich gesagt, sie können sie hierherschicken. Das war doch in Ordnung, oder?«

»Klingt vernünftig.«

Nicht dass es Melissa zustand, darüber zu entscheiden. Über die Jahre hinweg hatte sie so oft die Führung übernommen, dass die Menschen sich jetzt ganz automatisch an sie wandten. Aber plötzlich wollte sie diese Verantwortung nicht haben. Letzte Nacht hatte sie wieder nicht gut geschlafen. Rachels rätselhafte Worte waren ihr pausenlos durch den Kopf gegangen.

Wenn das für dich schlimme Auswirkungen nach sich zieht, hast du niemandem als dir selbst die Schuld dafür zu geben.

»Ist Ihnen nicht gut?«, fragte Sue. »Sie sehen etwas blass aus.«

»Alles in Ordnung, danke«, sagte Melissa. »Also dann, ich mache mich besser wieder auf den Weg. Rufen Sie Gareth an, wenn Sie irgendetwas brauchen. Ich bin mir sicher, dass er irgendwann rangehen wird.«

»Mach ich«, erwiderte Sue.

Melissa verließ den Salon mit so viel Kompetenz und Beherrschung, wie sie fähig war, und ging zu ihrem Audi. Sie wusste, dass Sue jeden ihrer Schritte beobachten würde.

Im Auto saß sie einen Moment lang still mit den Händen auf dem Steuerrad da, ohne loszufahren. Durch das Schaufenster von

Mon Petit Hair konnte sie Sue immer noch mit ihren Folien hantieren sehen.

Seufzend wandte Melissa den Blick ab und betrachtete die Hauptstraße. Es fing gerade an zu regnen. Tropfen tüpfelten die Wasseroberfläche des Flusses, der mitten durch die Stadt zum Meer hinunterfloss.

Dann klingelte ihr Handy. Sie zog es aus der Tasche. Es war ihre Mutter.

»Wie geht es dir?«, fragte sie.

»Nicht so gut.« Melissa zog an einem Faden, der vom Lenkrad hing.

»Du hörst dich müde an. Es wird noch eine ganze Weile schwierig bleiben. Das weißt du, ja?«

Sie nickte. »Und, was hast du so getrieben?«

»Nicht viel. Es ist ziemlich ruhig, weil der Verleih ja noch zu ist.«

»Wie geht's David?«

»Gut«, sagte ihre Mutter. »Es wird ihm guttun, wieder zu arbeiten. Er fängt an, sich zu langweilen.«

Melissa lächelte. Sie wusste, wie David war, wenn ihm langweilig wurde. Er schaukelte auf seinem Stuhl und sang vor sich hin, bis sie etwas für ihn zu tun fanden.

»Ich wollte wissen, ob ihr Sonntag zum Mittagessen kommen möchtet?«, fragte ihre Mutter. »Ihr fünf.«

Melissa zog die Augenbrauen hoch. »Warum?«

»Muss ich einen Grund haben?«

Ja. »Nein.«

»Dann kommt. Ich hab gedacht, dass du dann wenigstens nicht kochen musst. Passt dir dreizehn Uhr?«

»Ja, gut. Soll ich einen Wein mitbringen?«, fragte Melissa.

»Ja, warum nicht.«

»Dann bis Sonntag.«

Sie klickte das Gespräch weg. *Dass du wenigstens nicht kochen musst?* Ihre Mutter hatte ihr noch nie irgendetwas erspart, selbst nicht, als sie noch klein gewesen war. Trotzdem würde sie dieses Hilfsangebot nicht ablehnen, egal, wie spät es kam.

Dann fuhr sie von der Hauptstraße in Richtung Jachthafen. Sie dachte wieder an das, was Rachel gestern gesagt hatte.

Und sag dann bloß nicht, ich hätte dich nicht gewarnt!

Was meinte sie damit? Es ergab keinen Sinn.

Die rationale Reaktion wäre gewesen, sie anzurufen und zu fragen, aber davon war Melissa weit entfernt. Ihr setzte immer noch die Demütigung ausgerechnet vor der Schule zu, direkt vor den Klatschbasen der Stadt.

Sie bog auf den Parkplatz der Marina ab und stieg aus dem Wagen. Lees Fahrrad lehnte an der Wand des Büros, aber er selbst war nirgendwo zu sehen. Allerdings konnte sie die Schläge eines Hammers auf Glasfaserkunststoff hören, was ihr sagte, dass er irgendwo arbeitete.

Sie blieb kurz stehen, um die Aussicht zu genießen. Der frühen Morgenstunde haftete eine wunderschöne Ruhe an, die beachtet werden wollte. Bei Sonnenaufgang hatte es geregnet. Tropfen zierten die Bäume und das Gras und fingen das Licht ein.

Lee hatte mit dem Hämmern aufgehört, und Stille senkte sich herab, dehnte sich über das Wasser aus, das silberblau war, wie aus Zinn gegossen.

Sie schloss die Bürotür auf und machte gerade die Kaffeemaschine an, als sie draußen ein Auto vorfahren hörte. Mit einem Blick aus dem Fenster stellte sie überrascht fest, dass es die Kriminalbeamten waren.

Sie zog ihre Strickjacke enger um sich und stellte sich auf die Treppe des Bürocontainers, um sie zu begrüßen. »Hallo«, sagte sie und versuchte, freundlich zu wirken, als die beiden Männer auf sie zukamen. »Ich hatte nicht erwartet, Sie hier zu sehen.«

»Morgen, Melissa. Stört es Sie, wenn wir uns hier mal kurz umsehen?«

»Nein. Das ist …«

»Sind gleich wieder da.«

Sie beobachtete, wie sie mit ihren polierten Schuhen auf dem Kies knirschend zu ihrer Veranstaltungshalle hinübergingen. »Möchten Sie, dass ich Ihnen alles zeige?«, rief sie ihnen hinterher.

Aber der Sergeant winkte ab. »Nicht nötig«, sagte er, bevor er um die Ecke verschwand.

Was wollten sie hier im Hafen?

Es zischte, der Kaffee war fertig. Sie goss zwei große Tassen ein und nahm eine mit nach draußen für Lee. Wie einem Wegweiser folgte sie dem leisen Hämmern.

Lee lag unter einem Bootskiel. »Alles in Ordnung?«, fragte er.

»Kaffee«, sagte sie.

»Gutes Timing.« Er legte seinen Hammer beiseite, stand auf und nahm ihr die Tasse ab.

»Diese Kriminalbeamten sind hier«, erklärte sie.

»Echt?«, fragte er. »Sind die einfach so aufgetaucht?«

»Ja. Was glaubst du, was die wollen?«

»Keine Ahnung.«

»Meinst du, es ist wegen dem, was ich ihnen gesagt habe?«

Er zuckte mit den Schultern und verzog seinen Mund zu einer verschwiegenen Linie.

»Bitte, Lee, sag mir, was du denkst.«

»Tja, dass es vielleicht besser gewesen wäre, wenn du nichts gesagt hättest.«

»Aber ich musste es.«

»Natürlich.«

Sie stemmte die Hände in die Hüften. »Das ist nicht gerade hilfreich.«

»Was denn? Ich mache doch gar nichts. Ich trinke nur meinen

Kaffee. Ich bin mir sicher, dass du keinen Grund hast, dir Sorgen zu machen. Die sind halt einfach gründlich …« In diesem Moment hörten sie das Geräusch von Schritten. »Und da sind sie schon …« Lee hob grüßend seine Tasse, als die Männer um das Boot herum auf sie zukamen. »Morgen, zusammen.«

Die Beamten kamen näher. »Morgen, Mr. Silk. Ein schöner Hafen, den Sie hier haben.«

»Danke«, sagte Lee. »Uns gefällt er.«

»Eine wahre Schönheit«, meinte der Sergeant und fuhr mit der Hand über die Seite des Boots, an dem Lee arbeitete. »Ihres?«

»Nein, ich repariere es nur.«

»Muss ein befriedigendes Gefühl sein, hier an der frischen Luft am Wasser zu arbeiten.«

»Das allerbeste«, stimmte Lee ihm zu.

»Und Sie, Melissa?«, fragte der Sergeant. »Ich nehme an, dass Sie hauptsächlich da drüben in dieser äußerst beeindruckenden Veranstaltungshalle arbeiten?«

»Ja. Aber so beeindruckend ist die eigentlich nicht«, erwiderte sie, schob ihre Hände in die hinteren Taschen ihrer Jeans und lächelte.

»Also, wir werden Sie nicht lange aufhalten. Wir würden mit Ihnen beiden nur gerne über eine kleine Sache sprechen.«

»Schießen Sie los«, sagte Lee.

»Es geht um das Geld, mit dem Sie die Veranstaltungshalle bezahlt haben.«

»Und was ist damit?«

»Anscheinend hat man es Ihnen einfach gegeben. Sechshunderttausend Pfund. Korrekt?«

»Ja, das stimmt.«

Melissa wandte ihren Blick nicht von Lee ab. Er lehnte entspannt am Boot und nippte an seinem Kaffee, als würden sie sich über das Wetter unterhalten.

»Soviel ich weiß, war Jennifer Davies die Person, die Ihnen das Geld gegeben hat?«

»Ja«, antwortete Lee.

»Tja, wissen Sie«, sagte der Constable, »ihr Mann hatte davon keine Ahnung, bis wir eben mit ihm darüber gesprochen haben.« Er sah von einem zum andern. »Das finden wir etwas seltsam.«

Melissa betrachtete das Boot, an dem Lee arbeitete. *Eine wahre Schönheit?* So hatte der Sergeant es gerade genannt.

Es war nichts dergleichen. Es lag auf Holzblöcken und Kisten aufgebockt und war außen von Roststreifen überzogen, die vom Anker und den Metallbolzen stammten.

Er hatte sie mit Komplimenten abgelenkt, um sie auf dem falschen Fuß zu erwischen. Sie fragte sich, ob Lee so aufgeschlossen und entspannt aussehen sollte. War ihm denn nicht klar, worauf sie hinauswollten? Sie würde das Gespräch an sich reißen und es in die richtige Richtung steuern müssen.

»Daran ist nichts seltsam«, sagte sie. »Jenny hat Geld geerbt, als ihre Eltern starben, und sie wusste nicht, was sie damit anfangen sollte. Ich versuchte zu der Zeit gerade, für den Hafen einen Kredit aufzunehmen. Sie beschloss, als eine Art stiller Partner zu investieren. Und sie bat extra darum, dass es niemand außer uns dreien wusste.«

»Nicht mal ihr Ehemann?«, fragte der Sergeant.

»Nein.«

»Und das finden Sie nicht seltsam? Sie sind ja auch verheiratet und können doch sicherlich verstehen, dass es eine gefährliche Grundlage ist, ein so großes finanzielles Geheimnis zu haben?«

»Nein, eigentlich nicht. Ich verstand ihre Gründe«, sagte Melissa.

»Die da wären?«

»Sie dachte, dass Gareth versuchen würde, es ihr auszureden.«

»Und warum sollte sie das denken?«

Sie zuckte mit den Schultern. »Manche Leute finden es problematisch, Geld und Freundschaft zu vermischen.«

»Und zu Recht, würde ich sagen, wenn es um über eine halbe Million geht.«

Melissa sah ihn gelassen an. »In diesem Fall nicht. Jenny und ich waren wie Familie. Und außerdem hatte sie Geld gegenüber eine komische Einstellung gehabt. Ihre Eltern haben ihr immer Geld statt Zuwendung geschenkt, weshalb sie es nicht sonderlich mochte. Sie sah es als etwas an, das man verteilen sollte.«

»Ich verstehe«, sagte der Sergeant, als ob man günstige Gelegenheiten nutzen sollte.

»Darf ich kurz fragen, woher Sie das wissen, da Jenny es ja geheim halten wollte?«, erkundigte sich Lee.

»Ein anonymer Tipp«, antwortete der Constable.

Melissa starrte zu ihrem Büro hinüber. Sie bekam Gänsehaut. Dort, in einem Aktenordner, befanden sich die Papiere. Es war möglich, dass sie Rachel irgendwann während der Arbeit untergekommen waren.

Rachel hatte der Polizei von dem Geld erzählt, weil Melissa den Kuss bekannt gemacht hatte.

Und jetzt hatte die Polizei Gareth über Jennys Investition in Kenntnis gesetzt – ein weiterer Schlag, mit dem er fertigwerden musste. Irgendwie hatte sie das Gefühl, dass er sie jetzt seinem Vater oder wem auch immer gegenüber nicht mehr verteidigen würde.

»Ich gehe davon aus, dass Sie nichts dagegen haben, wenn wir uns die Papiere ansehen?«, fragte der Sergeant.

»Nein«, antwortete Melissa. »Sie können sie hier durchgehen oder im Ort bei King's mit Jennys Anwalt darüber sprechen. Ich kann Ihnen versichern, dass Sie nichts Fragwürdiges finden werden.«

»Natürlich nicht«, sagte der Constable fast sarkastisch. »Das Geld hat zwischen Ihnen also nie für Probleme gesorgt?«

»Nein.«

»Sie hat diese Investition nie bereut?«

»Überhaupt nicht …« Sie wollte noch etwas sagen, entschied sich aber dagegen.

»Was denn?«, hakte der Sergeant nach. »Sie zögerten gerade etwas.«

Sie warf Lee einen Blick zu, und der nickte ermutigend.

»Einmal hat sie nach dem Geld gefragt«, sagte sie.

»Was?«, rief Lee erstaunt und starrte sie an.

»Sie fragte mich, ob es ausgezahlt werden könnte.«

»Warum hast du mir das nicht gesagt?«, fragte Lee. Sein Ton war leise, als würde er mit ihr unter vier Augen und nicht vor zwei Kriminalbeamten sprechen.

»Weil es kein großes Drama war. Sie hatte es nur nebenbei erwähnt. Und ich hab ihr erklärt, dass das Geld in unserem Geschäft angelegt ist. Ich hatte nicht den Eindruck, dass sie das sonderlich beunruhigend fand.«

»Und wann hat dieses Gespräch stattgefunden?«, fragte der Sergeant.

Melissa wandte sich ab, um auf die Flussmündung hinauszuschauen. Ein Papageitaucher saß am Ufer auf einem Stein. Aus seinem Schnabel hing ein Bündel silberner Fische.

»Vor zwei Wochen«, sagte sie.

Es spritzte, als dem Papageitaucher einer der Fische aus dem Schnabel und zurück ins Wasser sprang. Jetzt flog der Vogel auf und wurde wie ein schwarz-weißer Fußball immer kleiner am Himmel.

»Gibt es sonst noch was, das Sie von uns brauchen?«, fragte Lee. »Denn wir sollten uns wieder an die Arbeit machen.«

»Nein, das wäre dann erst mal alles«, antwortete der Sergeant. »Sie werden von uns hören.« Er wandte sich zum Gehen. Nach einem Blick zurück auf Melissa folgte ihm der Constable.

Lee wartete das Geräusch der zuklappenden Autotüren und des startenden Motors ab, bevor er sich äußerte. »Du hättest mir das sagen sollen.«

»Es tut mir leid«, erklärte Melissa. »Ich hatte es nicht für wichtig gehalten. Bis sie das jetzt eben erwähnten, hatte ich es völlig vergessen.«

»Trotzdem«, sagte er und sah sich nach einer Stelle um, an die er seine leere Kaffeetasse abstellen konnte.

»Gib sie mir.« Sie nahm sie ihm ab. »Jetzt sei bitte nicht sauer. Ich packe das nicht, wenn noch mehr Leute wütend auf mich sind, besonders du.«

»Ich bin nicht sauer. Mir gefällt nur nicht, was die da andeuten.« Er nahm seinen Hammer und ging in die Hocke, um wieder unter das alte Boot zu kriechen. »Dennoch kein Grund, dass wir uns Sorgen machen, denn wir haben nichts Falsches getan.«

»Nein«, sagte sie.

Lee verschwand aus ihrem Sichtfeld. Und dann dröhnte der Klang seines Hammers, der Herzschlag des Jachthafens, über den Vorplatz hinaus, hallte von den Schuppen und Booten wider.

Melissa kehrte ins Büro zurück und ging schnurstracks an den Aktenschrank. Es überraschte sie, dass die Kriminalbeamten die Unterlagen nicht gleich hatten sehen wollen. Aber vermutlich waren sie mehr an den Verträgen interessiert, die bei King's unter Schloss und Riegel lagen.

Das war es also, dachte sie, als sie die Schublade des Schranks aufzog und auf die Reihen von grünen Hängeakten starrte, was Rachel mit ihrer Warnung gemeint hatte.

21

Freitag, 27. April 2018

Das Lighthouse Centre in Portbridge war wirklich etwas Besonderes. Die Glastüren schwangen auf und gaben den Blick auf die Rezeption und den Plüschteppich frei, der die Besucher federnd zu den roten Würfelstühlen im Wartebereich lenkte.

So oft war Gareth schon an dem Gebäude vorbeigefahren, ohne es zu beachten. Wieso sollte er auch. Nie hätten sie gedacht, dass sie eine Trauerberatungsstelle für Kinder in Anspruch nehmen würden. Das Flugblatt hatte zwischen den Pizzadienstspeisekarten und Angeboten zur Regenrinnenreinigung gelegen.

Und doch war er nun hier und wartete auf Olivia, die vor fast einer Stunde hinter einer Tür verschwunden war. Die Beraterin – eine rothaarige Dame mit einem breiten Lächeln – hatte Olivia gefragt, ob sie mit Dad oder ohne Dad zu ihr hereinkommen wolle.

Die Frage hätte er selbst beantworten können.

»Sie möchten wirklich keinen Kaffee?«, fragte die Dame von der Rezeption. »Es macht keinerlei Mühe.«

»Nein, danke«, sagte er. »Wir werden wahrscheinlich in einer Minute fahren.«

Er saß kerzengerade, den Blick auf die Poster und Flugblätter an der Pinnwand gegenüber geheftet.

»Ein Brief an mein zehn Jahre altes Ich.«

»Jemandes gedenken, den du verloren hast.«

»Kann Social Media mir helfen?«

Sein Blick blieb auf »Jemandes gedenken, den du verloren hast« hängen. Es war schwierig für ihn, Jennys im Moment zu gedenken.

Jeden Tag verzerrte irgendetwas anderes sein Bild von ihr. Zuerst die schreckliche Enthüllung, dass sie Al geküsst hatte. Und dann die Erklärung der Polizei, dass sie hinter seinem Rücken im Jachthafen der Silks investiert hatte.

Die beiden Kriminalbeamten waren gestern am frühen Morgen aufgetaucht. Etwas an ihrer Mimik hatte Gareth gesagt, dass er sie am besten direkt ins Arbeitszimmer führen sollte, wo sie außer Hörweite der Zwillinge mit leisen Stimmen geredet hatten.

Die Investition in der Marina war für ihn ein Schock gewesen. Es klang nicht nach etwas, das Jenny oder Melissa tun würden.

Es war schwer zu sagen, ob es ein größerer Verrat als der Kuss mit Al war. Wegen der hohen Summe fühlte es sich größer an. Aber die Situation mit Al widerte ihn an, weil sein Herz, seine Ehe und einer seiner besten Freunde darin verwickelt waren.

Noch hatte er den Mut nicht finden können, um mit Al zu reden. Wie konnte er, ohne ihm einen Faustschlag zu verpassen? Das war nichts, was sich am Telefon, per SMS oder E-Mail erledigen ließ. Er wollte Als Gesichtsausdruck sehen und selbst einschätzen können, ob es nach peinlicher Scham oder Schuldbewusstsein aussah.

Er hoffte für ihrer aller Wohl, dass es peinlich berührte Scham sein würde. Mit einem dummen, betrunkenen Kuss konnte er vielleicht gerade noch fertigwerden; alles andere war indiskutabel.

Aber er hätte doch sicher gemerkt, wenn es in seiner Ehe ein Problem gegeben hätte? Oder?

Ihm war schlecht. Sein Magen knurrte ungehalten. In den letzten Tagen hatte er trotz der wunderbaren Anstrengungen seiner Mutter in der Küche nicht viel essen können.

Jetzt wurde die Tür der Beraterin geöffnet, und er stand erwartungsvoll auf. Olivia erschien und sah seinem Empfinden nach etwas kleiner als noch vor einer Stunde aus.

Die rothaarige Trauerbegleiterin lächelte ihn an. »Könnte ich kurz mit Ihnen sprechen?«

»Natürlich«, antwortete Gareth. »Warte hier, Liv, ja?«

Olivia nickte und zog und drehte die Ärmel ihres Pullis lang.

»Lassen Sie uns hier hineingehen«, sagte sie und führte ihn in ihr Beratungszimmer.

Gareth sah sich darin um. Hier standen die gleichen roten Würfelstühle, aber auch ein Aquarium und Lavalampen, Spielzeugautos und Puppenhäuser.

»Bitte, setzen Sie sich doch«, forderte sie ihn auf. Gareth hockte sich auf eine rote Stuhlkante. »Olivia hat in dieser letzten Woche offensichtlich sehr viel durchgemacht. Wie geht's Max?«

Es brachte ihn etwas aus dem Konzept – diese nebensächliche Vertrautheit. »Ihm … äh … ihm geht's so weit ganz gut.«

Die Beraterin lächelte. »Hatten Sie in Betracht gezogen, ihn heute mitzubringen?«

»Ja. Wir haben darüber gesprochen, aber er ist noch nicht so weit, und ich wollte keinen Druck machen. Für ihn ist der Gedanke herzukommen ein bisschen so, als sollten ihm Zähne gezogen werden.«

»Nun ja, jeder Mensch reagiert anders, und Sie wissen besser als alle anderen, was für Ihren Sohn das Beste ist. Aber wenn ich einen Vorschlag machen dürfte: Fragen Sie ihn in ein paar Wochen noch mal und schauen, wie er dann reagiert.«

»Mach ich. Und Olivia? Hat sie gesagt, dass sie sich … äh …?«

»Selbst verletzt?«

Seine Wangen wurden rot. Er nickte.

»Ja, das hat sie. Natürlich können wir in einem einzigen Gespräch nicht alle Probleme lösen, aber dass sie so offen war, ist ein gutes Zeichen. Angesichts der Situation ist es möglich, dass die Dinge schnell außer Kontrolle geraten. Allerdings gibt es da etwas anderes, das mir Sorgen macht.«

»Oh?«, sagte er.

»Ich hatte das Gefühl, dass es etwas gibt, das sie mir nicht erzählt. Ihr Fokus war sehr auf das Selbstverletzen und ihre Trauer gerichtet, wie es auch sein sollte. Aber ich habe gemerkt, dass sie irgendetwas zurückhält. Ich spreche mit vielen jungen Leuten. Normalerweise hat mein Instinkt recht.«

Er betrachtete die Stofftiere, die verstreut im Zimmer lagen, und dachte an den Pinguin in Olivias Zimmer. Er fragte sich, ob der es geschafft hatte, seinen Platz am Boden zu behaupten.

»Ich weiß nicht, was ich sagen soll«, erklärte er. »Wenn ich ganz ehrlich sein soll …« Er faltete die Hände. »Ich hatte schon Mühe, ein gutes Vertrauensverhältnis zu meiner Tochter zu haben, bevor das alles passiert ist.«

Die Beraterin lächelte freundlich. »Stellen Sie sich das nicht wie eine Prüfung vor, die Sie entweder bestehen werden oder nicht. Sehen Sie es als eine Entwicklung an, eine lebenslange Arbeit. Wenn Sie die Gedankengänge einer Sechzehnjährigen verstehen können, dann können Sie jeden verstehen, inklusive sich selbst. Und Sie sind nicht allein. Ich bin für Sie da. Und ich bin mir sicher, dass Sie Familie und Freunde haben, die helfen können.«

Freunde?

Ha!

»Ich habe eine uns unterstützende Familie«, sagte er.

»Gut. Dann holen Sie sich bei ihr Kraft. Und verbringen Sie jetzt so viel Zeit wie möglich mit Olivia, ohne sie zu erdrücken. Versuchen Sie herauszufinden, was an ihr nagt – außer dem Offensichtlichen.« Sie stand auf. »Nächste Woche sehen wir weiter. Klingt das nach einem Plan?«

»Tut es, danke. Ich schätze das wirklich sehr.«

Ihm war zum Weinen zumute. Würde er losheulen? Eilig ging er zur Tür.

Als sie bei Olivia waren, hatte er sein Gefühlstief überstanden.

»Bis nächste Woche dann«, sagte die Beraterin.

Als sie draußen waren, legte er Olivia seine Hand auf die Schulter, aber sie wand sich im Nu darunter weg.

Wieder verglich er sich mit dem Stoffpinguin; dämlich war das. Aber trotzdem, die Ähnlichkeit bestand.

Auf der Autofahrt nach Hause saß Olivia neben ihm auf dem Beifahrersitz, steif von ihm abgewandt, die Kapuze ihres Pullovers hochgezogen.

Und es gab also noch etwas, das sie ihm verschwieg?

Beim Gedanken an die möglichen Komplikationen begann sein Kopf zu dröhnen – der Kuss, das Geld für die Marina, Olivias Geheimnis. Sein Hals fühlte sich heiß an, juckte, als wäre der Kragen zu eng. Er ließ das Fenster herunter und sagte sich, dass er so nicht denken durfte, nicht versuchen konnte, sich mit allem auf einmal auseinanderzusetzen. Er musste einen Schritt nach dem andern machen.

»Fandst du, dass das ganz gut gelaufen ist?«, fragte er.

»Ja«, sagte sie.

»Die Beraterin scheint echt nett zu sein. Es ist also okay, dass du nächste Woche wieder hingehst?«

»Ja.«

»Schön. Ich glaube nämlich, dass das wirklich helfen könnte.« Als Antwort gab sie ein Grunzen von sich.

»Hast du Lust, noch in einem Café haltzumachen, bevor wir heimfahren? Ein bisschen was außer der Reihe machen?«

»Mir egal.«

»Heißt das ja?«

»Es heißt nicht nein.«

Leise seufzend stellte er das Radio an. Ironischerweise wurde gerade »I can see clearly now« gespielt.

Erst als sie am Ortsschild von Milford vorbeifuhren, drehte Olivia sich zu ihm hin und nahm ihre Kapuze ab. »Hat Tante Mel von Mum Geld bekommen?«

»Was? Nein, so direkt nicht. Mum hat ihr Geld als Investition gegeben. Das war rein geschäftlich. Woher weißt du das überhaupt?«

Sie sah weg. »Ich hab gehört, wie du und Grandpa darüber geredet habt, als die Polizei da gewesen war.«

»Ach so. Dann weißt du ja, dass das nichts Anrüchiges war.«

»Woher hat Mum das Geld eigentlich gehabt?«, fragte sie.

»Sie hatte es geerbt, von ihren Eltern. Die hast du ja nicht gekannt. Niemand von uns hat sie gekannt. Die waren so seltsam, wie sie reich waren.«

»Aber sie wollte nicht, dass wir das Geld haben?«

»Doch, wollte sie, Liv. Sie hat dir und Max jeweils sechshunderttausend Pfund geschenkt.«

Olivia drehte sich auf ihrem Sitz und lehnte sich gegen den Anschnallgurt. »Was?«

Er lächelte. »Wir haben es euch damals gesagt, aber da wart ihr erst elf. Das ging vermutlich in das eine Ohr rein und aus dem anderen wieder raus.«

Olivia lehnte sich abrupt zurück. »Und wo ist es?«

»In einem Treuhandfonds, bis ihr fünfundzwanzig seid.«

»Na, hurra«, spottete sie. »Aber ich schätze, dass du von dem Jachthafengeld keine Ahnung hattest?«

Er umklammerte das Steuerrad. »Nein, hatte ich nicht.«

»Das ist nicht fair«, erklärte sie. »Was dachtest du denn, wo das Geld war?«

»Ich hatte angenommen, dass alles in euren Treuhandfonds ist.«

»Oh. Werden wir es zurückbekommen?«

Er sah sie überrascht an. »Nein«, sagte er. Dann: »Wobei ich mir nicht sicher bin, wie das funktioniert. Ich hab noch keine Gelegenheit gehabt, mich schlauzumachen. Wieso?«

Sie zuckte mit den Schultern. »Hab mich nur gefragt.«

»Brauchst du Geld? Oder gibt's sonst irgendwas, das du brauchst?«

»Schon okay«, sagte sie kurz angebunden und zog wieder die Kapuze hoch.

Waren es Drogen? War das Olivias Geheimnis? Sie war verschlossen und launisch, aber das waren ja viele Teenager. Das machte sie nicht zur Drogenabhängigen.

Erneut ermahnte er sich, die Dinge nicht komplizierter zu machen, als sie waren. Es brachte nichts, jede klitzekleine Schwierigkeit zu einer Katastrophe aufzubauschen. Er fuhr zu dem Café in der Hauptstraße.

»Hast du Lust auf einen Milchshake?«

»Ich bin doch keine fünf Jahre alt, oder?«

»Na, komm schon.« Er löste seinen Anschnallgurt, aber Olivia saß bewegungslos da, die Hände zusammengepresst, als wollte sie sehen, welche stärker war.

»Magst du Tante Mel immer noch?«, fragte sie.

»Wenn ich dir das sage, darf ich dir dann einen Milchshake spendieren?«

»Okay.«

»Tja«, sagte er, »das ist kompliziert.«

»Das ist keine Antwort.«

»Weil ich im Grunde keine habe. Ich weiß nicht, was ich von ihr halten soll.«

»Wieso?«

»Weil sie für viel Aufruhr gesorgt hat. Vielleicht nicht mit Absicht. Trotzdem … Sie hat so einiges vor mir geheim gehalten.«

»Und?«, erwiderte sie. »Hat Mum auch.«

Dagegen konnte er nichts sagen. Er stieg aus dem Auto. Obwohl es ein bewölkter Tag war, musste er wegen des hellen Lichts blinzeln. Er hatte viel Zeit im Haus verbracht.

Olivia knallte ihre Tür zu und kam um das Auto herum, um ihm noch etwas zu sagen. »Mir scheint, dass Mum die ist, auf die wir sauer sein sollten«, erklärte sie. Und damit stakste sie ins Café. Das »Geöffnet«-Schild klapperte gegen die Tür.

Auf dem Gehweg kam eine alte Dame auf ihn zugewackelt, die einen altmodischen Einkaufstrolley mit quietschenden Rädern hinter sich herzog. »Tag«, sagte Gareth.

Die alte Dame gab zur Antwort ein Grunzen von sich. Anscheinend war Grunzen ansteckend.

Müde folgte er seiner Tochter ins Café, wo er sie nirgendwo entdecken konnte. Verblüfft sah er sich um. Es gab nur ein paar Tische. Was hatte sie getan – war sie aus einem Fenster geklettert oder durch eine Hintertür verschwunden?

Die Frau hinter dem Tresen – Angela Gould, die seltsame Frau, die gegenüber von Melissa wohnte – lächelte ihn an. »Sie ist in der Damentoilette«, hauchte sie diskret, als würde es sich um ein äußerst unanständiges Wort handeln, das man am helllichten Tag nicht verwenden sollte. »Was darf ich Ihnen bringen?«, fragte sie.

»Ich … äh …«, sagte Gareth und betrachtete die Glasvitrine voller belegter Brötchen, Pasteten und Kuchen.

Während er dastand und vom Geruch butterigen Zuckers überwältigt wurde, dachte er an das, was die Kriminalbeamten am vorigen Morgen gesagt hatten.

Das ganze Gespräch hindurch hatte er das Gefühl gehabt, dass sie nicht nur gekommen waren, um ihn über das Geld in Kenntnis zu setzen. Aber sie waren mit dem, was sie wussten, nicht gleich herausgerückt. Im Gegenteil, sie hatten gewartet, bis Gareth die Tür zumachen wollte.

Jeden Tag – hatten sie gesagt, kurz bevor sie gingen – förderten sie einen seltsamen Zufall oder ein neues Geheimnis zutage, das mit Jennifers Tod zusammenhing. Und doch schien der Unfall noch immer nichts anderes zu ein: ein Zufall.

Gareth hatte nicht gewusst, was er darauf hätte antworten sollen. Was meinten diese Männer – dass einer aus ihrer Clique die Stöpsel aus Jennys Kajak herausgezogen und sie ins Verhängnis geschickt hatte?

Und doch … Al hatte sie geküsst; Rachel wusste von diesem Verrat; Melissa hatte eine heimliche Abmachung mit Jenny, bei der es um eine furchtbar hohe Summe Geld ging.

Was, wenn Jenny das Geld hatte zurückhaben wollen?

»Haben Sie sich entschieden?«, sagte jemand.

Gareth wurde sich wieder bewusst, wo er war. Angela Gould wartete noch immer auf seine Bestellung. Olivia kam mit finsterem Blick und aufgesetzter Kapuze zu ihm herüber.

»Was ist denn mit dir los?«, fragte sie ihn. »Du siehst aus, als hättest du ’n Gespenst gesehen.«

GILLY GREEN

Schulsekretärin, Milford Senior School, Dorset

»Also …«, sagte Gilly und sah sich um, bevor sie weitersprach. An diesem Abend war im Lamb and Lion nichts los. »Du weißt doch, dass mein Mann jetzt einen neuen Job bei der Polizei in Portbridge hat? Also, er sagt, dass es jeden Tag mehr danach aussieht, als ob Jennys Tod kein Unfall wäre.«

»Was?«, rief Sue. Sie wirkte schockiert.

»Du musst die Gerüchte doch gehört haben?«

»Schon, aber ich hab gedacht, es wären eben nur Gerüchte. Die Silkies sind doch wirklich nette Leute. Ich kann mir nicht vorstellen, dass einer von ihnen Jenny etwas Böses wollte. Du etwa?«

»Nicht wirklich. Aber anscheinend geht es irgendwie um Geld. Eine Menge Kohle kann aus dem nettesten Menschen einen Psychopathen machen.«

»Das mit Sicherheit«, bestätigte Sue und zerbiss lautstark einen Eiswürfel. »Hab ich dir erzählt, dass Melissa gestern in den Salon kam?«

»Nein. Wie war sie denn drauf?«

»Hat kaum ein Wort gesagt. War stumm wie ein Fisch.«

»Interessant. Vielleicht hat sie wegen irgendwas ein schlechtes Gewissen.« Gilly beobachtete, wie Sue einen weiteren Eiswürfel aus ihrem Glas fischte, um auch den zu zerkauen.

»Oder vielleicht ist sie auch einfach wegen Jennys Tod fertig«, meinte Sue. »Du solltest die vielen Blumen im Salon sehen. Sie war schon ein bisschen wie Lady Di.«

Gilly ließ sich das durch den Kopf gehen. Jenny war überhaupt nicht wie Lady Di gewesen, doch darüber wollte sie nicht weiter reden.

»Melissa tut mir schon leid«, sagte sie. »Aber um ganz ehrlich zu sein, hab ich schon immer gefunden, dass man mit ihr nicht richtig reden kann. Weißt du, was ich meine?«

»Absolut«, sagte Sue. »Sie ist superfreundlich und gleichzeitig völlig unberührbar. Aber das ist ja eigentlich nicht weiter überraschend.«

»Nein, wohl nicht«, stimmte Gilly ihr gedankenverloren zu. »Moment, wie meinst du das?«

»Ach, du weißt schon, nach dem, was sie als Kind mitgemacht hat.«

»O ja«, sagte Gilly und nippte an ihrem Wein. »Hatte ich ganz vergessen. Vielleicht hat das was mit ihr gemacht.«

»Muss es ja«, sagte Sue und zog den nächsten Eiswürfel aus ihrem Glas.

22

Sonntag, 29. April 2018

Sie warteten alle fünf vor der Tür und lauschten dem Regen, der auf die dschungelähnlichen Topfpalmen fiel, die sich mit ihnen wie zusätzliche Gäste auf der vorderen Veranda drängten.

»Können wir nicht reingehen, Mummy?«, fragte Polly und zupfte an Melissas Hand.

»Nein. Warte noch einen Moment«, antwortete sie. »Ich warte immer, dass Grandma mich reinlässt.«

»Ach komm«, meinte Lee, »das ist doch Blödsinn. Es ist kalt hier draußen.« Und gerade als er die Tür öffnen wollte, ging sie auf, und David stand vor ihnen, der schüchtern errötete.

»Hallo«, sagte David.

»Hi, David«, gab Melissa zurück und stellte sich auf die Zehenspitzen, um ihn auf die Wange zu küssen.

Er wischte sich den Kuss ab und sah dann zu den Kindern hinüber. »Hallo, Frank. Hallo, Nina. Hallo, Polly«, sagte er in seinem Singsang. Anschließend streckte er Lee die Hand hin. »Hallo, Lee.«

Melissa musste schmunzeln. Ihr Bruder hatte Cordhosen und einen Pulli mit Polohemdkragen an, womit er wie ein Fernsehmoderator einer Kindersendung aus den Siebzigerjahren aussah.

»Kommt rein.«

Im Flur hing das unverwechselbare Aroma eines Mittagsbratens in der letzten Zubereitungsstufe.

»Ich nehme eure Jacken«, bot David an und streckte den Arm wie eine Handtuchstange aus.

»Geht ruhig alle ins Wohnzimmer durch«, sagte Melissa. »Ich gucke kurz, ob Mum noch Hilfe braucht.«

»Was soll ich mit dem Wein machen?«, fragte Lee.

»Den nehme ich«, antwortete Melissa.

Sie waren alle ein bisschen nervös. Nina lutschte an ihrer Zahnspange. Frank sah sich um und begutachtete mit plötzlichem Interesse die Bilder an den Wänden. Polly war die Einzige, der nicht bewusst zu sein schien, welch großes Ereignis es war, bei Grandma Mittag zu essen.

»Perfektes Timing«, sagte ihre Mutter, als Melissa die Küche betrat. »Du kannst umrühren.« Sie wedelte in Richtung Arbeitsplatte, auf der eine gläserne Soßenschüssel stand.

Melissa stellte den Wein ab und begann mechanisch, die Bratensoße umzurühren.

»Alle wohlauf?«, fragte ihre Mutter und löffelte Röstkartoffeln in eine Servierschale.

»Ja, danke«, sagte Melissa.

»Und du?«

»Tja, viel schlimmer kann's wohl nicht werden.«

»Oh? Ist was passiert?«

Melissa zögerte, unsicher, wie viel sie ihrer Mutter anvertrauen sollte, die es vermutlich früh genug von anderer Seite hören würde. Am besten kontrollierte man, wie Neuigkeiten an die Öffentlichkeit gelangten.

»Die Polizei macht ein großes Trara um die Tatsache, dass Jenny mir das Geld für die Marina gegeben hat.«

Ihre Mutter hielt inne. »Wie bitte?«

»Das Geld für die Veranstaltungshalle. Es kam aus Jennys Erbschaft.«

»Was?«

Melissa lachte. »Es war eine Geschäftsvereinbarung. Ich brauchte das Geld.«

Ihre Mutter legte den großen Servierlöffel hin. »Und warum hast du mich nicht gefragt?«

»Weil du nicht so viel Geld hast?«

»Aber trotzdem hättest du mich fragen oder es zumindest erwähnen können. Vielleicht hätte ich ja irgendwie helfen können.«

Melissa betrachtete die Bratensoße in der Sauciere, den kleinen Whirlpool, den sie darin entstehen ließ. Plötzlich hatte sie das Gefühl, dass dies nicht die Art von Gespräch war, das man vor einer Familienmahlzeit führte. »Fang erst gar nicht damit an, Mum, bitte«, sagte sie.

Aber es war zu spät. Ihre Mutter nahm ihre Schürze ab und ließ sie auf einen Hocker fallen. »Wieso bekomme ich den Eindruck, dass du lieber den Postboten oder Nachbars Katze um Hilfe bitten würdest, ehe du dich an mich wendest?«

Wieder lachte Melissa, aber diesmal war es eher ein nervöses Kichern. »Die Katze von unserem Nachbarn ist ein Siamese. Die spricht kein Englisch.«

Es war ein Versuch, die Stimmung aufzulockern, aber ihre Mutter ging nicht darauf ein. Sie schnappte sich die Schale mit den Kartoffeln und ging zur Tür. »Trag bitte die Karotten und Bohnen rein«, sagte sie kalt.

Melissa stand alleine da und starrte auf den der Soßenschüssel entweichenden Dampf. Sie war erst seit zwei Minuten bei ihrer Mutter, und das Mittagessen war bereits verdorben. Wie war das möglich?

Sie wollte gerade das Gemüse hinaustragen, als ihre Mutter wieder in die Küche kam.

Jetzt stand Melissa vor derselben Wahl, die sich ihr jedes Mal präsentierte, wenn es zu diesen kleinen Scharmützeln kam – es entweder zu ignorieren oder zu versuchen, es zu richten. Letzteres war fast ein Ding der Unmöglichkeit, aber an diesem Tag fühlte sie sich so sehr aus dem inneren Gleichgewicht gebracht, um es zu versuchen.

Ihre Mutter zog das Hähnchen aus dem Ofen. Fett blubberte.

»Können wir darüber reden?«, fragte Melissa und stellte sich neben sie.

»Nicht, wenn du möchtest, dass deine Kinder etwas zu essen bekommen.«

»Die können warten.« Sie zupfte ihre Mutter am Ärmel. »Bitte.«

Mit einem Seufzer stellte ihre Mutter das Hähnchen beiseite. »Fünf Minuten.«

»Danke.« Melissa räusperte sich und fragte sich, was sie überhaupt sagen wollte. Eine gute Minute verstrich mit Schweigen.

»Mir erschließt sich der Sinn nicht, hier nur herumzustehen, während das Hähnchen kalt wird«, sagte ihre Mutter.

»Es tut mir leid, dass ich früher nicht das Gefühl hatte, mich an dich wenden zu können«, begann Melissa. »Ich hatte das Gefühl, dass wir uns nicht nahe genug stehen, um …«

»Ich bin deine Mutter!«

»Ja, aber …«

»Aber was?«

Sie musterte ihre Mutter. Wieder fiel ihr auf, wie verschieden sie waren. Angeblich war es schwierig, harmonische Familienbeziehungen mit den Menschen zu pflegen, die einem am ähnlichsten waren, aber ihrer Erfahrung nach war es genauso schlimm, wenn man von Grund auf verschieden war. Wie konnten sie einander jemals verstehen? Wie konnte sie anfangen zu erklären, wer sie war, wenn ihre Mutter es die letzten zweiundvierzig Jahre lang nicht erkannt hatte?

Situationen wie diese waren die reinste Qual; die Erkenntnis, wieder einmal in der Hoffnung auf etwas anderes hergekommen zu sein, nur um zu entdecken, dass alles beim Alten geblieben war.

»Warum habt du und Dad euch getrennt?«, fragte sie.

»Was?«

Dies war eine der Fragen, die sie nicht stellen sollte, nicht, wenn sie noch bis zum Nachtisch hierbleiben wollte.

»Du hast immer erklärt, es war wegen eurer Streitigkeiten«, sagte Melissa. »Aber worüber habt ihr euch überhaupt gestritten?«

Ihre Mutter drehte sich um und manövrierte das Hähnchen vom Bratenblech auf einen Servierteller. »Er wollte sich nicht mit uns abgeben.«

Melissa ging dichter an sie heran. »Mit uns nicht oder mit dir?«

»Mit uns allen nicht. Er wollte keine Verantwortung tragen. Er fand es schwierig, einen Sohn wie David zu haben. Er war nicht mit dem Herzen dabei.«

»Und was war mit mir?«

Ihre Mutter drehte sich zu ihr um und sah sie an. Ihr Mund verzog sich leicht. »Du warst Kollateralschaden.«

Melissa starrte ihre Mutter an, beeindruckt, dass sie ein derartiges Wort kannte. Aber sie hatte ja Netflix.

Die Art, wie ihre Mutter auf der Suche nach dem Tranchiermesser in der Besteckschublade herumklapperte, schien Nervosität zu verraten.

»Hier«, sagte Melissa, die das Messer auf der Arbeitsplatte entdeckt hatte, und gab es ihr. »Also … habt ihr euch getrennt, er ist weggezogen, und kurz danach hast du gehört, dass er einen Herzinfarkt hatte, und das war's?«

»Mehr oder weniger.«

»Was fand er an David so schwierig?«

»Was glaubst du?«

»Ich weiß es nicht. Sag's mir.«

Ihre Mutter seufzte. »Er schämte sich für ihn. Er sagte, er ist ein Idiot. Ich fand, dass David Besseres verdient hat.«

»Allerdings. O Mann, das wusste ich nicht.«

»Tja«, sagte ihre Mutter und legte das Tranchiermesser auf den Servierteller, »das ist nicht etwas, das man einem Kind erzählt. Ich wollte nicht, dass du David auch so siehst. Er hatte schon genug Schwierigkeiten, ohne dass seine eigene Familie ihn wie einen Schwachkopf behandelt.«

»Ich habe ihn nie so empfunden.«

Ihre Mutter hielt inne und betrachtete sie nachdenklich. »Nein, ich nehme an, das hast du nicht. Du bist immer gut mit ihm umgegangen.«

Das ungewohnte Kompliment trieb Melissa das Blut in die Wangen. »Ich hasse Dad dafür, dass er das so sah. Was für ein Versager.«

»Es war nicht seine Schuld. Er war einfach nicht dafür gemacht, einen Sohn wie David zu haben. Manche Leute sind das nicht.«

»Großzügig, dass du das sagst.«

»Na ja, er lebt nicht mehr. Da können wir uns ein bisschen Großzügigkeit leisten.« Ihre Mutter lächelte ihr verschwörerisch zu.

Das Lächeln vermittelte Melissa ein angenehmes Gefühl, so als würden sie sich wie in einer ganz normalen Familie in der Küche ein Geheimnis anvertrauen.

»Also war es hauptsächlich wegen David, dass ihr euch habt scheiden lassen«, sagte sie mit neuem Mut. »Aber war es nicht auch wegen ... du weißt schon ...?«

»Was?«

»Na, wegen Hannah.«

Mit scharfer Missbilligung sah ihre Mutter sie an, und der Fortschritt, den sie gerade gemacht hatten, zerrann zu nichts. Ihre Beziehung zueinander war, als gösse man Wasser auf Sand, um einen Burggraben für ein Schloss zu bauen.

»Mum«, sagte Melissa und berührte ihre Mutter am Arm, »wir müssen doch mal über sie reden. Wir können nicht ...«

»Doch, können wir«, entgegnete ihre Mutter. »Wir können so weitermachen wie bisher. Es hat bisher gut geklappt.«

»Aber nein, das tut es nicht!«, widersprach Melissa. »Zwischen uns klappt gar nichts! Wir reden ja kaum miteinander!«

Sie hörte ein Geräusch. Lee steckte den Kopf zur Küche herein. »Alles unter Kontrolle?«, fragte er. Sein Blick wanderte aufmerksam zwischen ihnen hin und her.

»Ach, schön, Lee, dass du da bist«, sagte Melissas Mutter, als hätten sie hier gesessen und auf ihn gewartet. »Du kannst das Hähnchen rüberbringen.« Sie reichte ihm den Servierteller. »Vielleicht kannst du es schon anschneiden, wenn dir das nicht zu viel ist?«

»Kein Problem«, antwortete er und ging wieder, den Teller mit dem Hähnchen in der Hand.

»Wir sollten rübergehen«, meinte ihre Mutter. »Sie werden sich fragen, was los ist.«

Melissa merkte, dass die Weinflasche ungeöffnet auf der Arbeitsplatte stand. Sosehr es ihr zuerst widerstrebt hatte, zum Essen herzukommen, hatte sie sich mit der Idee doch immer mehr angefreundet, bis sie sich dabei ertappte, den teuersten Pinot Noir im Laden auszusuchen. Sie hatte sich davon abhalten müssen, dazu noch ein üppiges Blumenbouquet zu kaufen.

Was war nur los mit ihr?

Immer noch auf den Wein starrend, begann sie zu weinen. Sie wusste nicht, wann sie das letzte Mal vor ihrer Mutter geweint hatte. Vielleicht, als sie zwölf Jahre alt gewesen war und sich beim Versuch, das Campingkochabzeichen der Pfadfinder zu bestehen, den Finger verbrannt hatte.

»Was ist denn bloß?«, fragte ihre Mutter verwundert, als wäre Jenny nicht gerade vor ein paar Tagen gestorben, als hätten sie nicht eben wieder einen Eimer Wasser auf Sand verschwendet.

Es gab keinerlei Hoffnung für ihre Beziehung.

»Du hast Jenny immer gemocht, oder?«, fragte Melissa.

Ihre Mutter nickte. »Sie war ein nettes Mädchen. Hier«, sie reichte Melissa ein Stück Küchenkrepp, »wisch dir die Tränen weg.«

»Mehr als mich.«

Ihre Mutter starrte sie an. »Was mehr als dich?«

»Du hast sie lieber gemocht als mich.«

»Was? Warum sagst du denn so was?«

Melissa tupfte sich die Tränen weg. »Weiß nicht. Du warst immer viel netter zu ihr als zu mir.«

Ihre Mutter wirkte verblüfft. »Weil sie nicht mein Kind war und ein Gast in unserem Haus! Ich war nett zu ihr, weil ihre Eltern nie da waren. Das arme Mädchen. So viel Geld und nichts, was man Familie hätte nennen können. Also wirklich, Melissa, du gibst die seltsamsten Dinge von dir.«

Ja, so bin ich, dachte Melissa. *Ich* bin die Seltsame.

Von der Tür her kam ein Geräusch, und Lee tauchte wieder auf.

»Das Hähnchen ist tranchiert«, sagte er. »Ist alles fertig?«

Sie hatten den Flur schon halb durchquert, als Melissa der Wein einfiel. Also machte sie kehrt, um ihn zu holen. Als sie auf dem Weg zurück ins Esszimmer war, klingelte ihr Handy. Es war eine unbekannte Nummer.

»Melissa? Hier spricht Sergeant Lloyd.«

Beim Klang seiner Stimme blieb sie stehen, genau in dem Moment, als sie die Esszimmertür öffnete. Ihre ganze Familie saß am Tisch.

»Wer ist es?«, fragte Lee mit dem Gesichtsausdruck eines Mannes, der mit dem Essen nicht länger warten kann.

Sie antwortete nicht, zu sehr damit beschäftigt, Sergeant Lloyd zuzuhören, seinen Instruktionen, die er ihr gab.

»Okay«, sagte sie schließlich, »kann ich machen.«

Sie klickte das Gespräch weg und blieb in der Tür stehen, die Flasche Wein in der Hand. »Ich kann nicht bleiben.«

»Was?«, rief Lee. »Warum denn nicht?«

»Das war die Polizei.«

Mit einem Blick, der *Nicht vor den Kindern* besagte, warf Lee seine Serviette hin und bedeutete ihr, außer Hörweite des Tisches mit ihm zu reden.

Ihre Mutter kam zu ihnen in die Ecke des Zimmers. »Worum geht's?«, fragte sie.

»Die Polizei hat neue Informationen. Sie wollen so schnell wie möglich mit mir sprechen«, erklärte Melissa. »Ich fahre jetzt hin.«

»Aber können sie das von dir verlangen? Musst du hin?«, fragte Lee.

»Nein, muss ich nicht. Aber sie meinten, es wäre hilfreich.«

»Für wen? Für sie? Dann fahr nicht hin«, sagte Lee. »Bleib hier und iss.«

»Nein«, erwiderte sie. »Ich hab ihnen gesagt, dass ich jetzt losfahre. Ich will das aus dem Weg haben. Ich bekomme keinen Bissen hinunter, solange das nicht erledigt ist.«

»Dann komme ich mit. Das machst du nicht alleine.«

»Nein, Lee. Bleib du bei den Kindern. Die brauchen dich.«

Melissas Mutter machte einen Schritt auf sie zu und berührte sie am Arm.

Melissa starrte auf die sonnengesprenkelte Hand ihrer Mutter, starrte aufgrund der Tatsache, dass sie den Abstand zwischen ihnen durchbrochen hatte.

»Ich werde bei den Kindern bleiben, Lee«, sagte ihre Mutter. »Fahr du mit Melissa mit. Kümmere dich um sie.«

Einen Moment lang klang es fast, als wäre ihre Mutter den Tränen nah. Aber dann klatschte sie in die Hände, ging hinüber zum Tisch und sagte: »Also los, Kinder, lasst uns essen!« Und der verzauberte Moment zerstieb.

23

In dem Raum war es so kalt, dass Melissa sich sicher war: Die Lippen des Sergeant hatten einen lila Farbton angenommen, den sie normalerweise nicht hatten. Er wirkte nett, war nicht gut aussehend, aber freundlich mit seinen sanften braunen Augen. Es war ein Wunder, dass er sich bei diesem Beruf nicht verändert hatte. Er hätte sich ohne Weiteres einen weißen Piuskragen umlegen können und dann auf der Kanzel genauso zu Hause gewirkt.

Sein rangniedrigerer Kollege Wilson sah wegen seines von Sommersprossen übersäten Gesichts, das jugendlich und voller Sonnenschein war, ähnlich unbeschädigt aus. Allerdings hatte er einen gemein wirkenden Mund, und als er lächelte, fiel ihr auf, dass seine Zähne winzig waren und quadratisch.

»Das ist einer der frustrierendsten Fälle, die ich je hatte, Melissa«, sagte Sergeant Lloyd. »Alles deutet auf einen Unfall hin, aber es fühlt sich nicht danach an. Keiner hat eine Antwort darauf, warum die Wasserablaufstöpsel des Kajaks herausgezogen waren. Keiner kann wirklich befriedigend erklären, wieso der Ausflug trotz des Sturms gemacht wurde. Und niemand scheint zu wissen, warum Jennifer eine Änderung der Route vorschlug, die ihren eigenen Tod zur Folge hatte.« Er zog einen Stift aus der Tasche und tippte damit auf die Schreibtischplatte. »Und um es uns noch schwieriger zu machen, sind wir uns bezüglich der einen Person nicht sicher, deren Aussage zuverlässig schien.« Er sah sie an. »Daher unsere Ratlosigkeit.«

Sie ließ ihren Blick über den beigen Teppich und die beigen Wände schweifen und wünschte, Lee wäre mit hereingekommen. Die Beamten hatten ihn gebeten, in der Lobby zu warten und sich einen Kaffee zu holen, es werde nicht lange dauern. Als sie durch die schwere Metalltür den Verhörraum betreten hatte, warf sie aus Angst, in Panik zu verfallen und wegzulaufen, keinen Blick mehr auf ihn zurück.

Sie kannte sich mit der Polizei nicht weiter aus, war sich aber ziemlich sicher, dass man schuldig wirkte, wenn man davonlief.

Es war nicht nur kalt in diesem Verhörraum, auch die Luft fühlte sich wie rationiert an. Sie saß auf einem Plastikstuhl, der wackelte, als sie sich anders hinsetzte.

»Es tut mir leid«, sagte sie, »aber ich verstehe nicht, wieso Sie an mir zweifeln.«

»Dann lassen Sie es mich erklären«, fuhr der Sergeant fort. »Wir haben bei King's, bei der Kanzlei, alles überprüft. Die Unterlagen waren in Ordnung, genau wie Sie gesagt hatten. Aber dann wurde uns der Inhalt des Testaments verkündet.«

Sie nickte. »Und?«

»Sie wissen nicht, was ich gleich sagen werde?«

»Nein«, erwiderte sie und sah erst ihn an und dann Wilson. »Wirklich nicht. Ich habe keine Ahnung.«

Wilson, der bisher uninteressiert gewirkt hatte, wurde jetzt lebhaft. »Als Sie und Jennifer Davies Ihr Geschäftsabkommen getroffen hatten, hat sie ihr Testament geändert. Im Falle ihres Todes sollten Sie die investierten sechshunderttausend Pfund behalten und sie weiterhin im Jachthafen angelegt lassen.«

Es herrschte Stille. Melissa sah Wilson an, starrte auf die unzähligen Sommersprossen in seinem Gesicht, selbst auf seinen Ohren.

»Ich verstehe nicht«, sagte sie und schaute sich in dem kahlen Raum um. »Könnte ich ein Glas Wasser haben?«

»Nein«, antwortete Wilson.

Der Sergeant warf ihm einen Blick zu.

Wilson schob seinen Stuhl zurück und verließ wortlos das Zimmer. Es klickte hinter ihm, als die Tür zufiel.

»Melissa«, sagte der Sergeant, »im Falle des Todes Ihrer Freundin hatten Sie über eine halbe Million Pfund zu erwarten. Wollen Sie uns in dem Glauben wiegen, dass Sie davon nichts wussten?«

»Ich versuche nicht, Sie in irgendeinem Glauben zu wiegen. Aber wenn Sie die Wahrheit wissen wollen – nein, ich hatte keine Ahnung.«

»Trotz Ihrer so offenen Freundschaft mit Jennifer, in der es keine Geheimnisse gab?«

»Ja.«

»Und, wie fühlt sich das nun für Sie an, jetzt, wo Sie es wissen?«

»Also, ich bin überrascht, aber ich breche auch nicht schockiert zusammen.«

»Oh? Und wieso nicht?«

»Wegen dem, was ich Ihnen bereits gesagt habe. Jenny war in Bezug auf Geld komisch, sorglos. Und sie war übermäßig großzügig. Ich hatte immer gedacht, dass sie alles einer Obdachlosenunterkunft oder so etwas hinterlassen würde.«

»Aber was ist mit ihren Kindern? Ging sie mit deren Geld auch sorglos um?«

»Das kann ich nicht beantworten. Das ist eher eine Frage für Gareth. Wir standen uns sehr nahe, aber wie die beiden mit ihren Finanzen umgingen, besonders was die Zwillinge anging, weiß ich nicht. Was ich aber weiß, ist, dass sie sie nicht mit Geld statt Liebe hätte überschütten wollen.«

»Ich verstehe. Und wie läuft das Geschäft so da unten im Hafen?«, fragte der Sergeant.

»Gut, danke.«

»Wenn wir uns also die Geschäftskonten und Ihre gesamte Korrespondenz ansehen würden, träfen wir auf keine finanziellen Schwierigkeiten?«

»Nein«, antwortete sie.

»Und doch scheint Ihre Büromanagerin Rachel Beckinsale anders zu denken. Sie hat mir eine E-Mail gezeigt, die Sie ihr vor zwei Wochen geschickt haben und in der Sie schreiben, dass Sie dringend mehr Buchungen brauchen, wenn das Unternehmen nicht pleitegehen soll.«

Melissa zuckte mit den Schultern. »Das war übertrieben. Ich meinte nur, es wäre gut, wenn wir mehr Kunden hätten.«

»Gut oder zwingend notwendig?«

»Hören Sie mal, was soll das?«, fragte sie. »Ich dachte, ich bin hier, um zu helfen. Ich musste nicht herkommen.«

»Warum haben Sie es dann getan?«

Sie öffnete den Mund, runzelte die Stirn und zögerte. Das war eine gute Frage.

»Ich bin für Jenny hier. Sie war mir wie eine Schwester.«

»Ja, Sie haben uns inzwischen mehrmals gesagt, wie eng Sie sich verbunden fühlten.«

Die Tür ging auf, und Wilson kam mit einem Plastikbecher und einem Wasserkrug herein. Sie goss sich ein und nippte nervös an ihrem Becher.

»Aber Sie hatten eine Schwester, nicht wahr?«, sagte der Sergeant.

Das Zimmer schien stillzustehen. Alles stand still.

Melissa stellte den Becher hin.

»Warum erzählen Sie uns nicht von ihr, Melissa?«

Ihr war so kalt, dass ihre Zähne zu klappern begannen. »Es ist eiskalt hier drinnen. Könnten wir die Heizung anmachen?«

Wilson lachte, und seine kleinen Zähne wurden sichtbar. »Eiskalt? Wohl kaum!«, sagte er. »Wir sitzen hier in Hemdsärmeln!«

Jetzt erst merkte sie, dass die beiden Männer ihre Jacken über die Stuhllehnen gehängt hatten und dass Wilson seine Ärmel hochgerollt hatte.

»Stecke ich irgendwie in Schwierigkeiten?«, fragte sie.

»Sie können jederzeit gehen«, gab der Sergeant zurück. »Aber wie Sie soeben sagten, Sie sind gekommen, um zu helfen. Und ich glaube, dass Sie hier sein wollen. Ich glaube, dass Sie mit uns reden wollen.«

Das konnte sie nicht bestreiten. Sie schob ihren Stuhl nicht zurück und rannte nicht zur Tür. Aber er hatte unrecht, was das Reden anging. Sie wollte nichts mehr sagen. Warum also nicht gehen? Warum nicht Lee in der Lobby abholen und heimfahren und den Rest vom Wochenende genießen?

Weil das, was sie in diesem Zimmer spüren konnte – der Grund für die eisige Knochenkälte –, mit ihr mitkommen würde. Dies war kein Ort, vor dem sie davonlaufen konnte.

Sie fühlte sich von dem, was sie gleich sagen würden, widernatürlich angezogen, unfähig, sich davon abzuwenden.

»Sie hieß Hannah«, sagte der Sergeant.

Sie starrte auf den Becher in ihren Händen, darauf, wie er nachgab, als sie ihn zusammenpresste.

»Hannah Reeve«, fügte er hinzu.

Sie drückte den Becher noch stärker.

»Sie war nur drei Jahre alt gewesen«, sagte Wilson. »Tragisch.«

Sie sah den jungen Constable an. Was wusste er schon von Tragödien? Trotz seines Berufs trug er keine Tragödien im Herzen mit sich herum, wusste nicht, wie das aussah und wie es sich anfühlte. Er hatte kein Recht, dieses Wort zu benutzen, so wie er mit seinen eckigen kleinen Zähnen und babyhaften Sommersprossen dasaß.

»Möchten Sie uns erzählen, was passiert ist, Melissa?«

Sie schüttelte den Kopf. Dann stellte sie den leeren Becher hin und schob den Krug beiseite. »Sollte ich einen Anwalt oder so jemanden hier dabeihaben?«, fragte sie.

Wilson lächelte. »Wir haben bereits ausdrücklich gesagt, dass Ihnen ein Rechtsbeistand zusteht, wenn Sie mit uns sprechen. Aber wenn wir nun darauf warten, werden wir hier noch wesentlich länger sitzen. Und ich bin mir sicher, dass Sie nach Hause zu Ihrer Familie zurückwollen.«

»Ja«, sagte sie.

Wilson nickte und lächelte erneut.

»Melissa«, ergriff der Sergeant wieder das Wort, »Jennifer Davies war bei Ihnen, als Ihre Schwester starb, nicht wahr?«

Sie antwortete nicht. Bevor sie sich hingesetzt hatten, war ihr gesagt worden, dass sie die Fragen nicht beantworten musste, dass sie jederzeit gehen konnte und dass ihre Unterredung dem üblichen Verfahren nach aufgenommen wurde. Sie schaute auf das kleine Diktiergerät auf dem Tisch, auf das sich langsam drehende Band. Vorher hatte sie sich nicht daran gestört, hatte es gar nicht weiter bemerkt. Aber jetzt kam es ihr bösartig vor, wie es jedes ihrer Worte aufzeichnete.

»Es muss für Sie beide schwierig gewesen sein, nach so einem Ereignis zusammen aufzuwachsen. Es ist nichts, das man mal eben so wegsteckt. Kein Wunder, dass Sie beide sich nahestanden.«

Melissa zog an einem dünnen Wollfaden, der von ihrer Strickjacke hing, und sah ihm nach, wie er zu Boden schwebte.

»Eine Quelle hat uns gesagt, dass es damals Gerüchte gab, Jennifer sei schuld gewesen. Nicht dass im Grunde überhaupt jemand Schuld hatte. Sie waren ja noch Kinder.« Der Sergeant hielt gedankenvoll inne. Melissa konnte den Blick seiner braunen Augen auf sich ruhen fühlen, ohne dass sie ihn ansah. »Allerdings«, fuhr er fort, »wäre es verständlich, wenn Sie all die Jahre hindurch einen Groll gehegt hätten.«

»Haben Sie sie um das Geld als eine Art Rückzahlung gebeten?«, sagte Wilson.

»Für was?«, fragte sie.

Er hob beide Augenbrauen. »Für den Tod Ihrer Schwester.«

Sie starrte ihn finster an, stand auf und stieß aus Versehen ihren Stuhl um.

»Das Verhör ist beendet«, erklärte Wilson, der das Diktiergerät in die Hand nahm. »Uhrzeit: vierzehn Uhr achtundzwanzig.« Er hielt das Band an.

»Das muss ich mir nicht gefallen lassen«, sagte sie auf dem Weg zur Tür. »Ich habe versucht, Ihnen zu helfen. Und jetzt halten Sie mich hier in diesem eiskalten Zimmer fest, machen Anschuldigungen und …«

»Niemand macht Anschuldigungen«, fiel der Sergeant ihr ins Wort und hob besänftigend die Hand. »Und niemand hält Sie hier fest. Wir versuchen nur, die Fakten festzustellen.«

»Aber ich kann nicht verstehen, was ich mit irgendetwas davon zu tun habe.«

»Tatsächlich?«, sagte er, stand auf und trat neben sie. Wilson blieb sitzen und beobachtete sie. »Na, dann lassen Sie mich erklären, wie es im Moment auf uns wirkt, Melissa. Wir wissen, dass nur an Jennifers Kajak die Stöpsel herausgezogen waren und dass Sie den Schlüssel zum Bootsschuppen haben. Sie haben gelogen, weshalb Sie nicht auf den Ausflug mitgekommen sind und …«

»Ich hab Ihnen gesagt, warum.«

Wieder hob er die Hand. Er sprach lauter, um Melissa zu übertönen. »Und wir wissen ebenso, dass Sie als Erbin ein Motiv hatten, und hinzu kommt möglicherweise noch Rache als weiteres Motiv. Also können Sie jetzt verstehen, was das alles mit Ihnen zu tun hat?«

Ihr Herz hämmerte so stark, dass es ihr das Antworten unmöglich machte.

»Wir werden Sie nicht länger aufhalten«, sagte er, öffnete die Tür und trat ihr aus dem Weg. »Danke, dass Sie gekommen sind und Ihren Sonntag geopfert haben.«

Ohne ein weiteres Wort hastete sie in den Korridor hinaus, dessen Fußboden so blank poliert war, dass sie ihr verschwommenes Spiegelbild darin sehen konnte. Sie eilte zu der schweren Tür am

Ende des Gangs, stieß sie auf und blickte sich in der Lobby suchend nach Lee um.

Er saß allein auf einem der dort aufgereihten Metallstühle. Als er sie sah, sprang er auf. »Ist alles gut gelaufen?«, fragte er.

»Nein«, antwortete sie und fing an zu weinen. »Ist es nicht. Sie haben nach Hannah gefragt.«

»Was? Wieso?«

»Und noch schlimmer …« Sie senkte ihre Stimme zu einem Flüstern. »Jenny hat uns in ihrem Testament das Geld vermacht – die sechshunderttausend. Es gehört uns, Lee … Das sieht alles sehr, sehr schlecht aus.« Sie sah sich um. Bis auf einen Beamten am Empfang, der am Computer arbeitete, war die Eingangshalle leer.

»Hör zu, Mel, die können doch nichts finden, wenn du nichts zu verstecken hast.« Er küsste sie beunruhigt auf die Stirn. »Komm, lass uns weg von hier.«

Auf ihrem Weg nach draußen nickte der Beamte am Empfang ihnen zum Abschied zu, und die Automatiktüren schoben sich auf. Sie gingen die rote Ziegelsteintreppe hinunter. Melissas Beine fühlten sich schwach an, unsicher.

Nachdem sie sich auf dem Parkplatz zu ihrem Auto begeben hatten und eingestiegen waren, sog sie all die vertrauten Kleinigkeiten darin in sich auf, Pollys Pullover, Franks Kopfhörer, Ninas Schulheft, Lees Fahrradhelm, Kleinigkeiten, die sie an zu Hause erinnerten.

»Ich hatte geglaubt, dass ich ihnen helfe«, sagte sie, als sie losfuhren. Sie hielt Pollys Sweatshirt auf dem Schoß und streichelte es.

Er griff nach ihrer Hand. »Wir sind naiv gewesen. Aber das nächste Mal bereiten wir uns besser vor. Du wirst nicht mehr mit ihnen reden, ohne dass jemand dabei ist.«

»Ein Anwalt, meinst du?«

»Ja. Wir werden uns jemanden suchen, den wir um Hilfe bitten können, falls es nötig ist.«

»Ich kann einfach nicht glauben, dass wir über so was überhaupt reden müssen. Erst der Tod von Jenny … und jetzt das. Was wollen die damit sagen? Dass ich sie umgebracht habe? Warum würde ich das tun? Ich hatte sie so lieb.«

»Die versuchen nur, es irgendjemandem anzuhängen, damit sie die Akte schließen können«, meinte er. »Du wirst also die Zähne zusammenbeißen müssen, bis sie sich auf jemand anders konzentrieren.«

»Aber was, wenn nicht?«, sagte sie. »Was, wenn sie es weiter auf mich abgesehen haben und versuchen, mich kleinzukriegen?«

»Sie können dich nicht kleinkriegen. Sie brauchen Beweise.«

»Was ist mit Indizienbeweisen? Gibt es so was nicht? Die scheinen eine ziemlich überzeugende Anklage gegen mich zusammenzubasteln.«

»Dann werden wir dagegen ankämpfen«, entgegnete er. »Wir suchen uns wen, der helfen kann.«

Sie war einen Moment lang still und sah aus dem Fenster. »Ich habe Angst, Lee«, sagte sie dann. »Große Angst.«

Er warf ihr einen Blick zu. »Ich weiß. Lass uns erst mal nach Hause kommen.«

24

Dienstag, 1. Mai 2018

Am Spätnachmittag während eines plötzlichen heftigen Regenschauers ging Gareths Vater ans Telefon. Es war der Anruf, auf den sie gewartet hatten.

Gareth saß am Esstisch und spielte mit Max Karten. Gareths Mutter kniete neben Olivia bei der Terrassentür, wo sie ein Puzzle machten. Jedes Mal, wenn der Regen gegen die Fenster peitschte, sah Gareth verdrießlich hoch. Nachts konnte er nicht richtig schlafen, tagsüber war er gereizt, seine Nerven lagen blank.

Er versuchte, das leise Telefongespräch seines Vaters draußen im Flur zu belauschen und gleichzeitig Max die Regeln des Kartenspiels zu erklären. Er konnte nicht einmal erraten, mit wem sein Vater sprach.

»Du nimmst eine Karte oben vom Stapel«, erklärte Gareth.

Niemand rief sie mehr mit guten Neuigkeiten an. Das gehörte längst der Vergangenheit an.

Erst am Morgen hatte ihn der Rechtsanwalt angerufen, um ihm zu sagen, dass Melissa im Falle von Jennys Tod sechshunderttausend Pfund erbte.

Das Gespräch war der Brüller gewesen.

»Ist das richtig so, Dad?«, fragte Max und zeigte ihm seine Karten.

»Ja, genau. Du solltest immer noch sieben Karten haben, wenn …«

»Tut mir leid, euch zu unterbrechen«, sagte sein Vater, der im Türrahmen aufgetaucht war, sich die Brille abnahm und die Augen rieb. »Das war der Gerichtsmediziner.«

Bedrückt legten Gareth und Max ihre Karten beiseite. Olivia erhob sich und half ihrer Großmutter beim Aufstehen. Alle warteten, dass Grandpa weitersprach.

»Wir können die Beerdigung in Angriff nehmen.«

Niemand schien zu wissen, wie sie darauf reagieren sollten. Kurz herrschte Stille, dann begann Max zu wimmern – das seltsame Geräusch eines Teenagers, der vor seiner versammelten Familie nicht weinen wollte.

Gareth streckte den Arm nach Max aus.

»Es ist nicht fair«, sagte Max. »Ich will nicht auf ihre Beerdigung gehen. Ich will, dass sie lebt.«

»Ich weiß«, erwiderte Gareth. »Geht mir ganz genauso.« Und dann streichelte er seinem Sohn so sanft über die Haare, als wäre Max gerade eben geboren worden. Und das war er in gewisser Weise auch, denn derart durchbohrende Trauer definierte das Leben neu, machte es zu etwas anderem.

»Ich glaube, wir müssen uns über ein paar Dinge Gedanken machen«, sagte sein Vater gleichmütig, setzte sich an den Tisch und nahm sich einen Notizblock und einen Stift. »Dann sehen wir vielleicht klarer.«

Max entzog sich Gareths Berührung und wischte sich brüsk die Augen. »Ich mag nicht weiter Karten spielen, Dad. Hab jetzt keine Lust mehr. Okay, wenn ich in mein Zimmer geh?«

»Klar«, antwortete Gareth.

»Warte«, rief Olivia und lief ihrem Bruder nach. »Ich komme auch.« Und sie verließen zusammen das Zimmer.

»Arme Schätzchen«, sagte Gareths Mutter. »Sie haben das nicht verdient, wirklich nicht.«

Gareth setzte sich an den Tisch und betrachtete die Liste, die sein Vater zusammenstellte.

»Geht's dir gut genug, um das jetzt zu machen?«, fragte sein Vater.

»Ja«, meinte Gareth.

»Also, das meiste Grundlegende haben wir ja schon besprochen. Möchtest du vielleicht, dass Mum das Essen organisiert?«, fragte er und schob seine Brille hinunter, um über den Rand zu spähen.

»Essen?«, wiederholte Gareth.

Sein Vater sah ihn an. »Das gehört dazu, Gareth. Menschen werden ihr Beileid bekunden wollen. Du wirst nichts weiter machen müssen. Deine Mutter und ich kümmern uns um alles.«

»Aber ihr habt schon so viel getan. Ich kann euch nicht alles erledigen lassen.«

»Unsinn.« Sein Vater schob die Brille zurück. »Also, wo möchtest du die Trauerfeier abhalten? Dein Haus wird zu klein sein.«

»Zu klein? Es ist groß genug!«

»Aber du musst mit mindestens hundert Menschen rechnen.«

»Hundert?« Gareth blies die Wangen auf.

»Hör auf, alles zu wiederholen, was ich sage.« Gareths Vater drehte sich zu seiner Frau um. »Ich denke nicht, dass du für den ganzen Ort kochen willst, oder? Wahrscheinlich wär's besser, das zu bestellen. Brötchen und Würstchen und so weiter.«

»Ja«, sagte sie und setzte sich zu ihnen an den Tisch. »Weißt du, wen wir dafür am besten fragen?«

»Jetzt sag nicht …«, begann Gareth.

»Melissa.«

»Nein, Mum.«

Sie ignorierte ihn. »Wir könnten die Trauerfeier am Hafen abhalten. Ich bin mir sicher, dass Melissa …«

Gareth stand abrupt auf. »Nein! Definitiv nicht am Hafen.«

Überrascht sah sie ihn an. »Warum denn nicht? Schließlich hat Jenny die Halle bezahlt!«

»Genau deswegen«, erklärte er. »Ich will da nicht irgendwelche Leute rumtrampeln haben, die über das Geld und den ganzen Rest tratschen.«

»Worüber sollen sie denn sonst tratschen?«, sagte seine Mutter.

Gareth sah zu seinem Vater hinüber. Der runzelte warnend die Stirn. Gareths Mutter wusste weder von dem Kuss noch von Jennys Testament.

Er setzte sich wieder hin und stützte den Kopf in die Hände. »Tut mir leid, Mum. Ich bin ein Idiot.«

»Nein, das bist du nicht. Du hast bloß viel zu verarbeiten. Zu viel.«

»Vielleicht hast du recht«, sagte sein Vater und schob den Notizblock von sich, »es ist alles zu viel. Gareth will das nicht und die Zwillinge auch nicht. Du hast Max ja gehört, er will nicht mal auf die Beerdigung gehen.«

»Das hat er nicht so gemeint«, erklärte Gareth.

»Trotzdem war es seine spontane Reaktion. Niemand will großes Brimborium.«

»Und was schlägst du vor?«, fragte Gareths Mutter.

»Lass uns die Trauerfeier hier veranstalten und die Zahl der Gäste begrenzen. Das Essen dafür können wir selbst zubereiten. Was hältst du davon?«

Gareth fing zu seiner eigenen Überraschung an zu weinen, statt zu antworten – zum Teil aus Erleichterung, zum Teil wegen der Vorstellung, dass seine bescheidenen, taktvollen Eltern belegte Brote schmierten und die Stühle hinstellten.

»Entschuldigung«, sagte er. »Ich mache aus allem ein einziges Chaos.«

»Nein, tust du nicht«, entgegnete seine Mutter und reichte ihm ein frisches Taschentuch. Gareth drückte es sich an die Augen; der Baumwollstoff roch leicht nach Pfefferminz. »Sei nicht so streng mit dir selbst.«

Gareth schnäuzte sich, holte tief Luft und nahm sich wieder zusammen. »Wenn das vorbei ist, Mum … Dad …«, er sah sie nacheinander an, »müsst ihr wieder nach Hause fahren und mit eurem eigenen Leben weitermachen.«

»Junge …«, sein Vater legte seine Hand auf Gareths, »du bist unser Leben.«

Gareths Unterlippe zitterte. Aber er wurde vor einem neuerlichen Gefühlsausbruch vom Lärm der klappernden Fenster bewahrt, als eine Windböe aufheulte und Regen gegen die Scheiben schleuderte.

Er würde nie wieder den Wind heulen hören können, ohne an die schreckliche Kajakfahrt um South Rocks herum zu denken.

Als er den Regen auf der Scheibe anstarrte, sah er Jenny, wie er sie zum letzten Mal gesehen hatte – eine kleine, hilflose Figur, die vom Meer verschluckt wurde.

Bis in die frühen Morgenstunden war er die Fakten durchgegangen, hatte sich im Bett herumgeworfen, über das nachgedacht, was die Polizei ihm erzählt hatte, und das, was er selbst mit Sicherheit wusste. Falls ihr jemand mit Absicht geschadet hatte, dann konnte es nur einer der Silkies gewesen sein. Doch allein der Gedanke war lächerlich.

Aber so, wie der Anruf des Rechtsanwalts geklungen hatte, schien einer von ihnen mehr im Vordergrund zu stehen als die anderen.

Erschaudernd musterte er das bejahrte, unschuldige und freundliche Gesicht seiner Mutter und schämte sich seiner Gedanken, die ihm nachts den Schlaf raubten und ihm tagsüber keine Ruhe ließen.

Er begann tatsächlich zu glauben, dass Melissa etwas ganz und gar Ungeheuerliches getan haben könnte.

Jeder schien seine Geheimnisse zu haben.

Und dies war seins.

25

Rachel saß stocksteif in ihrem Sessel und nippte an einem Glas Wein. Seit einer halben Stunde saß sie so da, tief in Gedanken an Melissa versunken. Eine Woche war seit ihrer Auseinandersetzung vor der Schule verstrichen. Seitdem hatten sie nicht mehr miteinander gesprochen. So etwas war bisher noch nie vorgekommen – nicht nur der Streit, sondern auch das darauf folgende Schweigen nicht. Es ließ sich noch nicht abschätzen, wie sehr es ihrer Freundschaft geschadet hatte. Im Moment war davon auszugehen, dass es zwischen ihnen große Spannungen geben würde, wenn sie sich das nächste Mal sahen – was Rachel in absehbarer Zeit vermeiden wollte.

Melissa würde furchtbar wütend auf sie sein, weil sie zur Polizei gegangen war. Aber Rachel hatte ihre Gründe gehabt, allesamt stichhaltig. Melissa war ihr immer noch sehr wichtig, und sie wünschte ihr nichts Böses. Aber Tatsache war nun mal, dass man in einer persönlichen Konfrontation, bei der viel auf dem Spiel stand und man sich unter Druck befand, gegen seinen Gegner kämpfte, egal, ob es sich dabei um die beste Freundin handelte oder nicht.

Ein schrecklich deprimierender Gedanke. Sie trank einen großen Schluck Wein und starrte auf die Schatten an der Wand hinter den Jungs. Ihre beiden Söhne saßen auf dem Sofa und sahen fern. Al las in der Ecke einen dicken Thriller. Allerdings hatte sie bemerkt, dass er schon lange nicht mehr umgeblättert hatte.

Sie zog ihre Beine unter sich. Wieder spürte sie ihr Schuldbewusstsein einsatzbereit hinter sich stehen. Es war schon die ganze Woche da und tippte ihr auf die Schulter. Sie hatte es geschafft, es zu beschwichtigen, indem sie sich immer wieder ins Gedächtnis gerufen hatte, dass sie lediglich die Investition im Jachthafen sowie die Geschäftskorrespondenz preisgegeben hatte. Was sonst noch geschehen war, hatte sie nicht erwähnt, denn das hätte ein zu schlechtes Bild ergeben. Aber es arbeitete in ihr – ein Geheimnis, das ans Licht wollte.

Im Moment behielt sie es noch unter Kontrolle. Selbstbeherrschung war ihr noch nie schwergefallen. Aber sie war sich nicht sicher, ob sie weiterhin schweigen konnte, sollte die Polizei, die im ganzen Ort Erkundigungen einzog, sie genauer befragen.

In diesem Augenblick begann das Telefon zu klingeln, draußen im Flur, und keiner ihrer Männer reagierte darauf. Nur alte Leute riefen über das Festnetz an – so sahen die Jungs das. Und was Al anging, hatte er Rachel nicht geheiratet, damit er abends ans Telefon gehen musste.

Ihr Unmut gegenüber ihm und ihrer Rolle als Hausmädchen hatte sich nicht nur seit dem Kuss, sondern seit dem Unfall verstärkt. Jedes Mal, wenn sie ein benutztes Taschentuch oder eine schmutzige Socke aufheben musste, fühlte es sich wie eine unermessliche Anstrengung an. Sie begann sich wie einer dieser Automaten zu fühlen, an denen ihre Jungs gerne spielten – wo die Maschine die hineingesteckten Münzen hin und her bugsierte und den Stapel Kleingeld langsam auf die große Auszahlung zuschob.

»Dann gehe *ich* eben ran«, grummelte sie, stellte ihr Glas hin und stapfte aus dem Zimmer.

Im Flur war es kalt. Sie machte kein Licht an. Aus der Küche kam gerade ausreichend Lampenschein, dass sie sehen konnte, was sie tat, und die Dunkelheit passte zu ihrer Stimmung.

Sie nahm ab. Es war Gareth. Sie setzte sich auf den Stuhl im Flur.

»Wie geht es dir?«, fragte sie.

»Nicht so toll.«

Inzwischen musste er alles wissen – das mit dem Kuss, das mit dem Geld. Was er wohl darüber dachte? Sie wünschte, sie hätte ihren Wein mitgenommen.

»Und wie geht's dir?«, fragte er.

Es war nett, dass er sich Gedanken um sie machte. »Ganz okay.«

»Wirklich?«

Sie lächelte traurig. »Mach dir um mich keinen Kopf. Es wird schon wieder. Konzentrier du dich ganz auf dich und die Zwillinge.«

Er zögerte. »Also, weshalb ich anrufe … Wir können die Beerdigung angehen.«

Ihr war klar, dass das geschehen würde, natürlich. Aber es hatte sich wie etwas in der fernen Zukunft angefühlt, wie etwas, das für immer außer Reichweite bleiben würde, um irgendwann stattzufinden, nur nicht jetzt.

»Sie findet Freitag statt … Rach, bist du noch dran?«

»Ja«, sagte sie. Sie durfte sich nicht schockiert anhören, nicht mal lustlos. Das wäre äußerst gefühllos. »Diesen Freitag? Ich meine …?«

»Am Ende der Woche. Freitag, der vierte.«

»O Mann, das ist bald.«

»Na ja, Dad hatte schon alles geplant. Die kirchliche Trauerfeier findet um elf in der St. John's Church statt. Wir machen keine große Feier, nichts Aufwendiges, nur enge Freunde und Familie bei uns zu Hause.«

Enge Freunde …

Ihr Herz zog sich schmerzlich zusammen. »Hast du Melissa eingeladen?«, fragte sie.

»Musste ich«, gab er zurück. »Jenny hätte es von mir erwartet.«

»Aber wird es nicht …?« Sie brachte den Satz nicht zu Ende, wusste nicht, wie.

»Schwierig und unangenehm werden?«, fragte Gareth. »Angesichts der Tatsache, dass sie hinter meinem Rücken das Geld angenommen hat. Ja, vermutlich, Rachel. Aber nicht schwieriger, als Al gegenüberzustehen.«

Er war wütend. Er hatte alles Recht dazu.

Sie wünschte, sie hätte nicht nach Melissa gefragt. Das war dumm gewesen. Natürlich war Melissa eingeladen. Sie auszuschließen wäre gehässig gewesen, und so war Gareth nicht, nicht einmal jetzt.

Warum dachte sie nicht nach, bevor sie etwas sagte?

»Ihr braucht ja nicht lange zu bleiben«, meinte er. »Wir müssen das einfach, so gut es geht, durchstehen. Glaub mir, wenn ich könnte, würde ich mich davor drücken. Aber wir werden doch wohl in der Lage sein, uns eine halbe Stunde bei gottverdammten Schweinefleischpasteten zusammenzusetzen und Jens zu gedenken, ohne uns gegenseitig umzubringen. Oder?«

Machte er Witze? Manchmal ließ sich das bei ihm schwer sagen.

»Ja«, antwortete sie. »Ich glaube auch, wir schaffen das.«

»Gut, dann sehen wir uns Freitag.«

Er war im Begriff aufzulegen. »Gareth?« Sie dachte, er war schon weg, aber dann antwortete er.

»Ja?«

»Es … es tut mir leid.«

»Was?«

Dass ich einen dämlichen Mann habe.

Dass ich den Kajakausflug machen wollte.

Dass ich Jenny nicht gerettet habe.

Dass ich der Polizei von dem Geld erzählt habe.

»Alles«, sagte sie. »Alles.«

Er atmete aus. »Schon gut, Rach. Entschuldige, dass ich so drauflosgeredet habe. Ehrlich gesagt bin ich ziemlich durcheinander.«

Ihr kamen die Tränen. »Pass auf dich auf.«

»Okay.« Und diesmal legte er auf.

Sie stellte das Telefon auf die Ladestation und blieb im Dunkeln sitzen.

Freitag würde grauenhaft werden – die öffentliche Beerdigung, gefolgt von der Trauerfeier im engen Privatkreis.

Sie ging zurück zum Wohnzimmer, blieb mit dem Fuß an etwas hängen und fiel nach vorne über. Mit einem Knall landete sie auf ihrem Ellbogen. »Aua!«, schrie sie vor Schmerz auf.

»Mum? Alles in Ordnung?«

Das Licht im Flur ging an. Al und die Jungs standen im Türrahmen, Joel immer noch mit einem Auge auf den Fernseher gerichtet.

»Was ist passiert?«, fragte Al.

Sie starrte den Gegenstand an, der sie zum Stolpern gebracht hatte und auf dem sie jetzt lag, als wollte sie ihn am Davonlaufen hindern – Als Geschäftsreisekoffer.

Joel verschwand wieder im Wohnzimmer, als er merkte, dass nicht viel passiert war. Aber Ned blieb stehen und musterte sie beide.

»Alles okay, Mummy?«, fragte er und half ihr auf die Beine.

»Ja, Ned, nichts passiert, danke. Ich bin nur gestolpert.« Sie wuschelte in seinem Haar und gab ihm einen Kuss auf die Wange. »Geh ruhig wieder und guck deine Sendung.«

Er kehrte ins Wohnzimmer zurück, und sie und Al standen einander gegenüber. Zwischen ihnen herrschte Schweigen. Seit Al im Flur erschienen war, hatte er sich auffällig still verhalten und sich nicht einmal bewegt, um ihr zu helfen.

Sie wusste, warum. Der Koffer war in dem sicheren Wissen, dass nie jemand im Flur Licht anmachte und dass das Festnetztelefon selten klingelte, sorgfältig unter dem Telefontisch platziert worden.

»Verreist du irgendwohin?«, fragte sie.

Er zog die Wohnzimmertür zu. »Lass uns keine große Sache daraus machen.«

»Woraus?«

Er steckte die Hände in die Taschen. »Ich ziehe für eine Weile aus.«

Sie starrte ihn an. »Was?«

»Es tut mir leid, aber ich muss wieder Klarheit gewinnen. Ich bin immer noch ganz bei dem Unfall. Bei der Arbeit kann ich nicht mehr klar denken. Und es hilft nicht, hier zu sein, wo du mich alle fünf Minuten wegen allem angreifst, was ich getan oder unterlassen habe. Und …«

»Ich greife dich an?«, sagte sie ungläubig.

»Jetzt tust du's gerade wieder. Seit wann bist du so wütend, Rachel?«

Es stimmte; sie war dermaßen wütend, dass sie außerstande war, die Worte zu formen, um ihm zu sagen, wie sehr sie es war. Stattdessen kickte sie gegen die Fußbodenleiste und wrang die Hände. »Aahh!«

»Was um Himmels willen machst du da?«, fragte er.

»Du willst wissen, warum ich wütend bin?«, rief sie. »Vielleicht, weil du meine beste Freundin geküsst hast. Oder vielleicht, weil …«

»Jetzt reicht's aber mit diesem Kuss! Das ist genau der Grund, weshalb ich gehe. So kannst du nicht weitermachen. Du kannst mich nicht ewig weiter bestrafen. Ich hab mich entschuldigt.«

»Hast du das?«, sagte sie. »Ich glaube nämlich nicht.«

»Oh, das hab ich, und du weißt es. Und ich dachte, dass dir das reicht.«

»Tja, vielleicht aber nicht. Es mag dir bisher nicht aufgefallen sein, Al, aber ich bin auch ein Mensch. Ich habe Gefühle. Ich bin nicht nur dazu da, dich zu bedienen und deinen Schlamasseln nachzuräumen. Denn letztendlich *ist* es dein Schlamassel. Das ist alles nur passiert, weil du Jenny geküsst hast. Hast du auch nur eine Sekunde lang überlegt, was das für Auswirkungen auf *mich* hat? Hast du das?« Sie schrie in voller Lautstärke.

Die Wohnzimmertür war aufgegangen, und Joel und Ned standen im Türrahmen.

»Du hast Jenny geküsst?«, sagte Joel.

»Hast du, Daddy?«, fragte Ned.

Al drehte sich zu ihr um. »Jetzt siehst du, was du angerichtet hast.«

Schockiert starrte Rachel ihre Söhne an und dann den Koffer auf dem Boden. Sie musste an den Moment im Spielautomaten denken, wenn die Münzen aus dem Gleichgewicht gerieten und herausfielen.

Das war's. Sie hatte genug. Und diesmal würde sie den Dreck nicht wegräumen.

»Es tut mir leid, dass ihr das mit anhören musstet, Jungs«, sagte sie. Dann wandte sie sich resigniert an Al. »Mach einfach, was du willst, Al. Das tust du ja sonst auch immer.«

Ned fing an zu weinen. Rachel ging zu ihm hinüber, zog ihn in ihre Arme und drückte ihn fest an sich.

»Was ist denn los?«, fragte Joel.

»Ich … ähm … es tut mir leid, Jungs«, erklärte Al, »aber ich ziehe vorübergehend aus. Nicht weil ich euch nicht lieb habe. Ich habe euch ganz doll …«

»Halt die Klappe, Dad. Du bist voll der Loser«, rief Joel und rannte drei Stufen auf einmal nehmend die Treppe hoch.

Am liebsten hätte Rachel über die auf Als Gesicht erschienene Überraschung und Empörung gelacht. Angesichts der Umstände war er kaum in der Lage, Joel auszuschimpfen. Er musste die Beleidigung einstecken.

»Ich werde heute Nacht im Gästezimmer schlafen«, sagte Al.

»Ich finde, du solltest jetzt gleich gehen«, entgegnete sie.

Er blinzelte wiederholt. Sein Mund stand offen.

»Dann müssen wir das morgen nicht noch mal alles durchmachen«, erklärte sie. »Das wäre den Jungs gegenüber nicht fair.«

»Werden wir Daddy noch mal sehen?«, fragte Ned. Er wand sich in ihren Armen, um zu ihr hochzuschauen. Er sah immer noch wie ein kleiner Junge aus, reichte ihr nur bis an die Schultern.

»Ja, natürlich. Er geht ja nur ins …« Sie drehte sich zu Al um. »Wohin gehst du?«

»Ins Royal Hotel, in der Nähe vom Büro.«

Sie sah wieder zu Ned hinunter. »Siehst du? Das ist überhaupt nicht weit.«

Ned nickte mürrisch. »Haben die Wi-Fi?«

»Haben sie?«, fragte sie Al.

»Ja«, antwortete er.

»Dann ist ja alles in Ordnung«, sagte Rachel.

Al musterte sie einen Moment lang. Er dachte an den Unfall, an Jenny, an die Silkies, daran, wie nahe sie sechs einander gestanden waren.

Das konnte sie ihm mit einem Blick am Gesicht ablesen. So gut kannte sie ihn.

Und dann wandte er sich ab, hob den Koffer auf, nahm seine Jacke von der Garderobe, griff nach seinem Autoschlüssel und ging. An der Tür blieb er stehen. »Ich ruf dich an«, sagte er.

Sie antwortete nicht, sondern machte einfach die Tür hinter ihm zu. Ned beobachtete die Szene traurig.

»Wie wär's mit einer heißen Schokolade mit Sahne und Marshmallows?«, fragte sie ihn.

»Was, jetzt?«

»Ja. Warum nicht?«

»Weil Daddy gerade erst weg ist. Bist du nicht traurig?«

»Ich bin eine Mutter, Ned«, erklärte sie mit fester Stimme. »Und das machen Mütter – sie sorgen dafür, dass die Welt sich weiterdreht.« Und dann ging sie in die Küche, um das Kakaopulver herauszusuchen.

Aber das Erste, was sie beim Öffnen des Küchenschranks sah, waren Als teure probiotische Kefirdrinks mit Kokosnussgeschmack, penibel aufgereiht wie üblich. Sie verlor die Beherrschung, glitt an den Schranktüren zu Boden, verbarg ihr Gesicht in den Händen und weinte.

Wenn sie dafür verantwortlich war, dass die Welt sich weiterdrehte, dann würde die Welt jetzt einfach mal fünf Minuten warten müssen.

26

Mittwoch, 13. August 1986

Es war Mittsommer; die Luft war vor Stille wie geronnen. Tage wie dieser ließen sich nur schwer ausfüllen, aber irgendwie vertrieben sie sich die Zeit. Manchmal liehen sie sich Davids Holzdolch und spielten Indianer und retteten die von Piraten gefangen genommene Prinzessin Hannah. Jenny musste immer lachen und verriet ihr Versteck, aber Melissa war richtig gut darin, sich durch das Gras überraschend an ihre kleine Schwester anzuschleichen.

David hatte ihnen meist von der Veranda aus zugesehen. Ab und zu ließen sie ihn mitspielen, aber meistens regte er sich dabei zu sehr auf und machte sich in die Hose oder landete in den Brennnesseln. Normalerweise befahlen sie ihm zuzuschauen, wenn sie Indianer spielten.

An dem Tag ging es ihm nicht gut. Er lag auf einem Klappbett im Wohnzimmer, wo ihre Mutter ihn im Auge behalten konnte. Neben sich hatte er einen Eimer stehen und auf dem Kopfkissen ein Handtuch. Er war ein braver Patient und tat alles, was ihre Mutter ihm sagte. Als sie das letzte Mal nach ihm gesehen hatten, schlief er, und Jenny sagte, dass er wie eine Putte aussehe. Melissa hatte das Wort vorher noch nie gehört.

Jenny kannte solche Wörter. Sie hatte auch eine neue silberne Halskette mit einem Apfel als Anhänger, der so groß wie ein kleiner Flummi war. Ihre Eltern hatten ihr beides aus New York mitgebracht. »Das ist der Big Apple«, hatte Jenny zu ihr gesagt, woraufhin Melissa nickte, ohne den Zusammenhang zu begreifen.

Sie hockten mit zusammengesteckten Köpfen auf der Verandatreppe und betrachteten den in der Sonne glitzernden Anhänger. Hannah saß zu ihren Füßen auf ihrer Plastikschaukelgiraffe. Sie hatte ein gelbes Kleid an und einen Sonnenhut auf ihrem Lockenkopf. Jenny sagte immer, Hannah habe pfirsichblonde Haare, aber für Melissa sahen sie einfach nur blond aus.

Es war zu heiß, um großartig etwas zu unternehmen. Auf das Planschbecken hatten sie keine Lust; es war voller toter Insekten. Vielleicht ließ sich im kühlen hohen Gras Indianer spielen. Keine von ihnen mochte Davids Dolch aus dem Schuppen holen, und so gaben sie sich mit dem zufrieden, was sie hatten.

Komm, sagte Melissa, nahm ihre kleine Schwester bei der Hand und führte sie an eine passende Stelle im Gras, wo eine Prinzessin sich verstecken konnte. »Du wartest hier, und dann kommen wir und retten dich.«

Mittwoch, 2. Mai 2018

»Warum gähnst du so viel, Mummy?«, fragte Polly beim Frühstück und kletterte Melissa auf den Schoß.

»Ich hab nicht so gut geschlafen«, antwortete sie und rieb sich die Augen.

Seit dem Polizeiverhör am Sonntag bereitete das Schlafen ihr Mühe. Ihre Nerven waren so angespannt, dass sie nicht einschlafen konnte. Obwohl Lee beteuerte, dass ein Unschuldiger keine Angst haben musste, hatte sie Angst davor, von den Beamten abgeführt zu werden. Sie zuckte jedes Mal zusammen, wenn ein Auto vorbeifuhr oder ein Fensterladen im Wind klapperte. Nachts im Bett sah sie die ernsten Gesichter im beigen Verhörraum vor sich, fühlte die Kälte um sich herum, sah das Band im Diktiergerät sich langsam drehen.

Sie würde es nicht ertragen, das noch mal durchzumachen, auch wenn sie das nächste Mal jemanden bei sich haben würde – falls es so weit kommen sollte. Soweit sie es beurteilen konnten, hatten sie einen guten Rechtsbeistand gefunden – Sebastian Smith, einen preisgekrönten Strafverteidiger. Mehr konnten sie im Moment nicht tun, außer warten.

»Hast du Schafe zählen probiert?«, fragte Polly sie.

»Das funktioniert nicht«, meinte Nina. »Das macht einen bloß wie besessen.«

»Nö, das liegt nur an dir, Streberina«, entgegnete Frank.

»Stopf dir 'ne Socke rein, Pupsgesicht.«

»Ach, kommt schon, Kinder«, sagte Lee. »Sein wir doch alle nett zueinander, ja? Euch werden im Leben noch genügend Leute begegnen, die euch fertigmachen. Unser Zuhause sollte ein Ort sein, wo das nicht passiert. Ein sicherer Hafen. Stimmt's, Mummy?«

»Echt? Ein sicherer Hafen?« Frank rollte mit den Augen.

»Ja«, meinte Melissa. Sie gähnte erneut. »Genau das.«

»Gut«, sagte Lee und trank einen Schluck Milch. »Und wer möchte mir erzählen, was er heute vorhat?«

»Wir lernen einen Stangentanz«, krähte Polly fröhlich.

Lee versprühte fast die Milch auf dem Tisch. »Ihr … was? Doch nicht Poledance?«

Frank lachte.

Melissa stieß ihn an. »Sei nicht so gemein.«

»Und was sollst du dafür anziehen, Schwesterchen?«, fragte Frank.

Polly verschränkte ihre Arme. »Sportsachen, *natürlich*.«

»Das reicht«, sagte Melissa. »Meinst du vielleicht einen Maibaumtanz, Püppi? Um die Maibaumstange herum?«

»Ja. Hab ich doch gesagt.«

»Das ist nicht das, was du gesagt hast«, brummte Nina in ihre Schüssel.

»Also echt, mir reicht's mit euch.« Lee stand vom Tisch auf und stellte sein Glas in das Abwaschbecken. »Ich mach mich auf zur Arbeit.«

Nach der Poledance-Geschichte gab es kein Gelächter mehr. Niemand sagte viel, während sie alle herumschlurften und ihre Schultaschen und Brotdosen zusammensuchten, bevor es hinaus in die frühe Morgensonne ging. Lee winkte ihnen zu, bevor er die Einfahrt hinunterradelte und um die Kurve außer Sicht verschwand.

Über den Hecken hing dünner Nebel. Die Wolken hatten eine gespenstisch rötliche Färbung. Eine große Krähe stand mitten auf dem Rasen wie ein unheimliches Omen und ruckte wachsam mit dem Kopf.

Nina trommelte von innen an die Autoscheibe. »Mach schon, Mum! Wir kommen zu spät.«

Frank war noch nicht draußen. Sie würde zurück ins Haus gehen und ihm Beine machen müssen.

Frank telefonierte im Flur und versuchte gleichzeitig, seine Jacke anzuziehen.

»Na los«, sagte Melissa. »Alle warten auf dich.«

Als er sie sah, wandte er sich schnell ab und murmelte ein paar Worte, um das Gespräch zu beenden.

»Alles okay?«, fragte sie, während sie ihn zur Haustür scheuchte.

»Ja.«

»War das Olivia?«

»Hm.«

»Wie geht's ihr?«

»Was glaubst du, wie's ihr geht?« Er war schon zur Tür hinaus. Plötzlich hatte er es eilig.

»Wieso bist du so komisch zu mir?«, rief sie und schloss ab.

»Ist nichts weiter.«

Sie lief hinter ihm her und packte seinen Arm, bevor er ins Auto steigen konnte.

Er runzelte die Stirn. »Was?«, fragte er.

Sie schaute zu ihm hoch. Es war noch gar nicht lange her, dass sie hinunterschauen musste, in die Knie gehen, um seinen Milchschnurrbart abzuwischen, Lehm von den Schulhosen zu bürsten, ihm zärtlich einen Kuss zu geben. Keine andere Beziehung veränderte sich so stark wie die zwischen Mutter und Sohn. Wen sonst lernte man zuerst als ein winziges, zartes Geschöpf in seinen Armen kennen, das einem schnell über den Kopf wuchs und immer stärker und haariger wurde?

»Ich will nur wissen, ob alles in Ordnung ist«, sagte sie.

»Ich dachte, wir hätten's so eilig.«

»Haben wir auch.« Wie aufs Stichwort trommelte Nina wieder gegen die Scheibe. »Wir sprechen später drüber.«

»Bringt nichts«, sagte er barsch und stieg ins Auto.

Auf der Fahrt zur Schule stellte Frank alle zwei Minuten einen anderen Radiosender ein, und Melissas Gedanken flitzten genauso hin und her. Sie versuchte, sich zu erinnern, ob in den letzten paar Wochen irgendetwas an Frank seltsam gewesen war. Nur eine Situation fiel aus dem Rahmen: das Gespräch mit ihm in ihrem Schlafzimmer, als er wachsam gewirkt hatte, ausweichend.

Aber als sie ihn jetzt ansah, schien er ganz wie immer zu sein – unmotiviert, in die Schule zu gehen, ungeduldig mit der Musikauswahl im Radio, einen Sprenkel Zahnpasta am Kinn. Natürlich war er angesichts dessen, was Olivia durchmachte, unruhig. Vielleicht befürchtete er, ihre Trauer könnte so stark sein, dass ihre Beziehung daran zerbrach.

Melissa beschloss, sich am Abend mit ihm zusammenzusetzen und zu reden, ob er das nun wollte oder nicht.

Nina sprang vor der Schule in Blitzgeschwindigkeit hinaus, ein verschwommener Fleck aus Schuluniform, Rucksack und Haaren, und steckte nur noch schnell den Kopf ins Autofenster, um Melissa einen Kuss zu geben, bevor sie den Weg hochrannte und verschwand.

Frank war langsamer, klickte lethargisch seinen Anschnallgurt los. »Ciao«, sagte er.

»Warte.« Melissa beugte sich vor, um ihm die Zahnpasta aus dem Gesicht zu wischen. Kopfschüttelnd stieg er aus. Als er um die Kühlerhaube herumging, rief sie ihm hinterher: »Wo bleibt mein Kuss?« Er steckte seinen Kopf durchs Fenster. »Hab dich lieb«, sagte sie und schaute ihn ernst an. Einen Moment lang sah er ihr in die Augen, und dann wusste sie, dass etwas nicht stimmte. »Frank …«, begann sie, aber er ging schon mit dem Rucksack über die Schulter geschlungen den Weg hoch.

Vielleicht hätte sie ihn nicht gehen lassen sollen. Was, wenn er in ernsthaften Schwierigkeiten steckte? Aber hätte er ihr dann nicht etwas gesagt? Sie standen sich nahe, immer schon. Was ihm an Gesprächskompetenz fehlte, machte er dadurch wett, dass er so einfach zu lesen war.

Und es stand ihm ins Gesicht geschrieben, Angst und Verunsicherung, so als brauchte er Hilfe und könnte nicht darum bitten.

Hinter ihr hupte ein Auto. Sie warf einen Blick in den Rückspiegel und sah, dass sie den Kurzzeitparkplatz blockierte, entschuldigte sich winkend, fuhr los und sagte sich, aus einer Mücke keinen Elefanten zu machen, sondern bis zum Abend zu warten, wenn sie in Ruhe mit Frank reden konnte. Es war gut möglich, dass sie sich mehr Gedanken als nötig machte, weil die Polizeiermittlung sie so beschäftigte.

Melissa saß im Bürocontainer an Rachels Schreibtisch und schob ihr Handy im Kreis über die Tischplatte. Wann war jemals eine Woche vergangen, ohne dass sie voneinander gehört hatten?

Sie wollte mit ihr reden, wusste aber nicht, ob sie es konnte, ohne die Beherrschung zu verlieren. Ein neuer Streit war das Letzte, was sie brauchten. Aber sie wollte unbedingt wissen, warum Rachel der Polizei von dem Geld erzählt und ihnen ihre private Geschäftskorrespondenz gezeigt hatte.

Sie nahm an, dass Rachel – die in den Achtzigerjahren mehrere Juniorenschachmeisterschaften gewonnen hatte – diesen Schritt getan hatte, um die Aufmerksamkeit der Polizei von Al abzulenken. Damit hatte sie sich für ihre Familie und gegen ihre Freunde entschieden. Das war ganz offensichtlich.

Aber warum hatte sie sich nicht mit ihr in Verbindung gesetzt, um es zu erklären oder wenigstens nachzufragen, wie es Melissa ging? Ihr musste doch klar geworden sein, dass Melissa direkt auf ihre Enthüllungen hin von der Polizei verhört worden war? Seit wann war in ihrem Freundeskreis alles so feindselig, so entzweiend?

Ihr wurde heiß vor Wut. Sie schob das Handy von sich weg und sagte sich, dass sie auf keinen Fall den ersten Schritt tun würde, dass Rachel ihr eine Entschuldigung schuldete, als es an der Tür klopfte.

Die Kriminalbeamten sahen irgendwie anders aus, als sie das Büro betraten. Es lag an ihren schwarzen Trenchcoats, die sie unnachgiebiger und größer wirken ließen. Mit flatternden Mänteln kamen sie auf sie zu. Der Fußboden wippte unter ihrem Gewicht. Draußen blitzte Blaulicht und fiel auf die glänzende Türlackierung des Bürocontainers.

»Was ist denn?«, fragte Melissa.

Die vier Männer umringten sie. Einer der Beamten legte ihr schwer seine Hand auf die Schulter. »Melissa Silk, ich nehme Sie wegen des Verdachts des Mordes an Jennifer Davies fest. Sie können schweigen …«

»Mord?«, sagte Melissa. »Da muss ein Fehler vorliegen!«

In diesem Moment kam Lee mit einem Hammer in der Hand ins Büro gelaufen. »Was glauben Sie, das Sie hier tun?«, fragte er und starrte die Beamten an. »Das können Sie nicht machen!«

Die Polizisten ignorierten ihn. Sie legten ihr Handschellen an und drängten sie zur Tür.

Ihr war vor Angst schwindelig. Als sie an Lee vorbeikam, fing sie an zu weinen.

Draußen nieselte es. Sie wand sich unter dem Griff der Beamten, versuchte sich umzudrehen, um dem Sergeant ins Gesicht zu sehen.

»Warum tun Sie das?«, fragte sie. »Hören Sie mir zu. Sie haben das alles falsch verstanden!«

Sie begann, an den Armen der Polizisten zu ziehen, stemmte ihre Füße in den Kies, konnte ihr Vorankommen aber kaum verlangsamen.

Sie wurde auf den Rücksitz des Polizeiwagens gedrückt. Jetzt konnte sie Lee nicht mehr sehen, aber sie rief nach ihm. »Lee, tu was!«

»Warum machen Sie das?«, hörte sie ihn sagen.

»Wir haben neue Informationen«, erklärte der Sergeant ihm.

»Was für Informationen?«

Darauf antwortete der Sergeant nicht. »Versuchen Sie zu kooperieren«, sagte er. »Das macht es für alle einfacher.« Daraufhin wurde die Tür zugeknallt, und die Stimmen waren gedämpft.

Der Polizeiwagen setzte ein Stück zurück. Panisch starrte Melissa Lee an. Er schrie ihr durch das geschlossene Fenster irgendetwas zu. Sie konnte ihn nicht verstehen.

Auf der sandigen Einfahrt drehten die Reifen sich rasch. Jetzt fuhren sie schnell aus dem Hafen hinaus, gefolgt von den Kriminalbeamten im Wagen hinter ihnen. Durch die Heckscheibe sah sie, wie Lee immer kleiner wurde. Er stand in der Mitte der Einfahrt, die Hände am Kopf, hinter ihm das unbewegte, ruhige Wasser.

»Das können Sie nicht machen«, sagte sie zu den Polizisten. »Ich habe nichts getan. Sie haben die Falsche.«

Aber diese hatten zu viel mit dem Fahren und den Funksprüchen zu tun, mit ihrer Arbeit. Ein seltsamer Geruch hing im Auto – stickig, wie nach Plastik, als wäre alles neu und unberührt.

Sie zitterte am ganzen Körper. Mit Handschellen gefesselt wurde sie hinten allein auf der Rückbank in einem Polizeiwagen davongefahren. Ihr war kalt, sie war wie gelähmt, und sie ahnte nicht im Entferntesten, was auf sie zukam.

Die Realität war viel schlimmer als alles, was sie sich in letzter Zeit während ihrer schlaflosen Nächte vorgestellt hatte.

Sie fing an zu wimmern, dachte an Frank, Nina und Polly, und an Lee, wie er verzweifelt im Hafen gestanden hatte.

Was würde mit ihr geschehen? Wie würde sie aus dieser Situation wieder herauskommen?

SUE ANDREWS

Friseurin, Mon Petit Hair, Dorset

Sue unterdrückte ein Gähnen. Es war fast siebzehn Uhr, und im Salon war den ganzen Tag über nichts los gewesen. Ein paar Leute hatten kurz hereingeschaut, um zu fragen, wie die Vorbereitungen für die Beerdigung liefen – als ob *sie* das wüsste –, aber niemand hatte sich einen Termin geben lassen.

Es half nicht gerade, dass Gareth nicht ans Telefon ging. Sie wusste nicht einmal, ob sie hier überhaupt noch arbeitete. Es klang herzlos, sich darüber Gedanken zu machen, aber sie konnte nicht anders – diese ihre Existenz betreffenden Dinge bereiteten ihr Sorgen.

Das Bargeld, das mit Sicherheit im Salon verstreut herumlag, schlug ihr ebenfalls auf den Magen. Jenny war mit Geld sehr achtlos umgegangen. Es war nicht ungewöhnlich, ganze Stapel von Scheinen in Umschläge gestopft zu finden oder Kleingeld für die Kasse in Haarnetzen.

Bevor sie an diesem Tag Feierabend machte, ging sie in Jennys kleines Büro.

Als sie sich an den Schreibtisch setzte, kam sie sich vor, als würde sie herumschnüffeln. Auf dem Tisch befanden sich ein Foto von den Zwillingen in ihrer Schuluniform, ein Haarband, in dem noch blonde Haare festhingen, und eine halb volle Tasse Kaffee.

Die Tasse war das Schlimmste. Am Rand klebte noch Lippenstift.

Schweren Herzens zog sie die Schublade auf. Sie war dermaßen vollgestopft, dass sie sich kaum öffnen ließ. Sue tastete zwischen Nylonstrumpfhosen, Mascara und Haarspangen nach etwas herum, das Bargeld sein könnte.

Ganz hinten raschelte eine Plastiktüte. Sie zog sie aus der Schublade. Als sie in die Tüte schaute, musste sie nach Luft schnappen. Dann legte sie sie wieder zurück, stieß die Schublade zu und saß da, verblüfft ins Nichts starrend.

27

In der Zelle war es still, abgesehen von dem schrillen, panischen Klingeln in ihren Ohren. Alles in dem kleinen Raum war weiß und blau – blaues Bett, weiße Wände. Ein Text war auf die Wand gestanzt: *Würden Sie Ihr eigenes Heim beschädigen? Beschädigung der Zelle = Anklage und Gerichtsbesuch!*

Melissa stand mit um sich geschlungenen Armen in der Mitte des Raums, als scheppernd die Tür aufging und ein junger Mann in glänzendem Anzug eintrat. Er hatte die schwärzesten Haare, die sie je gesehen hatte.

»Sebastian Smith«, sagte er und reichte ihr die Hand. »Von Coates and Carey in Portbridge. Ich bin Ihr Rechtsbeistand.«

Sie hatte gehofft, nie seine persönliche Bekanntschaft machen zu müssen.

Wie betäubt schüttelte sie ihm die Hand. »Ich bin Melissa«, sagte sie.

Er lächelte. »Ja, ich bin über Sie genau im Bilde. Ihr Mann hat mich eben angerufen und mich gebeten, so schnell wie möglich herzukommen.« Er warf einen Blick auf seine Uhr. »Vor sechs Minuten haben wir aufgelegt. Nicht schlecht, was?«

Melissa starrte ihn an. Sie konnte ihn nicht richtig einschätzen. Er redete sehr schnell, als hätte er zu viel Kaffee getrunken.

Er musterte sie. »Zittern Sie? Bin gleich wieder da.« Er schlüpfte zur Tür hinaus und sprach mit dem Wärter, der sich vor der Zelle herumdrückte. Um seinen massiven Hals hing ein Dienstausweis.

Sie setzte sich aufs Bett und wünschte, sie wüsste, wie spät es war. Lee würde die Kinder von der Schule abholen müssen. Was würde er ihnen erzählen, wo sie war?

Mummy ist festgenommen worden.

Nein, sie hat's nicht getan. Natürlich hat sie's nicht getan. Es ist ein ganz schlimmes Missverständnis.

Sie kommt bald wieder nach Hause.

Der junge Anwalt kehrte mit einer kratzig aussehenden Decke zurück, die er ihr über die Schultern legte. Es fühlte sich an, als würde sie in Heu gewickelt. Der Wärter stand neben ihm und reichte ihr noch eine Tasse Tee, bevor er wieder ging. Die Tür ließ er einen Spaltbreit offen stehen.

»Wie lange muss ich hierbleiben?«, fragte sie. »Ich habe drei Kinder.«

»Unmöglich zu sagen«, antwortete Sebastian. Er stand ihr mit einem hochgezogenen Bein an die Wand gedrückt gegenüber. »Aber wenn Sie kooperieren, vielleicht nur ein paar Stunden.«

»Und wie kooperiere ich?«

»Na, Sie tun, was Ihnen gesagt wird, beantworten die Fragen der Polizei und verursachen keinen Ärger. Klingt das machbar?«

»Ja.« Auf einmal kam sie sich sehr klein vor, wie ein Kind.

»Doch machen Sie sich nicht zu große Hoffnungen.« Er stieß sich von der Wand ab und hockte sich auf den Zehen balancierend vor sie hin. Stillstehen konnte er anscheinend nicht. »In diesem Spiel gibt es keine starren Regeln.«

Es fühlte sich nicht wie ein Spiel an.

»Ihr Mann hat mir gesagt, dass Sie schon ohne die Anwesenheit eines Rechtsbeistands verhört wurden?«

»Ja. Ist das schlecht?«

»Könnte sein«, sagte er. »Manchmal holen sie Leute unter dem Vorwand auf die Wache, sich nur mit ihnen unterhalten zu wollen. Ist das so ähnlich gelaufen?«

»Ja, so ähnlich.«

»Trinken Sie was«, sagte er. »Sie haben ganz blaue Lippen.«

Sie schaute auf die Tasse Tee in ihren Händen hinunter, als

würde es sie überraschen, sie dort zu sehen. Langsam trank sie den Tee, ohne den Geschmack zu bemerken. »Glauben Sie, die haben mich hinters Licht geführt?«

»Das nicht gerade«, sagte er. »Sie sind freiwillig gekommen. Aber ich vermute, sie hofften, dass Sie sich nicht weiter vorsehen würden und einen Fehler begehen.« Er stand wieder auf und steckte sich sein Hemd ordentlicher in die Hose. »In diesem Geschäft gibt es keine unverfänglichen Unterhaltungen. Die wollen eine Verurteilung und nicht Freundschaft fürs Leben schließen.«

Sie trank wieder einen Schluck Tee. »Und was geschieht jetzt?«

»Nun«, er zog seine Krawatte mit einem Rucken seines Kinns gerade, »ich muss mit den Beamten reden, um zu erfahren, wie die Beschuldigungen gegen Sie genau lauten.«

»Und dann?«

Er ging bereits zur Tür. »Sie werden uns erlauben, erst ein Gespräch unter vier Augen zu führen, und Sie dann verhören.«

»O Gott, nein, noch ein Verhör schaffe ich nicht.«

»Aber was erwarten Sie denn sonst von der Polizei?«, fragte er. »Natürlich müssen die Sie verhören. Doch diesmal werde ich mit dabei sein. Machen Sie sich keine Sorgen.« Er lächelte sie beruhigend an. Dann ging er. Ein schleifendes Geräusch erklang, gefolgt von metallischem Klappern, als die Tür hinter ihm zufiel.

Jetzt, da sie alleine war, befiel sie panische Angst. Sie stellte ihren Tee hin und wiegte sich vor und zurück. »Was mache ich nur?«, sagte sie. »Wie ist das überhaupt passiert?«

Dann vernahm sie ein leises Sirren und wurde sich der Überwachungskamera bewusst, die hoch über der Tür angebracht war.

Sie nahm ihren Tee, zog die kratzige Decke um ihre Schultern zurecht und sagte sich, dass sie sich zusammennehmen würde, egal, was passierte. Sie liebte ihre Familie mehr als alles. Ihrer Familie zuliebe würde sie sich zusammennehmen.

Rachel stand im Regen und rettete gerade die draußen aufgehängte Wäsche, als sie drinnen das Telefon klingeln hörte. Sie würde den Anrufbeantworter drangehen lassen. Mit einer Wäscheklammer zwischen den zusammengebissenen Zähnen riss sie die Wäsche in dem Bewusstsein von der Leine, dass jetzt aus dem Fenster schauende Nachbarn eine wild gewordene Frau in nassem T-Shirt ohne BH sahen.

Mit dem Wäschekorb in den Armen kehrte sie zurück ins Haus, trat die Hintertür zu, knallte den Korb auf die Anrichte und warf einen Blick auf das rote Lämpchen des Anrufbeantworters.

Zögernd ging sie hin und spielte die Nachricht ab.

»Hallo, Rachel. Ich bin's, Lee. Ruf mich zurück.«

Kein »bitte«, keine Höflichkeiten, kein »Wie geht's dir?«.

Sie fragte sich, was er wollte. Sie würde sofort zurückrufen und sich gar nicht erst erlauben, auf die wildesten Gedanken zu kommen.

Aber dann klingelte das Telefon wieder.

»Hallo?«, sagte sie und nahm es mit ans Fenster. Sie hatte die Wäschespinne aufgespannt gelassen. Regentropfen bebten an dem Netz aus Leinen.

»Rachel? Hier ist Lee. Wo bist du?«

»Zu Hause. Du hast die Festnetznummer gewählt.«

»Ach ja.« Er atmete tief ein. »Ich bin ganz in der Nähe. Kann ich kurz vorbeikommen?«

Sie sah auf ihr nasses T-Shirt hinunter und dann auf den Korb voller durchweichter Wäsche. »Okay.«

»Bin schon unterwegs.«

Sie legte das Telefon hin, rannte nach oben in ihr Schlafzimmer und zog dabei ihre nassen Sachen aus. Schon konnte sie draußen ein Auto die Einfahrt hochkommen hören. Während sie einen Pulli über ihren Kopf zerrte, ging sie ans Fenster und beobachtete, wie Lee den Weg heraufkam.

Sie lief nach unten zur Haustür und hielt dort inne. Was war mit ihr los, dass sie wie aufgescheucht im Haus herumflitzte?

Das musste ein Ende haben. Die Silks standen nicht über ihr. Sie war nicht ihre Untergebene.

Sie wartete darauf, dass die Türklingel ging. Als sie es tat, machte sie einen ruhigen Schritt nach vorn und sagte sich, dass es keinen Grund gab, sich aufzuregen.

»Was hast du dir dabei gedacht?«, fragte Lee, noch bevor er im Haus war.

»Wobei?«, fragte sie zurück.

Er trug seine übliche Arbeitskleidung, ein kariertes Hemd und Jeans. Auf seiner Wange war ein Fleck blaue Farbe. Er atmete schnell. Sein Gesicht war besorgt verzerrt.

»Was ist denn los?«, wollte sie wissen.

Er starrte sie anschuldigend an. »Melissa ist verhaftet worden.«

»Was? Wann?«

»Heute Morgen. Ich habe den besten Anwalt engagiert, den ich finden konnte. Aber …« Seine Worte verloren sich. Er schaute sich nach irgendetwas um, das offenbar nicht auffindbar war. Dann sah er sie wieder an. »Ich glaube, mehr kann ich nicht tun.« Alarmiert sah sie, dass ihm Tränen in die Augen traten. »Wenn ihr irgendetwas zustößt …« Seine Stimme brach. »Sie bedeutet mir die Welt.«

»Ich weiß.« Rachel berührte ihn leicht am Ellbogen. »Komm rein. Setz dich hin.«

Er folgte ihr in die Küche, blieb aber stehen und trat von einem Fuß auf den anderen, als würde er sich darauf vorbereiten, etwas zu sagen.

»Möchtest du einen Kaffee?«, fragte sie.

Er schüttelte den Kopf. »Ich will wissen, warum du das getan hast.«

»Ich?«, rief sie bestürzt. »Ich habe nur die Wahrheit gesagt. Ich dachte, Melissa wollte das. Sie sagte, sie wollte nicht, dass wir Informationen zurückhalten, oder?«

»Jetzt werde nicht dreist«, sagte Lee bitter. »Es steht dir nicht.«

Von seiner Bemerkung getroffen, verfiel sie in Schweigen. Sie drehte ihm den Rücken zu, und um ihre Hände beschäftigen zu können, begann sie, die Wäsche aus dem Korb zu ziehen und in Stapel zu sortieren. Ihre Gedanken überschlugen sich.

Von Lee zurückgewiesen zu werden fühlte sich schlimmer an als bei jedem anderen. Er war immer derjenige gewesen, der niemanden verurteilte, auf dessen Gutmütigkeit sie zählen konnten. Gareth war in der Schule der gewesen, der sie zum Lachen gebracht hatte. Sein oberflächlicher Charme war offensichtlich gewesen. Aber Lee war der, für den sie alle geschwärmt hatten – der schlanke Junge mit der kleinen Delle in der Nasenspitze, die verriet, dass er nicht perfekt war. Er war so locker und natürlich, dass sie seine Freundlichkeit leicht mit romantischem Interesse verwechselt hatten.

Doch es war die ganze Zeit unübersehbar gewesen, dass er nur an Melissa interessiert war – eine Tatsache, die ihn noch mehr zu etwas Besonderem machte. Denn dort, mitten in ihrem Klassenzimmer, stand der sagenumwobene Mann, der nur an einer einzigen Frau interessiert war.

Mit einem nassen Hemd von Al in der Hand drehte sie sich zu Lee um. »Bitte gib mir nicht die Schuld«, sagte sie.

»Du hättest der Polizei nicht von dem Geld erzählen sollen«, erwiderte er mit wütend vorgeschobenem Kinn. »Du hattest kein Recht dazu. Das war was Vertrauliches.«

»Es tut mir leid. Ich wollte niemanden verletzen, besonders Melissa nicht. Das musst du doch wissen.«

»Aber sie könnte wegen Mord im Gefängnis landen, Rachel. So ernst ist diese Sache … Wirklich, was ist nur in dich gefahren? Mel ist dir die ganzen Jahre eine gute Freundin gewesen.«

Sie legte das Hemd hin. »Ich habe meine Familie beschützt. Joel hat seine Klausuren und …«

Lee sah wie vom Donner gerührt aus. »Das hast du wegen seiner Klausuren gemacht? Ist das dein Ernst?«

Sie ging auf ihn zu, blieb aber in ausreichendem Abstand stehen. »Nicht nur deswegen.«

»Sondern?«

Sie zögerte. »Weil ich Zweifel hatte.«

»Woran?«, fragte er.

»An Melissa«, antwortete sie.

Er sah schockiert aus. Als er einen Schritt auf sie zumachte, dachte sie einen Augenblick lang, er würde sie schlagen.

Aber das war dumm. Er war Lee.

»Was soll das heißen?«, fragte er.

Sie wich seinem Blick nicht aus, sondern sah ihm in die Augen, während sie sprach. »Ich glaube, es besteht ganz entfernt die Möglichkeit, dass sie schuldig ist.«

Sie beobachtete ihn. Sein Brustkorb hob und senkte sich, an seinem Haaransatz standen Schweißperlen. Es tat ihr leid, ihm das anzutun, aber seine Liebe zu Melissa machte ihn blind. Er musste erkennen, was es vielleicht über sein absolutes Vertrauen in ihre Unschuld hinaus noch gab.

»Hast du den Verstand verloren? Wir reden hier über Mel. Meine Frau.« Er zeigte mit dem Daumen auf seine Brust.

»Ich weiß«, sagte sie. »Und deswegen musst du dir darüber Gedanken machen, selbst wenn es noch so schlimm ist. Sie könnte es getan haben, Lee. Darüber musst du dir klar werden.«

Er schüttelte den Kopf. »Ich kann nicht glauben, was ich hier höre. Warum sollte sie Jenny etwas angetan haben? Sie war ihre beste Freundin.«

Rachel schaute weg, auf den Boden hinunter. »Wegen Hannah«, sagte sie. »Und wegen des Geldes. Überleg doch mal. Jenny mag ihr sehr wichtig gewesen sein, aber dich liebt sie noch mehr. Wenn Jenny das Geld zurückhaben wollte, was ja ihr Recht war, hätte es dich bankrott gemacht.« Wieder herrschte Stille. Lee schien tief erschüttert. Sie berührte seinen Arm. »Ich mache das nicht, weil ich nach Ärger suche. Du kennst mich doch, ich analysiere ständig alles, und wenn es wirklich kein Unfall war, muss es jemand getan haben. Und Melissa ist die Einzige mit einem Motiv.«

»Motiv?«, rief Lee angewidert, wand seinen Arm aus ihrem Griff und trat einen Schritt zurück.

»Aber du musst selbst zugeben«, sagte sie, »dass sie sich, seit Jenny gestorben ist, ziemlich seltsam benimmt.«

»Sie trauert!«

»Aber es liegt nicht nur daran. Sie war wild entschlossen, allen von dem Kuss zu erzählen und die Schuld auf andere zu lenken. Hast du das überhaupt nicht hinterfragt? Ich nämlich schon.«

»Weil du Al verteidigst. Woher soll ich wissen, dass nicht du versuchst, die Schuld umzulenken? Danach sieht es mir nämlich aus.«

»Also wirklich. Dazu kennst du mich zu gut.«

»Tue ich das?« Er zog seinen Autoschlüssel aus der Tasche und drehte sich zum Gehen. »Ich weiß nicht, was mit dir los ist, aber hier bleibe ich nicht länger und höre mir das an.«

»Jennys Tod«, rief sie ihm hinterher, »das ist mit mir los. Es war der schrecklichste Tag meines Lebens. Es war grausam, und ich will Antworten. Und wenn du klar denken könntest, würdest du erkennen, dass es wahr sein könnte, was ich sage … Lee, warte!« Sie eilte ihm hinterher. »Es gibt was, das du nicht weißt – etwas, das passiert ist, bevor Jenny starb.«

Er war inzwischen an der Haustür. Wütend drehte er sich zu ihr um. »Was, Rachel? Was weiß ich nicht?«

Sie sah zu ihm hoch. »Jenny hat, ungefähr eine Woche bevor sie umkam, gesagt, dass sie gerne das Geld zurückhaben wollte.«

»Und? Das weiß ich bereits.« Er wandte sich wieder ab, öffnete Wind und Regen die Tür. Seine Haare standen senkrecht.

»Sie haben sich gestritten«, sagte sie. »Ich hab sie gehört – in der Marina. Ich wollte nicht lauschen, aber sie haben sich direkt vor dem Bürofenster gezankt. Ich hörte, wie Jenny sagte, dass sie das Geld wiederhaben wolle, und wie Melissa erwiderte, dass sie es nicht haben könne.«

»Es reicht!«, brüllte Lee, schwenkte die Arme und stampfte mit dem Fuß auf. »Wenn daran auch nur ein Funke Wahrheit ist – warum hast du es nicht schon vorher erwähnt? Es klingt eher so, als würdest du dir aussuchen, was du sagst und wann du's sagst.«

»Das ist unfair. Hast du eine Ahnung, wie schwer es die ganze Zeit war, das für mich zu behalten? Ich hab es der Polizei nicht gesagt und auch sonst niemandem, weil es zu …«

»Zu was?«, fragte er mit finsterem Blick.

»Zu belastend klang.«

Bei diesen Worten verschlug es Lee den Atem. Er nahm sich einen Moment Zeit, sich zu sammeln. Als er wieder sprach, hatte er seine Stimme erneut in der Gewalt. »Wenn du irgendjemandem davon erzählst, vergebe ich dir das nie.« Er zeigte mit dem Finger auf sie. »Und falls Mel irgendetwas zustößt, werde ich dich dafür persönlich verantwortlich machen.« Und damit marschierte er den Weg zur Einfahrt hinunter.

»Lee«, rief sie, »komm zurück. Bitte!« Aber er war schon fort, ließ das Auto an und fuhr los.

Sie stand noch eine Weile auf der Türschwelle und beobachtete, wie der Regen schwer auf die Topfpflanzen fiel und auf den Kies spritzte.

Sie hatte lediglich gewollt, dass er für sein eigenes Wohl die Möglichkeit, Melissa könnte schuldig sein, in Betracht zog. Aber dadurch hatte sie bloß einen weiteren Freund verloren.

28

Ihnen wird vorgeworfen«, sagte Sergeant Lloyd, »dass Sie den Mord an Jennifer Davies geplant haben, und zwar mittels einer ganzen Reihe kleiner Handlungen, die ihren Tod wie einen Unfall wirken lassen sollten.«

Sie saßen im Verhörraum. Zwischen ihnen stand ein Tisch. Es war ein anderer Raum als der vorige, aber genauso unansehnlich. Eine Wasserkaraffe und vier leere Gläser standen auf dem Tisch sowie ein Diktiergerät. Sebastian Smith saß neben ihr und wirbelte mit den Fingern einen Kuli wie ein Windrad mit Schlagseite.

»Sie haben freien Zutritt zum Kajakverleih, Melissa. Sie haben die Buchung gelöscht, damit sie nicht die normalen Sicherheitsvorkehrungen mit sich ziehen würde. Sie wussten, dass Ihre Freunde sich Ihrem Bruder gegenüber durchsetzen und die Kajaks trotzdem ausleihen würden. Und Sie sorgten dafür, dass die Wettervorhersage nicht wie üblich aktualisiert wurde und …«

»Und wer«, warf Sebastian ein, »hat den Sturm bestellt?«

Constable Wilson grinste und verschränkte die Arme. Aber der Sergeant zeigte keinerlei Reaktion und redete weiter.

»Sie haben die Stöpsel aus Jennifers Kajak herausgezogen. Sie wussten, dass das viele Wasser darin ihr Angst machen und sie schneller erschöpfen lassen würde. Das Einzige, was ich nicht weiß, ist, wie Sie sie dazu gebracht haben, in den Gefahrenbereich hinter der Insel zu paddeln. Aber ich hoffe darauf, dass Sie uns das noch vor dem Abend sagen werden.«

Sebastian steckte die Hände in die Taschen und saß mit gespreizten Beinen da. »Für mich hört sich das nach reiner Spekulation an«, sagte er. »Was ist denn mit dem Sturm? Wenn meine

Mandantin das alles schon seit Wochen plante – woher wusste sie, dass das Unwetter ausgerechnet an diesem Tag heranziehen würde?«

»Von Wochen hat niemand gesprochen«, entgegnete Sergeant Lloyd. Er lenkte seinen Blick auf Sebastian, als sähe er ihn zum ersten Mal. Seine Miene drückte aus, dass der Anwalt mit jedem Wort ein Wort zu viel sagte. »Es war alles ganz einfach. Das konnte im letzten Moment erdacht und ausgeführt worden sein.«

»Zaubern kann sie trotzdem nicht. Woher wusste sie, dass ein Sturm nahte?«

»Das ist recht einfach vorherzusagen, wenn man weiß, worauf man achten muss – und das weiß Melissa. Vor einem Sturm verändern sich die normalen Windverhältnisse. Für ihre Freunde hat es auf dem Meer ruhig ausgesehen. Aber Melissa wusste, dass es nicht so war.«

Sebastian lachte schnaubend und schüttelte den Kopf. »Können Sie irgendetwas davon beweisen?«

»Wir haben jetzt eine Zeugenaussage, der zufolge Melissa am Abend vor den Ereignissen im Kajakverleih war.«

»Was für eine Zeugenaussage?«, fragte Sebastian. »Und selbst wenn, das Geschäft gehört ihrer Mutter. Sie hätte Teebeutel oder Wäsche vorbeibringen können.«

»Haaröl«, murmelte Melissa.

»Haar was?«, fragte Sebastian.

»Öl. Die Haare meiner Mutter werden von der Seeluft spröde. Ich bestelle es immer extra für sie und bringe …«

»Vergessen Sie das Haaröl«, sagte Constable Wilson. »Niemand interessiert sich für Haaröl. Wir interessieren uns dafür, dass Ihr Auto der Zeugenaussage zufolge am Abend, bevor Ihre Freundin ums Leben kam, beim Kajakverleih geparkt war. Sie hatten die perfekte Gelegenheit, sich am Boot und dem Buchungssystem zu schaffen zu machen.«

»Es war nicht Abend, es war sechzehn Uhr. Und ich hatte meine Kinder bei mir, es war nach der Schule. Die werden bezeugen, dass …«

»Dass was? Dass Mummy unschuldig ist?« Constable Wilson rollte mit den Augen. »So oder so haben Sie uns zweimal angelogen.«

Sebastian sah sie an.

»Lügen machen bei der Gerichtsverhandlung einen äußerst schlechten Eindruck«, fügte Constable Wilson hinzu.

»Sie haben uns angelogen, was die Migräne anging, Melissa«, sagte der Sergeant. »Und dann bezüglich Ihrer finanziellen Situation.«

Sie rutschte auf ihrem Stuhl herum, spürte, wie ihr ein Angstschauder den Rücken hinunterlief, und griff nach einem Glas Wasser.

»Wir haben die Konten durchgesehen«, erklärte Constable Wilson. »Und wir wissen, dass Ihre Veranstaltungshalle keinen Gewinn abwirft.«

Sie hielt sich das Glas an die Lippen und trank einen Schluck, bevor sie antwortete. »Aber sie ist nicht im Minus.«

Sebastian beugte sich zu ihr hinüber und sprach mit leiser Stimme. »Sie müssen nichts sagen. Ich würde Ihnen raten zu schweigen.«

Sie nickte und stellte das Glas wieder hin.

»Wir wissen außerdem«, fuhr Constable Wilson mit einem Aufblitzen seiner kleinen Stummelzähne fort, »dass Jennifer dem Vertrag zwischen ihr und Ihnen zufolge das Recht hatte, das Geld jederzeit zurückzufordern.«

»Und als sie vorbeikam, um Sie um das Geld zu bitten, sind Sie in Panik geraten«, sagte der Sergeant. »Uns haben Sie erzählt, dass es ein ganz nebensächliches Gespräch war, aber ich gehe jede Wette ein, dass es mehr war. Haben Sie sich gestritten, Melissa? Ist sie wütend geworden? Hat sie sich über Sie aufgeregt?«

Sebastian drehte sich zu ihr hin und flüsterte ihr wieder zu, nicht darauf zu antworten.

»Sie waren vertraglich gebunden, das Geld auszuzahlen«, erklärte der Sergeant. »Aber Sie hatten nicht solch eine Summe, die Sie ihr hätten geben können, nicht wahr? Es war alles in Ihr Geschäft eingeflossen, in die Veranstaltungshalle, die keinen nennenswerten Profit abgeworfen hat.« Er nahm seiner Stimme die Härte. »Wenn man dann noch den tragischen Tod Ihrer Schwester dazunimmt, den manche Jennifer anlasten, ergibt sich ein starkes Motiv.«

Sebastian beobachtete sie. Das meiste, was der Sergeant gerade gesagt hatte, schien ihm neu zu sein. Wieder schüttelte er den Kopf.

»Es ist für alle wesentlich einfacher, wenn Sie mit uns reden, Melissa«, sagte der Sergeant, »egal, was Mr. Smith Ihnen rät.«

Daraufhin beugte Sebastian sich wieder zu ihr hinüber, legte seine Hand an ihr Ohr und flüsterte: »Sie haben keinerlei Beweise. Die hoffen, Sie zu irgendwelchen Worten zu bewegen, die für eine Anklage reichen.« Er stockte, rückte ein Stück von ihr weg und beugte sich dann erneut zu ihr hinüber. »Sagen Sie: Kein Kommentar.«

»Wo waren Sie am Samstagnachmittag, dem 21. April?«, fragte der Sergeant. »Sie haben die ganze Zeit behauptet, dass Sie nach dem Besuch des Netball-Spiels Ihrer Tochter mit Ihrem Mann zu Hause waren. Wird Ihr Mann das im Zeugenstand bestätigen? Würde er für Sie lügen?«

»Kein Kommentar«, sagte Melissa.

Das fühlte sich anstößig, behindernd an, aber Sebastian nickte beifällig. Und er war der einzige Mensch in diesem Raum, dem sie geneigt war zu vertrauen.

»Wie haben Sie Jennifer dazu gebracht, um South Rocks herumzupaddeln?«

»Kein Kommentar«, antwortete sie wieder.

Der Sergeant seufzte, nahm die Hände vom Tisch und verschränkte sie hinter dem Kopf. »Mach das Tonband aus«, sagte er zu Wilson.

Melissa lag unter der Decke zusammengerollt auf dem Bett. Der Wärter hatte ihr eine Auswahl an Essen angeboten, aber sie hatte abgelehnt, da sie nicht hungrig war. Er hatte ihr trotzdem etwas auf einem Tablett gebracht, das wie mit ein bisschen Salat garnierte Lasagne aussah. Sie hatte es unberührt auf dem Fußende des Bettes stehen lassen. Ab und zu stieg ihr der Geruch von Fleisch in die Nase, dabei drehte sich ihr der Magen um. Sie musste immer wieder an Lee und die Kinder denken, fragte sich, wo sie waren und was sie wohl gerade machten.

Sebastian war schon vor Stunden wieder gefahren, und auf der Polizeiwache war es gespenstisch still. Wäre nicht hin und wieder ein Gesicht an dem kleinen Fenster in ihrer Tür erschienen, das bei ihr nach dem Rechten sah, hätte sie gedacht, dass es außer ihr auf diesem Stückchen Erde keine anderen Menschen mehr gab.

Laut Sebastian bestand die Möglichkeit, sie für vierundzwanzig Stunden dazubehalten. Mit der entsprechenden Genehmigung konnten es sogar sechsunddreißig Stunden sein. Und vielleicht – weil es um ein schwerwiegendes Vergehen ging – zweiundsiebzig Stunden, falls das Gericht es während der polizeilichen Beweisfindung für nötig hielt.

Sollte es dazu kommen – Untersuchungshaft, laut Sebastian –, würde sie die Beerdigung verpassen. Aber je länger sie hier war, desto unwichtiger schien ihr der Gedanke, sie zu verpassen. Diese blau-weiße Zelle betäubte den Verstand und ließ die Außenwelt immer kleiner werden und in unerreichbarere Entfernung schrumpfen.

Irgendwann wurden ihr die Augenlider schwer. Ein Kopfkissen gab es nicht. Ihr Bett bestand aus einer Matratze mit einem gepolsterten Kopfbrett. Weil ihr so kalt gewesen war, hatte man ihr die Decke dagelassen, aber sie durfte ihre Arme nicht darunterstecken.

Das Licht war heruntergedreht worden, und das durchs Fenster spähende Gesicht war nun ein anderes. Sie nahm daher an, dass die Nachtschicht begonnen hatte.

Es kam ihr wie Stunden später vor, als sie das Gesicht am Fenster nicht mehr erkennen konnte. Stattdessen strahlte grelles Taschenlampenlicht auf sie herunter und in der Zelle umher.

Sie dachte wieder an die Unterredung, die sie mit Sebastian kurz vor dem Verhör unter vier Augen geführt hatte. Er hatte mit einem Fuß auf seinem Stuhl dagestanden und auf seinem Kuli gekaut, als er ihr die entscheidende Frage stellte. Niemand konnte sie hören. Sie waren allein.

»Haben Sie es getan?«

Sie hatte gezögert, abgelenkt durch die plötzliche Erinnerung an die allerletzte Unterhaltung, die sie mit Jenny gehabt hatte. Es war ein Telefongespräch gewesen, am Tag vor dem Unfall. Das Letzte, was sie zu ihrer Freundin gesagt hatte: »Hab Spaß auf dem Meer.«

Daran dachte sie. Und die ganze Zeit über sah Sebastian sie mit hochgezogenen Augenbrauen an und wartete auf ihre Antwort.

»Nein«, hatte sie schließlich gesagt, »hab ich nicht.«

Er hatte nur genickt. Er musste an diese Antwort gewöhnt sein. Glaubte er sie jemals?

In diesem Moment bewegte sich etwas am Fenster, und Melissa sah im selben Augenblick hoch, in dem die Taschenlampe auf sie leuchtete und durch die Zelle schien, bevor alles wieder still und dunkel wurde.

29

Donnerstag, 3. Mai 2018

Was ist? Sie ist verhaftet worden?«, fragte Gareth ein bisschen zu laut. Seine Eltern, die gerade einen Krimi schauten, schalteten den Fernseher stumm, um mitzuhören. Er senkte seine Stimme und ging mit seinem Handy in den Flur, aber seine Eltern schauten die Sendung nicht weiter. Im Wohnzimmer war es sehr still geworden. »Aus welchem Grund?«

»Ich bin mir nicht ganz sicher«, antwortete Lee. »Aber sie ist seit gestern da, also müssen sie irgendwas gegen sie in der Hand haben. Ich werde vor Angst verrückt.«

»Natürlich«, sagte Gareth. »Warum hast du's mir nicht schon eher gesagt?«

Er horchte in die stille Leitung hinein. Lee würde sich dazu nicht äußern. Die Antwort war einfach, aber auch unaussprechlich kompliziert.

Weil man sie wegen des Verdachts des Mordes an deiner Frau verhaftet hat.

Es gab auch Dinge, die Gareth nicht sagen konnte. Er konnte Lee nicht offenbaren, dass er Melissa seit dem Augenblick verdächtigte, in dem er von Jennys Testament erfahren hatte.

»Du stehst das schon irgendwie durch«, sagte er.

»Da bin ich mir nicht sicher«, erwiderte Lee. »Ich weiß nicht, wo das noch alles hinführt. Aber ich habe kein gutes Gefühl dabei. Es ist, als hätten sie sie in einer Falle, als würden sie alles gegen sie aufbauen. Ich weiß nicht, ob sie's schaffen wird, da wieder rauszukommen.«

Es wurde still, und Lee schniefte. Weinte er? Gareth hoffte, nicht.

»He, das wird schon wieder«, sagte Gareth. »Lass dich nicht unterkriegen. Und halt mich auf dem Laufenden. Und wenn ich irgendwas tun kann …«

Aber er konnte nicht helfen. Nicht nur, weil er schon mit zu viel anderen Dingen fertigwerden musste, sondern auch, weil das schon sehr seltsam wäre. Trotzdem tat Lee ihm leid. Er war ein guter Mann – der beste.

»Ich melde mich bald wieder«, versprach er und klickte das Gespräch weg. Und dann stand er da und starrte auf das Schuhregal, auf Jennys teuflisch hohe Korkabsätze.

Wenn Melissa tatsächlich den Verstand verloren und Jennys Tod verursacht hatte, dann würde sie dafür zahlen müssen, selbst wenn es die Silkies – das gesamte Festzelt mit all seinen Luftschlangen, Weinflaschen und Klapptischen – in den Abgrund stürzen sollte.

Dann wäre die Party endgültig vorbei. Er würde mit keinem von ihnen jemals wieder ein Wort wechseln.

Drei Stunden später saß er in der Empfangshalle des Lighthouse Centre und versuchte, sich auf das akute Problem zu konzentrieren – die psychische Verfassung seiner Tochter. Aber es war schwierig, an etwas anderes außer Melissa zu denken.

Was für Beweise hatte die Polizei? Selbst angesichts des scheinbaren finanziellen Motivs mussten sie doch sicherlich noch mehr in der Hand haben, um sie festnehmen zu können? Funktionierte das nicht so?

Und was behauptete die Polizei eigentlich – dass sie Jenny umgebracht hatte? War das trotz seiner persönlichen Befürchtungen überhaupt denkbar? Waren die beiden nicht engste Freundinnen gewesen, unzertrennlich?

Er wusste nicht, was er davon halten sollte. Sein Vater befand sich in diesem Moment auf dem Polizeirevier in Portbridge und versuchte, Informationen über die Verhaftung herauszufinden, damit sie sich einen Reim darauf machen konnten.

»Tod durch Unfall ist eine Sache«, hatte sein Vater grimmig gesagt, »Mord eine andere.«

Stöhnend schüttelte Gareth den Kopf. Die Situation hatte sich ernsthaft zum Bösen gewandt.

Olivia, die neben ihm saß, warf ihm einen Blick zu, fragte aber nicht, was los war. Seit Jennys Tod stöhnten sie alle ständig, wenn die Erinnerungen ihnen zusetzten. Zu trauern war, als hielte man eine Hand in einen Gezeitentümpel: Man verzog das Gesicht wegen des kalten Wassers und entspannte sich, wenn man mit der Hand an weichem Seetang und interessanten Steinen entlangstrich, bis einen irgendetwas stach oder zwickte und man aufschreiend zurückschreckte.

In diesem Moment ging die Tür des Beratungszimmers auf, und die rothaarige Dame erschien. Sie war so nett gewesen, den Termin wegen der Beerdigung von Freitag auf Donnerstag vorzuverlegen.

Morgen war die Beerdigung! Weil ihn die Spekulationen über Melissa so vereinnahmten, hatte er kaum Gelegenheit gehabt, sich darüber Gedanken zu machen. Was, wenn sie freigelassen wurde? Würde sie zur Beerdigung kommen? Und Lee? Oder Frank? Würde Olivia ihn noch als ihren Freund haben wollen, wenn sie erfuhr, dass seine Mutter wegen Mordverdachts an ihrer Mutter verhaftet worden war?

Er war sich ziemlich sicher, dass Olivia noch nicht wusste, was mit Melissa war. Diesen Zustand wollte er so lange wie möglich beibehalten.

»Wie schön, Sie wiederzusehen«, sagte die Trauerbegleiterin. Sie kam auf sie zu, und ihr breites Lächeln war wie eine Umarmung.

Sie wandte sich an Olivia. »Wollen wir?« Und damit verschwanden die beiden in dem kleinen Zimmer.

Gareth setzte sich wieder, trommelte mit den Händen auf seine Knie und sah sich um.

»Möchten Sie diesmal einen Kaffee?«, fragte die Dame von der Rezeption.

»Gerne«, antwortete er.

Im Auto auf dem Weg nach Hause sagte Olivia wie üblich sehr wenig, nur dass der Termin geholfen hatte. Aber die Beraterin hatte ihn erneut beiseitegenommen und wiederholt, dass Olivia ihnen immer noch etwas verschwieg. Sie glaubte nicht, dass es mit dem Selbstverletzen zu tun hatte; ihrer Meinung nach hatte sie damit aufgehört. Aber sie hatten nicht genügend Zeit gehabt, um weiter darüber zu reden, denn während sie noch miteinander sprachen, wurde schon das Licht gelöscht. Sie hatten vereinbart, beim nächsten Mal weiter darüber zu reden.

»Viel Glück bei der Beerdigung«, hatte sie gesagt, als sie sie zur Tür begleitete.

»Morgen wird ein sehr schwerer Tag werden«, meinte Gareth jetzt, als sie die Straße zu ihrem Haus entlangfuhren. »Ich erwarte auch nicht, dass du dich gesellig gibst. Tu einfach das, was für dich erträglich ist, okay? Übrigens hoffe ich, dass ich Ende nächster Woche wieder zur Arbeit gehen kann. Was meinst du dazu?«

Er sah Olivia an. Sie nickte. Es war aber keine Reaktion auf seine Worte, denn sie hatte, wie er merkte, winzige Kopfhörer auf.

»He, hast du überhaupt gehört, was ich gesagt habe?«

Olivia zog einen Kopfhörer aus dem Ohr. »Was?«

»Wegen morgen.«

»Ja.« Sie steckte sich den Kopfhörer zurück ins Ohr.

»Olivia, kannst du die bitte einen Moment lang rausnehmen? Ich möchte mit dir reden.«

Mit einem langen Seufzer entfernte sie die Kopfhörer und verschränkte die Arme.

»Gut, das ist besser«, meinte er, während sie ihre Einfahrt hochfuhren. Olivia sammelte schon ihre Sachen zusammen und wollte offenbar nichts wie weg. »Warte. Hab ich nicht gerade gesagt, dass ich mit dir reden will?«

Warum war es so schwierig? Warum war es schon vor Jennys Tod so schwierig gewesen?

Als er jetzt ihr verärgertes Gesicht sah, fühlte er sich erschöpft. Einen Moment lang überlegte er, das Handtuch zu werfen, sie aus dem Auto steigen und ins Haus gehen zu lassen. Aber dieser Gedanke machte ihn unendlich traurig.

»Olivia, wenn irgendwas wäre, würdest du es mir doch sagen, oder?«

»Irgendwas, außer dass meine Mutter ertrunken ist?«, sagte sie. »Und dass Tante Mel wegen Mordes an ihr verhaftet worden ist?«

Er sah sie an. »Ja, außer dem«, sagte er und versuchte, gelassen zu klingen. »Ich hatte keine Ahnung, dass du es weißt.«

»Frank hat's mir erzählt.«

»Es ist schlimm. Ich habe Mühe, es in meinen Kopf zu kriegen. Aber auf dich und Frank hat das keine Auswirkungen, oder?«

»Äh, hallo«, sagte sie streitlustig. »Es hat doch nichts mit ihm zu tun. Er hat ja nichts getan.«

»Nein, natürlich nicht. Nur, also, falls es da noch was gibt, das dir keine Ruhe lässt, dann …«

»Hör auf, Dad«, fuhr sie ihn an, schnappte sich ihre Tasche, sprang aus dem Auto und knallte die Tür zu.

Er sah ihr nach, wie sie zur Haustür lief und in ihrer Eile, von ihm wegzukommen, fast hinfiel. Hinten in ihrer schwarzen Strumpfhose war ein Loch. Er musste daran denken, sie wegzuwerfen.

Sie hatte ja keine Ahnung, was alles erledigt werden musste, woran gedacht, was geschlichtet, gefragt, bemerkt werden musste. Morgen würde ein wahrer Albtraum werden, so viel war sicher.

Er würde sich an seinen eigenen Ratschlag halten und einfach das tun, was ihn den Tag überleben ließ, was bedeutete, er würde seinen Flachmann brauchen. Von dieser Aussicht ermutigt, ging er in die Garage, um nach seiner Golftasche zu suchen.

Es war kalt in der Garage, so als wäre die Tür das letzte Mal an einem eisigen Wintertag geöffnet worden und die Jahreszeit dort drinnen eingekerkert geblieben. In der Rückwand war ein Fenster, von dem aus er früher Jenny in der Küche wirtschaften sehen konnte. Sie war eine wunderbare Köchin gewesen, hatte irgendwelche Zutaten zusammengeworfen und probiert, ob es schmeckte, und das hatte es immer.

Er steckte gerade eine Hand in seine Golftasche, als er ein Geräusch auf der Straße hörte. In der Nähe fuhr ein Auto an den Bordstein. Dann der Klang von Schritten, die sich in seine Richtung bewegten.

Es war eine Frau in einem flauschigen Mohair-Kleid. Es dauerte einen Augenblick, bis er sie erkannte. Dann erinnerte er sich – es war Sue, die Frau, die für Jenny gearbeitet hatte.

»'n Abend«, sagte er. »Kann ich Ihnen helfen?«

»Entschuldigen Sie, dass ich Sie ausgerechnet vor der Beerdi… der Beerdigung belästige … aber, äh, Sie haben sich auf meine Anrufe hin nicht gemeldet und …« Ihre Stimme verlor sich. Sie starrte auf den staubigen Fußboden.

»Ich habe von Friseursalons nicht die leiseste Ahnung. Ich muss mich mal in Ruhe hinsetzen und mir alles ansehen. Wenn Sie bitte noch Geduld haben könnten, während ich erledige, was sonst noch so ansteht …«

»Natürlich«, sagte sie.

»Ihr Arbeitsplatz ist nicht gefährdet, falls es das ist, worum Sie sich Sorgen machen.«

»Ist es nicht«, erwiderte sie. »Ich bin nicht …« Sie lächelte nervös. »Danke. Aber eigentlich wollte ich mit Ihnen über etwas anderes reden.«

»Oh?«

»Ich musste im Salon auf der Suche nach Geld ein paar Sachen von Jenny durchgehen. Sie hat das Geld immer herumliegen lassen, und ich wollte dafür sorgen, dass alles sicher aufbewahrt ist. Und als ich gestern in einer ihrer Schubladen nachgesehen habe, da …« Sie zog eine Plastiktüte aus ihrer Handtasche und hielt sie ihm hin. »Da hab ich das hier gefunden.«

Er nahm sie ihr nicht ab. »Was ist das?«

»Ich denke, Sie gucken besser selbst.«

Mit einem flauen Gefühl nahm er die Tüte. Es konnte nichts Gutes darin sein.

»Es tut mir so leid, Ihnen das zu bringen«, sagte sie, »aber es macht mich ganz verrückt. Ich wusste nicht, ob die Polizei davon wissen sollte oder …«

Gareth starrte auf den Inhalt der Tüte. Dann reichte er sie ihr wieder. »Danke, dass Sie vorbeigekommen sind.«

Sie hielt die Tüte in die Luft. »Aber was mache ich jetzt damit?«

»Das ist mir im Grunde egal«, antwortete er. »Legen Sie sie wieder hin, wo Sie sie gefunden haben. Oder schmeißen Sie sie weg. Es ist unwichtig. Vergessen Sie's einfach.«

»Okay, das werde ich machen«, erwiderte sie, ohne auch nur im Entferntesten beruhigt zu klingen.

»Auf ein andermal dann«, sagte er und hoffte, dass sie sich umdrehen und gehen würde. Aber das tat sie nicht. Sie stand bewegungslos in ihrem flauschigen Mohair-Kleid und übermäßig geschminktem Gesicht da wie eine der Toilettenrollenpuppen, denen seine Mutter früher Kleider gehäkelt hatte.

»Ich hoffe, dass morgen alles gut geht«, meinte sie schließlich.

»Danke«, entgegnete er.

»Dann werde ich mal wieder gehen«, sagte sie und verließ die Garage, die Plastiktüte weit von sich gestreckt, als wäre eine schmutzige Windel oder Schlimmeres darin.

Er horchte, wie ihr Auto losfuhr, griff dann in die Seite seiner Golftasche, zog den Flachmann heraus, setzte sich auf eine Kiste und nahm einen langen Schluck, während er sich ermahnte, sich nur darauf zu konzentrieren, den morgigen Tag zu überstehen.

30

Freitag, 4. Mai 2018

Aus dem Korridor kam ein Geräusch. Melissa hob ihren Kopf von der Matratze, um zu horchen. Das Klappern einer Tür, die aufgeschlossen wurde, erklang, und dann standen zwei Männer in einem Lichtschein in der Tür – der Wärter und Sebastian Smith.

Mit der Decke über den Schultern setzte sie sich auf. Sebastian kam zu ihr herüber und ging in die Hocke, um mit ihr zu reden.

»Wie geht's?«

»Okay.«

»Haben Sie schlafen können?«

»Nicht wirklich.«

»Dann werden meine Neuigkeiten Sie hoffentlich freuen.«

Sie sah ihn an, die Glätte seiner jungen Haut und die Klarheit seiner Augen registrierend.

»Sie können nach Hause gehen.«

»Wieso?«, fragte sie.

»Wieso?«, wiederholte er überrascht. »Weil sie nicht in der Lage waren, die nötigen Beweise zu erbringen. Sie werden den Staatsanwalt entscheiden lassen müssen, ob gegen Sie Anklage erhoben wird oder nicht.«

»Also könnten sie immer noch Anklage erheben und mich wieder herbringen?«

»Na ja, möglich wäre es schon.«

»Dachte ich mir«, sagte sie mit hängenden Schultern.

»Aber die Tatsache, dass sie bisher keinerlei Beweise gefunden haben, gibt uns Grund zur Zuversicht.« Er lächelte. »Es ist keine beschlossene Sache. Also kommen Sie, gehen wir. Draußen wartet Ihr Mann.«

Der Gedanke an Lee ließ sie die nötige Kraft zum Aufstehen finden. Als sie an sich hinuntersah, registrierte sie ihre zerknitterte Kleidung. Sie strich sich die Haare zurück und blickte sich ein letztes Mal in der blau-weißen Zelle um, bevor sie ging.

Lee wartete im Eingangsbereich am Empfang.

Sie spürte die Veränderung an ihm sofort. Vielleicht, weil er sie in all den Jahren, die sie ihn schon kannte, nie anders als bewundernd und mit Liebe angesehen hatte. Selbst wenn er sich über sie geärgert hatte, war die Liebe noch da gewesen – in seinen Mundwinkeln, im geduldigen Ton seiner Stimme.

Aber jetzt stand etwas anderes in seinem Gesicht geschrieben, das seinen Gang ungewohnt steif machen ließ. Sie hatte nicht genügend Zeit, sich über den Grund dafür klar zu werden, denn der beruhigende Geruch seines frisch gewaschenen Hemds und das Gefühl seiner Kinnstoppeln an ihrer Wange schlugen sie in ihren Bann, als er sie küsste.

»Komm«, sagte er, »wir wollen nicht noch länger hierbleiben.«

Sebastian holte sie ein, als sie das Gebäude gerade durch den Haupteingang verlassen wollten. »Mr. Silk, könnte ich kurz mit Ihnen sprechen?«

Die beiden Männer entfernten sich ein paar Schritte und blieben bei einer Reihe leerer Stühle stehen. Melissa blieb, wo sie war, und starrte ein Anschlagbrett an, ohne die angepinnten Informationen zu registrieren. Sie konnte Bruchstücke des Gesprächs aufschnappen, das die Männer führten. Staatsanwalt … Tortur … positiv bleiben.

Kurz darauf kamen die beiden zu ihr zurück. Sebastian schüttelte ihnen zum Abschied die Hände und versicherte, sich bald zu melden.

»Was hat er gesagt?«, fragte sie, als sie sich auf den Weg zum Auto machten.

»Dass er das Gefühl hat, dass es sich langsam zu unseren Gunsten entwickelt.«

»Was soll das heißen?«

»Dass er hofft, dass das Verfahren aus Mangel an Beweisen eingestellt wird.«

»Oh«, sagte sie. Mehr fiel ihr dazu nicht ein.

Im Auto roch alles vertraut, aber gleichzeitig anders. Müde, wie sie war, fühlten ihre Sinne sich gleichzeitig geschärft und betäubt an. Geräusche klangen durchbohrend, eindrücklicher. Sie starrte aus dem Fenster auf die Landschaft, nahm die vorbeirauschende Aussicht aber kaum wahr.

War es möglich, dass sie sich die Veränderung an Lee eben nur eingebildet hatte? Vielleicht kam es lediglich vom Stress. Die letzten Tage mussten auch für ihn kaum zu ertragen gewesen sein.

»Wo sind die Kinder?«, fragte sie.

»In der Schule«, gab Lee zurück. »Also, zumindest die Mädchen.«

»Und Frank?«

»Er geht auf die Beerdigung. Er wollte für Olivia da sein. Du weißt, dass sie heute stattfindet, oder?«

»Ja«, sagte sie. »Die Mädchen gehen also nicht hin?«

»Nein. Sie waren wegen dir völlig durch den Wind. Ich dachte, es ist besser, wenn sie ihren üblichen Alltag beibehalten.«

»Und was hast du ihnen über mich erzählt?«

Er warf ihr einen Blick zu. »Was denkst du, was ich ihnen erzählt habe? Dass da ein Fehler passiert ist und dass bald alles wieder läuft wie normal. Was konnte ich anderes sagen?«

»Ich weiß nicht«, entgegnete sie und sah wieder aus dem Fenster. »Um wie viel Uhr ist die Beerdigung?«

»Um elf. Du überlegst doch wohl nicht, hinzugehen?«

Sie warf einen Blick auf die Uhr auf dem Armaturenbrett – kurz nach zehn. »Ich weiß nicht.«

»Du solltest das nicht mal in Betracht ziehen«, sagte er. »Nicht nach dem, was du gerade durchgemacht hast.«

»Aber ich hab das Gefühl, ich sollte all meine Kraft dafür sammeln.«

»Für wen?«

»Für Jenny.«

»Dir ist schon klar, dass die ganze Stadt da sein wird?«

»Und?«

»Und die werden dich anstarren! Jeder weiß, was passiert ist, Mel. Das ist es nicht wert.«

»Lass sie doch glotzen.« Sie verschränkte die Arme. »Ich hab nichts zu verstecken.«

»Aber du darfst nicht nur an dich denken. Gareth wird auch da sein. Vielleicht will er nicht, dass du kommst.«

Sie spürte, wie ihre Wangen rot wurden. »Warum nicht?«

»Muss ich das echt aussprechen? Du bist gerade festgenommen worden, weil du verdächtigt wirst, Jenny ermordet zu haben. Gerüchte sind im Umlauf. Die Leute wissen nicht, was sie davon halten sollen.«

Die Art, auf die er das sagte, brachte ihr Herz zum Hämmern. Sie drehte sich auf dem Beifahrersitz zur Seite, um ihn anzusehen. »Was ist los?«

»Was meinst du?«, fragte er.

»Du bist anders. Irgendwas ist anders. Du hast dich verändert, seit ich dich das letzte Mal gesehen habe.«

»Nein, hab ich nicht«, widersprach er. »Du bist übermüdet und empfindlich.«

»Ich bin nicht empfindlich«, sagte sie. »Ich weiß, was ich sehe und was ich fühle. Sag's mir, Lee. Halt an.«

Er fuhr weiter, die Augen auf die Straße gerichtet.

»Ich meine es ernst. Fahr sofort an den Rand!«

Er fuhr in eine Haltebucht und stoppte abrupt. Sie löste ihren Anschnallgurt und beugte sich auf ihrem Sitz vor, um ihm ins Gesicht zu sehen.

»Was ist los?«

Er antwortete nicht, aber sie konnte seinem Gesicht ansehen, dass sie recht hatte. Etwas an ihm hatte sich gravierend verändert. Er kaute auf den Lippen und fuhr mit dem Finger über das Lenkrad. Der sorglose, fröhliche Mann war verschwunden. Jemand Verhärmtes, der sich in ihrer Gegenwart versteifte, hatte seinen Platz eingenommen.

»Du kannst mich nicht mal ansehen, stimmt's?«, fragte sie.

Wieder keine Antwort.

Ihr wurde schlecht. Ihr Herz klopfte noch heftiger. »Ich weiß, was es ist. Du glaubst, dass ich's getan habe.« Sie wartete darauf, dass er zu spotten anfing, sie eine Idiotin nannte, dass er lachte oder es schulterzuckend abtat wie der Lee, den sie kannte. Aber als er kein Wort von sich gab, starrte sie ihn erschrocken an. »Du glaubst, dass ich *schuldig* bin«, sagte sie.

Jetzt reagierte er. Er klickte seinen Sicherheitsgurt los und drehte sich zu ihr hin. Er war unrasiert. Seine Augen waren blutunterlaufen und sahen verängstigt aus. Das durch die Windschutzscheibe fallende Sonnenlicht beleuchtete die Stoppeln an seinem Kinn und hob das Grau hervor.

»Was erwartest du denn?«, fragte er. »Mir hast du erzählt, dass Jenny das Geld ganz nebenbei erwähnt hat, dass es unwichtig war. Aber Rachel hat gehört, wie du dich mit ihr gestritten hast! Sie hat dich gehört, Mel!«

Zu ihrer Überraschung ballte er die Hände und schlug aufs Steuerrad.

»Ich hab dir vertraut, verdammt noch mal! Mein ganzes Leben lang hab ich nie an dir gezweifelt. Nicht ein einziges Mal. Stell dir doch vor, wie ich mich jetzt fühle … nicht nur zu hören, dass du mich angelogen hast, sondern auch, dass du … du …«

»Dass ich was?«, schrie sie. »Na los, sag's schon! Sag schon, dass ich sie umgebracht habe. Sag, dass ich Jenny getötet habe. Das ist es, was du sagen willst. Was alle sagen wollen. Sei ein Mann, Lee, und sag's!«

Wütend sah er sie an. »Nein, sag *du* es. Sprich's aus, sag, dass du sie umgebracht hast. Dann weiß ich, was ich glauben kann.«

Sie kämpfte mit dem Türgriff und stieß die Tür auf. »Hier bleibe ich keine Sekunde länger«, rief sie und stieg aus dem Auto aus.

»Wo willst du denn hin?«, fragte Lee. »Du kannst hier nicht aussteigen. Wir sind in der Mitte vom Nirgendwo.«

Sie stand mitten auf der Straße und sah um sich. Sie trug das dünne T-Shirt und die Jeans, in denen sie festgenommen worden war. Die Luft war erfrischend kühl. Sie schlang die Arme um sich und fragte sich, ob es möglich war, von hier aus nach Hause zu laufen.

Lee stieg aus und kam um die Kühlerhaube herum zu ihr, um mit ihr zu reden. Sie begann die Straße in Richtung Milford entlangzugehen.

Lee rannte ihr hinterher. »Melissa!« Er baute sich vor ihr auf und blockierte ihr so den Weg. »Hör auf damit. Das ist doch dumm. Und schau nur, wie du aussiehst! Du kannst doch nicht einfach weglaufen. Steig wieder ins Auto.«

Sie schüttelte den Kopf. »Ich will nicht in deiner Nähe sein. Wenn du denkst, ich hätte das getan, wenn du auch nur eine Sekunde lang glaubst, dass ich Jenny getötet habe …« Sie starrte zu ihm hoch. »Wie konntest du? Wie konntest du das glauben?«

In der nächsten Sekunde fiel alles Steife und die ganze Wut von ihm ab, und vor ihr stand wieder ihr alter Lee mit der Delle in der Nase und den freundlichen Augen. Auf seiner Stirn, genau in der Mitte, lag eine schweißverklebte Superman-Tolle.

»Das ist doch verrückt«, sagte er, griff nach ihrer Hand und zog sie näher an sich heran. Sie lehnte ihren Kopf an seine Brust und hörte sein Herz hämmern. Um sie herum gab es keinerlei Geräusch, nichts, was sie über das Hämmern seines Herzens hinaus hören konnte. Das Laub der Bäume raschelte nicht, kein Auto fuhr vorbei. Seit sie angehalten hatten, war keine Menschenseele mehr zu sehen. »Ich liebe dich, Mel«, sagte er, »egal, was ist.«

Egal, was ist … Was sollte das heißen? Egal, auch wenn du deine beste Freundin ermordet hast.

Jetzt löste er sich von ihr. »Warum hast du gelogen, hast mir nichts über den Streit erzählt?«, fragte er.

Sie sah auf die Straße hinunter, die in der Sonne glänzte und an manchen Stellen geradezu blendete. »Weil es keinen großen Streit gab. Wir haben uns ständig gestritten, einfach so. Es hat nichts weiter bedeutet. Wir waren wie Schwestern. Wir haben Dinge zueinander gesagt, die sich sonst niemand leisten durfte. Das weißt du.«

Er nickte. »Aber was war dann?«

»Na, dann ist sie gestorben. Und danach konnte ich nichts mehr dazu sagen, weil ich wusste, wie das aussehen würde. Aber du musst mir glauben, es war so, wie ich gesagt habe.«

Er schaute sie an. Was dachte er? Glaubte er ihr?

»Lass uns heimfahren«, meinte er.

Ohne aufzubegehren, folgte sie ihm zurück zum Auto.

Eine Weile fuhren sie schweigend. Als sie am Stadtschild von Milford vorbeikamen, meldete Melissa sich wieder zu Wort.

»Ich will auf die Beerdigung gehen.«

Er warf ihr einen Blick zu. »Ich glaube nicht, dass das eine gute Idee ist.«

»Sehe ich nicht so. Wenn die ganze Stadt denkt, ich hätte es getan, dann …«

»Das hab ich nicht gesagt.«

»Musstest du auch nicht. Es ist offensichtlich. Ich meine, wenn mein eigener Mann denkt, dass ich schuldig bin …«

»Das habe ich auch nicht gesagt.«

»Doch, hast du.«

»Ach komm, lass uns nicht wieder damit anfangen. Ich finde, du solltest zu Hause bleiben und dich erst mal aus der Öffentlichkeit zurückhalten.«

»Mich aus der Öffentlichkeit zurückhalten? Sehe ich gar nicht ein. Ich werde nicht herumschleichen wie eine Verbrecherin.«

»Jetzt hör endlich damit auf und werd vernünftig«, fuhr er sie an. Und damit war plötzlich der wütende, steife Lee zurück.

Sie begann sich zu fragen, ob ihr Mann von früher jetzt nicht mehr existierte, ob der Mann, in den sie sich vor so vielen Jahren verliebt hatte, sich in jemand anderen verwandelt hatte, deformiert von Trauma und Sorgen. Passierte das nicht manchmal? War das nicht der Grund dafür, dass manche Menschen nach unerwarteten, lebensverändernden Ereignissen plötzlich über Nacht weiße Haare bekamen?

Sie ermahnte sich, aus einer Mücke keinen Elefanten zu machen. Ja, Lee stand unter Stress; das war zu erwarten. Aber es würden keine schwerwiegenden Folgen bleiben. Nicht alles war in Stein gemeißelt. Sobald ihr Name reingewaschen und das Verfahren eingestellt war, würde es wieder so wie früher sein.

Oder?

»Was ist es, was du willst, Melissa?«, fragte er.

»Ich will, dass du mir wieder vertraust«, antwortete sie. »Und ich will mich von meiner besten Freundin verabschieden, bevor es dazu für immer zu spät ist.«

»Also, das eine kann ich dir ermöglichen«, sagte er. Was es war, erläuterte er nicht. Sie wusste bereits, was es nicht sein würde – nicht sein konnte.

Es blieben nur noch ein paar Minuten, und sie war so nervös, dass ihr schlecht war. Im Handschuhfach hatte sie ein paar Kosmetika gefunden. Fünfzig Meter von der Kirche entfernt fuhren sie in eine Wolke Deo eingehüllt auf einen Parkplatz an der Hauptstraße.

Es war drei vor elf. Alle anderen würden bereits drinnen sein. Auf der Straße war alles sehr ruhig. Die Geschäfte hatten aus Respekt geschlossen. Die Rollos waren heruntergezogen, das Licht war gelöscht.

Eine dünne Katze suchte sich ihren Weg auf einer Steinmauer, die zum Friedhof führte. Melissa beobachtete sie angespannt. »Ich glaube, ich schaffe das nicht«, sagte sie.

Lee war bereits ausgestiegen und holte ihre Wolljacke aus dem Kofferraum. In der Kirche würde es kalt sein, und die Jacke war zwar alt, aber dunkelblau, und würde somit nicht auffallen.

Sie sah zu, wie er Sand von der Jacke schüttelte, bevor er sie ihr zum Anziehen hinhielt. »Bitte, Lee«, sagte sie, während er sich hinunterbeugte, um sie zuzuknöpfen – wieder kam sie sich wie ein Kind vor, »ich will nach Hause. Du hattest recht.«

Er schüttelte den Kopf. »Nein, hatte ich nicht. Du willst dich von Jenny verabschieden. Also lass uns das durchziehen. Du bist Melissa Silk. Du rennst vor nichts und niemandem davon. Stimmt's?«

»Stimmt«, sagte sie unsicher.

Erst als sie durch das Tor trat, fiel ihr auf, dass sie ihre ausgetretenen weißen Espadrilles trug. »Guck!« Sie zeigte auf ihre Füße.

»Ist schon gut, das macht nichts. Jetzt ist alles unwichtig.«

Nachdem sie das Tor durchquert hatten und auf dem rissigen Kopfsteinpflaster nach oben gingen, zupfte sie ihn am Arm. »Ich kann das nicht, ehrlich nicht.«

Er blieb stehen und sah zu ihr hinunter. »Doch, kannst du.«

Sie schüttelte den Kopf. »So nicht. Nicht, wenn du mir nicht glaubst. Nicht ohne meinen Lee.«

»Was soll das heißen? Ich bin dein Lee. Ich werde immer dein Lee sein.« Und dann lächelte er sie an. Seine Grübchen kamen zum Vorschein. Entschlossen nahm er ihre Hand und führte sie den Weg zur Kirche hoch.

31

Nach langen Diskussionen hatten sie entschieden, Joel und Ned ganz normal in die Schule und somit nicht zur Beerdigung gehen zu lassen. Hätte Al noch bei ihnen zu Hause gewohnt, wäre Rachel vielleicht nicht zu dieser Entscheidung gekommen. Aber sie wusste, dass es den Jungs nach der Beerdigung noch schlechter gehen würde und dass sie, Rachel, danach zu Hause alleine für sie da wäre. Sie fühlte sich nicht stark genug, sie wie ein Sicherheitsnetz aufzufangen, diesmal nicht. Und so hatten sie sich darauf geeinigt, sich weitere Leiden zu ersparen. Schließlich hatte Joel in zwei Wochen seine erste Oberstufenprüfung.

Wusste Al das überhaupt? Sie hatte ihn nicht daran erinnert, damit es nicht so aussah, als wollte sie ihn auf diese Weise bewegen, nach Hause zurückzukehren.

Und so bog sie alleine auf die Hauptstraße ab, in einem neuen schwarzen Kleid, das ihr um den Bauch herum zu eng war. Die ganze Woche lang fürchtete sie sich schon vor der Beerdigung – und jetzt waren es nur noch ein paar Minuten bis dahin.

Damit niemand sie getrennt ankommen sehen würde, hatte sie mit Al abgemacht, sich mit ihm vor dem Lamb and Lion zu treffen, am der Kirche entgegengesetzten Ende der Hauptstraße.

Sie blieb im Wagen sitzen und wartete. Ihr war übel. Der Lufterfrischer baumelte immer noch von der Fahrt hin und her. Sie fasste danach und hielt ihn an. Dann klappte sie die Sonnenblende herunter, um in den Spiegel zu schauen. Sie hasste, was sie darin sah.

Sie versuchte, tief durchzuatmen, aber jedes Mal, wenn sie es probierte, kamen ihr die Tränen. Sie hatte wasserfesten Mascara aufgetragen und viele Taschentücher dabei, wollte aber nicht mit roter Nase und verquollenen Augen erscheinen. Wie sollte sie nur die ganze Beerdigung überstehen, wenn sie schon hundert Meter vor der Kirche weinte?

Alles war ein so schreckliches Durcheinander, das aus dem Tod ihrer guten Freundin entstanden war.

Wie war es nur möglich, dass Jenny nicht mehr lebte? Das war das Brutalste an der Trauer – die Endgültigkeit. Im einen Moment existierte jemand noch, war ein Angelpunkt deines Lebens, und im nächsten Moment war dieser Mensch nicht mehr da, hinter South Rocks verschwunden.

Sie drückte sich ein Taschentuch an die Augenwinkel.

Nicht weinen, noch nicht.

Und was, wenn sie Melissa sah? Was würden sie zueinander sagen? Die Möglichkeit, dass sie nicht kommen würde, bestand. Das war ihre große Hoffnung.

Wie feige, wie verachtenswert zu hoffen, dass ihre Freundin in einer Gefängniszelle festgehalten wurde – und das nur ihretwegen.

Neben ihr fuhr ein Auto heran, der schwarze BMW von Al. Du schaffst das, sagte sie sich, bevor sie ausstieg.

»Gehen wir«, forderte Al sie auf und hielt ihr seinen Arm hin.

Als sie die Hauptstraße entlanggingen, kamen sie an noch mehr geparkten Autos und noch mehr schwarz gekleideten Menschen vorbei, die auf dem Weg zur Kirche waren. Obwohl Rachel sie alle kannte, sah sie niemanden an. Sie wollte kein Wort mehr als unbedingt nötig sagen.

Nachdem sie das Tor durchquert hatten, mussten sie sich hinter Dutzenden von Menschen anstellen, die auf dem Weg Schlange standen.

Rachel drückte Als Arm. Er tätschelte ihr zur Antwort die Hand.

Als sie die Kirche betraten, sah sie fassungslos um sich. Es war gerammelt voll. Al zögerte, nicht sicher, wohin sie gehen sollten.

Menschen begannen, sich an die Wände zu stellen. »Ich möchte nicht stehen, und du?«, sagte er.

»Ich auch nicht«, gab sie zurück, »aber ich glaube, uns bleibt keine andere Wahl.«

Jemand winkte ihnen zu. Es war die neugierige Frau von der Schule, Gilly Green. Sie bewegte den Mund und wedelte mit ihrem Kirchenprogramm in ihre Richtung. Jetzt kam sie zu ihnen herüber.

»Sie sitzen vorne, Rachel«, sagte sie.

»Oh«, machte Rachel. Sie wollte nicht bevorzugt werden. Sie hatte es sich so vorgestellt, hinten auf einen stillen Platz zu schlüpfen, von dem aus sie Jenny unbeobachtet die letzte Ehre erweisen konnten.

»Für die Sil…, äh, die Silkies sind links zwei Bänke reserviert.«

»Danke«, sagte Al.

»Gerne.« Und schon schlängelte sich Gilly durch die Menschen davon.

»Dann komm«, sagte Al. Von Hunderten von Augenpaaren beobachtet, suchten sie sich ihren Weg nach vorne.

Tatsächlich, die zweite Bank hinter Gareth und seiner Familie war leer. Sie setzten sich schnell, froh, nicht mehr so leicht beobachtet werden zu können, und rutschten bis ans Ende in den Schutz der kalten Wand.

Rachels Hände zitterten. Sie starrte das Programmblatt an, ohne ein einziges Wort zu registrieren, und mahnte sich, noch nicht zu weinen. Es kam ihr vor, als würden sie alle neugierig beobachten, wie genau ihre Trauer sich nun äußerte.

Sie wollte Gareth ein Zeichen geben, dass sie da waren, hinter ihm saßen und ihn unterstützten. Aber aus Angst, dass er sich dadurch vielleicht noch mehr ins Rampenlicht gerückt fühlen würde, tat sie es nicht. In seinem dunkelblauen Anzug sah er sehr elegant aus. Wie die gesamte Davies-Familie saß auch er ganz still, als würde eine Bewegung sie alle aus dem Gleichgewicht bringen.

Sie sah an Al vorbei auf die freien Plätze neben ihnen. Wenn das Schicksal ihr gnädig war, würde ihre Bank leer bleiben.

Gareth saß bewegungslos auf der vordersten Bank von St. John's, die Hände zwischen den Knien gefaltet. Sein Herz trommelte, als würde er auf den elektrischen Stuhl warten. Seine Angst wuchs, als immer mehr Menschen hinter ihnen hereinkamen und die Kirche füllten. Überall um sie herum waren Stimmen, ein leises vibrierendes Brummen, das von den Bänken zum Dachstuhl aufstieg. Ihm wurde bewusst, dass er sich das letzte Mal, als er derart nervös gewesen war, genau hier befunden hatte – an dem Tag, als er Jenny heiratete. Eine grässliche Parallele. Ihm wurde schwindelig. Er zerrte an seiner Krawatte, als würde sie ihm die Luft abschnüren.

»Alles okay, Dad«, sagte Max, der rechts neben ihm saß. Max' Gesicht war weiß wie Kalk, seine Lippen dagegen überraschend rot. Sein Teint erinnerte an die Kunstwerke, die die Zwillinge als kleine Kinder fabriziert hatten – die, mit denen Jenny den ganzen Kühlschrank voll gehängt hatte: kräftige Farben, kollidierende Kontraste. Was war aus all den Bildern geworden? Würde er eines Tages oben unterm Dach einen Koffer aufmachen und sie finden? Er hatte Jenny nicht gefragt, wo sie sie all diese Jahre aufbewahrt hatte. Es gab so vieles, was er sie nicht gefragt hatte. »Wir packen das, Dad«, wandte sich Max erneut an ihn. Über seinem Mund hatte sich ein Streifen Schweiß gebildet.

Gareth drehte sich nach links, um einen Blick auf Olivia zu werfen. Sie saß stocksteif da, die Lippen entschlossen zusammengepresst. In ihrem Gesicht zeigten sich dieselben Kinderfarben wie bei Max. Zum ersten Mal seit Jahren sahen sie wieder wie Zwillinge aus.

Am Morgen hatte es eine Weile so ausgesehen, als würde Olivia es nicht zur Beerdigung schaffen. Sie war so nervös, dass ihr schlecht war, und sie weigerte sich mitzukommen. Es war Max gewesen, der – mit plötzlich erwachsener Reife – auf die Idee gekommen war, die sie umstimmte. Er hatte die dunkelrosa Jacke ihrer Mum vom Haken genommen und Olivia gesagt, sie solle sie anziehen. Irgendwie hatte das funktioniert.

Jetzt begann die Musik zu spielen. Hinter ihnen verstummte die Gemeinde. Olivia verlor die Beherrschung, schnappte leise nach Luft, und Gareth griff nach ihrer Hand. Etwas weiter die Bank hinunter beugte seine Mutter sich vor, um seinen Blick aufzufangen, und lächelte ihm mit verzerrtem Gesicht zu. Auch sein Vater sah ihn an, um ihm zu sagen, dass er für ihn da war, dass Gareth dies durchstehen konnte – all das drückte er in dem kurzen Blickwechsel aus.

Und dann starrte Gareth nach vorn. Er umklammerte die Hände seiner Kinder so fest, als säßen sie in der Achterbahn ganz oben kurz vor der Talfahrt.

Wer hatte diese Musik ausgesucht?

Olivia. Er warf einen Blick auf sie. Sie sah ihn verängstigt an, und auf der anderen Seite neben ihm wippte Max mit dem Knie. Sie hatten beide gleichzeitig ihren Fehler erkannt.

Beim Aussuchen war das Lied ihnen passend vorgekommen, ein Titel, auf den sie sich geeinigt hatten. Es war seit Jennys Kindheit ihr Lieblingslied gewesen – »Annie's Song« von John Denver.

Aber jetzt fühlte sich das wie eine schreckliche Fehlentscheidung an. Im Zusammenhang mit einer Beerdigung war das Lied furchtbar traurig; es lagen so viel Zärtlichkeit, Sehnsucht und Ergriffenheit darin.

Olivia wagte es, einen Blick über die Schulter zu werfen, und rutschte unruhig auf ihrem Platz hin und her, denn sie wusste nicht, wie sie sich verhalten sollte.

Und dann war plötzlich der Sarg da – Eichenholz, goldene Griffe, Blumen, sechs schwarz gekleidete Männer.

Gareth verlor die Selbstbeherrschung. Er entzog den Zwillingen seine Hände und schlug sie sich vors Gesicht. Jenny war in dem Sarg, lag in dem polierten Sarg und wurde von Wildfremden durch die Kirche nach vorne getragen. Seine Frau war tot, für immer verloren. Seine wunderschöne Frau gab es nicht mehr.

Olivia klammerte sich an ihn und versuchte, ihr Gesicht in seiner Jacke zu vergraben. Auf seiner anderen Seite machte Max dasselbe. Als wären sie auf einmal wieder kleine Kinder, suchten sie verzweifelt nach einer größeren Hand, die ihnen helfen konnte.

Er durfte sie nicht im Stich lassen. Er legte seine Arme um sie und hielt seine weinenden Kinder. Ihre Tränen tropften auf seine Hose.

Die Melodie wurde leiser, Denvers Stimme verklang. Das Lied war zu Ende.

Mit zitternden Atemstößen wisperte Olivia ihm etwas zu. »Daddy«, sagte sie, den Mund an sein Ohr gelegt, »es tut mir leid.«

Er wusste nicht, was ihr leidtat. Er zog seine Arme zurück und holte sein Taschentuch heraus, um sich die Augen abzuwischen. Die Zwillinge machten es ihm nach und trockneten sich die Gesichter.

Aber kaum dass sie alle wieder nach vorne schauten, waren sie erneut mit dem glänzenden Sarg und seinem akkuraten Blumengesteck konfrontiert, und die Tränen begannen aufs Neue. Sie waren gezwungen, ihre Gesichter hinter den Taschentüchern zu verstecken, die Grandma ihnen am Morgen gegeben hatte.

Alles am Tod war gründlich, peinlich genau, von dem Moment, an dem man aufhörte zu atmen, bis hin zu den auf Hochglanz polierten Schuhen der Bestatter und dem Glänzen der Griffe, an denen sie den Sarg anhoben. Es gab keine Grauzone, keine verwischten Grenzen – auf dem Sarg gab es keinen einzigen verschmierten

Handabdruck, keine dunkel welkende Blume im Kranz. Behandschuhte Hände verfuhren von der Autopsie bis zur gerichtlichen Untersuchung der Todesursache geschickt mit dem Tod, vom letzten Atemzug bis hin zur Beerdigung.

Es war ganz still geworden. Der Vikar befand sich in wehendem weißem Gewand auf dem Weg zur Kanzel. Gareth fragte sich, wie er es schaffen sollte, die Fassung zu bewahren, um der Predigt zuzuhören. Alles an ihm schien feucht zu sein, sein Hemd fühlte sich am Rücken ganz kalt an. Und er konnte spüren, wie Hunderte von Gesichtern hinter ihm atmeten, warteten, beobachteten.

Rachel vermochte es nicht, den Sarg anzusehen, sondern hielt ihren Blick auf Gareth gerichtet und wünschte ihm, dass er dies überstand, dass seine Qual ein Ende nehmen würde.

Dann schaute sie nach oben und starrte die dunklen Dachsparren der weißen Decke an, während sie sich an das angstverzerrte Gesicht ihrer Freundin erinnerte, an ihren letzten Hilferuf.

Hastig suchte sie in ihrer Handtasche nach einem Papiertaschentuch. Al legte ihr seine Hand auf ihr Knie. Er weinte nicht. Mit starren Augen schaute er nach vorn und mahlte mit dem Kiefer. Er hätte genauso gut überall sonst sein können – in der Warteschlange an der Tankstelle, mit dem Vorsitz einer Konferenz beschäftigt. So wie sie ihn kannte, sagte er vermutlich im Stillen das Alphabet rückwärts auf. Er hasste öffentliche Gefühlsausbrüche und tat mit Sicherheit alles in seiner Macht Stehende, um sich davor zu bewahren.

Als das Lied endlich endete, ließ sie die Schultern sinken und tupfte sich die Augen ab.

Es herrschte völlige Stille. Rachel dachte, dass es wegen des Vikars war, der gerade die Kanzel betreten hatte, aber daran lag es nicht. Etwas anderes geschah. Von hinten rauschte ein Flüstern durch das Kirchenschiff bis nach vorne. Die Menschen rutschten auf ihren Plätzen umher und drehten sich mit makabrer Neugierde um.

Jetzt wusste sie, was es war, wer es war. Mit rasendem Herz starrte sie weiter nach vorn.

Und dann stand Lee am Ende ihrer Bank und löste den Schnappriegel der kleinen Tür. Und neben ihm Melissa.

Er betrat die Bankreihe und setzte sich in einigem Abstand zu ihnen hin. Al nickte steif zur Begrüßung, sich bewusst, dass die gesamte Kirchengemeinde sie beobachtete.

Rachel versuchte, die beiden aus dem Augenwinkel zu mustern. Melissa sah dünn aus, ihre Gesichtszüge scharf umrissen. Dann wandte sie ihren Blick ab, sich für ihren Wunsch schämend, dass die Polizei ihre Freundin in Gewahrsam behalten hätte. Aber da war etwas, das ihr keine Ruhe lassen wollte, und sie ertappte sich dabei, Melissa erneut anzusehen.

Mit entschlossen gehobenem Kinn hielt Lee Melissas Hand fest umklammert. Seine Miene besagte, dass jeder, der seine Frau anging, es zuerst mit ihm aufnehmen musste.

Hin und wieder flüsterte er Melissa etwas zu und strich ihr die Haare hinters Ohr, als wäre er sich der vielen Zuschauer nicht bewusst.

Rachel spürte, wie sie vor Eifersucht zerging. Ihr Herz zog sich zusammen. Überzeugender oder leidenschaftlicher hätte Lee seiner Frau nicht beistehen können.

Und was hatte sie, Rachel, dagegen? Einen Mann, der sie verlassen hatte, kaum dass es hart auf hart ging.

Als der Vikar zu predigen begann, schien Gareth um Fassung zu ringen. Er sah sich um. Bestürzt beobachtete sie ihn und fragte sich, ob sie ihm irgendwie helfen konnte.

Und dann – während Rachel noch überlegte, was sie tun sollte – rutschte Melissa impulsiv und instinktiv einfach die Bank durch, bis sie hinter Gareth saß. Vor aller Augen und anscheinend ohne die Angemessenheit ihrer Handlung infrage zu stellen oder abzuwägen, wie sie aufgenommen werden würde, beugte sie sich vor und legte Gareth ihre Hände auf die Schultern.

Auf Melissas Berührung hin wurde Gareth ruhig, so als wären ihre Hände heilig, mit Öl gesalbt – das biblische Handauflegen.

Rachel konnte nur bewundernd zuschauen, genau wie sie es schon immer getan hatte.

Es gab die Silkies noch, sie funktionierten noch und waren weiterhin füreinander da. Obwohl Melissa verhaftet worden war, stellte sie immer noch das Herz ihrer Clique dar.

Es war Rachel, die nicht mehr dazugehörte.

32

Draußen schien es ungewöhnlich hell und warm zu sein, als sie aus der Kirche kamen. Gareth blieb um sich blickend stehen und lockerte seine Krawatte. Die Menschen begannen sich auf den Weg zur Beisetzung auf dem Friedhof gegenüber zu machen. Aber Gareth blieb mit seiner Familie noch neben den Kirchtüren stehen, und sie sprachen darüber, was sie machen wollten.

Schon am Abend zuvor hatten sich beim Essen die Geister daran geschieden, wer mit zur Beisetzung gehen sollte. Die Zwillinge waren sich nicht sicher, ob sie es ertragen konnten.

»Warum konnte sie nicht eingeäschert werden wie sonst alle, Dad?«, fragte Olivia und sah den Trauernden nach, die aus der Kirche auf den Gehweg strömten.

»Das haben wir doch schon besprochen«, sagte Gareth. »Sie wollte neben ihren Eltern beigesetzt werden, weil das deren Wunsch gewesen war. Sie hatten schon vor Jahren den Platz neben ihrem bezahlt.«

»Aber was ist mit dem, was wir uns wünschen?«, fragte sie und sah mit zusammengekniffenen Augen zu ihm hoch.

»Ich weiß, dass das nicht einfach ist«, entgegnete Gareth. »Aber Mum wollte das nun mal so.«

»Also, wie lautet nun unsere Entscheidung?«, fragte sein Vater. »Gehen wir alle rüber? Wir sollten uns schnell entscheiden.«

»Ich glaube, den Zwillingen reicht es vielleicht?«, meinte seine Mutter und legte ihren Arm um Olivia.

Max kickte gegen die niedrige Mauer, die den Weg einfriedete. »Ich würde gern gehen.«

»Zur Beisetzung oder nach Hause?«, fragte Gareth.

»Zur Beisetzung.«

»Tapferer Junge«, sagte Gareths Vater.

Olivia bewegte sich nicht.

»Du musst nicht mitkommen, Livvie«, erklärte Gareth und nahm ihre Hand. Sie fühlte sich so kalt an, so klein. »Wenn es zu viel ist …«

Ihr Gesicht verzog sich unentschlossen. Eine Träne rann ihr über die Wange. »Ich will's nachher nicht bereuen, wenn ich nicht hingehe. Aber ich weiß nicht, ob ich das packe.« Sie sah Max an, als würde sie erwarten, dass er die Entscheidung für sie fällte. Doch Max zuckte mit den Schultern und trat immer noch gegen das Mäuerchen.

»Ich weiß genau, wie du dich fühlst«, sagte Gareth. »Warum bleibst du nicht ganz dicht bei mir, und wir stehen das zusammen durch?«

»Das klingt nach einer guten Idee«, meinte seine Mutter.

Und so hielt Gareth seine Tochter bei der Hand und führte seine Familie über die Straße auf den Friedhof.

Die meisten der Teilnehmer der Trauerfeier hatten sich in höflichem Abstand zum Vikar zusammengeschart. Gareth sah mit einem Blick, dass Melissa und Lee darunter waren sowie Rachel und Al. Er hatte keine Ahnung, wie er sich ihnen gegenüber fühlte. Auch eine Nacht Schlaf hatte ihm keine Klarheit über Melissa verschafft. Die Tatsache, dass sie offenbar auf freien Fuß gesetzt worden war und es für angemessen gehalten hatte, ihm in der Kirche ihre Hände auf die Schulter zu legen, änderte nichts daran.

Sie und die anderen Silkies waren wie Stechginster oder Brennnesseln zwischen den Grabsteinen. Nie und nimmer würde er heute auch nur in ihre Nähe gehen.

Nachdem die Davies sich unter einer Eibe versammelt hatten, wieder in der ersten Reihe vor allen anderen, begann der Vikar zu sprechen. An diesem Tag herrschte in Milford kein Verkehr, kein Flugzeug flog und auch kein Vogel. Als der Sarg ins Grab hinabgelassen wurde, fühlte die Erde sich still an, wachsam.

»Auf Wiedersehen, Jen.«

Gareth hatte es nicht laut sagen wollen. Olivia verlor die Fassung und vergrub ihr Gesicht an seiner Brust. Neben ihm hielt Max seine Hand und schluchzte leise. Gareth zog ihn näher an sich heran.

Dann machte sein Vater einen Schritt auf das Grab zu, um Erde auf den Sarg zu werfen, und seine Mutter tat es ihm gleich. Damit hatte Gareth nicht gerechnet.

»Ich will nicht. Bitte, Dad«, flüsterte Olivia, stemmte ihre Absätze in den Rasen und hielt ihn zurück. Gareth wollte sich nicht vor seiner Pflicht drücken, aber weder Olivia noch Max ließen ihn los. Und so blieb ihm keine andere Wahl, als mit den sich an ihn klammernden Zwillingen einen Schritt nach vorn zu machen. Er bückte sich, warf eine Handvoll Erde auf den Sarg und wich dann mit den Kindern zurück.

Der Vikar betete. Das Amen der Trauergemeinde hallte durch die Menschenmenge.

Und dann war es vorbei.

Sie warteten, dass alle gingen, denn das würden sie sicherlich tun. Niemand würde die fünf stören, die hier im Morgenlicht neben dem offenen Grab standen.

Als alles ruhig war, löste Gareth seinen Griff um die Zwillinge. »Gut gemacht«, sagte er. »Irgendwie haben wir es geschafft, Kinder. Ich bin stolz auf euch beide.«

»Und ich bin stolz auf dich«, erklärte sein Vater. »Hoffentlich war das das Schlimmste, was du in deinem Leben tun musst …« Er klopfte ihm auf den Rücken. »Komm, mein Sohn, lass uns nach Hause fahren.«

In der Sicherheit seines Badezimmers schraubte Gareth seinen Flachmann auf und trank einen langen Schluck. Die Erleichterung stellte sich sofort ein und war immens. Er setzte sich auf den Rand der Badewanne und nahm noch einen Schluck.

Im Haus war alles sehr still. Es hatte sich herausgestellt, dass es genauso schwierig war, eine kleine Gruppe Gäste zu empfangen wie eine große, wenn nicht noch schwieriger, da es keinen Lärm gab, in dem man untertauchen konnte. Max hatte einen einzigen Blick auf die Gäste geworfen und war nach oben in sein Zimmer gerannt. Olivia saß es nur wegen Frank aus.

Gareth war erst vor ein paar Minuten geflohen, in dem Moment, in dem Melissa und Lee das Wohnzimmer betraten. Es war feige von ihm, wenn nicht sogar beleidigend. Aber er hatte nicht damit gerechnet, dass sie kommen würden. Vielleicht wollten sie damit ihre Unschuld beweisen. Er hoffte es um ihrer willen, aber trotzdem konnte er sich nicht mit ihnen unterhalten, als wäre nichts passiert.

Ob Melissa nun unschuldig war oder nicht, die Polizei hatte weiterhin den starken Verdacht, dass es sich bei Jennys Tod nicht um einen Unfall handelte. Das hatte ihm sein Vater nach seinem Besuch auf dem Polizeirevier gesagt. Die Beamten suchten rund um die Uhr nach Beweisen für das, was sie für eine potenzielle Mordermittlung hielten.

Und was bedeutete das? Wenn er sich selbst ausschloss und vielleicht auch noch Melissa, blieben bloß die anderen drei Silkies übrig. Lee war nicht einmal mit dabei gewesen. Wer blieb also übrig – Rachel und Al?

Er trank einen weiteren großen Schluck Whisky und erschauderte.

Würde er jetzt wirklich anfangen, seine engsten Freunde des Mordes zu verdächtigen – einen nach dem anderen? Er konnte sich noch genau daran erinnern, wie er vor nicht mal zwei Wochen an dem Tag, nachdem Jenny gestorben war, im Krankenhaus gedacht hatte, dass er niemandem die Schuld geben würde.

Er musste sich an das halten, was er mit Sicherheit wusste. Viel war das nicht.

Erschöpft hielt er die Hand in die Badewanne, um sich zu vergewissern, dass kein Wasser darin war. Dann setzte er sich im Schneidersitz hinein. Er trank noch einen Schluck aus dem Flachmann, lehnte den Kopf an die Wand und schloss die Augen.

Hätte es nicht an der Tür geklingelt, wäre er in dieser Position eingeschlafen. Er zuckte zusammen und setzte sich auf, rieb sich das Gesicht und versuchte, wieder zu sich zu kommen.

Oh, der Fußboden schwankte, als er aufstand. Er stemmte eine Hand gegen die Wand, um sein Gleichgewicht zu halten.

Wie viel hatte er getrunken? Er schüttelte den Flachmann. Da war nichts mehr. Und das auf leeren Magen.

Er versteckte die Flasche im Badezimmerschränkchen, spritzte sich kaltes Wasser ins Gesicht und putzte sich die Zähne. Dann, nach ein paar auf die Wangen gesprenkelten Tropfen Rasierwasser, um den Alkoholgeruch zu vertuschen, begab er sich hinunter, denn er schuldete es seinen Eltern und Olivia, sich unten zu zeigen. Nur sechzehnjährigen Jungs war es erlaubt, sich zu verstecken, und leider war er schon lange keiner mehr.

»Ich glaube, ich sollte nicht hingehen«, sagte Al.

»Was? Warum nicht?«, fragte Rachel und setzte ihre Sonnenbrille auf. Es war ein windstiller Tag, kaum ein Lüftchen ging, und auf den Kühlerhauben ihrer Autos reflektierte greller Sonnenschein. Alle waren nach der Beerdigung nach Hause gefahren, eine Flut der Trauer, die sich in die Stadt hineinergossen hatte.

Al zog die Mundwinkel nach unten. »Gareth und ich stehen nicht gerade auf gutem Fuß. Er wird mich nicht sehen wollen.«

»Aber du bist doch eingeladen. Als er anrief, um uns einzuladen, hat er extra gesagt, dass du kommen sollst.« Hatte er das wirklich? Jetzt, da sie sich zu erinnern versuchte, glaubte sie nicht, dass er das gesagt hatte. »Es könnte unhöflich wirken, wenn du nicht hingehst«, fügte sie hinzu. Al verabscheute Unhöflichkeit. Sie sah, wie er unsicher wurde und die Lippen spitzte. »Und ich brauche dich. Ich kann nicht alleine gehen.«

Wieder dachte sie daran, wie Lee Melissa vor aller Augen unerschütterlich beschützt hatte. Wenn Al ihr diesen einen Gefallen nicht tun konnte, dann würde sie …

Was würde sie tun? Sie sah von ihm weg auf ihre Füße.

»Okay«, erklärte Al. »Unter einer Bedingung.« Er zeigte auf das Lamb and Lion. »Erst trinken wir was. Ich hasse Beerdigungen, und diese ganz besonders.«

»Aber ich fahre doch«, sagte sie.

»Dann trink nur eine Schorle.«

»Na gut.«

Er lächelte. »Schön.« Und sie gingen ins Pub.

Drinnen roch es seltsam tröstlich nach Reinigungsmitteln und dem Bier von gestern. Während Al an den Tresen ging, setzte Rachel sich an einen Ecktisch. Sie fühlte sich beunruhigend emotionslos. Nach all den Spannungen vor der Beerdigung und ihren Tränen während der Predigt hatte sie angefangen, sich vollkommen leer zu fühlen, als der Sarg schließlich beigesetzt wurde. Es war nicht etwa so, dass ihre Trauer ein Ende gefunden hatte, sie wusste nur nicht, was sie als Nächstes tun sollte.

Al kam zurück, stellte die Drinks hin und trank einen Schluck von seinem Guinness. »Das war schrecklich«, sagte er.

»Es hätte nicht anders sein können.«

»Mir tat Gareth leid.«

»Ja.«

»Aber ich war überrascht, dass Melissa kam. Ist sie denn freigelassen worden?«

»Sieht so aus«, sagte Rachel.

»Ich frag mich, was jetzt passieren wird. Das ist doch alles ein riesiger Mist, was?«

»Ja. Besonders, was uns angeht.«

»Fang nicht damit an, Rachel. Nicht heute.«

Schweigen senkte sich herab, während die beidseitige Verärgerung weiterhin in der Luft hing.

»Die Jungs vermissen dich«, sagte sie.

Er sah sie mit zusammengezogenen Augenbrauen an. »Hör zu, ich bin hier nicht reingegangen, um mich zu streiten.«

»Ich weiß. Ich hab nur … einfach drauflosgeredet.« Sie merkte, dass ihr wieder die Tränen kamen, und suchte in ihrer Tasche nach einem Papiertaschentuch.

»Tut mir leid«, sagte Al. »Ich wollte dich nicht aus der Fassung bringen. Wir sind alle … du weißt schon …«

»Ich weiß.« Sie schnäuzte sich.

»Lass uns über was Angenehmes reden.«

»Okay.«

Den Rest der Zeit verbrachten sie damit, der Radiosendung zu lauschen, die hinten in der Küche lief, während die Bedienung alles für das Mittagessen vorbereitete.

Sie wünschte, sie wären nicht ins Lamb gegangen. Jetzt rochen sie nicht nur nach Pub, sondern kamen auch noch als Letzte an.

Im Wohnzimmer der Davies herrschte bei Rachels und Als Eintreten nicht gerade eine wilde Party, aber jegliche Aktivitäten kamen sofort zum Stillstand, als wäre das Zimmer eine Schneekugel, in der die letzte Flocke zu Boden sinkt. Niemand schien auch nur im Entferntesten vorzuhaben, die Dinge etwas aufzurütteln.

Gareths freundliche Mutter war die Erste, die auf sie zukam.

»Hallo, Sie zwei«, begrüßte sie sie. »Ich hatte vorhin keine Gelegenheit gehabt, mit Ihnen zu reden. Es ging alles so schnell.«

»Ja«, stimmte Rachel ihr zu. Sie hatte das Gefühl, mehr sagen zu müssen. Al stand einfach nur herum. »Die Blumen waren wunderschön.«

»Nicht wahr? Kommen Sie, machen Sie's sich bequem.«

Bequem. Genau das würde es nicht werden.

Widerstrebend gingen sie weiter ins Wohnzimmer. Auf der anderen Seite des Raums stand Lee mit einer Tasse Tee in der Hand, den anderen Arm um Melissas Taille gelegt.

Wieder bewunderte Rachel Melissas Mut, ausgerechnet an diesem Tag hier aufzutauchen. Niemand außer Melissa hätte das fertiggebracht, auch wenn man sie gut kennen musste, um zu merken, dass sie anders war als sonst. Still in der Ecke zu stehen war etwas ganz Neues für sie.

Gareths Vater unterhielt sich an der Terrassentür mit einem älteren Mann, mit dem er befreundet war und den Rachel vom Sehen her kannte. Links von ihr saßen Frank und Olivia zusammen auf einem Sitzsack. In ihrer schwarzen Kleidung wirkten sie wie lange Schatten auf dem Teppich.

Der Esszimmertisch war mit Essen voll gestellt, von dem nichts angerührt zu sein schien.

»Möchtest du einen Kaffee?«, fragte Rachel Al.

»Bitte«, sagte er, als wäre er für die Ablenkung zutiefst dankbar. Auf dem Weg zu dem Tisch prallten sie gegeneinander. Erst als sie sich an die hinterste Wand zurückzogen und dort im Stehen ihren Kaffee tranken, fiel Rachel das Offensichtliche auf – Gareth fehlte.

Vielleicht hatte er von vornherein nicht vorgehabt, mit dabei zu sein, und war oben. Niemand würde ihm einen Vorwurf daraus machen, keine Lust auf Geselligkeit zu haben. Aber Al könnte es als Beleidigung empfinden.

Sie warf ihm einen Blick zu. Und tatsächlich schien er zu demselben Schluss gekommen zu sein. Er scharrte mit den Füßen.

»Ich weiß das mit der Gezeitentabelle«, wisperte er.

»Was?«, flüsterte sie zurück.

»Den Pfusch mit der Tabelle. Die Polizei hat's mir gesagt. Sie haben es Anfang der Woche so ganz nebenbei erwähnt. Aber ich glaube, sie haben es extra gesagt, um zu sehen, wie ich reagieren würde.«

Sie sah sich im Wohnzimmer um. Melissa und Lee schauten zu ihnen herüber. »Erwähn das doch jetzt nicht. Wir können später darüber reden.«

»Deshalb ist er nicht hier«, zischte er. »Er hält mich für verantwortlich. Ich hab dir ja gesagt, dass ich nicht hätte kommen sollen.«

»Das stimmt doch nicht«, flüsterte sie. »Heute geht's nicht um dich. Es geht um Jenny.«

Obwohl sie sich am liebsten in der gigantischen Zimmerpflanze neben sich versteckt hätte, versuchte sie, kerzengerade dazustehen. Gareths Eltern waren so nett gewesen, diese kleine Trauerfeier zu organisieren. Höflich zu sein war das Mindeste, was sie im Gegenzug tun konnten. Sie würde im Zimmer ihre Runde machen, ihr Beileid bekunden, und dann konnten sie wieder gehen.

»Ich gehe jetzt Hallo sagen«, erklärte sie.

»Viel Spaß.«

»Komm mit.«

»Nein«, erwiderte er und beugte sich dann näher zu ihr hinü ber. »Fünf Minuten noch«, flüsterte er. »Das meine ich ernst. Dann bin ich weg.«

Sie stellte ihre Tasse hin und ging zu Olivia und Frank. »Hallo«, sagte sie und blieb vor dem Sitzsack stehen, während sie ihre Tasche krampfhaft umfasste, weil sie nicht wusste, wohin mit den Händen. Frank sah zu ihr hoch, Olivia nicht. »Ich kann dir gar nicht sagen, wie sehr es mir um deine Mum leidtut, Olivia.« Ihre Stimme klang schwächlich. Ihr rechtes Knie zuckte. Konnten die beiden das sehen?

Es war offensichtlich, dass Olivia nicht mit ihr sprechen würde, aus Gründen, die ihr selbst wohl so unklar waren wie Rachel.

Enttäuscht war sie im Begriff, sich abzuwenden, als sie hinter sich eine Stimme hörte. »Danke, Tante Rachel«, sagte Olivia.

Rachel drehte sich wieder um und lächelte. »Wenn du jemals irgendetwas brauchen solltest, sag's mir einfach.« Aber Olivia hatte sich bereits von ihr abgekehrt und starrte auf ihr Handy.

Rachel schaute sich im Zimmer um und überlegte, ob sie sich weiter durchkämpfen oder zu Al zurückgehen sollte. Gareths Eltern waren in ein Gespräch mit dem alten Mann vertieft. Sie sah Al Hilfe suchend an, aber er wich ihrem Blick aus. Jedem ihr Beileid auszusprechen kam ihr plötzlich wie ein verwegenes Manöver vor, so wie sie mutterseelenallein und ohne Rückendeckung in der Mitte des Wohnzimmers stand.

Ihr blieb keine andere Wahl, als zu den Silks hinüberzugehen.

Und sobald sie wieder draußen waren, würde Al sie umbringen.

»Hallo, Rachel«, sagte Lee und gab ihr einen flüchtigen Wangenkuss.

»Hallo, Lee«, sagte sie und küsste ihn ebenso flüchtig. Dann wandte sie sich Melissa zu und war überrascht, wie ausgemergelt sie aus nächster Nähe aussah. Selbst ihre Sommersprossen in ihrem Gesicht schienen wie mit weißer Farbe übertüncht. »Mel …«

Melissas Bewegungen waren langsam, ohne jeglichen Hinweis auf Nervosität. Sie setzte ihre Teetasse ab und streckte Rachel dann die Arme zu einer Umarmung entgegen, als gäbe es zwischen ihnen keinerlei Animositäten.

Ihre Schulterblätter fühlten sich zerbrechlich an, und ihre Haare rochen seltsam, wie die eines Menschen, der gerade aus der Kälte ins Haus gekommen war.

Sie ließen sich wieder los. Rachel versuchte, sich zu erklären, was soeben geschehen war, als Gareths Vater auf sie zukam. »Ich kann Sie wohl nicht mit einem Würstchen im Schlafrock locken?«, sagte er.

»Doch, gerne«, antwortete sie und rückte ihre Brille zurecht, die von Melissas Haaren verschoben worden war.

Sie wollte sich weiter Gedanken über Melissa machen, vielleicht sogar noch etwas mit ihr reden, aber sie wurde am Ellbogen gefasst und zum Büfett geführt.

»Die hier sind mit Huhn.« Mr. Davies reichte ihr einen Teller und begann, auf die verschiedenen Gerichte zu zeigen. »Und das hier ist vegetarisch, glaube ich …«

»Sieht lecker aus. Danke.« Sie suchte sich mit übertriebenem Eifer zwei Frühlingsrollen und eine Cocktailwurst aus.

»Hat Ihnen die Trauerpredigt gefallen?«, fragte Mr. Davies.

Wie sollte sie darauf antworten? Niemand mochte Beerdigungen. Zögernd sah sie zu Al hinüber in der Hoffnung, dass er auch komme, um etwas zu essen. Aber er tippte unauffällig auf seine Armbanduhr und bedeutete ihr mit einer Kopfbewegung in Richtung Tür, dass ihre Zeit abgelaufen war.

SUE ANDREWS

Friseurin, Mon Petit Hair, Milford, Dorset

Sue saß hinter dem Schaufenster des Salons und genoss die tröstliche Sonnenwärme, die ihr durch die Scheibe ins Gesicht fiel.

Es war eine schöne Trauerfeier gewesen. Mr. Davies senior hatte in seinem melodischen Waliser Akzent die Trauerrede gehalten und sogar ein paar süße Anekdoten darüber eingeflochten, wie Gareth und Jenny sich als Kleinkinder im Kindergarten kennengelernt hatten. Die Gemeinde hatte gelacht; ein gedämpftes Lachen, das wie ein Windstoß durch die Kirchenbänke gerollt war.

Sue hatte den Großteil der Zeit damit zugebracht, Melissa Silk zu beobachten und darüber nachzugrübeln, was der Frau bei diesem Anlass wohl durch den Kopf ging. Verrückt, dass die gesamte Trauergemeinde nicht laut nach Luft geschnappt hatte, als Melissa Gareth Davies ihre Hände auf die Schultern gelegt hatte. Sue war einfach nur baff gewesen. Solch eine Frechheit!

Genau durch solche Dinge erwarb Melissa sich kein Wohlwollen. Sie war dermaßen großspurig, fast als würde sie meinen, dass für sie andere Regeln galten. Das glaubten die meisten Leute, und Sue war nahe daran, ihnen beizupflichten.

Wie ihre Freundin Gilly nach der Trauerfeier gesagt hatte: »Kein Rauch ohne Feuer.« Warum hätte die Polizei denn Melissa verhaftet, wenn an der Sache nichts dran war?

Aber nichtsdestotrotz war dies kein Tag, an dem man verurteilte, sondern an dem man sich erinnerte. Für alle in Milford war es ein sehr trauriger Tag.

Sie setzte sich anders hin und sah bedrückt auf ihre Schultertasche hinunter. Sie hatte schon längst etwas wegen der Plastiktüte unternehmen wollen, war sich aber unsicher gewesen, was. Gareth hatte gesagt, sie solle sie wegwerfen und nicht mehr dran denken.

Sie hatte sie nicht in ihren Hausabfall werfen wollen. Was, wenn die Polizei es herausfand?

Sie machte zu viel Aufheben darum. Es war ja keine Pistole, Herrgott noch mal.

Sie nahm die Plastiktüte aus ihrer Schultertasche und ging zum Abfalleimer hinten im Salon, wo sie die Bleichmittel und die Tönungen mischten. Nachdem sie die Tüte in den Abfall geworfen hatte, nahm sie eine Handvoll Einmalhandschuhe und warf sie mit dem Dreck von der Kehrschaufel oben drauf.

Dann wusch sie sich die Hände und kehrte auf ihren Platz am Fenster zurück, wo sie wieder ihre Tasse Tee nahm und sich schüttelte.

Das hatte sie gut gemacht.

Niemals würde jemand dort herumgraben und den Schwangerschaftstest finden, nicht unter all den Haarschnipseln.

33

Gut gemacht«, flüsterte Lee in Melissas Haare. »Das kann nicht einfach gewesen sein.«

»War es nicht«, wisperte sie zurück und beobachtete, wie Rachel neben Gareths Vater langsam am Büfett entlangging.

»Es war lustig gewesen, was dein Bruder über Fische gesagt hat«, meinte Lee.

»Hm?«

»Was David bei der Beerdigung gesagt hat, dass alles stirbt, auch Fische.«

»Oh«, erwiderte Melissa nichtssagend. »Ja …«

Ein bisschen lustig war es schon gewesen. David hatte es sehr laut gesagt. Ihre Mutter, die ihn am Arm hielt, hatte äußerst peinlich berührt ausgesehen. Alle hatten lachen wollen; manche hatten es sogar diskret getan, wobei sie sich Mühe gaben, dass es nicht so wirkte, als würden sie sich über David lustig machen, besonders nicht auf einer Beerdigung.

»Wir müssen keinen Small Talk machen«, sagte sie zu Lee. »Wir können einfach hier stehen.«

Er drehte dem Raum den Rücken zu, um mit ihr zu reden. »Tut mir leid, aber ich fühle mich hier wirklich unwohl«, flüsterte er. »Weshalb sind wir noch mal hier?«

»Weil ich mich nicht verstecke. Ich setze ein Zeichen, dass ich immer noch für Gareth da bin. Nichts hat sich geändert.«

Er schüttelte den Kopf. »Da liegst du falsch. Alles hat sich geändert.«

»Nein, für mich nicht. Gib mir bloß noch zehn Minuten. Es wäre unhöflich, jetzt schon zu gehen.«

»Angesichts der Umstände denke ich, dass du gehen kannst, wann du willst. Alle wissen, was passiert ist.«

Mr. und Mrs. Davies schienen jedenfalls auf dem neuesten Stand der Dinge zu sein. Die beiden waren ihr gegenüber nicht kühl – dazu besaßen sie viel zu viel Nächstenliebe –, aber sie beobachteten sie zurückhaltend mit fragenden Blicken.

Lee stupste sie an. »Guck mal, Gareth ist hier.«

Tatsächlich, und bildete sie es sich ein oder taumelte er? Er hielt sich an der Sofalehne fest, als könnte er nie wieder loslassen.

»Ist er betrunken?«, flüsterte Lee.

»Sieht so aus«, antwortete sie und sah zu Gareths Eltern hinüber, die sich ihren Gastgeberpflichten widmeten und nicht gemerkt hatten, dass ihr Sohn ins Zimmer gekommen war.

»Na, das wird jetzt interessant«, sagte Lee.

Gareth stolperte auf Al zu. Melissa sah schnell zu Rachel hinüber, die sich immer noch am Büfett mit Mr. Davies unterhielt.

Gareth blieb vor Al stehen, den ausgestreckten Arm gegen die Wand gestemmt, den Kopf nach vorn gebeugt, um mit ihm zu reden. Zuerst wirkte es freundlich. Dann aber veränderte sich innerhalb weniger Sekunden alles.

Lee gab Melissa seine Tasse und lief zu den beiden Männern hinüber. Melissa reagierte nicht, als ihr Tee auf die Bluse spritzte. Ihr Blick war von der Szene vor ihr angezogen.

Gareth hatte Al gepackt und an die Wand gedrückt. »Sag's mir! Sag mir die Wahrheit, du Arschloch!«

Rachel ließ ihren Teller fallen und rannte durch das Zimmer am Sofa vorbei auf Al zu. »Lass das! Hör auf!«

Gareth griff nach Als Hals.

»Das reicht!«, schrie Lee und schaffte es, sie auseinanderzuzerren. Er stand mit ausgestreckten Armen da, die Hände gegen Gareths und Als Brustkörbe gepresst.

Al schnappte nach Luft und hielt sich den Hals. »Du blöder Idiot!«

Gareth schlug um sich, prügelte auf die Luft ein, außerstande, sein Ziel zu treffen. »Ich weiß von dem Schwangerschaftstest!«, brüllte er. »War's von dir? Sag's mir!«

»Immer langsam, Gareth«, sagte Lee, der immer noch versuchte, eine Hand gegen Al zu stemmen. Es war unmöglich, beide gleichzeitig zurückzuhalten. Gareth hatte sich freigekämpft, warf sich wieder auf Al und stieß ihn gegen die Wand.

Al starrte ihn schockiert an, nach Luft ringend.

»Hör auf!«, schrie Rachel und packte Gareth an der Jacke, um ihn wegzuzerren. Lee schnappte Rachel an der Taille und versuchte, sie vor den Schlägen zu schützen und nach hinten zu ziehen. »Lass ihn in Ruhe!«, kreischte sie. »Was ist nur los mit dir?«

»Was mit *mir* los ist?«, brüllte Gareth und hörte plötzlich auf. Seine Augen quollen fast aus dem Kopf. »Er hat meine Frau gefickt!«

Al versuchte, seine Kleidung zurechtzuzupfen und seine Würde wiederzufinden. »Ich hab sie nie angefasst – nicht auf die Art. Jenny hat was Besseres als das hier verdient, du Blödmann.«

Melissa verzog das Gesicht. Sie stand immer noch mit den beiden Teetassen da, außerstande, sich zu bewegen oder zu reagieren.

Gareth schüttelte wutentbrannt den Kopf. »Du arrogantes, aufgeblasenes Schwein! Du …«

»Hör auf!«

Ein Schrei, lauter als alle anderen, durchschnitt das Durcheinander, und alle drehten sich um.

Olivia hatte geschrien.

Melissa stellte klappernd die Tassen ab. Sie konnte ihren Blick nicht von Olivia abwenden, die alle Aufmerksamkeit auf sich gezogen hatte und jetzt aussah, als würde sie das bereuen, als hätte irgendein abgespaltener Teil ihres Körpers soeben für sie geschrien.

Gareth wirkte wie vor den Kopf geschlagen. Er sah sich um und machte einen kleinen Schritt zurück, als würde er die Trauerfeier jetzt erst registrieren: das Essen, die harte Arbeit seiner Eltern, die schwarz gekleideten Gäste, die ihn schockiert ansahen. »Liv, ich …«

»Es war nicht Mums Test«, sagte sie.

»Was?«

»Es war meiner.«

Das Zimmer schien zu schrumpfen, als alle gleichzeitig scharf einatmeten.

»Ich war schwanger.«

Olivia verharrte in der Mitte des Zimmers und wirkte jetzt schmerzlich verletzbar und alleingelassen. Sie versteckte ihr Gesicht hinter den Händen. Allgemeine Bewegung wogte auf, als ihr alle zu Hilfe kommen wollten und es dann doch nicht taten, denn es war unklar, wem diese Aufgabe zufiel.

Es wäre die Aufgabe ihrer Mutter gewesen.

Nur vor ein paar Tagen noch hätte Melissa keinen Moment gezögert, für Jenny einzuspringen. Aber sie wusste nicht mehr, welche Rolle sie hier spielte. Und so stand sie lediglich wie alle anderen herum und starrte Olivia an.

»Was um Himmels willen …?«, begann Mrs. Davies atemlos und machte einen Schritt nach vorn. »Olivia …«

»Du … was?«, sagte Gareth, als hätte er endlich sein Gehör wiedergefunden.

Dann stand Frank mit bleichem Gesicht auf. »Was soll das heißen, du *warst* schwanger?«, fragte er.

Seine Verwicklung änderte für Melissa alles. Plötzlich begriff sie, was hier vor sich ging.

»Frank …«, sagte sie, ging zu ihm und legte ihm ihre Hand auf den Arm. »Hast du davon gewusst?«

»Natürlich.« Er schüttelte sie aufgebracht ab. »Was hast du damit gemeint?«, fragte er Olivia mit noch mehr Nachdruck. »Sag's mir.«

Olivia sah zu ihm hoch. In diesem Moment wirkte sie so viel jünger, als sie war. Und Frank ebenso. Niemand sagte etwas, alle warteten.

»Ich hab's verloren.«

Franks Kiefer sackte nach unten. »Wann?«

»Letzte Woche.«

»Und du hast mir nichts gesagt?«

»Ich konnte nicht.« Sie fing an zu weinen. »Ich wusste nicht, wie.«

»Oh, Olivia.« Mrs. Davies zog ihre Enkelin in ihre Arme. »Mein armes Kind.«

Kind. Sie waren Kinder.

Jetzt sahen sie sich alle an, während sie die Neuigkeiten verdauten.

»Sollte sie zum Arzt gehen?«, fragte Mrs. Davies.

»Mir geht's gut«, sagte Olivia. »Ich muss nicht zum Arzt. Ich war noch in den ersten Wochen. Es war nicht …«

»Dir kann es nicht gut gehen.« Mrs. Davies drehte sich um, wobei sie sich mit vor Kummer und Sorge hochrotem Gesicht an niemand Bestimmten wandte. »Ihr kann es doch nicht gut gehen, oder?«

Frank war auf den Sitzsack zurückgekehrt und saß mit dem Kopf in die Hände gestützt. Melissa fiel der Moment vor zwei Tagen vor der Schule ein, als sie gemerkt hatte, dass ihm irgendetwas Sorgen bereitete.

Sie ging zu ihm hinüber und kauerte sich neben ihn, damit nur er sie hören konnte. »Es tut mir so leid«, sagte sie. »Ich hätte es wissen sollen, hätte dir helfen sollen. Ich weiß, es muss sich anfühlen als …«

»Lass mich in Ruhe!«, schrie Frank. Und er schubste sie weg. Sie verlor das Gleichgewicht, kippte nach hinten und fiel mit dem Hintern auf den Boden.

Sie konnte seinem Gesicht ablesen, dass er das nicht gewollt hatte. Lee sah trotzdem wütend aus. Er half ihr schnell, aufzustehen.

»Wage es nicht, deine Mutter so zu behandeln«, sagte er verärgert, aber mit einer Beherrschung in der Stimme, die nicht da gewesen wäre, wenn sie keine Zuschauer gehabt hätten. »Sag, dass es dir leidtut. Es war eine harte Woche für …«

»Ich werde mich nicht entschuldigen«, erklärte Frank. »Weil keiner es wollte.«

»Wovon redest du?«, fragte Melissa.

»Ich wusste, dass genau das passieren würde«, sagte Frank und versuchte, aus dem weichen Sitzsack aufzustehen. »Jenny wollte es nicht – wollte ihr eigenes Enkelkind nicht haben. Und jetzt ist es tot.«

Frank stand in seiner vollen Größe da und starrte finster zu ihnen beiden hinunter. Er war einen ganzen Kopf größer als Lee. Noch nie hatte sie ihn so gesehen – so aufgebracht und so verloren.

»Ich verstehe nicht«, sagte sie. »Jenny wusste davon?«

»Ja.«

»O mein Gott, Frank. Warum hast du mir denn nichts davon gesagt?«

»Wozu? Du hättest ja bloß wie üblich zu ihr gehalten.«

»Das ist nicht fair.«

Lee versuchte, seinem Sohn beruhigend die Hand auf die Schulter zu legen, aber Frank schlug sie weg.

»Lass uns das nicht hier ausmachen, okay?«, sagte Lee. »Lass uns nach Hause fahren und darüber reden.«

In diesem Moment ergriff Mr. Davies senior das Wort. Sie drehten sich alle zu ihm um. Der alte Mann sah erschöpft aus, ging unsicheren Schrittes zum Sofa und setzte sich mühsam hin. »Ich glaube, am besten gehen jetzt alle nach Hause.«

»Es tut mir leid«, sagte Gareth und stolperte zur Tür, wo er gegen den Türrahmen prallte. »Ich wusste, dass ich's vermasseln würde.«

Sie hörten ein lautes Rumsen, als er sich die Treppe hochmühte. Kurz danach wurde eine Tür zugeknallt.

»Wir machen uns auf den Heimweg«, sagte Lee zu Gareths Eltern. »Danke für alles. Das hier tut mir alles sehr leid …« Er wandte sich an Frank. »Kommst du mit?«

Frank schüttelte den Kopf.

An der Haustür entstand ein peinlicher Moment, als sie neben Rachel und Al ihre Jacken und Schuhe anzogen.

Eine Sekunde lang stellte Melissa sich vor, dass sie wieder Kinder in Gareths altem Haus waren, sich schubsten und um genügend Platz kämpften und versuchten, dabei nicht Mr. Davies aufzuwecken, der oben nach seiner Nachtschicht schlief.

Pssst!!!

Und dann waren sie draußen und gingen getrennte Wege.

Es sagte nicht mal jemand Tschüss.

34

Das war ein Albtraum«, sagte Lee auf der Heimfahrt.

Melissa kickte sich die Schuhe von den schmerzenden Füßen. Alles fühlte sich wund und zerbrechlich an.

»Der arme Frank und die arme Olivia. Sie sind doch ...«

»Kinder«, warf Lee ein. »Darf sie das überhaupt schon?«

»Natürlich«, antwortete Melissa. »Sie wird nächsten Monat siebzehn.«

»Trotzdem. Wusstest du, dass die beiden miteinander schlafen?«

»Nicht wirklich.«

Er wandte den Blick von der Straße ab, um sie anzusehen. »Ist das ein Ja oder ein Nein?«

»Weder noch. Ich hatte es vermutet. Ich meine, Frank ist siebzehn, und sie sind ja schon seit einer ganzen Weile zusammen. Früher oder später wäre es dazu gekommen. Ich habe ihm immer gesagt, aufzupassen und verantwortungsbewusst zu handeln. Aber ich gebe zu, ich hätte gedacht, dass Jenny es Olivia verboten hätte.«

»Verboten?«, sagte Lee. »Mit einem Keuschheitsgürtel oder wie?«

»Stell dich doch nicht so dämlich an.«

»Wie denn sonst?« Er schaltete die Scheibenwischer ein, denn die ersten Regentropfen fielen. Die Scheibenwischer schabten traurig hin und her.

»Du weißt doch, wie sie mit Olivia war. Wegen uns hat sie Frank toleriert. Aber es war ja ziemlich offensichtlich, dass sie etwas Besseres für sie im Sinn hatte.«

»Was gibt's an Frank auszusetzen?«, fragte Lee. »Sie könnte es wesentlich schlimmer treffen.«

»Nimm's nicht persönlich. Sie wollte nur, dass Olivia das Beste aus ihrem Leben macht. Das kann ich nachvollziehen.«

Lee drosselte die Geschwindigkeit, um in ihre Straße einzubiegen. »Ihr wart schon immer komisch, du und Jenny.«

Sie sah ihn an. »Inwiefern komisch?«

»In eurer eigenen kleinen Welt abgeschottet.«

»Das hast du noch nie gesagt.«

»Na, dann sage ich's eben jetzt. Außerdem beschwere ich mich ja gar nicht. Es war einfach so.« Langsam fuhr er durch ihr Einfahrtstor und hielt das Auto vor der Garagentür an.

»Und wie ist das nun, wo sie tot ist?«, fragte sie. »Bin ich jetzt allein in meiner eigenen kleinen Welt?«

Sie ließ ihren Blick über das Haus und den Garten schweifen. Die Holzapfelbäume schienen größer zu sein, als sie in Erinnerung hatte. Die Vorhänge an den Kinderzimmerfenstern waren zugezogen, und das Rollo in der Küche war heruntergelassen. Alles wirkte verriegelt, als würde es auf ihre Rückkehr warten.

»Nein, du hast mich und die Kinder. Uns kannst du nicht so einfach entkommen, selbst nicht, indem du dich verhaften lässt.«

Obwohl sie so bedrückt war, lächelte sie, denn sie schätzte seinen Versuch, die Stimmung aufzulockern.

Er schloss die Haustür auf, und sie betrat den Flur und sog die heimischen Gerüche ein – die Würstchen von gestern, Franks lehmverschmierte Footballschuhe, Ninas Vanillekerzen.

»Willkommen daheim«, sagte Lee. »Ich hab versucht, sauber zu machen, aber du weißt ja, wie das ist …«

»Mach dir keine Gedanken. Ich bin ja nur froh, dass du da warst, um dich um die Kinder zu kümmern.«

»Natürlich war ich das«, entgegnete er stirnrunzelnd. »Was hätte ich denn sonst tun sollen?« Er legte seine Schlüssel auf die Kommode im Flur. »Mel, was ich da vorhin gesagt habe, wie sich alles verändert hat … Damit habe ich nicht uns gemeint.«

»Hast du nicht?« Sie sah zu ihm hoch und versuchte, seinen Gesichtsausdruck zu deuten.

Wie konnte er nach all den gemeinsamen Jahren geglaubt haben, dass sie schuldig war? Bis zu ihrer Verhaftung hätten sie sich nicht näherstehen können.

Dachte er immer noch, dass sie fähig war, einen Mord zu begehen? Und selbst wenn, würde er das zugeben?

Sie konnte ihn das nicht fragen, hatte das Gefühl, völlig machtlos zu sein, irgendetwas daran zu ändern. Selbst wenn sie den ganzen Abend versuchte, ihn von ihrer Unschuld zu überzeugen, konnte jederzeit die Polizei anklopfen und sie wieder abholen, womöglich für immer – fort von ihrem Zuhause, ihren Kindern und Lee.

Sebastian Smith hatte zugegeben, dass diese Möglichkeit bestand.

»Ich meinte, dass sich zwischen uns und Gareth und Rachel alles verändert hat«, sagte Lee. »Ich weiß nicht, ob es jemals wieder so wie früher sein wird.«

»Also, mir macht das nichts aus«, erklärte sie.

»Das stimmt doch nicht. Aber lassen wir etwas Zeit verstreichen und schauen, was passiert. Erst mal muss diese elende Polizeiermittlung vorbei und abgeschlossen sein, so viel ist klar. Solange das noch über unseren Köpfen hängt, wird sich niemand mit uns versöhnen wollen.«

Sie gingen in die halbdunkle Küche, wo es nach Würstchen roch.

»Ich muss die Mädchen erst in ein paar Stunden abholen«, sagte Lee und setzte Teewasser auf.

»Ich komme mit.«

»Nein, das wirst du nicht tun. Du bleibst hier und ruhst dich aus.«

»Aber ich will nicht alleine sein.«

»Es wird dir guttun.«

Sie zog das Rollo hoch und beobachtete, wie der Regen das Wasser im Vogelbad tüpfelte. Pollys Springseil lag einsam und verlassen mitten auf dem Rasen. »Ich kann dir gar nicht sagen, wie sehr ihr mir alle gefehlt habt.«

»Du uns auch.« Er stellte zwei Tassen auf die Küchenplatte. »Die Mädchen konnten nicht schlafen. Sie sagten, dass du sie noch nie allein gelassen hast.«

»Hab ich auch nicht«, meinte sie traurig. Sie setzten sich an den Küchentisch, und wieder sagte sie: »Armer Frank.«

»Armer Frank?« Lee tunkte einen Keks in seinen Tee. »Für mich klingt es eher so, als hätte er Glück gehabt.«

»Für ihn wird sich das anders anfühlen.«

»Aber nur, weil es gerade erst passiert ist. Wenn er erst mal ein paar Tage Zeit gehabt hat, darüber nachzudenken, wird er es anders sehen. Er kann doch in seinem Alter unmöglich ein Baby gewollt haben. Das wäre ja Wahnsinn.«

»Vielleicht«, entgegnete sie. »Aber wir haben ihn immer dazu angehalten, Verantwortung zu übernehmen.«

»Na, so wie's aussieht, hat er sie in einer gewissen Situation aber nicht übernommen.«

»Das wissen wir nicht. Unfälle geschehen, selbst wenn man vorsorgt.«

»Ich bin deswegen trotzdem noch sauer«, sagte er mit finsterem Blick. »Das ist doch alles echt peinlich.«

»Peinlicher als meine Verhaftung und dass ich in Jeans und Espadrilles zu der Beerdigung gegangen bin?«

»Na, wenn du das so siehst …«, meinte er und tunkte den nächsten Keks in seine Tasse.

Schweigend saßen sie da und lauschten dem Regen.

»Sie haben gesagt, ich hätte versucht, ihren Tod wie einen Unfall aussehen zu lassen«, fuhr sie nach einer Weile fort und sah Lee an.

»Und zwar, weil es so viele kleine Unstimmigkeiten gibt – seltsame Zufälle und Dinge, die schiefgelaufen sind.«

Er schob die Kekspackung weg. »Sie versuchen lediglich, zu einem Ergebnis zu kommen, Mel.«

»Aber sie haben behauptet, dass ich es wegen des Geldes getan habe. Sie haben es so hingestellt, als ob unsere Festhalle bankrottginge.«

»Idioten«, sagte er.

»Es war, als hätten sie von vornherein beschlossen, dass ich schuldig bin.« Sie stockte und sah ihn stirnrunzelnd an. Ihr wurde flau im Magen.

»Was?« Er erwiderte ihren Blick mit einem seltsamen Gesichtsausdruck.

Es war so weit. Jetzt, in diesem Moment, da sie unter vier Augen waren, würde er sie bitten, ihm die ganze Wahrheit zu sagen. Genau wie Sebastian Smith.

Hast du es getan?

»Ich weiß nicht, wie ich's sagen soll …«, begann er.

»Sag's einfach«, erklärte sie. »Du machst mir Angst.«

»Tja … wir haben ein paar Absagen gehabt.«

»Ein paar? Wie viele?«

Er verzog das Gesicht. »Alle.«

»Was? Wegen meiner Verhaftung? Ich kann's nicht glauben!«

Er zuckte mit den Schultern. »Das ist eine Kleinstadt. Du weißt doch, wie das ist. So was passiert hier einfach nicht sehr oft.«

Sie stand abrupt auf und ging wieder ans Fenster. »Wenn niemand bucht, gehen wir tatsächlich pleite.«

»Die Veranstaltungshalle vielleicht, ja«, sagte er, »aber nicht der Jachthafen.«

Sie drehte sich zu ihm um. »Wie kannst du dabei so ruhig bleiben?«

»Weil es nur um Geld geht und wir im Moment ganz andere Sorgen haben. Komm, setz dich wieder, dein Tee wird kalt.«

Sie setzte sich wieder zu ihm und nippte an ihrem Tee. »Und was bedeutet das jetzt?«, fragte sie. »Dass mich alle hassen?«

»Nicht alle«, antwortete er und streichelte ihre Hand.

Sie betrachtete seine Hand – wie rau sie war und vom Wetter mitgenommen, der Ehering stumpf und verfärbt von all den Jahren Arbeit im Freien. Sie sehnte sich plötzlich danach, dass alles wieder so war wie noch ein paar Tage zuvor. Sie hatte seine Liebe als selbstverständlich angesehen, schon seit sie Teenager gewesen waren. Was, wenn es seine Liebe nicht mehr gab oder wenn sie irgendwie verfälscht war, gelogen?

Im Moment würden ihr das bisschen Händetätscheln und seine beruhigenden Worte reichen müssen, obwohl sie wusste, dass eine unsichtbare Mauer zwischen ihnen stand, die sich stark nach Zweifeln anfühlte.

Lee fuhr los, um die Mädchen abzuholen, und Melissa war gerade auf dem Weg nach oben, um sich ein Bad einzulassen, als es an der Tür klingelte.

Was, wenn es jetzt schon die Polizei war? Sie war noch nicht einmal richtig zu Hause angekommen.

Aber es könnte Frank sein. Vielleicht hatte er seinen Schlüssel nicht mit dabei.

Sie lief nach unten. Durch den Glaseinsatz in der Tür konnte sie die Silhouette des Besuchers sehen.

Frank war es nicht.

Sie öffnete trotzdem, mit einer so ausdruckslosen Miene, wie ihr möglich war.

»Sergeant«, sagte sie. »Möchten Sie hereinkommen?«

»Nein, danke«, antwortete er. »Wir sind gerade unterwegs.« Mit dem Daumen zeigte er über seine Schulter auf den Wagen.

Constable Wilson saß auf dem Beifahrersitz. Die Reflexion der Holzapfelbäume an der Windschutzscheibe tüpfelte seine Haut wie mit Tarnfarbe. »Ich dachte, Sie würden gerne davon in Kenntnis gesetzt werden, dass die Ermittlungen eingestellt werden.«

Die Art, wie er es sagte und wie er sie dabei musterte, fühlte sich an, als würde er sie auf die Probe stellen.

Sie verharrte bewegungslos mit der Hand an der Türkante. »Das nenne ich gute Nachrichten«, sagte sie.

»In der Tat.«

Nichts an seinem Gesicht strahlte Freude aus.

»Ich dachte mir nur, dass Sie das wissen sollten«, sagte er und wandte sich zum Gehen.

Das war alles? Irgendwie hatte sie das Gefühl, dass gleich noch etwas kommen würde.

Und tatsächlich drehte er sich wieder um, seine Unterlippe nach vorne geschoben. »Ich mache diesen Job schon sehr lange, Melissa. Ich erkenne Schuldbewusstsein, wenn es mir unterkommt.«

Eine Sekunde lang setzte ihr Herzschlag aus. »Was wollen Sie damit sagen?«, fragte sie. »Warum kommen Sie her und sagen mir, dass der Fall zu den Akten gelegt wird, und behaupten dann so was?« Sie warf einen Blick auf Wilson, der Kaugummi kaute und sie durchdringend anstarrte.

»Weil mir das nicht gefällt«, antwortete der Sergeant. »Nicht im Geringsten.« Er sah sie an, und seine braunen Augen wirkten jetzt nicht gerade sanft. »Ich weiß, dass Sie die Schuld an irgendetwas tragen, aber ich muss die Tatsache akzeptieren, dass ich die ganze Geschichte nie erfahren werde.«

Sie starrte ihn an, unfähig, sich eine Erwiderung einfallen zu lassen.

»Ich dachte, dass Sie der Schlüssel zu diesem äußerst seltsamen Fall sind«, sagte er. »Vielleicht habe ich mich geirrt. So oder so haben wir eine Niete gezogen.«

»Also war's das jetzt?«, fragte sie.

»So ziemlich.«

»Glauben Sie immer noch, dass es kein Unfall war?«

»Das habe ich von Anfang an gedacht.«

»Warum suchen Sie dann nicht weiter?«

Er lächelte und klimperte mit dem Kleingeld in seiner Hosentasche. »Wenn das bloß so einfach wäre. Wir haben weder die Zeit noch die Gelder dafür, uns um Fälle zu kümmern, bei denen es sich vielleicht um Straftaten handeln könnte, vielleicht aber auch nicht. So funktioniert das nicht, schon lange nicht mehr.«

Er machte einen gequälten Eindruck. Vielleicht war das so bei dubiosen Fällen.

»Leben Sie wohl, Melissa.«

Sie sah ihm hinterher, als er ging, und spürte, dass dies das allerletzte Mal war, dass sie ihn gesehen hatte; sie wusste, dass jegliche Möglichkeit, die Wahrheit über Jenny herauszufinden, mit ihm ging.

Er stieg ins Auto und legte den Rückwärtsgang ein, während Wilson immer noch kaute und sie immer noch beobachtete.

35

»Mum?«

Melissa öffnete die Augen. Einen Moment lang dachte sie, immer noch inhaftiert zu sein, und erwartete, all das Blau und Weiß um sich herum zu sehen und die kratzige Decke auf ihrer Haut zu spüren.

Sie fasste sich an den Kopf – ihre Haare waren nass. Sie war in ihren Bademantel gewickelt, und sie spürte das weiche Frottee auf ihrer Haut.

Alles fühlte sich feucht an und schmerzte. Sie war nach ihrem Bad auf dem Bett eingeschlafen.

»Mummy, bist du wach?« Nina und Polly tauchten im Türrahmen zum Schlafzimmer auf.

Melissa setzte sich auf und streckte die Arme nach ihnen aus. »Kommt her.«

Polly stürzte zu ihr und sprang aufs Bett, dass die Matratze wippte. »Du bist wieder da, Mummy! Du bist wieder da!«

Sie fielen sich in die Arme. Polly roch nach Erdbeershampoo und hatte einen glitzernden Schlafanzug an. »Bist du fertig fürs Bett?«, fragte Melissa. »Wie spät ist es denn?«

»Halb neun«, antwortete Polly.

»Ach herrje. Ich muss völlig weg gewesen sein. Ist Frank da?«

»Ich glaub nicht«, sagte Nina, die sich im Schneidersitz auf Melissas andere Seite gesetzt hatte. »Dad meinte, wir sollen dich schlafen lassen. Aber wir wollten dich sehen. Ist das okay?«

»Natürlich.« Melissa lächelte Nina an. »Ihr habt mir schrecklich gefehlt.« Sie strich ihr durch die Haare. »Mein hübsches Mädchen. Du siehst schöner aus denn je.«

Peinlich berührt saugte Nina an ihrer Zahnspange. »Es waren doch nur ein paar Tage, Mum.«

»Aber es hat sich länger angefühlt. Also erzählt mir, was ich alles verpasst habe. Was macht die Schule?«

Ninas Blick senkte sich auf die Bettdecke. Sie begann mit dem Finger das Blumenmuster nachzuzeichnen. »Wie immer«, sagte sie.

»Bist du in Schwierigkeiten, Mummy?«, fragte Polly.

»Nein, Püppi. Das hoffe ich zumindest. Die Polizei wollte mehr darüber herausfinden, wie Tante Jenny umgekommen ist. Deshalb haben sie mich ganz viele Dinge gefragt, und darum haben sie mich dortbehalten. Es tut mir leid, dass ich weg war, aber noch mal passiert das nicht. Das verspreche ich euch.«

»Es lag ja nicht an dir, Mum«, sagte Nina.

»Charlotte Wilson sagt, dass du durchgedreht hast«, erzählte Polly. »Deine Haare sind nass, Mummy.«

»Sag ihr das doch nicht«, rügte Nina.

»Aber sie *sind* nass.«

Nina seufzte. »Ich meine das mit Charlotte.«

»Aber sie hat das gesagt«, erklärte Polly, verschränkte die Arme und versuchte, in ihrem Pyjama mit dem Aufdruck *Feen gibt es wirklich* gebieterisch auszusehen. »Charlotte sagt, dass ihre Mum sagt, dass es wegen der Tragödie ist.« Sie richtete den Blick ihrer von langen Wimpern umrahmten Augen auf Melissa. »Welche Tragödie, Mummy?«

»Also, ich …«

»Du musst es uns nicht erzählen, Mum«, unterbrach Nina sie und bedachte Polly mit einem strafenden Blick. »Nicht, wenn du nicht willst.«

»Im Moment lieber nicht«, meinte sie. »Ich bin sehr müde.«

»Klar.« Nina sah wieder finster zu Polly hinüber. »Dad hat gesagt, wir sollen nichts sagen, bei dem dir unwohl wird.«

»Schon gut«, erklärte Melissa. »Also, was ist diese Woche noch alles passiert?«

Nina sah weg und zeichnete mit dem Finger wieder das Bettdeckenmuster nach.

»Hast du Probleme in der Schule gehabt?«, fragte Melissa.

Nina zuckte mit den Schultern.

»Komm, Nina Schatz, erzähl mir, was los ist.«

»Nichts weiter. Nur Esme und Eva. Die sagen halt so Dinge.«

»Wie zum Beispiel …?«

»Sie flüstern sich was zu, und wenn ich zu ihnen rübergehe, hören sie auf und lachen. Und in der Cafeteria wollen sie nicht neben mir sitzen und beim Sport nicht mit in meiner Mannschaft sein.«

»Das ist wirklich erbärmlich«, sagte Melissa. »Ich dachte, sie sind deine Freundinnen?«

»Ist schon okay«, meinte Nina. »Ich komme damit klar.«

»Aber mit so etwas solltest du dich nicht auseinandersetzen müssen«, sagte Melissa. »Das tut mir so leid. Es ist nur wegen mir.«

»Nein, ist es nicht«, erwiderte Nina. »Wir wissen, dass du nichts falsch gemacht hast.«

»Ja, Mummy«, sagte Polly und fing an, Melissas Haare zu flechten. »Du bist unschuldig, egal, was Brody aus der achten Klasse sagt.«

Die Tür ging auf, und Lee kam herein. »Frank hat gerade angerufen«, berichtete er. »Er ist immer noch bei Gareth. Ich fahr kurz rüber und hol ihn.«

»Oh, gut«, sagte Melissa. »Ich hab mir schon Sorgen um ihn gemacht.«

»Na, das brauchst du jetzt nicht mehr.«

Plötzlich fühlten sich ihre Augen und ihr Kopf bleischwer an. Sie rutschte tiefer ins Bett, unter die Decke. »Soll ich mit dir kommen?«, fragte sie.

»Quatsch«, antwortete Lee. »Schlaf ein bisschen.«

»Dürfen wir bei Mummy schlafen?«, fragte Polly und drehte sich mit Melissas geflochtenen Haaren in der Hand zu Lee um.

»Nein, Pols, gönn deiner Mum etwas Ruhe. Sie ist ziemlich kaputt.«

»Nein, ist schon gut«, sagte Melissa und gähnte.

Nina kniete sich hin und drückte ihre Handflächen aneinander. »Kann ich auch hier schlafen?«

»Von mir aus«, antwortete Melissa.

»Yippie!«, rief Polly und zog Melissa wieder an den Haaren.

»Ich sehe euch alle morgen früh. Denk nicht mal daran, aufzustehen, um mit Frank zu sprechen, Mel«, sagte Lee, dann beugte er sich über sie alle und drückte ihnen Küsse auf die Wangen.

»Habt ihr euch die Zähne geputzt?«, murmelte Melissa und machte die Augen zu.

Das Letzte, was sie mitbekam, war, wie Lee die Tür schloss und ihre Töchter neben ihr lagen. Ihre Atemzüge gingen süß und leicht, ihre Körper waren warm und tröstend. Zu Hause.

Samstag, 5. Mai 2018

Als sie aufwachte, war sie sich bewusst, dass sich irgendetwas an sie drückte und an der Nase kitzelte. Sie schlug die Augen auf. Es war taghell. Die Erleichterung, die sie überfiel, es durch die Nacht geschafft und den gestrigen Tag hinter sich gebracht zu haben, war überwältigend. Sie erlaubte sich einen kurzen Augenblick der Freude und wandte ihre Aufmerksamkeit dann Nina zu, von der das Kitzeln kam. Nina lag halb auf ihr, und ihre Haare waren überall ausgebreitet.

Leise schlüpfte sie aus dem Bett. Sie fuhr in ihre Pantoffeln und schlich sich gerade aus dem Zimmer, als hinter ihr eine Stimme und das Rascheln von Bettzeug laut wurden.

»Mummy?«

»Pst«, flüsterte Melissa, »Nina schläft noch.«

Polly saß aufrecht im Bett. »Mummy?«, fragte sie wieder mit heiserer Stimme. Das mit dem Flüstern ging noch nicht so gut.

»Ja?«

»Wer ist Hannah?«

Melissa zuckte leicht zusammen. »Niemand. Wieso?«

»Du hast in der Nacht von ihr geredet«, antwortete Polly.

»Ich muss wohl geträumt haben.«

Polly legte sich wieder hin. »Wie Scarlett.«

»Scarlett?«

»Aus meiner Klasse. Sie sagt, sie träumt immer von Seepferdchen und …«

»Ruhe endlich«, schimpfte Nina und rollte sich auf die andere Seite.

36

Um acht Uhr morgens betrat Gareth verlegen die Küche. Es hätte genauso gut der Morgen vor dreißig Jahren sein können, nachdem man ihn dabei ertappt hatte, wie er betrunken in die Topfblumen gepinkelt hatte, oder noch weiter in der Vergangenheit, als er mit der Steinschleuder danebengezielt und einen Stein durchs Wohnzimmerfenster geschossen hatte.

Unentschlossen trat er hinter seiner Mutter, die auf dem Herd Eier briet, von einem Fuß auf den anderen. Er lauschte dem beruhigenden Zischen der brutzelnden Eier. Max saß am Tisch und spielte Karten, ihm gegenüber sein Zeitung lesender Großvater.

»Morgen, zusammen«, sagte Gareth.

»Morgen, Dad«, erwiderte Max.

»Hast du gut geschlafen?«

»Ja, ging so.«

»Hast du Hunger?«, fragte seine Mutter.

»Ein bisschen«, antwortete Gareth.

»Du hast lange geschlafen.«

»Im Koma gelegen trifft es wohl eher«, sagte sein Vater, faltete die Zeitung zusammen und warf sie auf den Tisch. »Lass uns bitte kurz reden, Gareth.«

»Vielleicht könntest du die Eier warm halten, Mum«, bat Gareth sie und folgte seinem Vater aus der Küche hinaus.

Im Flur nahm sein Vater die Brille ab und drückte mit den Fingern auf seine Augenwinkel. »Mir ist schon klar, wie schwer das alles für dich sein muss …«

Gareth ließ den Kopf hängen. »Es tut mir leid, Dad. Ich weiß nicht, wie das passieren konnte. Ich glaube, es lag daran, dass ich nichts gegessen hatte. Es hat mir einfach den Boden unter den Füßen weggezogen – die Beerdigung und dann all das mit Melissa …«

»Ist schon gut. Du brauchst dich nicht zu entschuldigen, zumindest nicht bei mir. Aber vielleicht könntest du etwas zu deiner Mutter sagen. Das alles hat sie aus der Fassung gebracht.« Er runzelte die Stirn. »Wusstest du, dass dieser Junge mit Olivia schläft?«

»Nein«, antwortete Gareth. »Aber gut, er ist Melissas Sohn. Bis vor nicht allzu langer Zeit waren wir so vertraut miteinander. Es wirkte … unschuldig.«

»Wo wir gerade von Unschuld sprechen …« Sein Vater verengte die Augen, als würde er versuchen, Gareths Reaktion auf das abzuschätzen, was er als Nächstes sagen wollte. »Ich habe bei der Polizei angerufen, um mich nach Neuigkeiten zu erkundigen, und bekam gesagt, dass der Fall zu den Akten gelegt worden ist.«

»Sie hatten keine Beweise gegen Melissa?«, fragte Gareth.

Sein Vater schüttelte den Kopf. »Nein, nichts, was für eine Anklage ausreicht.«

»Aber wer hat dann …?«, begann Gareth.

Sein Vater legte ihm eine Hand auf die Schulter. »Niemand. Sie haben mir mitgeteilt, dass es höchstwahrscheinlich als Unfall deklariert wird. Nach dem ganzen Aufstand …« Er lächelte bedauernd. »Jetzt sind wir wieder da, wo wir angefangen haben.«

Gareth ließ sich die Worte seines Vaters durch den Kopf gehen. Er würde mit den Silkies nicht mehr da weitermachen, wo er aufgehört hatte. Zu viel hatte sich verändert.

»Aber was, wenn Mel es war und sie jetzt ungestraft davonkommt?«, wollte er wissen.

»Ich kann dir versichern, dass du bestimmt nicht der Einzige bist, der das denkt. Wenn sie unschuldig ist, dann tut sie mir wirklich leid. Aber wenn sie schuldig ist, wird sie dadurch gestraft sein, das für den Rest ihres Lebens mit sich herumzuschleppen. Sieh doch nur, was sie alles verloren hat – ihre Freunde und ihr Ansehen.«

»Das stimmt wohl«, sagte Gareth. Aber es fühlte sich äußerst unbefriedigend an. Hätte es von Anfang an geheißen, dass es ein Unfall gewesen war, hätte er damit zurechtkommen können, denn zu dieser Ansicht hatte er ja selbst geneigt. Aber warum musste man ihn all das durchmachen lassen, ihn so weit vom Gegenteil überzeugen, dass er anfing, seinen eigenen Schatten zu verdächtigen – nur, um schlussendlich wieder zum Ausgangspunkt zurückzukehren?

Sein Vater unterbrach seine Überlegungen mit einem langen Gähnen, das Gareth deutlich machte, dass er nicht als Einziger unter den Entwicklungen der letzten Tage gelitten hatte. Sein Vater sah gebrechlich aus, vollkommen erschöpft, auf dem besten Weg zu einem vorzeitigen Tod, wenn sich nichts änderte.

»Dad«, sagte er sanft, »ich glaube, du und Mum solltet nun wieder nach Hause fahren. Es ist unfair zu erwarten, dass ihr euer Leben noch länger hintanstellt. Ihr habt mehr als genug geholfen.«

Sein Vater zog die Augenbrauen hoch. »Und lassen dich hier allein mit allem zurechtkommen? O nein, das glaube ich nicht. Aus der armen Olivia wäre fast eine minderjährige Mutter geworden.«

»Ist sie aber nicht. Wir kommen schon klar, Dad, im Ernst.«

»Wir fahren nirgendwohin, mein Sohn.« Sein Vater setzte sich die Brille wieder auf, ein Zeichen, dass das Thema hiermit beendet war. »Nicht, bis die Wogen sich wieder geglättet haben. Ende der Diskussion.«

Gareth wusste aus Erfahrung, dass jede Debatte mit ihm nutzlos war.

»So, und wenn du dich nun einfach bei deiner Mutter entschuldigen würdest, können wir das alles vergessen.«

»Mich mündlich entschuldigen?«

»Natürlich«, sagte sein Vater, »wie denn sonst?«

»Schon gut, Dad. War nur ein Spaß.«

Immerhin musste er diesmal keinen Entschuldigungsbrief verfassen wie nach dem Topfpflanzendebakel.

»Liv?« Gareth klopfte an die Tür. Von drinnen kam kein Geräusch. Er versuchte, den Türknauf zu drehen – abgeschlossen. »Olivia? Bist du da drin? Bitte antworte.« Er legte sein Ohr an die Tür, konnte aber nichts hören, und so ging er wieder nach unten. Sein Vater saß im Arbeitszimmer vor den Gerichtsformularen zur Untersuchung der Todesursache. »Hast du Olivia gesehen?«, fragte er.

»Nein«, gab sein Vater zurück.

»Wann hast du sie das letzte Mal gesehen?«

»Das war, äh … ich weiß nicht genau. Jetzt, wo ich drüber nachdenke, glaube ich, dass ich sie nicht … Gareth?«

Gareth war schon auf dem Weg ins Wohnzimmer, wo seine Mutter ein Kreuzworträtsel löste und Max an seinem Handy spielte.

»Habt ihr heute Morgen Olivia gesehen?«, fragte er.

Sie schüttelten die Köpfe. »Zum Frühstück steht sie jetzt nicht mehr auf«, sagte Max.

»Aber habt ihr sie heute gesehen?«

»Ich glaube nicht«, antwortete seine Mutter. »Ist alles in Ordnung?«

Keuchend rannte er wieder nach oben, einen Blick auf seine Uhr werfend. Es war halb zehn. Inzwischen hätte sie nach unten kommen müssen, um sich ein Glas Orangensaft zu holen, selbst wenn sie ihn nur mit auf ihr Zimmer nehmen wollte.

Vor ihrem Zimmer drehte er sich zur Seite und rannte mit der Schulter gegen die Tür. Die Tür gab nicht nach.

»Auuuu!« Eine Tür einzurennen war wesentlich schwieriger, als man den Eindruck hatte.

Seine Eltern kamen die Treppe herauf, Max voran im Laufschritt.

»Dad, was machst du denn da?«

»Ihre Tür ist abgeschlossen«, sagte Gareth.

»Und?«, fragte Max.

»Dahinter kann alles Mögliche passiert sein.« Er musste an den Zirkel und die Verletzungen an ihrem Arm denken. Die Schwangerschaft war das Geheimnis gewesen, das sie vor ihm gehütet hatte. Er hätte unnachgiebiger sein und die Situation besser im Griff haben sollen. Er würde es sich nie vergeben.

In panischer Angst rannte er wieder gegen die Tür, diesmal stärker.

»Wow!«, rief Max. »Cool!«

Es knirschte, als die Tür nachgab. Gareth stürzte nach vorn, stolperte ins Zimmer, und die Tür knallte gegen die Wand. Er stand da und starrte das ordentlich gemachte Bett an, die Bücherstapel und die solarbetriebene Wackelblume, die auf dem Fensterbrett nickte.

Olivia saß mit Kopfhörern in ihrem Sessel und zeichnete. Sie war so darin versunken, dass sie nicht gemerkt hatte, wie ihr Vater gerade die Tür aus den Angeln gerissen hatte.

Hinter ihm tauchten seine Eltern auf.

»Was ist los?«, fragte seine Mum. »Ist alles in Ordnung mit ihr?«

»Ja, ihr geht's gut«, antwortete Gareth.

Olivia zog ihre Kopfhörer herunter und starrte sie an. »Was ist?«

Einen Moment lang herrschte Schweigen, und dann fingen alle an zu lachen.

»Was ist denn so witzig?«, fragte Olivia und sah von einem zum anderen.

»Fällt dir irgendwas an deinem Zimmer auf, das anders ist?«, wollte Max wissen.

Sie sah sich um. Ihr Blick blieb an der schiefen Tür hängen. Sie zuckte gleichgültig mit den Schultern, ohne sich am Gelächter zu beteiligen.

»Mach dir keine Sorgen«, sagte Gareths Vater auf dem Weg zurück in den Flur. »Das haben wir gleich wieder. Ich geh und hole meine Werkzeugtasche.«

Max kicherte vor sich hin, als er zusammen mit seiner Großmutter das Zimmer verließ.

Gareth wartete, bis er mit Olivia allein war. »Entschuldige die Aufregung«, sagte er, »aber ich hatte Angst um dich. Ich dachte …«

»Was?«

»Du weißt schon …« Er zeigte auf ihre Arme. »Besonders nach dem, was du uns gestern erzählt hast.«

»Oh.« Sie machte einen Schmollmund und setzte sich anders hin. Er hatte nicht vorgehabt, die Schwangerschaft jetzt schon anzusprechen. Sie sah auf ihren Zeichenblock hinunter. Dort war sie damit beschäftigt gewesen, ein mit einem komplizierten Muster ausgefülltes Herz zu zeichnen. »Das hab ich nicht wieder gemacht, seitdem nicht mehr.«

»Das ist aber gut«, sagte er, »wirklich gut.« Klang er herablassend? Er hoffte, nicht. »Und was das andere angeht … die … äh … Fehlgeburt.« Er wagte es, sich auf die Armlehne ihres Sessels zu setzen, und behielt seine Arme verschränkt, um ihr nicht das Gefühl zu geben, bedrängt zu werden. »Wie geht es dir damit?«

Er gab sich Mühe, sanft und freundlich zu klingen, seinen inneren Aufruhr aus seiner Stimme fernzuhalten. Eine Tochter zu haben, die als Teenager schwanger wurde, war väterliches Versagen im Extrem. Aber das konnte er ihr nicht sagen. Er durfte nur unterstützend und mitfühlend sein und sonst gar nichts.

Olivia fing wieder an zu zeichnen, als wäre er überhaupt nicht da. Aber während sie weiterzeichnete, begann sie zu reden. »Es tat weh«, sagte sie. »Ich hatte schlimme Krämpfe, aber im Grunde war's okay. Ich weiß nicht, ob ich traurig darüber bin, wo es doch so viel zu trauern gibt, weißt du?«

Er sah auf den Kopf seiner Tochter hinunter und hätte ihr am liebsten die Haare gestreichelt, als wäre sie sechs Jahre alt. Aber er war nicht so dumm, das auch zu tun.

»Ich weiß genau, was du meinst«, sagte er. »Doch du hättest das nicht alleine durchstehen müssen. Es ist so schade, dass du das Gefühl hattest, nicht mit mir darüber reden zu können.«

Jetzt sah sie ihn an. »Wie konnte ich denn? Du warst doch selbst völlig durcheinander wegen Mum. Und außerdem hat sie nicht gerade positiv darauf reagiert.«

Er stand auf, steckte die Hände in die Hosentaschen und streckte seine Beine. »Ich verstehe. Aber was meinst du, warum Mum es mir nicht gesagt hat?«

»Weil sie dachte, dass du ganz sentimental werden und es nur kompliziert machen würdest.«

»Inwiefern?«

»Indem du uns überredest, doch nicht abzutreiben.«

»Wäre das denn das Ende der Welt gewesen? Ich meine, natürlich wäre es nicht ideal gewesen, aber …« Was redete er denn da? Es wäre ein Desaster gewesen.

»Mum wollte, dass es schnell gemacht wird«, sagte sie. »Bevor jemand davon erfährt.«

»Das meinte Frank also damit, als er sagte, dass niemand es wollte.«

»Ja.«

»Aber er wollte es doch wohl auch nicht behalten, oder doch?«

»Weiß ich nicht. Ich glaube, er wollte einfach noch mehr Zeit zum Entscheiden haben.«

»Und du?«

»Ich weiß nicht. Ich wollte bloß tun, was Mum sagt, damit das alles ein Ende hatte. Aber Frank meinte, dass sie das Falsche wollte.« Sie lächelte verkrampft. »Du weißt ja, wie die Silks sind.«

»O ja«, sagte er.

»Mum hätte die Abtreibung bezahlt und meinte, dass sie mir, wenn ich zustimme, dann dafür eine Wohnung kaufen würde, wenn ich zur Uni gehe.«

Überrascht blies Gareth die Wangen auf. »Eine Wohnung? Wo zum Teufel hätte sie denn das Geld dafür hergekriegt?« Dann dämmerte ihm die Wahrheit. »Ach so, vom Jachthafen.«

Olivia sah weg.

»Hab ich recht?«, fragte er.

»Ja, ich glaub schon.«

»Deshalb hat sie also Melissa um das Geld gebeten. Die Polizei hat mich danach gefragt, und ich konnte mir beim besten Willen nicht vorstellen, warum sie es zurückhaben wollte. Du weißt ja, wie deine Mum war, ganz Herz und Leidenschaft, ohne jegliche Logik.«

»Wie meine Zeichnung«, sagte sie.

Er lächelte und betrachtete das Herz auf ihrem Zeichenblock. »Genau wie deine Zeichnung.« Seufzend setzte er sich wieder auf die Armlehne ihres Sessels. »Es gibt vieles an deiner Mum, worüber ich mir Gedanken machen muss. Es gibt so viel, von dem ich nichts wusste.«

Mit Tränen in den Augen sah Olivia zu ihm hoch. »Ich glaube nicht, dass irgendwas Schlechtes dabei ist. Sie wollte nur das Beste für mich. Sie wollte, dass ich mal erfolgreich bin, weil sie es nie aus Milford raus geschafft hat.«

»Das hat sie gesagt?«

»Ja.«

Er nickte unglücklich.

»Aber sie hat dich geliebt, Dad. Das weiß ich.«

»Das musst du nicht sagen.«

»Aber es stimmt. Sie hat gesagt, du bist ihr Trostpreis.«

»Ein toller Preis, was?«, sagte er. »Egal, Trübsal blasen bringt nichts. Wir müssen nach Plan weitermachen.«

»Nach welchem Plan?«

Er stieß sie mit dem Ellbogen an und versuchte, die Stimmung aufzuheitern. »Wir müssen zusehen, dass du und Max in der Schule die ganzen Einser bekommt, die eure Mum für euch wollte. Und wir müssen euren Großeltern beweisen, dass wir in der Lage sind, selbst neue Glühbirnen reinzudrehen, ohne uns dabei umzubringen. Denn sonst werden wir sie nie mehr los.«

Olivia lachte. Das war schön zu sehen.

»Außerdem …« Seine Stimme wurde wieder ernst. »Ich möchte, dass du zum Arzt gehst. Ich weiß, du sagst, dass es dir gut geht, aber lass dich ärztlich untersuchen.«

»Okay«, sagte sie.

Ermutigt, fuhr er fort zu reden. »Und ich möchte, dass du weiter zur Trauerberatung gehst.«

»Okay.«

»Oh. Also … gut.«

Das war leicht gewesen. Er ging jetzt besser, solange er noch im Vorteil war.

Aber etwas wollte er ihr noch mit auf den Weg geben. Er konnte sich nicht mehr daran erinnern, wann sie es das letzte Mal zugelassen hatte, dass er sie an sich drückte. Doch vielleicht war ein Kuss erlaubt. Das ließ sich nur auf eine einzige Art herausfinden.

Er beugte sich zu ihr hinunter und küsste sie auf die Stirn. »Du wirst immer mein kleiner Engel sein, egal, was passiert.«

»Danke«, sagte sie.

Er lächelte, nickte und ging zur Tür. Dort drehte er sich noch mal zu ihr um. »Liv?«

»Ja?«

»Schließ vielleicht die Tür nicht mehr ab.«

37

Sonntag, 6. Mai 2018

Es war ein Feiertagswochenende; sie hatten ganz vergessen, dass es bevorstand. Hätte Melissa beim Frühstück nicht auf den Kalender geschaut, hätte sie die Kinder am Montag zur Schule gebracht. Die Silkies waren an diesem Feiertag stets campen gefahren, alle dreizehn – sie nahmen immer dieselbe Ecke eines Felds in Cornwall in Beschlag.

Hatte einer von ihnen die Reservierung storniert? Sie hoffte es. Irgendetwas sagte ihr, dass sie niemals wieder dort hinfahren würden.

Lee fiel der Kalender gleichzeitig auf. Ihre Blicke trafen sich über dem Tisch. Die Mädchen aßen fröhlich ihren Toast, ahnungslos, dass die Welt um sie herum in Stücke zerfiel. Lee hatte recht, es hatte sich viel verändert. Vor ihnen erstreckte sich das verlängerte Wochenende in unerträglicher Leere.

Aus dem Flur drang ein Geräusch, und Melissa schaute gerade rechtzeitig hin, um Frank vorbeiflitzen zu sehen. Mit ihrem Toast in der Hand stand sie vom Tisch auf.

»Gehst du raus?«, fragte sie Frank.

»Sieht so aus.«

»Zu Olivia?«

»Ja.« Seine Haare fielen nach vorn, als er sich neben der Haustür in seine Turnschuhe zwängte. Es war, als könnte er nicht schnell genug von ihr fortkommen.

»Solltest du nicht lernen? Ich hab dich schon lange nicht mehr mit einem Stift in der Hand gesehen.«

»Alles im Lot«, sagte er und schnappte sich seine Jacke vom Haken.

»Gut, dann können wir uns vielleicht heute Nachmittag mal hinsetzen und gucken, wann du welche Klausuren hast.«

»Äh …«

»Wäre vierzehn Uhr okay?«

»Was?«, sagte er und strich sich mit einem Schwung die Haare aus den Augen.

»Ich weiß, dass du Zeit mit Olivia verbringen willst. Aber ihr bleibt noch ein Jahr, bis sie ihre Abschlussprüfungen hat. Deine dagegen sind in zwei Wochen.«

»Und?«

»Und? Das ist was Wichtiges, Frank. Außerdem müssen wir uns mit Dad zusammen hinsetzen und uns über Verantwortungsbewusstsein und Verhütung unterhalten. Okay?«

Er antwortete nicht.

»Okay, Frank?«

»Ja, ja.«

Als er die Haustür öffnete, folgte sie ihm. Auf der Schwelle schlug ihnen die frische Luft entgegen. Zwei Raben, die auf dem Rasen gepickt hatten, flatterten mit rauschenden Schwingen auf. Sie zuckte zusammen, und ihr Toast fiel ihr aus der Hand.

Frank bückte sich, um ihn für sie aufzuheben. »Du scheinst nervös zu sein«, sagte er.

»Tut mir leid. Es ist … ich bin …«

Er nickte und wandte sich ab.

»Du kannst mich ruhig was über die Verhaftung fragen«, rief sie ihm hinterher. »Ich kann darüber reden. Es ist gut, darüber zu reden.«

Er antwortete wieder nicht. Sie sah, wie er die Garagentür aufzog, um sein Fahrrad herauszuholen. Für einen Moment verschwand er, dann tauchte er wieder auf und schob sein Rad die Einfahrt hinunter.

»Warte!«, rief sie und rannte ihm nach. Ihr Morgenmantel ging auf.

»Mum«, sagte er halb im Scherz, sich umsehend. »Du bist nicht mal richtig angezogen. Was werden die Nachbarn denken?«

»Ich glaube, für diese Art Sorgen ist es zu spät«, erwiderte sie und machte den Gürtel ihres Morgenrocks zu. »Frank, ich will, dass du weißt, dass ich immer für dich da bin, egal, was ist.«

»Warum sagst du das?«

»Weil es nicht stimmt, was du behauptet hast. Dass ich zu Jenny halte. Du hast mir gar keine Chance gegeben.«

»Ich weiß, tut mir leid.« Er drehte sich zum Gehen. »Vergiss es einfach.«

»Aber es ist doch alles okay, ja? Zwischen dir und mir?«

Er sah sie mit einem leichten Lächeln an. »Mum, zwischen uns wird immer alles okay sein.«

»Gut.« Sie machte einen übertriebenen Schritt nach hinten und holte mit den Armen in Richtung Tor aus. »Du kannst gehen.«

Er stieg auf sein Rad und fuhr los.

»Bis um zwei Uhr zu unserem Gespräch«, rief sie ihm hinterher.

Als sie zurück in die Küche kam, waren Nina und Polly schon weg. Lee stand an der Spüle und wusch das Frühstücksgeschirr ab. »Gut gemacht«, sagte er.

»Du hast es gehört?«

»Zum Teil. Das musste mal gesagt werden. Er hat das ganze Wochenende herumgeschmollt.«

»Er ist durcheinander. Das ist eine schwierige Sache, mit der er sich in seinem Alter auseinandersetzen muss – oder eigentlich egal in welchem Alter. Und ich habe das Gefühl, dass ihm meine Verhaftung keine Ruhe lässt. Wir sollten mit ihm darüber reden und ihn beruhigen. Seine Prüfungen stehen vor der Tür.«

»Er schafft das, Schatz. Wir brauchen einfach etwas Zeit, damit die Dinge sich wieder beruhigen.«

Sie setzte sich hin und drehte geistesabwesend die malvenfarbige Vase auf dem Tisch zwischen den Händen. Ihr Spiegelbild darin war verzerrt.

»Was ist los?«, fragte Lee, der sich zu ihr umgedreht hatte, um sie anzuschauen. »Gibt es noch ein anderes Problem?«

»Ach, nichts weiter.«

Er war mit dem Abwasch fertig und lehnte sich mit verschränkten Armen gegen die Spüle. »Sag's mir.«

»Ach, nur wegen Jenny … Du weißt doch, wie ich gesagt habe, dass Sergeant Lloyd immer noch nicht an einen Unfall glaubt?«

Lee runzelte die Stirn. »Wenn du damit das meinst, was ich denke …«

»Nein, lass mich ausreden. Der Sergeant konnte das Puzzleteil nicht finden, das er braucht. Etwas fehlt. Und was haben wir nun herausgefunden? Dass Olivia schwanger war.«

Lee starrte sie ausdruckslos an.

»Nun, vielleicht ist das das fehlende Stück.«

Er schüttelte den Kopf. »Das glaube ich keine Sekunde lang. Die Untersuchung ist abgeschlossen. Jennys Tod war ein Unfall. Das wussten alle von Anfang an, nur du nicht. Und jetzt ist es an der Zeit, es zu akzeptieren und mit unserem Leben weiterzumachen, bevor wir durchdrehen.«

»Ich bin nicht die Einzige, der das so vorkommt«, entgegnete sie. »Der Sergeant sieht es auch so.«

»Ja, und weißt du, was er außerdem dachte? Dass du schuldig bist.«

»Hast du ja auch gedacht«, sagte sie.

Er sah sie unverwandt an. »Das ist unfair.«

»Tut mir leid. Doch so fühle ich mich nun mal – als ob alle an mir zweifeln würden.«

»Aber das stimmt nicht. Du weißt, dass ich zu dir stehe. Ich brauche nur allmählich ein bisschen Normalität. Und ich glaube nicht, dass es hilft, ständig an Jennys Tod herumzurätseln. Genau das hat doch zu deiner Verhaftung geführt, das Herumstochern und Dinge-zutage-Fördern. Du musst loslassen.«

»Ich weiß, aber …«

»Aber was?« Er setzte sich auf den Stuhl neben ihr und nahm ihre Hände. »Weißt du, was ich denke, worum es hier wirklich geht? Du versuchst, die Dinge wieder ins Lot zu bringen, denn das tust du immer. Aber jetzt, zum ersten Mal, kannst du es nicht zum Besseren wenden.«

»Nicht zum ersten Mal«, sagte sie leise.

»Hm?«, fragte er.

Sie zögerte. »Es ist nicht das erste Mal, dass ich es nicht wieder ins Lot bringen kann.«

Er musterte sie. »Ach, Mel, Liebling …«

Sie schluckte. Ihre Kehle fühlte sich zugeschnürt an. »Alles in Ordnung«, sagte sie. »Mir geht's gut.«

»Nein, geht es nicht. Du bestrafst dich. Du musst damit aufhören.«

»Aber ich konnte sie nicht retten. Ich konnte nicht …«

In dem Moment öffnete Polly die Tür und kam in die Küche. »Mummy?«

»He, Polly Pops«, sagte Melissa. »Na, was hast du Schönes vor?«

»Nichts«, antwortete Polly und ließ einen kleinen Gummiball auf den Boden springen. »Können wir rausgehen und irgendwas machen? Mir ist langweilig.«

»Worauf hast du denn Lust?«

»Weiß ich nicht.«

»Ich aber«, sagte Lee. »Wie wär's mit dem Aquarium in Portbridge?«

»Dem, von dem du immer sagst, dass der Eintritt eine Unverschämtheit ist?«, fragte Polly.

»Genau das«, sagte Lee.

»Echt?« Polly machte große Augen.

»Ja. Ich finde, du hast dir was Schönes verdient. Du bist die ganze Woche lang ein braves Mädchen gewesen. Stimmt's, Mummy?«

»Ja«, bestätigte Melissa lächelnd.

»Geh und putz dir die Zähne«, sagte Lee. »Und hol deine große Schwester. Und zwar flott.«

»Du bist der Beste. Danke, Daddy!« Polly rannte aus der Küche und trampelte die Treppe hoch.

»Eine gute Idee. Hast du gut gemacht«, fand Melissa und stand auf.

»Wir reden nachher weiter«, sagte Lee.

»Nein, wir müssen nicht darüber reden. Ich werde mich bemühen, es hinter mir zu lassen. Und damit fange ich jetzt an.«

»Super.« Er küsste sie auf die Nasenspitze. Dann verließ er vor sich hin pfeifend die Küche.

Sie wollte wirklich versuchen, damit abzuschließen. Aber wenn Sergeant Lloyd immer noch an ihr zweifelte und wenn kein anderer Verdächtiger zutage gefördert wurde, über den die Leute mutmaßen konnten, und wenn man nie so richtig wissen würde, was Jenny zugestoßen war – wie würde sie dann jemals ganz frei sein?

Würde sie in Milford und Umkreis nicht bis in alle Ewigkeit als die Frau bekannt sein, die wahrscheinlich, eventuell, ihre beste Freundin ermordet hatte?

38

Ned war mit der Pfadfindergruppe zelten gegangen, und Joel lernte bei einem Freund, bei dem er auch übernachtete. Genau davor hatte Rachel Angst gehabt, vor einem ausgestorbenen Haus.

Das verlängerte Wochenende war da, und sie war mutterseelenallein.

Den Silkies anzugehören hatte einen vor solchen Situationen beschützt. Alle großen Ereignisse des Jahres waren verplant gewesen – Weihnachten, Ostern, verlängerte Wochenenden. Es hatte keinerlei Lücken gegeben, keine Abgründe, in die man starren musste. Die Silkies hatten alles überbrückt. Wenn einer von ihnen nicht konnte, waren die anderen eingesprungen – ein Sicherheitsnetz aus Freundschaft, weshalb niemand alleine im Kino sitzen oder zu Silvester über den Sinn des Lebens grübeln musste.

Sie waren immer füreinander da gewesen, ohne anderen Menschen Beachtung zu schenken. Den Silkies anzugehören – mit einer Clique aus dreizehn Personen am Strand Kricket zu spielen, im Restaurant mit an Stühlen befestigten Ballons einen großen Tisch zu belegen oder mit einem ganzen Heer von Rollern, Fahrrädern und Kindern einen Landspaziergang zu machen – war ein berauschend gutes Gefühl gewesen.

Allen anderen war dadurch die Botschaft vermittelt worden, dass diese wundervolle Gruppe Menschen es im Leben zu etwas gebracht hatte, erfolgreich war. Sie hatten ineinander etwas Besonderes, etwas Heiliges gefunden – eine Familie. Jeder Einzelne von ihnen wurde gemocht, geliebt, wertgeschätzt, war unersetzlich.

Ihre Clique war nicht auf sich selbst fixiert gewesen, sondern lediglich unabhängig von anderen.

Und jetzt hatte man sie gespalten, aufgeschlagen wie eine Kokosnuss, und das Innere freigelegt. Und bei genauerer Betrachtung des Inhalts hatte sich herausgestellt, dass die Silkies in ihrem Kern schon immer leer gewesen waren.

Eine tolle Sicherheit.

Seufzend streckte Rachel ihre Beine unter der Küchenanrichte aus, nahm ihr Handy und scrollte durch ihre Kontakte. Jetzt wunderte sie sich, dass ihr nicht schon früher aufgefallen war, wie gefährlich exklusiv ihre Liste war.

Die einzigen Telefonnummern, die nichts mit den Silkies zu tun hatten, waren die des Zahnarztes und der Schule. Und sie war kurzsichtig gewesen, sie alle waren es.

Das Einzige, was sie jetzt tun konnte, war, ihr Leben neu aufzubauen, ohne Al, ohne Jenny, vermutlich ohne Melissa und ohne auch nur den Hauch von einem Plan.

Was aus ihrer Arbeitsstelle im Jachthafen werden würde, war unklar, aber sie ging davon aus, dass zwischen ihr und den Silks Spannungen herrschen würden – selbst beim allerbesten Willen, den vermutlich keiner von ihnen auch nur ansatzweise aufbringen konnte.

Sie griff nach ihrem Laptop, klappte ihn auf der Anrichte auf und begann nach Arbeitsvermittlungen zu suchen.

Die einzige freie Stelle, die in Milford inseriert wurde, war für jemanden, der Hunde spazieren führte. Hunde brachten sie zum Niesen.

Sie schob den Laptop weg, nahm wieder ihr Handy und suchte Melissas Nummer heraus. Wenn sie nicht bald etwas unternahm, würde sich der letzte Rest Freundschaft zwischen ihnen verflüchtigen.

Zum ersten Mal in ihrem Leben würde sie sich nicht Gedanken

machen, bis das Problem in Stein gemeißelt war. Sie würde einfach handeln.

Sie wählte Melissas Nummer und wartete. Ihr Herz flatterte.

Melissa nahm sofort ab. »Hallo, Rachel«, sagte sie. Im Hintergrund war es sehr laut.

»Hast du Zeit zu reden?«, fragte Rachel.

»Eine Minute schon. Polly … Pols! Da ist es. Da hinten. Entschuldige, was sagtest du?«

»Nichts weiter. Wo bist du denn? Es ist so laut.«

»Vorm Aquarium«, antwortete Melissa. »Du glaubst nicht, was hier für ein Andrang herrscht.«

»Doch, ich glaube es.« Es war eine gestelzte Unterhaltung. Sie würde sie schnell zu Ende bringen müssen. »Ich wollte wissen, ob du Lust auf einen Kaffee hast. Du … du fehlst mir.« Sie hielt den Atem an. Ein langes Schweigen entstand. Sie musste noch mehr sagen. »Ich glaube, Jenny hätte gewollt, dass wir Freunde bleiben.« Doch nicht so was, Idiot. Sie schloss die Augen und ermahnte sich, weniger zu reden.

»Das wäre schön«, sagte Melissa.

»Prima. Wann passt es dir denn?«

»Ich weiß nicht.«

Ihr sank der Mut. »Möchtest du es dir durch den Kopf gehen lassen und mir dann Bescheid sagen?«, fragte sie.

»Ja, das wäre gut. Es tut mir leid, aber ich muss jetzt Schluss machen. Wir gehen jetzt rein.«

»Ja, geh. Hab Spaß mit deiner Familie.«

»Danke, tschüss.«

»Tschüss.«

Rachel starrte eine Weile ins Leere, dann nahm sie wieder ihr Handy und sah sich die endlosen Reihen von Fotos an. Die Silkies am Strand. Die Silkies beim Campen. Die Silkies, wie sie mit einem Holzstumpen Kricket spielten. Nichts als glückliche Silkies.

Wie konnte die Clique sich so schnell aufgelöst haben? Wie konnten Melissa und sie fast über Nacht von engsten Freundinnen zu so etwas wie Fremden werden?

Vielleicht hatte es schon die ganze Zeit irgendetwas gegeben, einen Makel an den Silkies, der ihr nicht aufgefallen war. Oder vielleicht war dieses plötzliche Auflösen nichts, was nur ihnen passierte, sondern war der zutage geförderte Defekt im innersten Kern einer Freundschaft, der versteckte Haken, den man in der Hoffnung ignoriert, dass er nie ans Licht kommt.

Dass man sich seine Freunde im Gegensatz zur Familie aussuchen konnte, war besonders heutzutage sehr verlockend, wo die Freiheit der Wahl so hoch geschätzt wurde. Man musste sich nicht mit seiner giftigen, zerrütteten oder lediglich langweiligen Familie abgeben, sondern konnte sich anderswo Gesellschaft suchen. Da man eine Freundschaft freiwillig einging, konnte man sie ebenso schnell schließen wie beenden – im Gegensatz zu den erdrückenden, ewig währenden Familienbanden. Nein, mit Freunden konnte man Schluss machen, sie ersetzen, online entfreunden. So weit, so gut.

Aber was war, wenn es im Leben nicht so gut lief? Sie erinnerte sich an eine alte Frau, die ihr letztes Jahr im Supermarkt erzählt hatte, wie ihre Freunde sie in Heerscharen verlassen hatten, als bei ihrem Mann Alzheimer diagnostiziert wurde. Nur um Menschen zu haben, mit denen sie reden konnte, war die arme Frau schließlich einer Selbsthilfegruppe beigetreten.

Aber die Silkies waren nicht unzuverlässig gewesen. Die ganzen Jahre hindurch hatten sie sich in guten wie in schlechten Zeiten umeinander gekümmert. Wahre Freunde standen einander bei, wenn Unglücke passierten. Gerade dann. Und doch war der Zusammenhalt unter ihnen sechs nicht stark genug gewesen, um sie zusammenzuschweißen, als sie auf die Probe gestellt wurden.

Menschen beendeten Ehen – nachdem sie Hemden die Ärmel abgeschnitten, Hochzeitsfotos zerrissen und Besitztümer aufgeteilt hatten –, aber sobald Kinder mit im Spiel waren, sobald es Blutsbande gab, konnte die Trennung niemals ganz endgültig sein.

Man kann seine Familie ignorieren, enterben, sie aus seinem Leben fernhalten, aber durch die Gene ist man mit ihr verbunden und sie ebenso mit einem selbst.

Und im Licht einer Tragödie betrachtet, sah diese ewig währende, unzerbrechliche Verbindung gar nicht schlecht aus.

Was verband die Silkies jetzt noch? Was war übrig geblieben? Gefühle? Pflichten? Aber gehörte das nicht zu den wichtigsten Bestandteilen des Geflechts, das Familien zusammenhielt? Waren alte, erzwungene Freundschaften ein Abklatsch von Familienstammbäumen?

Sie war in ihrem Glauben fehlgeleitet, naiv gewesen, dass sie bis in alle Ewigkeit beste Freunde bleiben würden. Untreue, einer Teenagerschwangerschaft, dem Tod und einer Morduntersuchung hielten selbst die Silkies nicht stand.

Sie begann zu weinen und stieß das Handy mit all seinen glückseligen Fotos ans andere Ende der Anrichte, wo es kurz vor dem Absturz liegen blieb. Dann zog sie den Laptop und das elende Hundejobangebot wieder zu sich herüber und fing an, durch ihre Tränen hindurch das Bewerbungsformular auszufüllen.

Sie würde ihr Leben einfach, so gut sie konnte, weiterführen und aus dem Nichts, das ihr geblieben war, irgendetwas machen.

Sie wollte das Formular gerade abschicken, als es an der Tür klingelte. In der Hoffnung, ein Auto in der Einfahrt zu sehen, spähte sie zum Küchenfenster hinaus, entdeckte aber keinerlei Hinweise auf die Identität des Besuchers.

Ungeduldig klingelte es erneut.

Sie stand seufzend auf. Als sie im Flur im Vorbeigehen einen Blick in den Spiegel warf, fragte sie sich, wer die trübselige blasse Frau dort war.

Sie öffnete die Tür und stellte überrascht fest, dass Al mit seinem Koffer davorstand.

»Hallo, ich bin wieder zu Hause!« Er streckte lächelnd die Hände aus. Um seine Augen herum drückten sich die Fältchen zusammen.

Sie starrte ihn an. »Was zum Teufel machst du hier?«

»Na, das ist ja ein Willkommen«, sagte er und sah sich um. In aller Öffentlichkeit brüskiert zu werden war ihm ein ständiger Albtraum.

»Ich hab dich nicht erwartet.«

»Ich hatte gehofft, dass wir reden können. Darf ich reinkommen?«

Sie betrachtete seinen Koffer und versuchte, nicht zu viel hineinzuinterpretieren, obwohl die Bedeutung offensichtlich schien. »Kommt drauf an.«

»Auf was?«

»Was deine Absichten sind.«

Er machte einen Schritt näher auf sie zu. »Schändlich sind sie … Bist du ganz allein zu Hause?«

Sie hielt ihn auf einer Armlänge Abstand. »Das funktioniert nicht bei mir. Nicht mehr. Du wirst dir was wesentlich Besseres einfallen lassen müssen.«

»Wie wär's hiermit?« Er kam näher und beugte sich über ihren Nacken.

»Lass das, Al«, sagte sie. »Ich meine es ernst. Du kannst nicht einfach auftauchen, und dann ist alles wie früher. So funktioniert das nicht.«

Er stand kerzengerade wie ein zurechtgewiesenes Kind da. »Entschuldige. Es ist nur so, dass du mir gefehlt hast. Ich will zurück nach Hause kommen. Bitte, lass mich zurückkommen.«

»Ich fürchte, so einfach ist das nicht«, sagte sie.

»Warum nicht?«

Sie verschränkte die Arme. »Weil du meine Freundin geküsst hast.«

»Aber mehr auch nicht.«

»Nein, weil sie dann gestorben ist und es etwas so viel Größeres nach sich gezogen hat.«

»Aber das ist nicht meine Schuld. Ich hatte keine Ahnung, dass das passieren würde. Es war bloß ein dummer Ausrutscher gewesen. Ich habe dich vorher noch nie betrogen, und es wird auch nie wieder vorkommen, das verspreche ich dir. Es ist überhaupt nur deswegen passiert, weil ich betrunken war, und auch Jenny war es. Ich meine, Himmel, guck doch nur, wie wir alle ständig zusammen waren. Vielleicht hatten wir nicht genügend Grenzen gesetzt.«

»Grenzen?«, sagte sie. »Hast du dir wieder deine Selbsthilfekassetten angehört?«

Er lächelte. »Bitte, Rachel. Es tut mir leid, dass ich dich enttäuscht habe. Aber ich liebe dich. Und ich muss wieder heimkommen. Es bringt mich um. Ich komme ohne dich nicht klar.«

Er lächelte wieder, aber was er sagte, meinte er ernst, es war die Wahrheit. Er konnte ohne sie nicht klarkommen. Das brauchte er ihr nicht zu sagen.

Sie sah ihn an und seinen Koffer und dachte an das Fazit über Familie und Freunde, zu dem sie gerade gelangt war.

Er war Joels und Neds Vater. Und er hatte sie betrogen, was sie ihm vermutlich nie verzeihen würde. Aber er gehörte zu ihrer Familie. Und daher öffnete sie die Tür noch ein paar Zentimeter mehr und ließ ihn herein.

39

Dienstag, 8. Mai 2018

Es fühlte sich an, als wäre es Ewigkeiten her, dass Melissa Polly zur Schule begleitet hatte. Sie hielten sich den Weg am Fluss entlang an den Händen, rochen den Geruch von wildem Knoblauch in der Brise und bewunderten die vielen Hasenglöckchen am Ufer. Alles fühlte sich geradezu von Hoffnung durchtränkt an, bis Polly erwähnte, dass Tag der offenen Tür war.

Melissas Schritte wurden zögerlicher. »Du willst, dass ich mit in die Schule komme?«

»Ja, Mummy. Das bedeutet Tag der offenen Tür doch. Sonst würde es ja nicht offen heißen, oder? Dann würde es geschlossen heißen. Und niemand hat je einen geschlossenen …«

»Okay, Pols, ich hab's kapiert. Bloß …«

»Was?«, fragte Polly und sah besorgt zu ihr hoch. »Kannst du nicht mitkommen?«

Schlechter hätte das Timing nicht sein können. Der Stadt auf der Beerdigung die Stirn zu bieten, wo der Anstand die Menschen daran hinderte, ihr gemeine Blicke zuzuwerfen, war eine Sache. Aber Grundschulspielplätze waren die moderne Version von römischen Amphitheatern, die die Bürger besuchten, um sich Kämpfe anzusehen, wenn auch passiv-aggressive.

Sie musste für ihre Tochter tapfer sein. Sie hatte Lee versprochen zu versuchen, wieder Normalität einkehren zu lassen, und das hier gehörte mit zu dieser Anstrengung. Engstirnigen Eltern gegenüberzustehen war in Milford Teil des Lebens. Sie hatte alles Recht der Welt, zum Tag der offenen Tür zu kommen.

»Nein, ist gut. Ich komme mit«, sagte sie.

»Yippie!« Polly bückte sich, um ein Schneckenhaus aufzuheben, das sie rücksichtslos in den Fluss warf. Und dann pflückte sie am Wegesrand ein Hasenglöckchen und gab es Melissa. »Steck dir das in die Tasche, Mummy. Dann fühlst du dich mutiger.«

Kinder! Kaum dass man glaubte, sie lebten halb im Märchenland, raubten sie einem die Illusionen.

Auf dem Spielplatz war wegen des Tags der offenen Tür mehr als üblich los. Eltern, die normalerweise nur kurz ihre Kinder absetzten und weiter zur Arbeit fuhren, standen, in Anzüge und Kostüme gekleidet, in Grüppchen herum und unterhielten sich. Die seltsame Stille passte nicht zu der Anzahl der versammelten Menschen. Vielleicht lag es daran, dass es der erste Schultag nach der Beerdigung war oder dass es geheime Dinge zu besprechen gab. Jedenfalls fand sich Melissa, die früher stets mit den anderen am begehrten Platz neben den Rosenbüschen gestanden hatte, nun alleine neben den Mülltonnen wieder.

Sie stampfte mit den Füßen auf, rieb sich die Hände und tat, als wäre ihr kalt, damit sie nicht einfach bewegungslos herumstand. Hoffentlich würde jemand Mitleid mit ihr haben und herüberkommen.

Nicht einmal Nessa Merry, auf deren Einmischen Melissa sich üblicherweise verlassen konnte, beachtete sie. Nessa unterhielt sich mit mehreren Müttern in der Nähe des Wasserspenders. Die Köpfe waren verschwörerisch gesenkt.

Melissa sah sich diskret um. Sie wollte nicht so wirken, als würde sie nach Gesellschaft suchen. Aber wenn in den nächsten beiden Minuten niemand kam, würde sie die Handy-Sünde begehen. Von den Eltern wurde erwartet, dass sie sich auf dem Schulgelände um Geselligkeit bemühten, ihre Aufmerksamkeit ihren Kindern, anderen Eltern und dem Lehrpersonal schenkten. Melissa, einstige Expertin im Spielplatz-Small-Talk, textete jetzt Lee:

Ich hasse diese Stadt. :(

Sie beobachtete Polly, die sorglos mit dem Kopf nach unten an den Kletterstangen hing, die Unterhose für alle sichtbar.

Ach, wenn man doch wieder neun Jahre alt sein und die Welt auf den Kopf stellen könnte.

Als die Glocke läutete und die Kinder sich aufreihten, steckte Melissa ihr Handy weg und folgte dem Gedränge in die Schule hinein. Sie tastete nach Pollys kostbarem Hasenglöckchen in ihrer Tasche.

Während der Morgenappell lief, geleitete man die Eltern in die Pausenhalle, die vor Kunst- und Naturwissenschaftsprojekten fast platzte. Die Erwachsenen begannen brav ihre Kreise zu ziehen und Interesse an der Ausstellung vorzutäuschen, obwohl sie sich in Wahrheit immer mehr für Melissa interessierten.

Als sie vor einem beeindruckenden Pappmaschee-Frosch haltmachte, den mit Sicherheit kein Kind zustande gebracht hatte, spürte sie, wie heiß ihre Ohren waren. Es kam ihr sehr warm in der Halle vor. Sie nahm ihren Schal ab und steckte ihn in die Tasche.

»Na, die traut sich was, das muss ich ihr lassen«, sagte jemand unweit von ihr. Empört drehte sie sich zu der Person um, aber das Pärchen neben ihr betrachtete die Aushänge an der Wand. Und die Mütter auf ihrer anderen Seite waren ähnlich in die Ausstellung vertieft.

Sie würde nicht darauf eingehen, und sie würde auch nicht paranoid sein und sich etwas einbilden, das nicht existierte.

Sie entfernte sich von den Naturwissenschaftsprojekten. Erleichtert sah sie, dass die Kinder in einem plappernden Strom aus blauen Pullis und weißen Socken in die Halle kamen.

Sie musste an die blau-weiße Zelle denken.

»Hallo, Mummy«, sagte Polly, die neben ihr aufgetaucht war. »Das da ist meins.« Sie zerrte Melissa an einen Tisch, an dem Nessa Merry stand. »Siehst du?« Sie hielt ein bunt geknüpftes Armband hoch. »Das hab ich für dich gemacht, aber du kannst es noch nicht mit nach Hause nehmen. Es ist ein Freundschaftsarmband. Das schenkt man seinen besten Freunden.«

Neben ihr schnaubte Nessa leise.

»Das ist wunderschön, Polly«, sagte Melissa. »Ich werde mich freuen, das zu tragen. Danke.«

Jetzt führte Polly sie an einen Tisch, der mit Klumpen aus Pappmaschee vollgestellt war, die grau, blau und grün angemalt waren. »Das ist Milford, Mummy. So sieht unsere Stadt von oben aus, wenn man auf einer Wolke sitzen und runtergucken würde. Das ist eine Luftaufnahme. Meinst du, Tante Jenny kann das jetzt sehen?«

Melissa starrte das Gebilde an, ohne es wirklich wahrzunehmen.

»Ist alles okay?«, fragte Polly und zupfte an Melissas Jackenärmel.

»Ja, Püppi.«

»Hab ich dich traurig gemacht?«

»Nein, gar nicht. Ich bin mir sicher, dass Tante Jenny das ganz toll finden würde. Und ich finde es auch toll.«

»Mummy, du musst nicht bleiben«, sagte Polly ernst, »wenn du nicht willst.«

Sehnsüchtig sah Melissa zu den Türen der Pausenhalle hinüber, die auf den Spielplatz hinausführten. In drei Schritten konnte sie weg sein.

Sie musste nicht hierbleiben und diese Ächtung ertragen, die stärker als die Kunstprojekte der Kinder zur Schau gestellt war. Sie war nicht paranoid, sie konnte es spüren. Die Eltern verurteilten sie, verabscheuten sie, weil sie zu einem solchen Zeitpunkt in einer

Grundschule erschienen war. Nur Polly wollte, dass sie kam. Und Polly würde verstehen, wenn sie jetzt ging.

Sie hockte sich hin und zog ihre Tochter an sich heran. »Ich finde alles, was du mir gezeigt hast, ganz toll. Willst du mir sonst noch was zeigen?«

»Nein, das war alles.«

»Ganz sicher?«

Polly nickte.

»Also gut, dann wünsche ich dir einen schönen Tag.« Sie gab ihr einen Abschiedskuss. »Ich sehe dich dann nach Schulschluss, Mäuschen.«

»Tschüss, Mummy.« Und Polly hüpfte zu ihren Freundinnen davon.

Melissa hatte den Spielplatz schon halb in Richtung der Schultore überquert, als sie sich erinnerte, dass die abgeschlossen waren. Sie würde wieder umdrehen und die Schule an der Rezeption vorbei verlassen müssen.

Im Foyer angekommen, klopfte sie an die Glasscheibe, um aus dem Gebäude gelassen zu werden. Die Schulsekretärin lachte gerade mit einer Kollegin über irgendwas, doch als sie Melissa sah, verschwand ihr Lächeln.

Es war keine Abfuhr, nicht einmal besonders unhöflich, es war lediglich eine spontane Reaktion darauf, der wegen Mordes verhafteten Frau gegenüberzustehen.

Es summte, die Türen klickten auf, und Melissa wurde in die Frühlingssonne entlassen. Um diese Zeit herrschte kein Verkehr. Ihre Schritte hallten laut, als sie den Weg am Fluss entlangrannte.

Zu Hause angekommen, sprang sie ins Auto und saß nach Luft schnappend hinter dem Lenkrad.

Sie ließ den Motor an und fuhr vorsichtig rückwärts aus der Einfahrt, denn normalerweise kam Angela Gould ungefähr um diese Zeit heim.

Und tatsächlich, Angelas Auto bog gerade in die gegenüberliegende Einfahrt ein. Melissa bremste, wartete mit dem Losfahren, bis ihre Nachbarin verschwunden war, und machte sich dann auf den Weg in Richtung Jachthafen.

Stimmen tummelten sich in ihrem Kopf, während sie fuhr. Sie stellte das Radio an, konnte aber keine Musik finden, sondern nur noch mehr Stimmen. Und so machte sie den CD-Spieler an und wurde vom Chorgesang von Ninas Theatergruppe überschüttet, einer Hymne voller beflügelter Sopranstimmen. Sie wollte es abstellen, merkte aber, dass sie davon gefangen war.

Dann wieder konnte sie die Stimme des Sergeant hören, konnte seine braunen Augen sehen, deren Blick sie durchbohrte. »Ich erkenne Schuldbewusstsein, wenn es mir unterkommt. – Ich weiß, dass Sie die Schuld an irgendetwas tragen.«

Sie fuhr eine lange, gerade Strecke mit fünfundneunzig Stundenkilometern entlang. Zu beiden Seiten war Wald. Die Bäume verdeckten die Sonne, und es war dunkel. Die Straße war ihr vertraut; sie wusste, dass sie gleich vor der steilen Kurve die Geschwindigkeit drosseln musste, bevor sie zum Jachthafen abbog.

Sie drückte stärker aufs Gaspedal und genoss das Tempo, als plötzlich irgendetwas vor ihr gelblich aufblitzte und es schrecklich krachte.

Sie kam ins Schlingern, trat auf die Bremse, ihr Auto schlitterte in die Gegenfahrbahn. Schreiend riss sie das Lenkrad herum und schleuderte zurück nach links, bevor sie in Richtung Wald zum Stillstand kam.

Mit abgewürgtem Motor saß sie da und starrte wie betäubt ins Dunkle, auf die sich meilenweit erstreckenden kerzengeraden Kiefern.

Was war da eben passiert?

Sie warf einen Blick in den Rückspiegel. Außer den Bäumen konnte sie nichts sehen. Mit zitternden Händen ließ sie den Motor wieder an, legte den Rückwärtsgang ein und fuhr auf die Fahrbahn zurück, bevor sie erneut anhielt.

Sie stieg aus und sah in die Richtung, aus der sie gerade gekommen war. Etwas Beiges lag auf der Straße. Vor Angst konnte sie zuerst nur ganz verschwommen sehen. Dann verschärften sich die Umrisse – es war ein Reh.

Plötzlich hörte sie ein Geräusch und drehte sich um. Ein Auto kam näher, fuhr langsamer und hielt neben ihr an.

»Alles in Ordnung?«, rief ihr ein grauhaariger Mann zu.

»Nein. Ich habe ein Reh überfahren.« Sie zeigte die Straße hinunter.

Der Mann stieg aus. »Ach herrje«, sagte er und steckte sich die Hemdzipfel in die Hose. »Ein schlimmes Gefühl, was?« Er war ungewöhnlich groß und beugte sich leicht vor, um mit ihr zu reden. »Mir ist auch mal eins vors Auto gelaufen, vor zwanzig Jahren oder so. Versuchen Sie, kein schlechtes Gewissen zu haben. Sie haben es ja nicht mit Absicht getan.« Sie hatte zu zittern begonnen. »Warum setzen Sie sich nicht wieder in Ihr Auto und machen die Heizung an?«, schlug er vor. »Halten Sie sich warm. Ich werde sehen, was ich machen kann.«

Sie befolgte seinen Ratschlag nicht, sondern beobachtete, wie er zu der Stelle ging, an der das bewegungslose Reh lag. Sie konnte nicht anders, als ihm zu folgen, blieb aber stehen, bevor sie zu nah herankam. Das Reh war noch ein Baby. Ihr fiel das richtige Wort nicht ein.

»Es ist ein Kitz«, erklärte der Mann, als hätte er ihre Gedanken gelesen. »Gott segne es.« Vorsichtig bückte er sich, hob das Rehkitz hoch und legte es auf den Grasstreifen neben der Fahrbahn. Dann klopfte er seine Kleidung ab und ging zu seinem Auto, wo er eine Küchenpapierrolle aus dem Kofferraum nahm und sich die Hände abwischte. »Gut, dass ich gerade vorbeigekommen bin.«

Sie nickte.

»Kann ich Ihnen noch irgendwie helfen? Geht es Ihnen wieder besser?«

»Nein, und ich hab's nicht mehr weit.«

»Lassen Sie sich vielleicht noch ein paar Minuten Zeit, um sich zu sammeln, bevor Sie weiterfahren.« Er lächelte sie mitleidig an. »Und versuchen Sie, sich keine Vorwürfe zu machen. Das kommt vor, wenn man hier in der Gegend unterwegs ist.«

»Ich hätte es wissen sollen«, erwiderte sie. »Ich wohne schon mein ganzes Leben hier.«

»Es passiert selbst den Besten«, sagte er. »Also dann, machen Sie's gut. Passen Sie auf sich auf.« Und damit stieg er ein und fuhr davor.

Erst als er schon weg war, wurde ihr bewusst, dass sie sich nicht bei ihm bedankt hatte.

Noch lange saß sie auf dem Fahrersitz und starrte vor sich auf die Straße. Sie dachte an das Rehkitz, an das Krachen, als es vom Auto erfasst worden war, wie sie es hätte verhindern können und an das gelbliche Aufblitzen vor ihren Augen.

Mittwoch, 13. August 1986

David war wieder schlecht, gerade als sie angefangen hatten, Indianer zu spielen. Sie konnte hören, wie er im Haus nach Mummy rief – konnte die Schritte ihrer Mutter hören und dann das Geräusch von fließendem Wasser in der Küche.

Sie konzentrierte sich wieder auf ihr Spiel. Jenny war irgendwo auf halber Strecke im Garten, unsichtbar im langen Gras. Hannah, die Prinzessin, war auch nicht zu sehen, aber Melissa wusste genau, wo sie sich befand – in der Nähe vom Lavendeltopf bei der Lorbeerhecke. Hannah bewachte den Schatz – den schönen Silberanhänger, einen Apfel, der der Schlüssel zu allen Geheimnissen des Lebens war und den die Piraten unbedingt in die Hände bekommen wollten.

Melissa robbte sich durch das lange Gras und genoss das Gefühl der kalten Halme an ihren nackten Beinen und den Geruch von Rasen und Lehm, als es an der Tür klingelte.

Es war ein sehr lautes Klingeln. Ihre Mum hatte die Klingel so angebracht, dass es auch draußen läutete. Manchmal wollten Leute Kajaks mieten. Den Verdienst konnte man sich nicht entgehen lassen. Deshalb musste die gesamte Nachbarschaft ihre Türklingel mit anhören.

Es klingelte immer noch. Ihre Mutter hatte mit David zu tun und rief ihr zu, an die Tür zu gehen.

Schnaubend stand Melissa auf, zupfte sich Gras von den Knien und betrachtete die roten Abdrücke, die die Halme auf ihrer Haut zurückgelassen hatten.

Sie rannte zur Hintertür und an der Standuhr vorbei durch den Flur zur Haustür. Die Person an der Tür bekam sie nie zu Gesicht, öffnete ihr nie, denn jetzt konnte sie etwas anderes hören.

Jenny schrie. Melissa drehte sich um und rannte durch den Flur zurück an der Standuhr vorbei zur Hintertür hinaus.

Jenny stand hysterisch schreiend in der Mitte des Rasens und hüpfte auf und ab.

Zuerst konnte Melissa nicht verstehen, was los war. Jenny war am Durchdrehen. Melissa schrie sie an, still zu sein.

Sie lief durch das lange Gras in die Richtung, wo sie ihre Schwester gelassen hatte. Über ihr krächzte eine Krähe. Die Telegrafenleitungen summten. Es war so still, dass sie in ihren Ohren das Blut dröhnen hörte.

Im Gras konnte sie das gelbe Kleid ihrer Schwester sehen.

»Hannah?«, sagte sie.

Und dann hörte sie etwas. Ein grausiges Geräusch.

Und dann war wieder alles still.

Melissa ließ ihr Auto an und fuhr langsam zur Marina.

Als sie am Trockendock ankam, horchte sie auf das Geräusch von Lees Hammer. Als sie es hörte, sah sie auf die Flussmündung hinaus, auf das Sonnenlicht, das wie Popcorn aufblitzend über das Wasser sprang. Dann schloss sie das Büro auf und machte sich an die Arbeit.

ANGELA GOULD

Einwohnerin von Milford, Dorset

Angela hatte ihre Kollektion von Zeitungsausschnitten noch nie jemandem gezeigt. Die Thematik hätte zu dem falschen Schluss führen können, dass sie davon abstoßend gefesselt oder von krankhafter Neugierde besessen war. Sie bewahrte die Ausschnitte in ihrem Gästezimmer in einem Umschlag in der untersten Kommodenschublade auf. Niemand hatte den Umschlag unter den Decken und Kopfkissenbezügen jemals bemerkt.

Seit der Beerdigung zog es sie immer wieder zu den Zeitungsausschnitten hin. Und so ertappte sie sich eines ruhigen Morgens, an dem sie erst in einer Stunde im Café zur Arbeit erscheinen musste, dabei, wie sie leise ins Gästezimmer ging und besagten Umschlag aus der Schublade nahm.

Beklommen faltete sie den größten Ausschnitt auseinander, den sie mit der Schere kindlich gezackt aus dem *Portbridge Herald* herausgeschnitten hatte. Jetzt war der Ausschnitt zweiunddreißig Jahre alt und verblichen.

Sie hatte noch weitere, aber der Artikel aus dem *Herald* war ihr Lieblingsbericht – wobei sie keinen davon mochte –, weil daneben ein klares, schönes Foto abgebildet war.

MÄDCHEN STIRBT DURCH HALSKETTE

Dreijährige trotz Rettungsversuche ihrer Schwester beim Spielen im Garten erstickt

Am 13. August spielte Hannah Reeve mit ihrer Schwester Melissa und der Freundin Jennifer in Milford, Dorset, als sie an dem Anhänger einer Halskette zu ersticken begann.

Der wie ein Apfel geformte Anhänger war dem Kleinkind als Teil des Spiels gegeben worden.
Melissa, 10, versuchte, ihre einfachen Erste-Hilfe-Kenntnisse einzusetzen, konnte ihre Schwester aber nicht retten.
Hannahs Mutter, die sich im Haus um ihren Sohn gekümmert hatte, leistete ebenfalls Erste Hilfe, doch das Kind hatte bereits einen Herzstillstand erlitten.
Während der gerichtlichen Verkündung der Todesursache im Rathaus von Portbridge drückte Mrs. Reeve ihre unermessliche Trauer über den Tod ihrer Tochter aus. Sie bedankte sich auch bei den Krankenhausangestellten, Ärzten und Pflegern, die um Hannahs Leben gekämpft hatten.
»Ein Fall wie dieser kommt selten vor und geht allen Beteiligten sehr nahe«, sagte Rechtsmediziner Peter Hill. »Ich wünsche der Familie Seelenfrieden und hoffe, dass sie über diese Tragödie hinwegkommen wird.«
Sein Urteil lautete auf Unfalltod.

Angela faltete den Ausschnitt zusammen und steckte ihn zurück in den Umschlag, den sie wieder unter die Decken in der Schublade schob.

Dann ging sie zum Spiegel und begann sich mit langen, bedach ten Strichen die Haare zu bürsten, während sie sich zum x-ten Mal sagte, dass es nicht ihre Schuld war, dass sie nur ein Kind gewesen war, dass es nun schon lange her war und dass sie sich bald wieder besser fühlen würde.

40

DREI MONATE SPÄTER

Freitag, 3. August 2018

Rachel freute sich ungemein über Melissas Anruf. Sie hatte sie seit der Trauerfeier nicht mehr gesehen und seit ihrem gezwungenen Telefonat vor dem Aquarium nicht mehr mit ihr gesprochen. Oft hatte sie überlegt, ob sie nicht diejenige sein sollte, die das Schweigen brach. Aber dann erinnerte sie sich wieder an das, was sie abgemacht hatten, nämlich dass Melissa sich einen Tag überlegen würde, an dem sie sich mit ihr auf einen Kaffee treffen wollte, und sich dann bei ihr melden würde.

Sie hatte gehört – hauptsächlich, indem sie auf Elternabenden und im Supermarkt indiskret geführte Unterhaltungen belauschte –, dass Melissa sich von allen abgekehrt hatte. Melissa, die einst derart im Mittelpunkt der Stadt gestanden hatte, dass manche sie Melford genannt hatten.

Wer sich nun genau von wem abgewandt hatte, war wohl unmöglich herauszubekommen, da die meisten Menschen Melissa anscheinend auf die eine oder andere Art für Jennys Tod verantwortlich hielten – wenn auch nur, weil sie mit ihr zu tun gehabt hatte und es niemand anderen gab, dem man die Schuld geben konnte.

Melissa, die von Natur aus stolz war, machte unter den gegebenen Umständen alleine weiter. Sie schien sich auf jeden Fall geschäftlich weit über die Ortsgrenzen hinaus zu verlagern. Rachel war aufgefallen, dass die Webseite neu designt worden war und den Jachthafen als »die bildschönste Hochzeitslocation des Südwestens« bewarb.

Von Rachels distanzierter Warte aus gesehen – denn seit dem Unfall war sie nicht mehr an ihren Arbeitsplatz in der Marina zurückgekehrt – wirkte es, als wären die Silks damit beschäftigt, ihr Leben neu aufzubauen. Sie war zu dem Schluss gekommen, dass sie in diesem Neubau keinen Platz haben würde. Und dann hatte Melissa sie ganz unerwartet angerufen und für den Freitag ein Treffen im Café an der Hauptstraße vorgeschlagen.

Rachel ging schon früh hin und saß nervös mit den Salz- und Pfeffermühlen spielend da. Andere Gäste gab es nicht, nur eine ältere Frau, die neben dem kalten Kamin strickte.

Rachel warf einen Blick auf ihre Uhr. Es war zehn vor zwei. Sie beschloss, sich eine Tasse Tee zu holen.

Als sie gerade aufstehen wollte, um ihren Tee zu bestellen, bimmelte die Türglocke, und Melissa kam herein.

Rachel verharrte stocksteif und wartete, um zu sehen, wie ihre Freundin reagieren würde, damit sie es ihr nachtun konnte. Das war ein alter Instinkt, einer, der sie dazu drängte, Melissa die Führung zu überlassen.

Doch Melissa machte es ihr nicht leicht. Auch sie stand bewegungslos da und runzelte leicht die Stirn.

Rachel würde diejenige sein müssen, die etwas sagte oder tat. »Hi, Mel«, sagte sie. Und dann, als ihr die Höflichkeit unerträglich wurde, nahm sie sie in den Arm. »Es ist so schön, dich zu sehen.«

»Hab ich dir gefehlt?«, fragte Melissa, nachdem sie wieder voneinander ließen. Sie hatte salbeigrüne Jeans an, eine pastellrosa Bluse und ihre üblichen Espadrilles. Alles an ihr war unglaublich vertraut, von ihren gewebten Armbändern bis zum Zitronenduft ihres Schaumfestigers.

Ein Stich des Bedauerns durchfuhr Rachel. Sie hätten nicht so lange warten sollen. »Mehr, als du dir vorstellen kannst«, antwortete sie und ging vor Melissa her an ihren Tisch. »Was kann ich dir holen?«

Melissa legte ihre Umhängetasche auf einen Stuhl und ließ ihren Blick über die Getränketafel schweifen. »Nur einen Tee, bitte.« Und dann setzte sie sich und drehte den Kopf, um aus dem Fenster zu schauen.

Rachel ging zum Tresen und drückte auf die Klingel. Aus der Küche kam der Klang von Schritten. Melissas Nachbarin Angela Gould erschien und wischte sich die Hände an der Schürze ab.

Als sie Rachel sah, schaute Angela sofort an ihr vorbei, um zu sehen, mit wem sie gekommen war. »Was darf ich bringen?«, fragte sie, ohne ihren Blick von Melissa abzuwenden.

»Zwei Tee, bitte.«

Nachdem Rachel an ihren Tisch zurückgekehrt war, schaute sie noch mal zu Angela hin, die mit ihren Getränken beschäftigt war. »Die Frau ist doch seltsam, wenn du mich fragst«, sagte sie.

»Nicht seltsamer als ich«, meinte Melissa. »Ich bin wie eine Leprakranke. Die Hälfte der Stadt geht jetzt immer auf die andere Straßenseite, wenn sie mich kommen sieht.«

Rachel hatte gehört, dass es andersherum war, dass Melissa auf die andere Seite ging, sagte es aber nicht.

»Und, wie geht's dir so?«, fragte Melissa.

»Ganz okay. Ich habe eine neue Arbeitsstelle als Rezeptionistin.«

»Ach ja? Wo denn?« Melissa sah verletzt aus, verbarg das aber gut. Mit dem Hauch eines Lächelns wickelte sie eine Haarsträhne um ihre Finger.

»Wehe, du lachst.«

»Warum sollte ich lachen?«

»Es ist bei dem Gnadenhof für Esel.«

Melissa verzog keine Miene. Und dann lachte sie.

Die Getränke wurden serviert. Angela stellte die Teekanne recht ungeschickt hin, und Tee schwappte auf die Tischdecke. »Oh, das tut mir aber leid«, sagte sie und sah entsetzt aus. »Ich bin so was von unbeholfen.«

»Nein, gar nicht«, erwiderte Melissa. »Ist schon gut. Das macht doch nichts.«

Vor sich hin brummelnd zog Angela sich zurück, als wäre sie von sich selbst enttäuscht.

»Kam sie dir nervös vor?«, flüsterte Melissa. »Ist das wegen mir? In meiner Gegenwart benimmt sich niemand mehr normal.«

»Glaub ich nicht, dass das was mit dir zu tun hat. Wie ich schon sagte, sie ist einfach komisch.«

»Na, egal, aber was die Esel angeht …«, sagte Melissa. »Gefällt es dir da?«

»Ja, tut es«, antwortete Rachel und schenkte den Tee ein. »Aber es ist nichts auf Dauer.«

»Ach nein? Wieso nicht?«

Sie stellte die Teekanne ab und sah Melissa an. »Ich bin froh, dass du angerufen hast. Ich wollte es dir persönlich sagen. Ich wusste nicht, wie ich … Wir ziehen um, Mel.«

»Ihr zieht um?«

»Wir ziehen weg.« Sie faltete ihre Hände und klemmte sie zwischen ihre Knie, sich gemein, verschlagen vorkommend. Aber es war besser, es Melissa persönlich zu sagen. Sonst hätte sie früher oder später das Schild vor ihrem Haus gesehen, das es zum Verkauf ausschrieb.

»Du meinst, aus Milford weg?«, fragte Melissa verblüfft.

»Ja.«

»Aber wo zieht ihr denn hin?«

»Nach Southfield. Das ist ungefähr zwanzig Meilen von hier, in der Nähe von …«

»Ich weiß, wo Southfield ist.« Unruhig begann Melissa mit der Zuckerdose zu spielen und stocherte mit der Zange darin herum. »Und was gibt es da?«

»Die neue Führungszentrale von Als Firma. Er ist ganz begeistert.«

»Das kann ich mir vorstellen«, sagte Melissa und versuchte kaum, die Kritik aus ihrem Ton herauszuhalten. »Er bekommt genau das, was er will. Aber was ist mit dir?« Sie schob die Zuckerdose weg und sah Rachel an. »Wo bleibst du in dem Ganzen?«

Rachel zögerte. »Es war meine Idee.«

»Deine Idee? Aber wieso?«

Rachel griff nach ihrer Teetasse, trank einen Schluck und suchte nach Worten. »Es ist ein Neuanfang.«

»Du meinst eher, dass ihr weglauft«, sagte Melissa.

»Nein, das ist es nicht. Es ist näher bei meinen Eltern und denen von Al.«

»Bei deinen Eltern?«, fragte Melissa. »Ich dachte, du magst sie nicht.«

»Natürlich mag ich sie. Sie sind meine Familie.«

»Aber dein Zuhause ist hier.«

»Ist es nicht. Ich habe hier nichts. Nicht mehr.«

»Du hast mich«, sagte Melissa unglücklich.

Vom Tresen her kam das Geräusch klappernden Geschirrs. Rachel warf einen Blick hinüber und sah, dass Angela Teller aufstapelte und sie beide dabei beobachtete.

»Nein, hab ich nicht«, erwiderte Rachel. Sie senkte die Stimme. »Sieh dir doch an, was aus uns geworden ist. Hast du Gareth in letzter Zeit mal gesehen?«

»Nein, aber ich wollte ihn anrufen und …«

»Genau das dachte ich mir.«

»Aber wegzuziehen wird doch nichts ändern. Die Probleme kommen ja mit dir mit.«

»Was für Probleme?«, fragte Rachel. »Die Probleme sind hier, in Milford. Al hatte recht. Das alles ist passiert, weil wir zu eng miteinander waren und zu abgeschottet.«

»Abgeschottet?«, hakte Melissa nach. »Wovon redest du?«

»Verstehst du denn nicht?« Rachel beugte sich zu Melissa hinüber, um zu flüstern. »Al hätte gar nicht so eng mit Jenny befreundet sein und sich mit ihr betrinken sollen. Sie war so hübsch, und sie sind ja früher miteinander gegangen! Da war der Ärger doch vorprogrammiert. Wir haben es nur nicht gesehen, bis es zu spät war … Wir hatten keinerlei Grenzen.«

»Ach herrje«, sagte Melissa und stützte ihren Kopf in die Hände. »Wo hat Al das denn her? Von irgendeinem geschäftlichen Motivationsworkshop?«

»Damit hat es nichts zu tun. Es ist die Wahrheit. Ich habe viel darüber nachgedacht. Ich meine, dein Sohn hat die Tochter deiner besten Freundin geschwängert … Siehst du, was ich meine?« Sie hatte nicht so abwertend oder kritisch klingen wollen. Melissa lief rot an. Sie fasste nach ihrer Hand. »Wir tun nur, was wir müssen, um weiterleben zu können, Mel. Gerade du solltest das doch verstehen.«

»Ich?«, fragte Melissa. »Ich hab nie was anderes getan, als in dieser popeligen Kleinstadt zu leben. Was weiß ich denn, wie man weiterlebt?«

»Ich glaube, niemand sonst weiß das so. Du bist der stärkste Mensch, den ich kenne. Im tiefsten Herzen bewundern dich alle, egal, was sie sagen.«

Melissa schüttelte den Kopf. »So fühlt sich das aber nicht an. Es fühlt sich an, als hätte man mich ausgestoßen.«

»Aber du bist noch hier. Du ziehst nicht weg … so wie wir. Das, was du hast, haben wir einfach nicht.«

»Einen Eintrag im Strafregister?«

Rachel lachte abrupt los und sah Melissa dann bestürzt an. »Wirklich?«

»Ja«, sagte sie. »Obwohl keine Anklage gegen mich erhoben wurde.«

Rachel wandte den Blick ab, in ihre Teetasse schauend. »Das tut mir schrecklich leid.«

Eine Weile herrschte Schweigen, dann wechselte Melissa mit fröhlicherer Stimme das Thema. »Und wie geht's den Jungs? Sind sie aufgeregt, dass ihr umzieht?«

»Ja. Für Joel verändert sich nicht allzu viel. Hoffentlich kann er bald auf die Uni gehen. Aber Ned ist ganz aus dem Häuschen. Wir haben ihm versprochen, dass er einen Hamster haben kann.«

»Mensch, einen Hamster«, sagte Melissa trocken. »Hat Ned es aber gut.« Sie griff nach ihrer Teetasse. »Na, das hört sich an, als hättest du alles gut überlegt.«

Rachel lauschte dem Klimpern des Bestecks, das von Angela hinter dem Tresen herüberdrang. Die ältere Frau mit dem Strickzeug war gegangen. Rachel und Melissa waren jetzt die einzigen Gäste im Café. Draußen auf der Hauptstraße war niemand zu sehen, und der Nachmittag fühlte sich einsam an.

»Mel …«

Melissa schaute auf. Im Sonnenlicht, das auf ihrem Gesicht lag, wirkten ihre Augen mehr gelb als grün. Sie sah müde aus, als hätte ihr Treffen sie erschöpft.

»Bitte denk nicht, dass ich Ärger will«, sagte Rachel, »aber ist dir je der Gedanke gekommen, dass es einen Zusammenhang zwischen Olivias Schwangerschaft und Jennys Unfall gab?«

Melissa antwortete nicht sofort.

»Mel …?«

Hatte sie sie aus der Fassung gebracht oder beleidigt?

Melissa zupfte an einem ihrer Armbänder. »Ja, der Gedanke ist mir gekommen. Aber ich habe Lee versprochen …«

»Was?«

Sie zuckte mit den Schultern. »Es sein zu lassen. Er sagte, dass wir das hinter uns lassen müssen.«

»Er hat recht. Es tut mir leid, dass ich es erwähnt habe.«

»Warum hast du es dann getan?«, fragte Melissa. Ein Hauch von Unwille verdunkelte ihre Miene.

»Weil …« Rachel hob abwehrend die Hand. »Ich weiß, wie wichtig es dir eine Zeit lang war, die Wahrheit herauszufinden.«

»Schon, aber nicht wichtiger als meine Familie oder meine Gesundheit. Wenn man wegen Mord festgenommen wird, ändert sich das. Man sortiert die Prioritäten ganz neu.«

Rachel überhörte den Vorwurf und die Verletzung in Melissas Stimme nicht. Die würden jetzt immer darin mitschwingen. Und deswegen konnten sie nie mehr zu dem zurückkehren, was sie einstmals gehabt hatten.

»Ich hoffe, Joel schneidet in seinen Prüfungen gut ab«, sagte Melissa in sanfterem Ton. »Frank hat keine Chance. Er hat nicht gelernt. Ich hab versucht, ihn zu zwingen, aber er will nichts, außer mit seinem Dad in der Marina zu arbeiten – Holz sägen, den alten Bronzehammer schwingen und den Möwen zusehen, wie sie übers Wasser fliegen.«

»Hört sich gut an, finde ich«, erklärte Rachel.

Viel mehr sagten sie nicht. Die Erwähnung des Unfalls hatte den Ton verändert. Melissa warf immer wieder einen Blick auf die Uhr. Sie musste los, um Polly abzuholen.

Sie beendeten ihr Treffen mit einer Diskussion darüber, wer den Tee bezahlte. Beide wollten es, um diejenige zu sein, die etwas Liebenswertes tat.

In Rachel ließ das den Verdacht aufkeimen, dass dies ihr letztes Treffen auf einen Tee gewesen war.

Schließlich gab Melissa nach, und Rachel bezahlte am Tresen. Dabei durchfuhr sie der Gedanke, dass sie das Café wahrscheinlich nie wieder besuchen würde, und so sagte sie Angela Gould, sie könne das Wechselgeld behalten.

Vor ihrem Audi blieb Melissa stehen. »Ich hab hier geparkt.«

Rachel zeigte mit der Hand die Straße hinunter. »Ich stehe hinten beim Friseur.«

Melissa schloss die Autotür auf, und es klickte. »Wann zieht ihr um?«

»Sobald wir einen Käufer haben. Der Makler denkt, dass sich das Haus schnell verkaufen wird.«

»Sollte es, es ist ein schönes Haus. Habt ihr schon was Neues gefunden?«

»Ja. Sie haben unser Angebot angenommen.«

Wieder sah Melissa verletzt aus. Vielleicht hatte sie gehofft, dass die Umzugspläne noch nicht so weit gediehen waren. »Also dann, danke für den Tee«, sagte sie. »Ich wünsche dir alles Gute.«

Alles Gute. Das sagten Arbeitskollegen zueinander, wenn jemand in den Ruhestand ging.

Sie drückte Rachel einen Kuss auf die Wange. »Pass auf dich auf.« Und mit diesen Worten stieg sie in ihr Auto.

Rachel wartete. War das alles? Vor sich hin starrend ließ Melissa ihr Auto an.

Aber was hatte sie erwartet? Sie zog aus Milford weg. Melissa hatte das gute Recht, sich zu beschützen, indem sie auf Abstand ging.

Rachel würde sie nicht daran hindern, nicht wenn es Melissa half, mit der Situation fertigzuwerden. Sie zog den Gürtel ihrer Jacke enger und ging. Ihre Schritte klangen seltsam losgelöst von ihr.

Jetzt wünschte sie, sie hätte nicht vor Mon Petit Hair geparkt. Jennys Angestellte Sue stand direkt hinter dem Fenster und schnitt jemandem die Haare.

Rachel schwenkte hastig ihren Schlüssel, um ihr Auto zu entriegeln, als sie ein Geräusch hörte. Sie drehte sich um und sah, wie Melissa rufend die Hauptstraße heruntergerannt kam.

»Rachel! Warte!«

Überrascht murmelte Rachel etwas vor sich hin und eilte dann zu ihrer Freundin.

Vor dem Blumengeschäft, im durchdringenden Duft von Lilien und Rosen, der in der Sommerluft hing, umarmten sie sich. Rachel bekam Melissas Haare in den Mund, und sie mussten beide lachen.

»Ich hab dich lieb«, sagte Melissa.

»Ich hab dich auch lieb«, erwiderte Rachel. Und dann riss Melissa sich los, zog ihre pastellfarbene Bluse zurecht und ging.

Rachel sah Melissa den ganzen Weg zu ihrem Auto nach und wusste, dass sie keinen Blick zurückwerfen würde.

41

Gareth gehörte im Lighthouse Centre von Portbridge inzwischen so zum Inventar, dass die Dame an der Rezeption ihn nicht mehr fragen musste, was er in seinen Kaffee nahm.

Sie gingen immer freitags nach der Schule hin. Gareths Chef in der IT-Firma war äußerst verständnisvoll und ließ ihn weiterhin jede Woche früher Schluss machen, solange es nötig war. Manchmal musste erst ein Unglück geschehen, damit man das Beste in den Menschen sah. Früher hatte Gareth seinen Chef eher für einen ziemlichen Arsch gehalten.

Es war angenehm, jetzt im August im Beratungszentrum zu sitzen, während die Sonne durch die Fenster schien. Jener bittere Tag im April, an dem er Olivia das erste Mal hergebracht hatte, schien schon lange zurückzuliegen. Seitdem hatte sie sich stark verändert, genau wie sie alle.

Ihrer überaus netten Trauerbegleiterin Beverley zufolge befand Olivia sich auf einem äußerst vielversprechenden Weg. Das Selbstverletzen hatte aufgehört, hoffentlich für immer, und sie und Frank hatten sich peinlich berührt durch einen Kurs über das Verhindern von Teenagerschwangerschaften gequält.

Melissa hatte er nicht mehr gesehen, schon lange nicht mehr. Manchmal fragte er Frank, ob es seiner Mutter gut gehe, und Frank bestätigte, dass alles in Ordnung sei. Dabei beließ Gareth es. Vielleicht würde es einfach so weitergehen, bis der offizielle Gerichtsentscheid zur Todesursache bekannt gegeben wurde. Er wusste nicht, ob die Verkündung irgendetwas ändern würde. Bis die Entscheidung vorlag, hielt er seine alten Freunde auf Abstand. Mit der Zeit würde sich zeigen, ob das der neue Dauerzustand war.

Im Moment hatte er genug damit zu tun, sich um die Zwillinge zu kümmern. Beide machten sich in der Schule sehr gut, Max hatte seine Noten sogar verbessert. Der Wochenplan, den sie aufgestellt hatten, war ein voller Erfolg, und keiner der Zwillinge hatte auch nur einen einzigen Termin verpasst. Allein schon deswegen war Gareth stolz auf sich.

Aber sein größter Stolz war, auf welch heiligem Grund er sich mit seiner Tochter bewegte – das grenzte schon an ein Wunder.

An einem Samstagnachmittag im Mai nach der Beerdigung, als er Max beim Rugby zusah, war ihm die Lösung gekommen. Der andere Vater war plötzlich wieder mit seiner Tochter aufgetaucht – die beiden, die er bei dem Spiel im April beobachtet hatte, als er sich Vorwürfe über Olivias Vertrauensverlust zu ihm gemacht hatte, ahnungslos, dass er kurz davorstand, seine Frau zu verlieren.

Der Vater war mit seiner Tochter erschienen, um ihm eine Lehre zu erteilen – da war er sich ganz sicher. Sie versuchten, ihm etwas einzubläuen, das ihm beim ersten Mal nicht aufgefallen war.

Noch am selben Abend hatte er den Zwillingen vorgeschlagen, ab jetzt mehr füreinander da zu sein, indem sie sich gegenseitig beim Sport anspornten. Olivia würde mit ihnen zum Rugby kommen, und sie würden sie beim Hockey anfeuern.

Es wurde gemurrt, aber er bestand darauf. Und jetzt unterstützten die Zwillinge sich gegenseitig, während sie gleichzeitig alle zusammen Familienzeit verbrachten.

Im Rückblick war es geradezu dumm, dass er nicht schon früher darauf gekommen war.

Die Tür des Beratungszimmers öffnete sich. Beverly kam mit ihrem offenen Lächeln auf ihn zu. Gareth stand zur Begrüßung der beiden auf.

»Na, wie war's?«, fragte er.

Max lächelte ihn an. »Okay, Dad. Es ist cool.«

»Cool?«, hakte Gareth nach. »Du bist doch derselbe Junge, der sagte, dass Trauerberater lauter Räucherstäbchen schwenkende Hippies seien?«

Beverley lachte. »Das hast du gesagt?«

Max wurde rot. »Es war nur ein Joke. Sie sind in Ordnung, Bev.«

»Bev?«, wiederholte Gareth. »Ganz schön salopp, mein Junge, oder?«

Beverley blendete sie beide mit ihrem Lächeln. »Solange er weiterhin kommt, kann er mich nennen, wie er möchte.« Sie wandte sich an Gareth. »Könnte ich kurz mit Ihnen reden? Max, du kannst doch einen Moment warten?«

Sie führte Gareth zurück in ihr Beratungszimmer, und sie setzten sich auf die roten Würfelstühle.

»Ich muss sagen, ich bin äußerst beeindruckt von Max. Er hat in den letzten Monaten außerordentliche Fortschritte gemacht.«

»Das ist fantastisch. Ich freue mich, das zu hören. Er ist ein guter Junge.«

»Das ist er auf jeden Fall«, sagte sie. »Sie müssen sich keinerlei Sorgen machen. Er kommt wirklich gut mit allem zurecht. Aber ich würde trotzdem dazu raten, dass die Zwillinge weiter ins Lighthouse kommen, solange es geht.«

»Wir werden kommen, solange Sie sich mit uns abplagen wollen. Danke. Ich weiß nicht, was ich ohne dieses Zentrum gemacht hätte.«

»Ich habe das Gefühl, dass Ihnen schon etwas eingefallen wäre. Ich denke, Sie sind stärker, als Sie glauben.«

»Na, ich weiß nicht …«

»Und Olivia himmelt Sie an«, sagte sie und stand auf. »Nicht jeder Vater hat eine derartige Beziehung zu seiner Tochter. Das ist etwas Wertvolles.«

Gareth blieb an der Tür stehen. »Ja«, sagte er, »das ist es.«

Sonntag, 19. August 2018

»Das wär's dann also«, sagte Gareth und hievte das Gepäck in den Kofferraum des Autos.

»Ja«, sagte sein Vater. »Aber wir müssen nicht fahren. Ein Wort von dir, und wir können alles wieder ins Haus bringen.«

»Nein, Dad.« Gareth knallte entschlossen die Heckklappe zu. »Ihr müsst heimfahren. Es ist an der Zeit. Ihr seid viel zu lange hier gewesen.«

»Ich und dein Vater haben uns darüber unterhalten, herzuziehen, mein Sohn«, sagte seine Mutter, die neben ihm erschienen war.

»Ihr … was?«, fragte Gareth. »Niemals. Ihr seid nach Pembrokeshire gezogen, weil ihr unbedingt dort leben wolltet, und da bleibt ihr auch.«

»Aber es ist so weit weg«, warf seine Mutter ein. »Jetzt hat sich so viel verändert …«

»Kommt, lassen wir's«, sagte sein Vater. »Wir können uns ein andermal darüber unterhalten.«

»Wir werden uns nie darüber unterhalten«, entgegnete Gareth, »weil es nie dazu kommen wird.«

»Wozu wird's nie kommen?«, fragte Max, der mit Blick auf sein Handy die Einfahrt herunterkam. Er hatte die Kunst des Handygangs gemeistert und glitt sogar, ohne anzustoßen, zwischen zwei Blumentöpfen hindurch.

»Das braucht dich nicht zu kümmern«, antwortete Gareth. »Also dann. Sehen wir zu, dass ihr zwei loskommt, bevor es auf den Straßen eng wird.«

»Eng?«, fragte sein Vater.

»Na, du weißt schon, Stoßzeit.«

In Milford gab es keine Stoßzeit, nicht an einem Sonntagmorgen im August um sieben in der Früh. Die Vögel sangen, der Tau ließ Nebel über dem Rasen aufsteigen, der Sonnenschein strömte durch die Hecken.

Seine Mutter sah ihn zweifelnd an und stieg ins Auto.

»Alles ist gut, Mum«, sagte er. »Ihr wart wunderbar. Wir kommen schon zurecht.«

Sein Vater schüttelte ihm die Hand. »Daran habe ich keinerlei Zweifel, mein Sohn. Deine Mutter und ich sind stolz auf dich.«

Gareth spürte, wie Tränen ihm in die Augen traten. »Danke, Dad.«

»Wir rufen an, um zu sagen, dass wir gut angekommen sind«, erklärte seine Mutter, während sie wie wild an dem altmodischen Griff kurbelte, der das Fenster herunterließ. »Aber erwarte den Anruf nicht zu früh. Wir werden kurz vor Swansea beim Little Chef einkehren.«

Gareth gluckste. »Kenne ich noch gut, Mum.«

»Wo ist Olivia?«, fragte sein Vater und steckte den Kopf aus dem Fenster, um zum Haus hochzusehen.

»Sie kommt schon noch.« Erwartungsvoll drehte Gareth sich zur Haustür um. Und tatsächlich tauchte sie gerade in ihrem flauschigen Morgenmantel mit verschlafen verquollenen Augen auf.

»Sehe ich schön aus?«, fragte sie.

»Schöner denn je zuvor«, sagte Gareth.

Sie sah genauso aus wie Jenny.

Es gab Dinge an seiner Frau, an die zu denken ihm wehtat – die geheimen Dinge, die er sich nie würde erklären können oder die er nie verstehen würde. Aber er hatte gelernt, sich auf das zu konzentrieren, was er verstand und liebte. Jenny war schön gewesen, großzügig, voller guter Laune. Was nützte es, jetzt anders von ihr zu denken?

»Also dann, tschüss, Dad«, sagte Gareth und rümpfte die Nase, um seine Tränen in die Schranken zu weisen. »Tschüss, Mum.«

Mit gerecktem Hals setzte sein Dad das Auto vorsichtig zurück, wesentlich langsamer, als Gareth jemals fuhr. Seine Mutter machte ebenfalls den Hals lang. Sie saß neben seinem Dad wie ein Co-Pilot, ihre Verantwortung als Beifahrerin sehr ernst nehmend.

»Tschüss, Grandma«, rief Olivia winkend. »Tschüss, Grandpa.«

Max hatte sein Handy in die Tasche gesteckt und winkte ebenfalls.

Gareth marschierte hinter ihnen her. Als sie auf der Straße in Fahrtrichtung waren, ging er zur Fahrertür. »Wir sehen uns ja bald wieder.«

»Zur Urteilsverkündung der Gerichtsmedizin kommen wir wieder, mein Sohn. Das sollte wohl irgendwann im November sein.« Sein Vater nickte entschlossen.

»Danke, Dad. Danke für alles.«

»Wir haben es gern getan.«

Die Art, wie sein Vater das sagte – so aufrichtig und bedeutungsvoll –, schnürte Gareth die Kehle zu. Den Blick senkend kickte er einen Stein in die Hecke.

Er blieb auf der Straße stehen und sah dem langsam davonfahrenden Auto hinterher. Seine Mutter streckte die Hand aus dem Fenster, winkte, und dann bog der Wagen um die Kurve, und sie waren nicht mehr zu sehen.

Schniefend fuhr Gareth sich übers Gesicht. Max kam zu ihm herüber und klopfte ihm auf den Rücken.

»Also, Dad, es ist Sonntag. Auf unserem Whiteboard steht für heute nichts. Was wollen wir machen?«

»Weiß ich nicht, Junge. Aber uns wird schon was einfallen.«

Sie gingen zurück zu Olivia, die auf der Stufe vor der Tür stand. »Es wird ganz schön still sein ohne die beiden«, sagte sie.

»Ja«, erwiderte Gareth, »das wird es.«

»Soll ich diese Zimtmuffin-Dinger machen?«, fragte sie. »Grandma hat mir ihr Rezept gegeben.«

»Das klingt gut«, sagte Gareth. »Und setz doch den Wasserkessel auf, wenn du schon dabei bist.«

Einen Moment lang stand er an der Hintertür und schaute ins Morgenlicht, auf den Rasen, den sein Vater gestern vor der Abreise noch unbedingt hatte mähen müssen, und auf die Geranientöpfe, die seine Mutter so sorgsam gepflegt hatte.

Seine Eltern hatten alles für ihn getan, was sie konnten. Jetzt konnte er übernehmen.

42

ZWEI MONATE SPÄTER

Montag, 29. Oktober 2018

Die SMS kam um neun Uhr abends, als die Kinder gerade zu Bett gegangen waren. Draußen war es stockfinster. Ninas Halloweenkürbis stand draußen auf der Stufe vor der Terrassentür und grinste sie an, den Mund voller tanzendem Kerzenlicht.

Sie hatten gerade eine Flasche Wein aufgemacht und unterhielten sich über ihren Tag. Melissa hatte eine internationale Konferenzbuchung für die Veranstaltungshalle im Frühjahr sichern können. Lee renovierte für einen reichen Bootsenthusiasten ein Schiff aus dem Zweiten Weltkrieg, zerlegte das Kunstfaserdeck, restaurierte verrottendes Holz und reparierte den Motor.

Melissas Handy piepte. Sie nahm es und las die SMS.

Wir ziehen Samstag um. Kommt doch bitte Freitag, 19 Uhr, auf einen Abschiedsdrink. Bringt die Kinder mit. Sagt Bescheid, ob ihr kommen könnt. Rach x

Melissa schob das Handy zu Lee hinüber. Er las die Nachricht.

»Nett«, sagte er. »Gehen wir hin?«

Sie betrachtete den Kürbis, dessen ebenfalls flackernde Augen ihr zuzublinzeln schienen. »Ich denke, wir sollten gehen, auch wenn es komisch sein wird. Wann waren wir das letzte Mal alle zusammen in einem Zimmer?«

Schweigend suchten sie beide nach der Antwort.

»Du hättest die Bienen sehen sollen«, sagte Lee nach einer Weile und trank einen Schluck Wein.

»Die Bienen?«

»Ja. In dem Boot war ein gigantisches Bienennest.«

Sie lächelte, nahm ihr Handy und textete ihre Antwort.

Wir werden da sein. M x

Freitag, 2. November 2018

Rachel hatte sich viel Mühe gegeben, das war nicht zu übersehen. Melissa erkannte, dass sie es nicht nur ihretwegen getan hatte, denn das Haus war professionell gereinigt und für den Umzug blitzblank gewienert worden. Auch bei den Appetithäppchen hatte sie sich ins Zeug gelegt. Es gab Miniburger, Würstchen im Schlafrock, in Tempura gewälzte Garnelen.

»Sind das Wachteleier?«, fragte Melissa mit ausgestrecktem Zeigefinger.

»Ja, leider. Von einem Partyservice. Al hat darauf bestanden. Das ist seine Art, um sich …« Um sich was?

Zu verabschieden? Zu entschuldigen?

Rachel beendete den Satz nicht. Melissa würde nie erfahren, was Al zu erreichen hoffte. Vielleicht wusste er es selbst nicht.

So vieles von dem, was sich zwischen ihnen abgespielt hatte, war ohne Schlusspunkt, war unausgesprochen geblieben. Vielleicht verursachte ein Unfall das immer, erschuf ein beunruhigendes Schweigen, weil etwas passiert war, das nicht hätte geschehen sollen, und alle dazu zwang, sich ein Unglück irgendwie zu erklären.

»Ich kann dir deine Jacke abnehmen«, sagte Rachel.

»Gehen wir denn nicht raus?«, fragte Melissa. »Ich dachte, Al hat ein Lagerfeuer gemacht.«

»Ach ja, du hast recht. Behalt deine Jacke an.«

»Soll ich den Kindern sagen, dass sie sich Teller holen und das Essen mit rausnehmen sollen?«

»Ja, bitte.« Rachel wirkte nervös, so wie sie das Plastikbesteck in einem Korb zurechtrückte.

Melissa berührte Rachels Hand. »Ist doch gut so. Es muss nicht alles perfekt sein. Es sind doch bloß …« Sie hätte fast *die Silkies* gesagt, aber das Wort benutzte niemand mehr. »Na, es sind doch bloß wir.«

Rachel sah Melissa an. Auf ihren Brillengläsern war ein kleiner Striemen – vielleicht von der Butter. Der Anblick machte Melissa traurig.

Was war aus ihnen geworden? Nach ihrem Treffen im Café hatten sie sich außer ein paarmal zufällig vor dem Gymnasium monatelang nicht mehr gesehen.

Bis vor Kurzem noch hatte Melissa geglaubt, dass es unmöglich war, sich in Milford zu verstecken. Und doch sah sie jetzt so gut wie niemanden mehr, seit sie immer sofort wieder losfuhr, wenn sie die Kinder zur Schule gebracht hatte, keine Elternabende mehr besuchte und sich aus Komitees und Ehrenämtern zurückgezogen hatte. Es war äußerst leicht, sich unsichtbar zu machen, und das moderne Leben schien es sogar noch zu vereinfachen.

»Tut mir leid, wenn ich irgendwie steif wirke«, sagte Rachel. »Ich wollte, dass alles richtig schön wird.«

»Und das ist es auch. Jetzt kannst du dich entspannen. Darf ich?« Sie deutete auf eine noch nicht geöffnete Flasche Rotwein, die zwischen ihnen stand.

Rachel lächelte. »Seit wann fragst du?«

Seit Jenny gestorben war. Seit sich alles verändert hatte.

Solche Gedanken kamen Melissa oft – beunruhigende Momente, die ihren Tag erschütterten. Manchmal hatte sie das Gefühl, die

Verhaftung niemals hinter sich lassen zu können, selbst wenn es allen um sie herum gelang. Die Festnahme würde sie wie ein hartnäckiges Gespenst, das ihr sowohl Angst als auch Scham einjagte, bis in alle Ewigkeit begleiten.

Sie schenkte zwei Gläser Wein ein. Als die beiden Frauen anstießen, herrschte einen Moment lang Ruhe. Und dann kam aus dem Flur das Geräusch trappelnder Schritte, die Tür wurde aufgestoßen, und Polly rannte von Ned gejagt herein, der sie mit einer Rolle Luftpolsterfolie schlug.

»He! Langsam!«, sagte Rachel. »Ned! Du haust gleich das ganze Essen um. Alles ist gerade erst sauber gemacht worden!«

»Hilfe!«, kreischte Polly. »Mummy!« Sie packte Melissa an der Jacke, wirbelte sie herum, damit Ned sie nicht erwischen konnte, und rannte dann wieder aus der Küche. Ned galoppierte hinter ihr her, und die Tür knallte zu.

»Dieses Chaos wird mir fehlen«, sagte Rachel.

»Mir auch. Aber ich bin mir sicher, dass du auch in Southfield Chaos finden wirst. Es folgt Kindern meistens, egal, wohin sie gehen.«

Melissa nippte an ihrem Wein und sah sich in dem Bewusstsein, dass sie zum allerletzten Mal hier war, nostalgisch in der Küche um.

Rachel beobachtete sie und wollte etwas sagen. Es dauerte immer so lange, bis sie sprach. Melissa wartete und versuchte, über diese uralte Angewohnheit ihrer Freundin nicht zu lächeln.

»Mel … ich hab das schon lange sagen wollen.« Rachel hielt inne und atmete tief ein. »Es tut mir unglaublich leid. Ich hab dir nie wehtun wollen. Wenn ich es wieder rückgängig machen könnte, würde ich das tun.«

»Ist schon okay«, erwiderte Melissa. »Ich weiß, dass du …«

Ein Klingeln an der Tür unterbrach sie. »Das muss Gareth sein«, sagte Rachel.

Und in diesem Moment erinnerte Melissa sich daran, wann sie das letzte Mal alle zusammen in einem Zimmer gewesen waren – auf der Trauerfeier für Jenny.

Draußen umdrängte sie dichte Finsternis. Die Nachbarn hatten ein Lagerfeuer gemacht, und ab und zu sprang ein Stück Glut oder ein Funke in die Nacht. Andere verschossen an diesem Abend Feuerwerk. Am Himmel knisterte und pfiff es, hallte über das Land und beleuchtete das Meer.

Von Rachels Garten aus konnte man Hope Cove sehen, nur nicht in der Nacht. Immer wieder wehte eine kalte Brise vom Atlantik zu ihnen hoch. Melissa drehte sich um, damit sie die schwarze Fläche übersehen konnte, die sich vor ihnen erstreckte, und erhaschte Blicke auf das einsame Licht eines Schiffs oder das Blinken des Leuchtturms an der Küste.

Al hatte den Feuerring in Betrieb genommen. Nicht, um eine große Lagerfeuernacht zu veranstalten, versicherte er ihnen, sondern nur, damit sie sich daran wärmen konnten. Melissa ließ ihren Blick über den Kreis aus Gesichtern schweifen, der sich um die Flammen herum versammelt hatte. Die Erwachsenen tranken Wein, und die Gläser schimmerten. Die Kinder rösteten Marshmallows – bis auf Polly, die müde auf Melissas Schoß lag.

Eine Melodie summend streichelte Melissa Polly über die Haare und beobachtete Gareth. So wie es aussah, hatten er und Al sich nicht viel zu sagen, aber Gareth war gekommen, und allein schon das schien Al sehr zu freuen.

Niemand hatte ihr die kalte Schulter gezeigt. Vorhin hatte Gareth ihr zur Begrüßung sogar einen kleinen Kuss auf die Wange gegeben.

Vielleicht war noch nicht alles verloren.

Auf ihrem Schoß gähnte Polly wieder ausgiebig. Melissa wollte gerade vorschlagen, den Abend zu beschließen, als Gareth plötzlich aufstand. Frank und Olivia saßen auf Liegestühlen abseits von allen in der Mitte des Rasens, aber selbst sie sahen hoch, als Gareth versuchte, mit der Plastikgabel seinem Glas ein Klingeln zu entlocken.

»Ich möchte nur sagen, dass ich weiß, wie schwierig das alles hier für jeden gewesen ist«, erklärte er, »aber ich bin froh, dass wir heute Abend alle hier sind. Danke, dass ihr uns eingeladen habt. Al, Rach, ich freue mich, dass ihr ein neues Zuhause gefunden habt.« Er hob sein Glas in ihre Richtung. »Ich hoffe, ihr werdet glücklich sein.«

Allgemeines zustimmendes Murmeln.

»Also, auf uns«, sagte Gareth. »Und auf Jen … Wir lieben dich, Schatz … Und auf die … äh …« Seine Stimme schwankte. Max stand schnell auf und legte seinem Vater die Hand auf den Rücken. Gareth nickte seinem Sohn zu und hob sein Glas noch höher. »Auf die Silkies.«

Einen Augenblick lang herrschte Stille, während sie alle seine Worte verdauten.

Dann kreischte eine Feuerwerksrakete los und explodierte. Von überall aus der Nachbarschaft kamen Hundegeheul, Händeklatschen und Beifallrufe von Kindern. Dann kreischte es erneut auf, und sie standen alle da und beobachteten, wie sich ein Wasserfall aus rosa Licht über den Himmel ergoss.

»Auf die Silkies«, sagten sie und stießen an.

43

Dienstag, 20. November 2018

»So, nun sind sie also weg«, sagte Melissas Mutter, während sie den Wasserkessel füllte. »Vor ein paar Tagen bin ich an ihrem Haus vorbeigefahren und habe einen Umzugswagen in der Einfahrt gesehen.«

»Sie sind schon vor über zwei Wochen umgezogen«, erwiderte Melissa, die mit dem Kopf auf die Hände gestützt bei ihrer Mutter an der Küchenanrichte saß. »Das müssen die neuen Leute gewesen sein.«

»Na, die werden große Erwartungen zu erfüllen haben. Jeder hat die Beckinsales gekannt.«

»Zum Glück ist es ein großes Haus«, sagte Melissa tonlos.

Ihre Mutter drehte sich um und musterte sie. »Was ist los? Du wirkst so niedergeschlagen.«

Es ärgerte sie immer ungemein, wenn ihre Mutter Fragen stellte, deren Antworten offensichtlich waren.

»Abgesehen davon, dass ich erst Jenny und jetzt auch noch Rachel verloren habe?«

»Du hast Rachel nicht verloren, nicht auf die gleiche Art. So weit ist sie ja nicht weg, und ich bin mir sicher, dass sie mal vorbeischauen wird. Und bis dahin hast du deine Familie«, sagte ihre Mutter fröhlich.

Was war denn in sie gefahren?

»Apropos«, fuhr ihre Mutter fort und griff in den Küchenschrank, um die Kaffeedose herauszuholen, könntest du mal gehen und nach David schauen? Er guckt wieder diesen Dokumentarfilm. Wenn ich diese vermaledeiten Fische noch einmal sehen muss …«

»Klar«, antwortete Melissa, froh, entkommen zu können. Die Fische zog sie jederzeit dieser vorgespielten Jovialität ihrer Mutter vor.

In dem alten Bungalow fühlte sich alles zäher und langsamer als sonst an, so als würde der Uhrzeiger haken und wackeln. Und das war nicht nur hier so, sondern überall. Seit Rachels Umzug war die Zeit seltsam klebrig geworden.

Melissa ging durch den Flur, befühlte ihre Stirn und fragte sich, ob sie vielleicht Fieber hatte oder eine Erkältung im Anflug war.

Im Wohnzimmer war es warm, von den Heizkörpern stiegen Wellen heißer Luft auf, die vor den Fenstern waberten. David schaukelte vergnügt hin und her, die Hände wegen der über den Fernsehschirm schwärmenden Fische gefaltet. Obwohl die Vorhänge offen waren, drang von draußen kaum Licht herein. Die Sonne war blass, strohfarben; auf dem Rasen war Frost. An diesem Tag in fünf Wochen würde es Weihnachten sein, aber daran konnte sie noch nicht denken, konnte sich nicht vorstellen, glücklich genug für Festtagsstimmung zu sein.

Zuerst war noch der Gerichtsentscheid durchzustehen, der vertagt worden war und nun am 10. Dezember erwartet wurde. Nur diejenigen, die beim Unfall zugegen waren, wurden als Zeugen benötigt. Nach langen Überlegungen hatten sie und Lee beschlossen, nicht hinzugehen. Es wäre unangemessen, so als würde sie sich dort in der Hoffnung auf eine offizielle Entschuldigung herumdrücken.

»Wie geht's dir?«, fragte sie ihren Bruder und setzte sich neben ihn.

»Sehr gut, danke«, antwortete er, ohne den Blick vom Bildschirm abzuwenden.

Sie tätschelte sein Knie. »Ich hab dich lieb, David«, sagte sie.

»Ich dich auch, Melissa.«

Unruhig stand sie auf, ging ans Fenster und sah auf das zugefrorene Vogelbad und Davids Reifen, den er vor Jahren an die Garagenwand gelehnt hatte.

Hinter ihr begann David, ganz außer sich vor Freude vor und zurück zu schaukeln. Das Sofa quietschte. Sie wusste, ohne hinzusehen, welche Szene gerade dran war. »Papageitaucher! Eine Kolonie ist das«, sagte er und stampfte mit den nackten Füßen auf. Er hatte lange, äußerst weiße Füße mit kleinen Haarbüscheln auf den Zehen. Seine Füße zu sehen machte sie immer traurig; warum, wusste sie nicht.

»Ja«, sagte sie.

»Wie die auf der andern Seite von South Rocks.«

Sie drehte sich um, damit sie ihn ansehen konnte. »Was?«

Er schenkte ihr keine Beachtung, war wieder ganz in seinen Dokumentarfilm vertieft. Sie ging zu ihm hinüber, suchte nach der Fernbedienung – er saß drauf – und hielt den Film an.

»He!«, protestierte David mit erhobenen Händen. »Was machst du denn?«

Sie zeigte mit der Fernbedienung auf ihn. »Welche Kolonie, David?«

Er sah sie verwirrt an.

»Du hast eben gesagt, dass es auf der anderen Seite von South Rocks eine Papageitaucherkolonie gibt.«

»Ja.« Seine Miene erhellte sich. »Da ist eine. Da war eine.«

»Gibt es sie jetzt nicht mehr?«

»Sei doch nicht albern. Papageitaucher kommen im Frühling in der Nistkolonie an«, sagte er mechanisch. »Im August ziehen sie wieder fort. Manche verbringen die Wintermonate in der Nordsee, und andere ziehen weiter in den Süden nach …«

»Okay«, sagte sie und gab ihm die Fernbedienung zurück. »Du kannst es wieder anmachen.«

Sie ging ans Fenster zurück. Es war unsinnig, sich gleich so auf South Rocks zu stürzen. Es war nun schon lange her, dass jemand die Insel erwähnt hatte.

Ein zerrupft aussehender Spatz saß auf Davids Reifen. Sie beobachtete, wie er darauf herumhüpfte und mit dem Schnabel am frostbedeckten Gummi pickte.

David hatte den Dokumentarfilm wieder eingeschaltet. Musik spielte – Harfen und klimpernde Glöckchen zur Begleitung der schwimmenden Fische. Ihr wurde von der Musik und der Hitze im Zimmer so schwindelig, als würde sie in einem Wäschetrockner herumwirbeln.

»Im April war die da«, sagte David. »Das war eine Überraschung.«

Sie drehte sich wieder zu ihm um. »Hm?«

»Eine Überraschung«, wiederholte er nickend.

»Für wen?« Ihre Kopfhaut fühlte sich plötzlich wie straff gezogen an.

David ignorierte sie und starrte auf den Bildschirm.

»Für wen, David?«, fragte sie. Sie stellte sich vor den Fernseher und versperrte ihm die Sicht. »Für Jenny?«

David reckte den Kopf, um an ihr vorbeizuschauen. »Nein.«

Sie überlegte von Neuem. »Wollte Jenny damit jemand anderen überraschen?«

»Ja, genau.«

»Aber woher wusste sie das?«

Er runzelte die Stirn. »Weiß ich nicht«, sagte er und warf ihr einen nervösen Blick zu.

Sie hielt den Film wieder an, setzte sich neben ihn und nahm seine Hand. »Denk bitte noch mal nach, David«, sagte sie sanft. »Es ist wirklich wichtig.«

Er tat wie befohlen, so wie er es immer tat. Er dachte über ihre Frage nach, sah sogar vom Bildschirm weg auf den Teppich.

»Ich hab's ihr gesagt. Ich hab sie in der Stadt gesehen. Ist das schlimm?«

»Nein, natürlich nicht. Du hast nichts falsch gemacht. Aber was genau hast du denn zu Jenny gesagt?«

Er tippte sich an den Kopf und versuchte, sich zu konzentrieren. »Ich hab ihr gesagt, es wär eine gute Idee, ihre Freunde als Überraschung auf die Hinterseite von South Rocks zu bringen und ihnen die neue Kolonie zu zeigen. Keiner wusste davon.«

Sie hörte die Schritte ihrer Mutter durch den Flur kommen. Schnell fragte sie mit leiser Stimme: »Und woher wusstest du davon, David?«

Er sah sie mit seinen schönen sommergrünen Augen an. »Mum hat's mir gesagt.«

In diesem Moment ging die Tür auf, und ihre Mutter kam mit einem Tablett herein. »Tut mir leid, dass es so lange gedauert hat. Ich hatte vergessen, den Kessel einzuschalten. Ich hab dumm dagestanden und darauf gewartet, dass er kocht.« Sie sah Melissa an und dann David. »Was um Himmels willen ist denn los?«

44

»Was soll das denn, Melissa? Du zerrst mich hier rein, verhörst mich …«

Sie standen sich hinter geschlossener Tür in der Küche gegenüber, die Kücheninsel zwischen sich. »Sag mir die Wahrheit«, verlangte Melissa. »Über die Nistkolonie.«

»Ach, jetzt reicht's aber mit der Kolonie! Das ist Unsinn. Unser Kaffee wird kalt. Was ist bloß in dich gefahren?«

»Ich will wissen, warum du David gesagt hast, dass er Jenny von den Papageitauchern erzählen soll. Sie war ja nicht gerade wild auf Vögel, stimmt's?«

»Und eben darum habe ich das auch gar nicht gesagt«, erklärte ihre Mutter. »Er denkt sich das aus.«

»Und warum sollte er das tun?«

»Weil er David ist. Er ist verwirrt.«

»Na, mir schien er in dieser Hinsicht aber nicht verwirrt zu sein. Im Gegenteil, er schien mir ziemlich deutlich durchzublicken.«

»So oder so ist es Quatsch. Lass uns zurück ins …«

»Hör auf damit, Mum!«, schrie Melissa und schlug mit der Faust auf die Arbeitsplatte. »Ich merke, dass du lügst. Ich will nur wissen, warum.«

Ihre Mutter beugte sich über die Kücheninsel zu ihr herüber. Ihre dunklen Augen glänzten bedrohlich. »Schrei hier nicht herum«, zischte sie. »Ich habe es dir bereits gesagt, ich werde nicht darüber diskutieren. Ich muss jetzt wieder zu David. Er hat Vorrang.«

»Als ob ich das nicht wüsste.«

Ihre Mutter blieb auf halbem Weg zur Tür abrupt stehen und drehte sich um. »Wie bitte?«

»Ist schon okay, Mum. Ich weiß, wie es ist. David kommt immer zuerst. Ich musste einfach sehen, wie ich zurechtkomme, nicht wahr? Die gute alte Melissa. Kein Wunder, dass ich so geworden bin, wie ich bin.«

»Wie denn?«, fragte ihre Mutter und neigte neugierig den Kopf. Sie hatte an ihrer Tochter offenbar allen Ernstes nichts auszusetzen.

»Tja, lass mich mal überlegen«, sagte Melissa und zählte an den Fingern ab. »Dieses Jahr hat man mich als aufbrausend, mich einmischend und kontrollierend bezeichnet, man hat mich wegen des Verdachts des Mordes an meiner besten Freundin verhaftet, und die Hälfte der Stadt – wenn nicht noch mehr – kann meinen Anblick nicht ertragen.«

Ihre Mutter wedelte abwertend mit der Hand. »Ach, so ein Unsinn. Seit wann kümmert es dich, was die Leute denken?«

Melissa ging zu ihr. »Schon seit immer, Mum. Es hat mir schon immer was ausgemacht. Du wusstest das nur nicht. Du hast mich nie richtig wahrgenommen.«

»Dich nie wahrgenommen?« Ihre Mutter lachte. »Ach komm! Diese Unterhaltung ist zu albern.« Sie verschränkte die Arme. »Ich weiß alles, was es über dich zu wissen gibt. Ich weiß, dass du stark und widerstandsfähig bist und dass du bis vor Kurzem – bis du angefangen hast, dir selbst leidzutun – die imponierendste Frau in der ganzen Stadt gewesen bist. Ich hab dich nicht verhätscheln müssen. Das hättest du gehasst. Die anderen haben zu dir aufgesehen. Das bist du, Melissa. So habe ich dich erzogen.«

Melissa sah ihre Mutter an, die während des Sprechens gestikulierte. Ihre Locken flogen hin und her, und trotz ihrer Unterschiede sah sie in ihr zum ersten Mal sich selbst.

»Und wenn ich Fehler gemacht habe – na wenn schon?«, sagte ihre Mutter. »Ich habe mein Bestes als alleinerziehende Mutter getan, ein Kind mit besonderen Bedürfnissen und ein starrköpfiges junges Mädchen aufzuziehen, geschieden, mein anderes Kind im

Grab und dazu ein Berg Schulden. Also verzeih mir bitte, wenn ich dir keine so wunderbare Kindheit geschenkt habe, wie du gern gehabt hättest.«

Ihre Mutter stockte und warf einen Blick auf die geschlossene Tür, wie immer an David denkend.

»Was für ein Berg Schulden?«, fragte Melissa. »Davon hab ich nichts gewusst.«

Ihre Mutter schnaubte. »Natürlich wusstest du es nicht. So, wie's klingt, warst du zu sehr damit beschäftigt, eine Liste aller meiner Fehler aufzustellen. Aber nur, damit du es weißt: Als dein Vater uns verließ, hat der Kajakverleih an allen Enden Geld verloren. Mein Traum war das nicht gewesen, sondern seiner. Aber mir blieb keine andere Wahl, als das Geschäft weiterzuführen und in den schwarzen Zahlen zu halten.« Sie tippte sich mit dem Daumen auf die Brust. »Die hier war die Blöde, die alles zusammengehalten hat. Und lass es dir gesagt sein, dass es nicht einfach war. Wenn du wissen willst, woher du deine panzerharte Widerstandskraft hast, brauchst du nicht weit zu suchen.«

»Entschuldige«, sagte Melissa. »Ich wusste nicht …«

»Tja, jetzt weißt du es. Und wenn es dir nun also genehm ist, werde ich mich zu meinem Sohn setzen, bevor mein Kaffee kalt wird.«

»Nein«, sagte Melissa, »es ist mir nicht genehm.«

Ihre Mutter ballte die Fäuste und stampfte mit dem Fuß auf. »Himmelherrgott noch mal, Melissa, was willst du von mir?«

Melissa zog den Hocker hervor und setzte sich an die Kücheninsel. »Ich gehe hier nicht weg, bis du es mir sagst.«

»Dir was sage?«

»Die Wahrheit. Du hast David die Idee eingeflößt, um South Rocks herumzupaddeln, stimmt's?«

Ihre Mutter warf den Kopf zurück und lachte. »Das ist doch absurd! Ich habe keine Ahnung, wovon du redest. Dir wird das alles zu viel. Du arbeitest zu viel im Hafen und …«

»Du hast ihm gesagt, er soll Jenny davon erzählen, es aber geheim halten. Wusste er, wie gefährlich es da ist? Ich schätze, nein. Er hätte niemanden in den Tod geschickt. Dafür ist er viel zu lieb. Aber … was ist mit dir? Würdest du das machen?«

»Darauf muss ich nicht antworten. Wie kannst du es wagen? Das hier ist völlig aus dem Ruder gelaufen«, entgegnete ihre Mutter und zupfte aufgebracht ihre Taillenschärpe zurecht. Sie hatte sich unlängst die Haare gefärbt, die jetzt unter der Küchenlampe wie Messing glänzten. Schon öfter wollte Melissa ihr sagen, dass der Farbton für ihr Alter zu dunkel war, aber ihr fehlte immer der Mut.

Wenn ihre Mutter glaubte, dass sie nur aus Kühnheit und Widerstandskraft bestand, dann lag sie falsch – wieder einmal.

»Die Polizei wusste alles, Mum. Die wussten, wie es zusammenpasste. Mir hatten sie es vorgeworfen – gesagt, dass ich den Sturm, die Buchung gelöscht und nicht die neue Wettervorhersage hochgeladen hätte. Mir ist der Gedanke gar nicht gekommen, dass die einzige andere Person, die das alles hätte tun können, du bist.«

»Sei doch nicht albern«, sagte ihre Mutter, die immer noch an der Schärpe zupfte.

»Warum?«, fragte Melissa. »Warum wolltest du Jenny das antun? Hast du auch nur den Hauch einer Ahnung, was das mit ihrer Familie gemacht hat? Und was ist mit mir? Es hätte fast mich und meine Ehe zerstört. Der arme Lee! Wie konntest du uns das antun? Ich bin deine Tochter! So was würde ich Nina oder Polly nie im Leben antun.« Sie stand auf und ging zu ihr hinüber. »Wie konntest du nur?«

»Ich wusste, dass sie keine Anklage erheben würden, dass sie keinerlei Beweise finden würden.«

»Aber wie konntest du das wissen, ohne die Wahrheit zu kennen? Bist du deswegen so nett gewesen – die Einladung zum Mittagessen …?«

»Mittagessen?«, fragte ihre Mutter verwirrt.

»Jetzt ergibt das alles einen Sinn.«

»Was ergibt Sinn?«

»Das Einzige, was ich nicht verstehe, ist das Warum. Was hat Jenny dir getan?«

Sie hatte die Frage nicht durchdacht, hatte rein gar nichts durchdacht, seit sie in die Küche gekommen war. In diesem Moment wurde ihr bewusst, wo sie standen – am Fenster zum Garten, von dem aus man über den ganzen Rasen bis zur Lorbeerhecke sehen konnte.

»Oh«, sagte sie und schlug sich die Hand vor den Mund. »Hannah.« Sie ging zur Kücheninsel zurück und setzte sich wieder hin. Ihr war schwindelig. Der Fußboden schien auf sie zuzukommen, ihre Ohren rauschten. »Was hast du getan?« Sie begann zu weinen.

Ihre Mutter kam zu ihr herüber, packte sie an beiden Armen und schüttelte sie. »Das geht jetzt zu weit. Es reicht!«

Aber Melissa hörte ihre Mutter nicht. Panisch versuchte sie, sich zu befreien. »Du hast Jenny umgebracht. Du hast sie umgebracht!«

Sie wollte gerade von ihrem Hocker aufspringen, als sie auf ihrer Wange einen Schlag spürte und erstarrte.

»Das tut mir leid«, stieß ihre Mutter aus. »Ich wollte dich nicht schlagen.«

Melissa sah ihre Mutter schockiert an und fasste sich vorsichtig an die Wange.

»Melissa …«

»Komm mir nicht zu nahe!«, rief sie und hielt verteidigend die Hand hoch, während sie vom Hocker stieg.

»Bitte. Ich hab dir nicht wehtun wollen. Ich wollte nur, dass du mit dem Geschrei aufhörst und dich beruhigst. David ist im andern Zimmer. Er wird uns hören.«

»Du machst dir um David Sorgen? Was ist mit Jenny? Was ist mit Gareth und den Zwillingen? Was ist mit mir?«

Ihre Mutter hielt sich an der Kante der Anrichte fest. Ihre Stimme schwankte. »Und was ist mit Hannah? Sie wäre jetzt fünfunddreißig Jahre alt. Eine erwachsene Frau mit eigenen Kindern.«

»Das war aus Rache?«, fragte Melissa. »Aber Jenny war damals auch nur ein kleines Mädchen. Sie war zehn Jahre alt!«

Jetzt sah ihre Mutter wutentbrannt hoch. Ihr Mund war wie ein Netz aus Falten. »Alt genug, dass sie es hätte wissen müssen. Und sie war kurz davor, es wieder zu tun, es deinem eigenen Sohn anzutun.«

»Wovon redest du? Was hat Frank mit dem …«

»Jenny hätte sein Kind abgetrieben – dein Enkelkind – meinen Urenkel.«

»Woher wusstest du davon?« Sie starrte ihre Mutter verständnislos an. »Und du hast das wegen der Abtreibung getan?«

»Diese widerwärtige Frau hatte schon mal den Tod eines Menschen in unserer Familie verursacht«, sagte ihre Mutter und wandte sich wieder ab. »Ich hätte nicht einfach zugesehen, wie sie es noch mal tut. Sie hatte schon einen Termin in der Abtreibungsklinik und war dabei, die Kinder zu bestechen. Unter anderem hatte sie Olivia eine Wohnung für ihre Studentenzeit versprochen.«

»Sie bestechen? Das ist doch reiner Irrsinn! Sie hat nur auf ihre Tochter aufgepasst. Das machen gute Eltern. Nicht dass du irgendetwas darüber wüsstest, Mutter!«

»Hör auf!«, fauchte ihre Mutter sie an. »Hör auf, sie zu verteidigen! Hör auf, mich anzugreifen! So ist das schon immer mit dir gewesen. Und mir reicht es jetzt damit. Du wolltest an der Situation ja anscheinend nichts ändern, also musste ich es tun.«

»Aber ich wusste ja nicht mal davon! Wie hätte ich denn irgendwas tun können? Ich verstehe nicht, woher *du* davon wusstest.«

»Weil Frank zu mir kam«, erwiderte ihre Mutter stolz. »Wir sind eine Familie, Melissa. Wir helfen einander.«

»Frank … kam zu dir?«, wiederholte Melissa. »Ihr kennt euch ja kaum!«

»Und trotzdem kam er zu mir. Und nicht zu dir. Er glaubte nicht, dass du auf seiner Seite sein würdest. Er glaubte, dass du zu Jenny gehalten hättest. Und wie ich jetzt höre, hatte er recht.«

»Er wollte es behalten?«, fragte Melissa. »In seinem Alter? Da war er sich ganz sicher?«

»Nein«, antwortete ihre Mutter mit finsterem Blick, »er war sich wegen gar nichts sicher. Er wollte lediglich mehr Zeit haben. Er war völlig durcheinander und hatte Angst, der arme Junge. Aber Jenny wollte nicht, dass sie mit der Idee überhaupt warm wurden. Sie wollte es nur so schnell wie möglich über die Bühne bringen. Sie machte ihnen zu viel Druck. Deshalb kamen sie zu mir. Ich bin es mit Vernunft angegangen und habe Jenny gebeten …«

»Du bist zu ihr gegangen?«

»O ja. Und sie hatte die Frechheit, mich wegzuschicken, mir die Tür praktisch vor der Nase zuzuknallen.«

»Das klingt gar nicht nach ihr.«

»Tja, ich kann dir aber versichern, dass es so war.«

»Dann muss sie einen guten Grund dafür gehabt haben. Du hast ihre Entscheidung angefochten, hast sie untergraben.«

»Das gibt es doch nicht! Du verteidigst sie immer noch!«

»Das tue ich«, schrie Melissa, »weil sie meine beste Freundin war!«

»Tolle Freundin«, sagte ihre Mutter in leisem, bösartigem Ton. »Sie hat deine kleine Schwester umgebracht.«

»Es tut mir leid, Mutter, aber genau da irrst du dich.«

Zum ersten Mal sah ihre Mutter aus, als hätte sie sie auf dem falschen Fuß erwischt. Sie starrte Melissa an. »Was meinst du damit?«

Melissa betastete erneut ihre Wange, die noch immer brannte. Sie setzte sich wieder hin und suchte nach den richtigen Worten. Aber sie wollten nicht kommen, obwohl sie dieses Gespräch oft genug geübt, sich abends die Sätze vorgesagt hatte. Ihr Mund war staubtrocken, ihr Kopf völlig leer.

»Jenny war es nicht«, sagte sie.

»Wovon redest du?«

»Jenny hat Hannah nicht den Anhänger gegeben.«

»Wer hat es dann getan?«

Melissa sprach ganz leise, um nicht das Zittern in ihrer Stimme zu verraten. »Ich.«

»Was?« Ihre Mutter starrte sie ungläubig an. Ihre Augen waren wie kleine wütende Punkte. »Ich glaube dir nicht. Du sagst das nur so.«

»Warum sollte ich? Es ist die Wahrheit. Ich habe Jenny überredet, den Anhänger von ihrer Halskette abzunehmen. Sie wollte nicht, weil er brandneu war. Aber ich hab meinen Willen durchgesetzt und Hannah den Anhänger gegeben. Ich war's. Nur ich.«

Ihre Mutter war kreidebleich geworden. »Und warum hat sie dann gesagt, dass sie es getan hat? Als die Sanitäter da waren und die Polizei … sie hat es vor allen gesagt. Warum hättest du zugelassen, dass sie uns das erzählt?«

Melissa zögerte, sich fragend, ob sie die Wahrheit sagen sollte. Aber sie musste es tun, sie hatte schon zu lange damit gewartet.

»Zu dem Zeitpunkt habe ich einfach nichts weiter dazu gesagt. Ich wusste nicht, was ich sonst hätte machen sollen. Aber später …«

»Ja?«

»Später …«, fuhr sie stockend fort, »… hat sie gesagt, sie wüsste, dass du es nicht an ihr auslassen würdest. Doch wenn ich es gewesen wäre …«

»Was willst du damit sagen, Melissa? Dass sie dich vor mir beschützte? Was bin ich denn, eine Art Monster?«

»Nein. Du bist nur mit mir im Vergleich zu ihr immer äußerst hart umgesprungen.«

»Weil sie nicht mein Kind war. Das ist doch ganz natürlich!«

»Ja. Aber sie hatte keine enge Beziehung zu ihren Eltern, und sie wusste, wie weh das tut. Und Jahre später, als wir Teenager waren, hat sie mir gesagt, es sei ihr egal, was du von ihr denkst, aber dass sie es getan hat, um unsere Beziehung zu beschützen.«

»Wessen Beziehung?«

»Unsere, Mum. Die zwischen dir und mir.«

»Oh.«

»Du siehst also, dass sie wirklich die beste Freundin war, die ich je hatte«, sagte Melissa.

Schweigen breitete sich aus. Sie versuchte, den Ton von Davids Film aufzufangen, konnte aber nichts hören. Schaute er sich die Dokumentation überhaupt noch an?

»Das ist bemerkenswert«, erklärte ihre Mutter, nahm ein Geschirrtuch und faltete es säuberlich zusammen, als wäre das jetzt wichtig. »Ein ziemliches Opfer. Aber fest steht immer noch, dass sie das Baby abtreiben lassen wollte. Und außerdem war nicht garantiert, dass die Paddeltour zu South Rocks tödlich ausgehen würde. Das stand in der Macht der Götter. Es war bloß als Lektion gedacht, wie wertvoll das Leben ist, dass man damit nicht leichtfertig umgehen sollte.«

Melissa spürte, wie ihr Herz sich zusammenzog und der Mut sie verließ. Sie wollte nicht mehr kämpfen.

»Nach allem, was Jenny und ich durchgemacht haben, war sie die Allerletzte, die diese Lektion brauchte«, sagte sie.

»Das sehe ich anders.«

»Du wirst nicht zugeben, was du getan hast?«

Ihre Mutter lächelte verkniffen. »Ich denke, wir wissen beide, dass es nie so weit kommen wird.«

»So, und was jetzt?«, fragte Melissa.

»Tja, wie mir scheint, hast du eine Wahl zu treffen.«

»Was für eine Wahl?«

Ihre Mutter tätschelte das gefaltete Handtuch. »Wenn du damit zur Polizei gehst, wird man David in ein Heim stecken. Und du kannst mir glauben, dass ich weiß, was passiert, wenn Erwachsene ins Heim kommen, nachdem sie ihr ganzes Leben lang zu Hause gepflegt worden sind. Es kann schreckliche Folgen haben.«

»Das wird kein Problem sein. Ich werde mich um ihn kümmern.«

»Zusätzlich zum Jachthafen und zu drei Kindern? Na, das möchte ich gerne sehen. Außerdem wird er es nicht verkraften, wenn mir irgendetwas Skandalöses zustößt. So was Traumatisches wird ihn umbringen. Er wird professionelle Hilfe brauchen.«

»Ich werde mir was einfallen lassen.«

»Na, sag mir Bescheid, wenn du so weit bist. Ich möchte es gern hören. Schließlich ist das hier die perfekte Entscheidung für dich.«

»Was soll das heißen?«

Mit dem Hauch eines Lächelns ging ihre Mutter zur Tür. »Entweder Freunde oder Familie, Melissa.«

Melissa nahm ihre Tasche und folgte ihrer Mutter. »Das ist ganz einfach«, sagte sie. »Eigentlich kaum eine Entscheidung.«

»Oh?«

»Ich entscheide mich für Jenny.«

Ihre Mutter sah wie betäubt aus. »Du gehst zur Polizei?«

Melissa antwortete nicht. Sie verließ die Küche und durchquerte den Flur.

»Melissa! Wohin gehst du? Du kannst nicht einfach weglaufen!«

»Sag David, es tut mir leid, dass ich gehe, ohne mich zu verabschieden. Sag ihm alles Liebe von mir«, erwiderte sie und schloss hinter sich die Haustür.

Draußen erinnerte sie sich daran, wie kalt es war. Die Sonne sank tiefer und beleuchtete die letzten roten Blätter, die noch an den Bäumen hingen. Fliegen zogen langsam ihre Kreise, die Flügel leuchtend im Sonnenlicht. Melissa betrachtete das lange Gras und die Stelle bei der Lorbeerhecke, bevor sie ins Auto stieg und davonfuhr.

ANGELA GOULD
Einwohnerin von Milford, Dorset

Angela hatte schon immer eine von den Silkies sein wollen. Hätte sie eine Bucket List geschrieben – hätte es so was damals schon gegeben –, wäre *ein Silkie sein* noch vor dem Kinderkriegen oder Heiraten an erster Stelle gekommen. Und damit war sie nicht die Einzige gewesen.

Nicht dass irgendjemand gewagt hätte, so etwas Melissa Silk gegenüber zu äußern. Sie war viel zu einschüchternd gewesen. Aber das war vor Jennifers Unfall und vor der Festnahme. Seitdem war sie nicht mehr sie selbst. In der Stadt erzählte man sich, dass sie sanfter und zugänglicher geworden war, weniger selbstsicher. Ironischerweise hatte der Skandal sie ihre gesellschaftliche Stellung gekostet und sie zu einer von ihnen gemacht – was sie wiederum sympathisch machte.

Es war, als würde Melissa immer Beliebtheit finden – oder vielmehr, als würde Beliebtheit Melissa finden. Selbst Nessa sagte das, die stets zu ihren härtesten Kritikern gehört hatte und ihr größter Fan war, wenn man ehrlich sein wollte.

Jetzt würde es Angela leichter fallen, auf Melissa zuzugehen – sobald sie genügend Mut gesammelt hatte.

An jenem Tag, dem 13. August 1986, hatte sie sich extra die Haare gewaschen und das kornblumenblaue Kleid angezogen, das ihre Mutter ihr für den Kindergottesdienst genäht hatte. Sie buk extra Toll House Cookies. Was für Kekse das genau waren, wusste sie nicht, aber sie wurden mit Schokotropfen gemacht, und sie hatte das Rezept aus einem Buch aus der Bibliothek.

Sie nahm die Kekse in einer Tupperware-Dose mit, die sie auf der Veranda abstellte, als sie klingelte. Sie wohnte nicht weit entfernt, aber unterwegs war es heiß gewesen, und sie fühlte sich verschwitzt und klebrig. Während sie wartete, schwenkte sie ihr Kleid hin und her.

Jemand kam. Aber dann hörte sie über dem Dach des Bungalows ein entsetzliches Schreien aufsteigen bis in den Himmel.

Sie konnte Melissa rufen hören, danach Melissas Mutter. Etwas Furchtbares war passiert. Erschrocken nahm sie die Keksdose und rannte, bis sie zu Hause war.

Manchmal grübelte sie darüber nach, was sie durch ihren Besuch an jenem Tag in Bewegung gesetzt hatte, indem sie Melissa von dem Mädchen weggerufen hatte, auf das sie hatte aufpassen sollen. Hätte sie nicht geklingelt, wäre die süße kleine Hannah Reeve vielleicht heute noch am Leben.

Würde Melissa das so sehen? Das ließ sich nur auf eine einzige Art herausfinden.

Sie würde tapfer sein und nochmals bei ihr klingeln müssen.

EPILOG

Montag, 10. Dezember 2018

An dem Tag, an dem das gerichtsmedizinische Urteil der Todesursache verkündet wurde, gingen Melissa und Lee in die Hope Cove.

Selbst im Winter war es ein schöner Platz. Der Kajakverleih ihrer Mutter war wie immer den ganzen Dezember über geschlossen. Melissa verschwendete keinen weiteren Gedanken daran, als sie mit Lee Händchen haltend auf dem Weg zum Strand daran vorbeiging. Sie versuchte, nicht an das letzte Mal zu denken, als sie hier am Tag des Unfalls in der Dämmerung unter den Weißdornbäumen stand und die Taschen ihrer Freunde holte.

Das lag alles hinter ihnen – fast.

Sie hatten Kekse und eine Thermosflasche heiße Schokolade mit Brandy dabei. Nebeneinander saßen sie auf einer Decke und sahen auf das sich ständig verändernde Meer hinaus.

Ab und zu warf sie einen Blick auf ihr Handy. Rachel hatte gesagt, dass sie ihnen das Urteil texten würde.

In letzter Zeit hatten sie oft getextet, wesentlich häufiger als zu der Zeit, als Rachel noch hier gewohnt hatte. Der Abstand zwischen ihnen hatte geholfen. So, wie es sich anhörte, hatten die Beckinsales sich in ihrem neuen Haus eingelebt, und es ging ihnen gut. Auf eine gewisse Art und Weise freute Melissa sich für sie. Irgendwann würde ihre Freude keine Haken oder Zweifel mehr haben.

»Egal, wie es heute ausgeht«, sagte Lee, »damit ist alles zu Ende. Einverstanden?«

»Einverstanden.«

Sie sahen aufs Meer, nippten an der heißen Schokolade, und sie spürte, wie der Brandy ihr den Magen wärmte. Sie versuchte, nicht zu South Rocks hinüberzuschauen, aber ihr Blick wurde unwillkürlich davon angezogen, genau wie Lees.

»Sie war ein guter Mensch«, sagte er.

»Ja.«

»Was sie für dich getan hat …«

Melissa nickte. »Meine Mutter nannte es *bemerkenswert*. Doch ich finde, das Wort ist nicht stark genug. Heldenhaft passt besser.«

»Aber ich bin immer noch dein größter Held, ja?«

»Immer.« Vor dem Wind Schutz suchend lehnte sie sich an ihn und drückte ihr Gesicht an seine Jacke. »Glaubst du, dass ich das Richtige getan habe?«

»Ja. Genau das hätte Jenny gewollt.«

»Selbst wenn es bedeutet, dass wir die Wahrheit nicht ans Licht kommen lassen?«

»Selbst dann«, antwortete er. »Als ihr Kinder wart, hat sie sich geopfert, damit du weiterhin eine gute Beziehung zu deiner Mutter haben konntest. Familie bedeutete ihr äußerst viel.«

»Aber meiner Mutter war das nicht genug. Jenny wollte, dass das Baby abgetrieben wird.«

»Weil sie meinte, dass es für Olivia das Beste war.«

Melissa nippte wieder an der heißen Schokolade. »Und für David ist das jetzt das Beste. Er ist bei allem der Unschuldige.«

»Ganz genau. Wenn du dir unsicher wirst, denk immer an ihn.«

Sie streckte die Beine aus, stemmte ihre Stiefel in den Sand und beobachtete, wie die Strandflöhe hoch in die Luft sprangen.

»Sie hat mich völlig missverstanden, als ich sagte, dass ich mich für Jenny entscheide«, erklärte sie. »Sie dachte, es bedeutet, dass ich zur Polizei gehe.«

»Ja«, sagte Lee und suchte in der Strandtasche nach den Keksen.

»Aber es bedeutet, dass ich zu meiner Familie stehe.« Nachdenklich biss sie sich auf die Lippe. »Wann soll ich sie darüber aufklären?«

Er sah aufs Meer und betrachtete die Silhouette von South Rocks, die sich brechenden Wellen und den vom Sonnenlicht beleuchteten Horizont. »Das hat keine Eile«, meinte er.

»Ich werde ihr das nie vergeben.«

»Dann denk nicht weiter dran. Aber wenn wir schon von Vergebung sprechen …«

Sie sah ihn an. »Was?«

»Es tut mir leid, dass ich an dir gezweifelt habe. Wirklich geglaubt habe ich nie, dass du schuldig warst.«

»Ist schon okay«, erwiderte sie. »Allerdings ist es frustrierend, dass ich meinen Namen nicht reinwaschen kann.«

»Das ist der Preis, den du dafür bezahlst, deinen Bruder zu beschützen. Aber die Leute vergessen schnell. Bald wird das Schnee von gestern sein.«

In diesem Moment piepte ihr Handy. Sie nahm es in die Hand und sah auf den Bildschirm. »Also dann, hier kommt's.«

Er senkte den Kopf, um die SMS mit ihr zu lesen.

»Es ist vorbei. Urteil: tragischer Unfall. Fahren jetzt heim.
Melde mich zu Weihnachten. Rach xox«

»Das war's also«, sagte Lee.

»Ja.«

Und sie blieben noch ein bisschen sitzen, bis sie die heiße Schokolade ausgetrunken hatten und die Sonne tief gesunken war, fast bis ins Meer hinein.

Samstag, 22. Dezember 2018

Drei Tage vor Weihnachten klingelte es an der Tür. Melissa fragte sich, wer wohl so früh an einem Samstagmorgen vorbeikam. Sie war gerade dabei, mit den Mädchen Mince Pies zu backen. Polly hatte sie auf dem städtischen Weihnachtsmarkt für den Kuchenstand eingetragen und argumentiert, dass sie das schließlich früher auch immer getan hatte, warum also nicht dieses Jahr?

Zu Melissas Überraschung war es Angela Gould. Sie wirkte herausgeputzt, hatte einen knalligen Lippenstift aufgetragen und einen langen blauen Wollmantel an.

»Oh, hallo, Angela«, sagte Melissa und versuchte, ihre Begrüßung nicht wie eine Frage klingen zu lassen.

»Hallo, Melissa. Komme ich ungelegen? Ich wollte dich noch erwischen, bevor du gehst … also, falls du irgendwo hingehst … weil du manchmal unterwegs bist …«

»Ich bin nur gerade dabei, Mince Pies zu backen.«

»Mummy«, rief Polly, »kannst du dich beeilen? Nina macht es verkehrt.«

»Mach ich nicht«, schrie Nina.

»Ich bin zu einer unpassenden Zeit gekommen«, sagte Angela.

»Nein, einen Moment habe ich schon. Womit kann ich dir helfen?«

Angela zögerte. »Ich hatte gehofft, dass wir kurz reden können.«

»Oh. Ja, komm rein. Du kannst mit mir reden, während ich den Teig ausrolle.«

»Es geht allerdings um etwas Persönliches«, erklärte Angela und folgte Melissa in den Flur.

Melissa drehte sich um und sah ihre Nachbarin neugierig an. Angela wirkte aufgeregt, ihr Blick zuckte nervös hin und her. »In dem Fall gehen wir besser hier rein.« Sie führte Angela ins

Esszimmer und machte hinter ihnen die Tür zu. Angela setzte sich an den Tisch. Melissa dagegen blieb stehen und lehnte sich Wärme suchend an die Heizung. »Allzu viel Zeit kann ich mir nicht nehmen. Kinder können mit Mehl und Eiern eine ganz schöne Schweinerei machen.«

»Ja.«

Eine angespannte, betretene Atmosphäre entstand.

»Mir gefällt dein Mantel«, sagte Melissa, um das Schweigen zu brechen. »Die Farbe steht dir gut.«

»Danke«, erwiderte Angela. »Kornblumenblau.«

Angela hatte dabei einen so seltsamen Gesichtsausdruck, dass Melissa plötzlich flau im Magen wurde.

»Worum geht es?«, fragte sie.

Angela schloss die Augen und sprach so schnell, als hätte sie Angst, sich zu besinnen und dann nicht mehr weiterzureden. »Vor zweiunddreißig Jahren, an dem Tag, an dem deine kleine Schwester starb … war ich mit dabei. Ich war bei euch vorbeigekommen. Ich wollte zu dir … Ich war das, die geklingelt hat.«

Melissa starrte sie an. »Was?«

Angela schlug den Blick nieder. »Das hat mir all die Jahre auf der Seele gelegen. Bitte hass mich nicht.«

Melissa wusste nicht, was sie sagen sollte. Sie starrte die Frau an, die mit nassen Augen und Lippenstift, der in die Fältchen um den Mund herum verlief, vor ihr saß. Wut stieg in ihr hoch.

Wäre sie nicht gewesen, würde Hannah noch leben, und wäre das der Fall, dann wäre auch Jenny noch lebendig. Und man hätte Melissa nie festgenommen.

Sie dachte an ihre Mutter und das, was sie getan hatte – eine bösartige Verkettung von Vorfällen, die es nicht gegeben hätte, wenn diese alberne Frau nicht bei ihnen geklingelt hätte.

In diesem Moment rief Polly aus der Küche nach ihr. »Mummy, wo bist du?«

Melissa kam wieder zu sich und schämte sich ihrer Gedanken. Angela war ja auch nur ein Kind gewesen – nur zehn Jahre alt, ein Jahr älter, als Polly jetzt war. Und sie trug nicht mehr Schuld an dem, was passiert war, als Melissa oder Jenny.

»Wer weiß sonst noch davon?«, fragte sie.

»Niemand«, antwortete Angela, zog ein Taschentuch heraus und hielt es sich an die Augen. »Ich war dermaßen erschüttert, dass ich es für mich behalten habe.«

Melissa dachte über das Gehörte nach und stellte sich vor, wie Angela solch ein Geheimnis eine so lange Zeit für sich behalten hatte. Sie wusste ganz genau, wie sich das anfühlte. Sie wusste auch, wie es sich anfühlte, verurteilt und verleumdet zu werden.

»Es war nicht deine Schuld«, sagte sie. »Es war mutig von dir, heute herzukommen. Aber ich glaube, wir sollten das für uns behalten und nicht weiter darüber reden.«

»Okay.« Angela zitterte bemitleidenswert und schnäuzte sich. »Es tut mir so unglaublich leid.« Jetzt sah sie zu Melissa hoch, und die beiden Frauen schauten sich einen Moment lang in die Augen.

»Das weiß ich.« Melissa warf einen Blick auf die geschlossene Tür. »Ich sollte zurück in die Küche gehen.«

Angela stand sofort auf. Schweigend gingen sie durch den Flur.

Als Angela durch die Haustür und auf die Veranda hinausging, kam Melissa plötzlich ein Gedanke. »Angela?«

Angela blieb stehen. »Ja?«

»Was wolltest du denn?«

»Ich verstehe nicht?«

»An dem Tag, an dem du vorbeigekommen bist. Was wolltest du? Du hast es nicht gesagt.«

Angela wandte den Blick ab. Als sie wieder sprach, war ihre Stimme von Traurigkeit durchdrungen. »Deine Freundin sein.«

Überrascht sah Melissa sie an. Und dann drehte Angela sich um und ging.

»Gib mir vielleicht etwas Zeit …«, rief Melissa.

Angela blieb erneut stehen, neigte hoffnungsvoll den Kopf zur Seite und sagte: »Natürlich. Ich warte schon dreißig Jahre. Frohe Weihnachten, Melissa.«

»Für dich auch. Frohe Weihnachten.«

Sie sah ihrer Nachbarin hinterher, sah kurzes Aufleuchten von Blau, das durch die Hecke blitzte, bis sie verschwand. Und dann machte sie die Tür zu und kehrte zu ihren Mädchen in die Küche zurück.

DANKSAGUNG

Ich möchte sowohl meiner bewundernswerten Agentin Nelle Andrew als auch meiner talentierten Lektorin Emma Beswetherick dafür danken, dass sie an mich glauben und mich immer dazu anhalten, mein Bestes zu geben. Danke auch an die Assistenzlektorin Ellie Russell für ihre Sorgfalt und Unterstützung, dieses Buch auf seinem Werdegang lebendig zu machen. Außerdem möchte ich mich besonders bei meiner Werbeagentin Clara Diaz bedanken. Vielen Dank auch an die Vertreterin Laura Vile, die Lektoratsassistentin Sarah Murphy, die Coverdesigner Hannah Wood und Design by Sim, an Abby Marshall im Vertrieb, an die Korrektorinnen Alison Tulett und Sandra Ferguson und, nicht zu vergessen, die Audiobuchlektorin Sarah Shrubb. Alle haben an der Entstehung dieses Buches teilgehabt, und ich schulde jedem Einzelnen Dank.

Meinem Bruder Rob Weeks einen herzlichen Klaps auf den Rücken für seine Hilfe bei den seefahrerischen Aspekten dieses Buches an einem äußerst heißen Tag im Juni letzten Jahres. Danke auch an meinen Dad Trevor Weeks dafür, mich als Kind einmal in einem aufblasbaren Kanu mit auf den Atlantik hinausgenommen zu haben, was jedoch in keiner Weise die Inspiration für die albtraumhafte Kajakszene in dieser Geschichte war.

Und schließlich ein Dankeschön an Lisa Gannaway, Bec Vaughan, Ali Carter, Sally Pasche, Anita Rowden und Lisa Parker für eure Freundschaft und Unterstützung sowie an meine liebe Mum, meinen geliebten Mann Nick und meine beiden wunderbaren Söhne Wilfie und Alex. Ohne euch könnte ich es nicht schaffen und würde es auch gar nicht wollen.

»Ein seltenes Juwel: der perfekte Thriller.«
A. J. Finn

Alex Michaelides

DIE STUMME PATIENTIN

Psychothriller

Blutüberströmt hat man die Malerin Alicia Berenson neben ihrem geliebten Ehemann gefunden – dem sie fünf Mal in den Kopf geschossen hat. Seit Jahren sitzt die Malerin nun in einer geschlossenen psychiatrischen Anstalt. Und schweigt. Kein Wort hat sie seit der Nacht des Mordes verloren, lediglich ein Bild gemalt.
Fasziniert von ihrem Fall, setzt der forensische Psychiater Theo Faber alles daran, Alicia zum Sprechen zu bringen. Doch will er wirklich nur herausfinden, was in jener Nacht geschehen ist?

»Unheimlich spannend erzählt, sehr gut konstruiert und handwerklich perfekt gemacht«
Radio Bremen zwei

KNAUR

Wahrheit oder Wahnsinn?

S.K. Tremayne

MÄDCHEN AUS DEM MOOR

Psychothriller

Es war nur eine vereiste Kurve. Nur ein Moment der Unachtsamkeit. Doch seit Kath Redways Auto in einen See im Dartmoor stürzte, scheint ihr Leben in einen finsteren Abgrund zu trudeln. An den Vorfall selbst kann sie sich nicht erinnern, auch die Woche davor ist wie aus dem Gedächtnis gelöscht. War Kath wirklich so glücklich, wie sie immer dachte? Was verbirgt ihre Familie vor ihr? Und was glaubt ihre kleine Tochter Lyla im nächtlichen, nebligen Moor zu sehen?

Der neue Psychothriller von S. K. Tremayne, der mit *Eisige Schwestern* und *Stiefkind* die Bestsellerlisten stürmte.

»Es gibt sie tatsächlich noch, diese Psychothriller, die einem förmlich das Blut in den Adern gefrieren lassen!«
Booksection.de

KNAUR